Königsberg – das sind für Ella die Möwen über dem Fischmarkt und der ornamentale Rundbogen über dem väterlichen Weinkontor. Das sind die unbeschwerten Tage an der Küste des Samland und das ist Victor, ihre erste große Jugendliebe. Doch Anfang 1945, kurz vor Kriegsende, liegt die einst so prachtvolle Metropole Ostpreußens in Schutt und Asche. Und auch in Potsdam, wohin sich Ella mit ihren beiden Kindern geflüchtet hat, wird die Lage immer beklemmender, die Essensvorräte werden immer knapper.

Als Ella sich an die zahllosen Einmachgläser im Keller ihrer alten Königsberger Wohnung erinnert, gefüllt mit Mirabellen, Sauerkraut und Schweinebraten, wagt sie das Unmögliche: Mitten hinein in den Vormarsch der russischen Truppen steigt sie in den Zug nach Königsberg, in eine Welt, die dem Untergang geweiht ist.

ULRICH TREBBIN hat in Regensburg studiert und ist Hörfunkjournalist und Gestalttherapeut. Er arbeitet als Autor und Reporter für den Bayerischen Rundfunk und zudem als Therapeut in seiner psychotherapeutischen Praxis. »Letzte Fahrt nach Königsberg« ist sein Debüt als Romanautor, eine literarische Annäherung an die ostpreußischen Wurzeln seiner Familie.

Ulrich Trebbin

Letzte Fahrt nach Königsberg

Roman

btb

MIX
Papier aus verantwor-
tungsvollen Quellen
FSC® C014496

Verlagsgruppe Random House FSC® N001967

1. Auflage
Genehmigte Taschenbuchausgabe April 2020
Copyright © 2018 by btb Verlag in der
Verlagsgruppe Random House GmbH,
Neumarkter Straße 28, 81673 München
Umschlaggestaltung: semper smile, München
Umschlagmotiv: O.Stork/Bildarchiv Ostpreußen,
www.bildarchiv-ostpreussen.de
Vorsatzkarte: Wegweiser Königsberg Pr/Stadtplan
aus dem Jahr 1928, © bpk/Staatsbibliothek zu Berlin
Karte Seite 350/351: Illustration © Peter Palm
Satz: Uhl + Massopust, Aalen
Druck und Einband: GGP Media GmbH, Pößneck
JT · Herstellung: sc
Printed in Germany
ISBN 978-3-442-71620-3

www.btb-verlag.de
www.facebook.com/btbverlag

Für die Familie

»Every person's life is worth a novel.« Erving Polster

Inhalt

Prolog

Auf dem kleinen Sekretär meiner Großmutter stand, solange ich denken konnte, das Foto eines jungen Mannes, den ich nicht kannte. Das vergilbte Fotopapier und die welligen Ränder erzählten von einer lang vergangenen Zeit, weit vor der meinen. Als Kind streifte mein Blick die sepiabraune Fotografie immer nur kurz. Dennoch hat sie sich in meiner Erinnerung eingenistet. Sie übte eine kaum wahrnehmbare Faszination auf mich aus. Nach dem Tod meiner Großmutter ist das gerahmte Foto mit ein paar anderen Erinnerungsstücken in meinen Besitz übergegangen.

Der junge Unbekannte hat eine stille und einnehmende Ausstrahlung. Über seiner Uniform sitzt auf dem engen Kragen ein schmaler Kopf mit einer noch schmaleren, aristokratischen Nase. Die Haare hinten jungenhaft kurzrasiert, vorne adretter Scheitel. Der vielleicht Zwanzigjährige wirkt brav und angepasst wie ein Einserschüler, aber auch Selbstbewusstsein und Eigenständigkeit liegen in seinen Zügen. Obwohl die Aufnahme schwarz-weiß ist, sehe ich an seiner Gesichtsfarbe, dass er den Sommer im Freien verbracht hat. Seine Stirn leuchtet, der Blick geht hinunter zu den Papieren vor ihm auf dem Schreibtisch.

Den Kopf neigt der junge Mann gerade so weit nach vorne, wie es die Beschäftigung mit dem Schriftzeug verlangt. Beflissen erledigt er seine Arbeit, aber er hat Abstand zu ihr. Er wirkt still und zurückgenommen, man könnte ihn für traurig halten. Mit der Lupe erkenne ich unter dem Adler auf seiner rechten Brust ein grobkörniges Hakenkreuz. Ich möchte lieber nicht wissen, an welchem Rädchen er mit der Erledigung dieser Schriftstücke gerade dreht.

Die Uniform scheint ihn einzuengen, ihm seinen Willen abzuschnüren, plötzlich erinnert sie mich an ein Korsett. Der junge Soldat könnte heute mein Sohn sein, und ich mache mir fast ein wenig Sorgen um ihn: Dass er abstumpfen könnte in Gehorsam und blinder Pflichterfüllung. Dass er hineingezogen wird in die Maschinerie der Diktatur. Fast möchte ich ihm seinen Pomadescheitel durchwuscheln und ihn an die frische Luft scheuchen. Wieso ist er nicht an der Bernsteinküste, in Begleitung anderer junger Menschen, bricht die Wellen mit bloßem Oberkörper oder fährt mit dem Fahrrad Wettrennen durch Alleen und Kornfelder?

Stattdessen der Tisch, ein Tintenfass und die ausgebreiteten Dokumente: Die Linke blättert in einem großen Buch, der schlanke Zeigefinger seiner Rechten hält eine Zeile eines losen Blattes fest. Einzig der kleine Finger führt ein Eigenleben: Sorgsam abgespreizt liegt er mit der Kuppe auf der Tischplatte. Hinter dem Rücken des Mannes ein dunkler Schrank, es könnte ein Tresor sein.

Meine ganze Kindheit hindurch wurde der junge Unbekannte nicht müde, diese eintönige Arbeit zu verrichten. Natürlich nahm ich ihn während der Sonntagsbesuche bei der Großmutter kaum wahr. So wie Kinder eben schauen: flüchtig, immer auf der Suche nach neuen, aufregenden Eindrücken.

Ich machte mir damals also keine großen Gedanken über den unbekannten jungen Wehrmachtssoldaten und habe wohl auch nie nach ihm gefragt. Vielleicht auch weil ich ahnte, dass es unstatthaft gewesen wäre. Und dennoch schwebte die Frage nach ihm all die Jahre in dem kleinen Münchner Wohnzimmer meiner Großmutter und schien dort nur auf mich zu warten – wie die wunderbar harten Gummibärchen in der Blechdose unten im verschnörkelten Gläserschrank.

Mein Großvater Hinrich war der Mann auf dem Foto selbstverständlich nicht. Gott bewahre! Von dem war meine Großmutter seit Jahren geschieden, und wenn sie doch einmal auf ihn zu sprechen kam, verdunkelten sich ihre sonst meist heiteren Züge. Denn in den Nachkriegszeiten hatte sie die vier Kinder durchgebracht und er das wenige Geld – von den anderen Frauen nicht zu reden. Geheiratet hat sie nicht wieder. Wer also mochte der blendend aussehende junge Mann sein, dass er einen so privilegierten Platz in ihrem Herzen hatte und noch nach Jahrzehnten vor aller Augen im Wohnzimmer auf ihrem Sekretär stehen durfte?

Die Antwort auf diese Frage trug das Foto all die Jahre auf seinem Rücken. Man hätte es nur aus dem kleinen, ledernen Rahmen herausnehmen müssen. Denn dort steht in Sütterlin mit Füllfederhalter geschrieben: *Für meine Ella.* Und darunter: *Victor Jacoby, Königsberg, Sommer 1939.*

1

Potsdam, Anfang Januar 1945

Es rauscht in Ellas Kopf. Sie fühlt sich bleiern. Blass liegt sie auf dem Sofa. Eben hat sie die Kinder ins Bett gebracht und dann die Füße hochgelegt. Noch eine halbe Stunde bis zum Abendessen mit Viki, ihrer großen Schwester. Die hölzerne Armlehne des Sofas hat sie mit einem kratzigen Kissen abgepolstert, ihre Hand ist hinter die Schulterblätter geklemmt, die Armbeuge stützt den Hinterkopf. Ihr Blick verliert sich im Muster der braunen Wasserflecken an der Decke.

Die Luftangriffe der letzten Jahre zielten zwar vor allem auf Berlin, aber auch hier in Potsdam sind einige Häuser von den Luftminen zerstört worden. Das Dach ihres Hauses ist mit einem leichten Schaden davongekommen und notdürftig repariert worden. Die Decke zu streichen, dazu hat sich keiner aufraffen können. Wozu auch? Niemand weiß, wie viele Bombenangriffe noch kommen werden. Immerhin müssen sie sich nur noch selten die Nächte in den Kellern um die Ohren schlagen, weil die Engländer längst auch bei Tageslicht fliegen können – die deutsche Flugabwehr ist praktisch hinüber. Mit Galgenhumor spaßen die Leute: »Früher hat die Flak hundert Schuss pro feindliches Flugzeug abgefeuert, jetzt kommen hundert Flugzeuge auf einen Schuss.«

Bloß nicht dran denken. Ella massiert sich mit beiden Händen die Nasenwurzel, dann die Stirn, dann das ganze Gesicht. Lieber Viki zuhören, die nebenan am Klavier Brahms spielt, auch damit die Kinder besser einschlafen. Das sternklare *Intermezzo* besänftigt Ellas Nerven. Wie eine Glasharmonika klingt es nach paradiesischer Geborgenheit. In der sinnlosen Schwere der letzten Monate endlich etwas Wahrhaftiges, ein wärmendes Gefühl macht sich in Ella breit. Es ist wieder wie früher, wenn die große Schwester nachmittags in der Villa im Königsberger Stadtteil Maraunenhof am Flügel übte und Ella bei den Schularbeiten saß. Vor ihrem Fenster die Schwäne, die vom Grund des Oberteichs Wasserpflanzen heraufholten und blasenschlagend zerbissen. Da war auch Vater noch am Leben.

Wie deprimierend die Wasserflecken an der Decke sind. Sie führen ihr die Brüchigkeit ihrer Existenz vor Augen. Sie ist nur untergeschlüpft bei Viki, und eigentlich ist die Wohnung für sie alle zu klein. Aber sie kann den Blick nicht abwenden von den geheimnisvoll mäandernden Formen über ihr. In den braunen Linien da oben glaubt Ella, die Umrisse des Schwarzen Meeres zu erkennen und direkt daneben die Iberische Halbinsel und Madagaskar, das einer stoßzahnähnlichen Inselkette westlich vor Alaska zu entkommen sucht: Als hätte einer die Weltkarte auseinandergeschnitten und die Länder zum Spaß irgendwie auf dem Küchentisch durcheinander gemischt. Manche Landstriche sind dabei über die Tischkante gekippt und ins Nirgendwo getrudelt. Wie ihr Samland.

Ella denkt an den vergangenen Sommer in Ostpreußen, den sie bei Freunden auf dem Gut Pigallen bei Laptau verbracht hatten. Die Erinnerungen daran bewahrt sie auf wie in einem Schmuckkästchen. In Momenten wie diesen macht sie es auf und fährt in Gedanken wieder mit den Kindern ins nahe Seebad Cranz, um an der Ostsee die Segelboote der Nehrung zufahren zu sehen, über den hölzernen Corso zu laufen und die Möwen zu füttern oder bei Sturm auf dem Seesteg die anbrandenden Wellen unter sich durchrollen zu lassen. Dann holt sie ein Pferd aus dem Stall und reitet an der Steilküste entlang, abwechselnd aufwärts zur Steilküste und wieder hinab zu einem der Bäche, die sich durch finster zugewachsene Täler bis zum Meer hinabfurchen. Oder sie malt sich einen Ausflug zum Galtgarben aus, dem mit 111 Metern höchsten »Berg« des Samlandes, wo in ihrer Kindheit das Skilaufen in Mode gekommen war.

Das Ende dieses Sommers war jäh. Zu Hause in Königsberg erwartete sie Anfang September eine Trümmerwüste. Zwei Jahre nach den nadelstichartigen Luftangriffen der Russen hatten britische Lancaster-Bomber einen Feuersturm entfacht, der die Straßen in ein Inferno verwandelt hatte. Noch von Pigallen aus hatte Ella den Widerschein der Brunst am Himmel gesehen. Doch als sie zurück in die ehrwürdige Altstadt kam, jene Altstadt, die doch immer da gewesen war, solange sie denken konnte, waren fast alle Häuser ohne Dächer, der Schutt auf den

Bürgersteigen reichte stellenweise bis zu den ersten Fensterbrettern hinauf. Einzelne Straßenbahnschienen waren in der Hitze gerissen und hatten sich nach oben gebogen. Drei Tage lang hatte man die noch glühende Innenstadt nicht betreten können, und auch jetzt noch erhitzten die Steine die Luft.

Im mittelalterlichen Schloss waren einst preußische Könige gekrönt worden! Doch jetzt kokelten überall nur noch die Balken vor sich hin, und die Luft war erfüllt vom ekelhaft süßlichen Gestank verwesenden Fleisches. Ella musste immer wieder den Würgereiz unterdrücken. Ihre Augen brannten. Aber sie musste noch zum Kneiphof hinunter. Musste es mit eigenen Augen sehen. Um es fassen zu können.

Vom Schloss sah sie hinab auf den Pregel. Der floss noch um die Dominsel herum, als ob nichts geschehen wäre, aber die alten Häuser darauf waren ein Trümmerfeld, das sich durch die noch immer aufsteigenden Rauchschwaden langsam in den Himmel aufzulösen schien. Einzelne Räumtrupps versuchten, die Straßen und Straßenbahnschienen wieder frei zu bekommen, ansonsten war die Flussinsel fast menschenleer: Posten sperrten die verwüsteten Areale ab. Ella mogelte sich über einen Schleichweg an ihnen vorbei und ging vom Schloss hinunter über die Krämerbrücke. Verrußte Fassaden ragten in den rauchschwarzen Himmel und schauten sie aus leeren Augen an. Hinter ihren scheibenlosen Fenstern waren keine Wohnungen mehr, keine Bücher, keine Möbel, keine Stockwerke. Die Häuser waren nur noch Schächte, in die von oben das Tageslicht fiel.

Am Straßenrand aufgereiht lagen Leichen. Obwohl der Angriff schon Tage her war, hatte man sie noch nicht alle wegschaffen und beerdigen können. Es mussten Tausende sein, die hier umgekommen waren, die meisten hatte man mit Tüchern zugedeckt. Ella versuchte, nicht hinzusehen, doch auch die einzelnen Bildfetzen brannten sich ihr unauslöschlich ein, verkohlte Körper auf die Größe von Kindern geschrumpft.

An die stehen gebliebenen Fassaden hatten überlebende Bewohner mit Kreide ihre neuen Adressen geschrieben, damit Freunde und Verwandte sie finden konnten. Das Kopfsteinpflaster war von einem zentimeterdicken Teppich aus Staub bedeckt und übersät mit Papieren. Hie und da lagen kindersarggroße Blindgänger herum.

Wo war die frühere Weinhandlung des Vaters? Wo ihre Renaissancefassade, die in keinem Reiseführer fehlte? Ella konnte sie nicht mehr finden zwischen den geborstenen Mauern und herabgestürzten Dächern. Sie war in dem Haus geboren worden – jetzt war es nur noch ein Haufen Steine. Am Boden der rußige Kopf einer Fassadenfigur, der zwischen die Streben eines herabgestürzten Fensterkreuzes gekullert war. Kneiphöfsche Langgasse 27 – was war das jetzt noch? Eine Adresse ohne Haus. In einer Straße ohne Häuser. Stattdessen konnte Ella jetzt über die Schutthaufen hinweg den Pregel sehen – das Hundegatt – und dahinter die zerbombten und heruntergebrannten Fachwerkspeicher der Lastadie. In Ellas Rücken stiegen von der Ruine des Doms Rauchwolken in den Himmel.

Gerade war die Welt noch halbwegs in Ordnung gewesen, hatte es Sicherheit und zivilisiertes Leben gegeben. Gut, die Kriegsjahre hatten Entbehrungen bedeutet, mehr noch als nach der Abtrennung vom Reich durch den polnischen Korridor, der der Wirtschaft von Ostpreußen die Luft abdrückte – auch dem Weinhandel ihres Vaters. Nach seinem plötzlichen Tod war seine Familie noch mehr in die Enge getrieben worden, alle hatten den Gürtel enger schnallen müssen, und mit dem Leben in der Villa war es bald auch vorbei gewesen.

Aber irgendwie hatten sie noch ein hinlänglich normales Leben führen können – oder wenigstens die Illusion davon. Und jetzt diese totale Zerstörung einer ganzen Welt. Ihrer Welt. Mit den Mauern der Stadt waren auch die ihrer Kindheit und Jugend eingestürzt. Was sollte jetzt noch Bestand haben? Sie kehrte ihrem ehemaligen Elternhaus den Rücken und lief wieder in die Altstadt hinauf.

Die seelische Verfassung der überlebenden Königsberger war desolat: Eltern, Großväter, Kinder, Schwestern waren in den Luftschutzkellern erstickt. Onkel, Tanten, Kusinen, Großmütter in eingestürzten Häusern erschlagen und verschüttet. Brüder, Freunde, Vettern, Bekannte, Kollegen im Feuersturm umgekommen. Die Blicke der Überlebenden waren erloschen und von Entsetzen gezeichnet. Mit Taschentüchern vor der Nase irrten sie verstört durch die noch qualmenden Trümmerhaufen, um vielleicht doch noch Angehörige zu finden oder Überreste ihres Besitzes. Am Schlossteich traf Ella einen Freund aus der Tanzstunde: Christian hatte gerade Fronturlaub. Sein Gesichtsausdruck war der eines alten Mannes. Als sie ihn nach seinem Wohlergehen fragte, brach er in Tränen aus und erzählte, wie er sich während des Angriffs in einem Ruderboot auf den Schlossteich gerettet hatte: »Wir haben uns um die Boote geprügelt! Wie die Neandertaler!«

Er berichtete, wie der Feuersturm in der Mitte des idyllischen Teiches riesige Wellen aufpeitschte, wie ganz Königsberg ein einziger Kamin war, der allen Sauerstoff fauchend in sich hineinsog und gen Himmel spie. Auch die Schlossteichbrücke habe lichterloh gebrannt und immer wieder zischende Balken ins Wasser fallen lassen. Die Vögel seien in Schwärmen tot vom Himmel gefallen; viele der Ruderboote in den Wellen umgeschlagen. Eine Hitze wie vorm Hochofen.

Hier hielt Christian inne und atmete schwer. Dann sprach er tonlos weiter, den Blick aufs Pflaster gerichtet:

»Unser Boot ist zum Glück nicht gekentert, aber viele Ertrinkende versuchten sich in ihrer Not am Bootsrand hochzuziehen. Ich habe also wie die anderen mit den Riemen so lange auf ihre Hände gehauen, bis sie losgelassen haben. Manche Paare sind eng umschlungen untergegangen. Am Ufer lichterloh brennende Menschen, die sich wie schreiende Fackeln ins Wasser stürzten. So muss es in Pompeji gewesen sein, beim Ausbruch des Vesuv.«

Dort am Schlossteich sieht Ella sich einige Jahre zuvor mit Victor sitzen. Dort hat er sie so leidenschaftlich geküsst wie noch nie. Sie erinnert sich, wie sie sich damals vor Wonne schier aufgelöst hat, wie sie Wasser wurde, Kaskade, Wipfel und Vogelgezwitscher: Sie war mit allem eins geworden in diesen kurzen Momenten der innigen Verbundenheit.

Die Liebe zu Victor war für sie immer wie der Klatschmohn, der in den Kornfeldern des Samlandes wächst: ebenso leuchtend und ebenso betörend, ebenso zart und auch ebenso gefährdet. Denn einmal gepflückt, verwelkt Klatschmohn, noch bevor man ihn in die Vase stellt.

Ella sieht wieder hinauf zu den braunen Flecken an der Decke. Mit einem Mal wandeln sie sich zu Hieroglyphen. Als müsse sie sie nur entziffern, um darin den Schlüssel für die Frage zu finden, welche Rolle Victor in ihrem Leben spielen soll. Und darf.

Bisher ist sie sich sicher gewesen, mit ihm abgeschlossen zu haben. Hat sich immer bemüht, ihrem Mann Hinrich eine gute Ehefrau zu sein. Aber jetzt hier auf dem Sofa merkt sie, dass Victor sie nie wirklich losgelassen hat. Die alte Wunde ist in diesem Krieg wieder aufgegangen. Als hätten die Bomben nicht nur ihre Heimatstadt zerstört, sondern darunter auch ihre Klatschmohn-Liebe wieder zum Leben erweckt – und mit ihr eine tiefe Sehnsucht.

Sie muss an seinen schmalen Körper denken, an seine zarten Handgelenke, an den zimtbraunen Halsausschnitt, wenn er leger ging und nicht in Uniform. Was soll sie nur anfangen mit dieser Sehnsucht? Sie hat schließlich Mann und Kinder. Und Victor ist irgendwo weit weg in diesem Krieg. Ob er überhaupt noch lebt?

Nach den Bombenangriffen auf Königsberg ermahnte Hinrich sie von Cuxhaven aus in einem Ferngespräch, sie solle sich und die Kinder in Sicherheit bringen und ins Reich fahren. Als Offizier wisse er, wie es stehe im Osten, mehr könne er am Telefon nicht sagen. Einige Verwandte waren ausgebombt wie zweihunderttausend andere Königsberger auch, und auch in Ellas Wohnung auf den Hufen waren Obdachlose einquartiert worden.

Der Gedanke, zu ihrer Mutter in die Jordanstraße zu ziehen, bereitete ihr Unbehagen. Schließlich hatte sie Hinrich auch geheiratet, um von ihr unabhängig zu werden und Abstand zu gewinnen. Lange schon hatte sie gespürt, dass sie nicht gerade ihre Lieblingstochter war. Für sie und Emil als die letzten von acht Kindern war offenbar nicht mehr genug Liebe und Fürsorge übrig gewesen. Spätestens nach dem frühen Tod des Vaters.

Wo also sollte sie hin? Schließlich gab sie Hinrichs Drängen nach und packte die Koffer. Zu ihm nach Cuxhaven konnte sie nicht: Er hatte nur ein Zimmer in der Kaserne der Marine, wo ihm eine Flakbatterie unterstand. Dann kam Vikis Einladung, zu ihr und ihren Kindern nach Potsdam zu ziehen.

Die sepiabraunen Umrisse über ihr sehen jetzt aus wie eine alte Schatzkarte. In der Quinta hat der Zeichenlehrer sie mal mit Tusche solche Karten zeichnen lassen. Schon damals hat sie sich weggeträumt und in ihrer Fantasie ganze Welten erschaffen. Jetzt scheint es, als habe das Regenwasser auf der Tapete einen großen Kontinent gebildet, mit einem feingefleckten Relief, zu den Küstenlinien hin dunkler und bestimmter werdend. Das Muster erinnert Ella an die leicht aufgeraute Wasseroberfläche des Kurischen Haffs, wenn der Ostwind Wellenkämmchen vor sich hertreibt. Ein Kontinent voller Wasser! Dann kippt das Bild: Sie entdeckt am Ende des Kontinents das Haupt eines Leoparden. Sein Unterkiefer hängt lose herab, ein ärgerlich angelegtes, spitzes Ohr lauscht nach hinten, die Augen fassen eine Beute oder Gefahr in den Blick. Die feine Fleckung des Kontinents ist das Fell der Raubkatze.

Ella werden die Lider schwer. Die Umrisse geraten in Bewegung, fangen an zu wabern, zu atmen und im Halbdunkel seltsam zu leuchten. Gehen ineinander über. Halbinseln lösen sich vom Festland ab, gleiten ins Nichts, und das Ganze scheint auseinanderzudriften. Eine angenehme Schläfrigkeit überkommt sie.

Für Momente dämmert sie weg. Aus der Landkarte lösen sich Pferdeköpfe, Greife und langzahnige Tiefseefische. Sie drohen, sich auf sie zu stürzen, dann Dunkelheit: Menschen schreien, die Bremsen eines Zuges schrillen. Von oben dumpfe Schläge, als sollte jeden Moment alles auseinanderbersten. Panik überall. Sie drückt ein Kleinkind an sich, das brüllt wie am Spieß.

Ella befindet sich in einer Untergrundbahn, die eine Höllenfahrt begonnen hat. Immer tiefer saust sie ins Erdinnere. Die Waggons schlagen scheppernd von einer Seite auf die andere. Die Hitze des Erdkerns bringt die Wände der Waggons zum Glühen, und um sie ist ein wummerndes Dröhnen. Die U-Bahn ist eine eiserne Schlange, die sich in den eigenen Schwanz beißt, sich selbst von hinten zu verschlingen beginnt. Immer näher kommt das malmende Maul, als Ella in der Ferne einen kleinen Lichtschimmer sieht.

»Ella, wach auf! Du träumst, Ella! Wach auf!«

Jemand rüttelt an ihrer Schulter. Sie schreckt hoch. Viki sitzt neben ihr auf der Sofakante. In der Linken eine Kerze, die Rechte auf den Bauch gelegt:

»Wir haben Stromausfall.«

Ella atmet tief, nur zögernd löst sich der Albdruck von ihren Schläfen. Seit die große Schwester wieder ein Kind erwartet, ist sie so heiter und gelassen, als könne ihr die ganze Weltgeschichte nichts anhaben. Viki stellt die Kerze auf dem Teewagen ab und legt ihr die Hand auf die Stirn. Die ist angenehm kühl und trocken.

»Wieder die U-Bahn?«, fragt sie.

Ella nickt. Viki lächelt:

»Komm, wir essen bei Kerzenlicht! Wie früher!«

Ihre Stimme hat die Farbe von welkem Herbstlaub, für Ella birgt sie so viel Wärme und Vertrautheit. Auch wenn sie früher ohne Abendbrot ins Bett musste, stand Viki manchmal mit Kerze in der Hand vor ihrer Tür. In einem Stoffbeutel hatte sie dann ein paar Kleinigkeiten, die sie für sie in der Küche stibitzt hatte.

Sie sind so unterschiedlich, wie Schwestern nur sein können, und das hat die letzten Monate nicht immer leicht gemacht. Viki ist ernsthaft und verantwortungsvoll, wohingegen Ella sich den Lebenshunger und das Flatterhafte ihrer Jugend nicht hat abgewöhnen können. Dennoch bedeutet Viki für sie einen Rest familiärer Geborgenheit. Völlig selbstverständlich hat sie Ella und die Kinder im Herbst bei sich aufgenommen. Sicher, seit Vikis Mann Friedel an die Westfront abkommandiert wurde, fühlte sie sich vielleicht etwas allein mit ihren beiden Kindern hier in Potsdam. Aber in den drei kleinen Zimmern unter dem Dach haben sie dann doch zusammenrücken müssen, und auch Meinungsverschiedenheiten sind nicht ausgeblieben.

Doch jetzt fühlt Ella ein warmes Strömen in der Brust. Zum Glück sind wenigstens die Geschwister füreinander da. Die Last des Albtraumes entfernt sich allmählich. Ella sieht zu Viki hoch:

»Noch einen Moment, dann komme ich.«

Ungeheuerlich, dass es überhaupt Kriege gibt, denkt sie. Einmal sind sie mit den Eltern in der Johannisburger Heide in Masuren gewesen, und bei einer Wanderung am verwunschenen, sichelförmigen Niedersee hat der Vater gesagt, dass es hier nur ein paar Kilometer sind zur polnischen Grenze.

Schon damals hat ihr das nicht eingeleuchtet: Zu beiden Seiten sirren doch die Mücken und hüpfen die Poggen, zu beiden Seiten streifen die Elche durch den Wald und mampfen die fetten Kräuter aus dem Schatten, und zu beiden Seiten wollen Menschen einfach nur miteinander leben – auf Deutsch oder eben auf Polnisch. Sie denkt an Malenka, eines ihrer Kindermädchen, die konnte in ihrer Muttersprache so zärtlich-wehmütige Kinderlieder singen.

In den Schemen über ihr sucht sie noch einmal nach den Konturen eines Landstrichs, in dem sie Zuflucht finden könnte. Wo kann sie sich und den beiden kleinen Kindern ein neues Leben aufbauen, wenn dieser Krieg vorbei ist? Wird es danach eine Zukunft geben, in der Staaten vielleicht ineinanderfließen wie die Ränder der brauen Holzschutzfarbe da oben an der Tapete? Wird dann endlich jeder eine Heimat haben, die ihm Sicherheit und Vertrautheit gibt? Ella hofft, dass Königsberg nicht nur der Ort ihrer Vergangenheit sein wird, sondern auch der ihrer Zukunft.

2

Königsberg, Juni 1932

Ella flitzt aus dem Haus. Sie hüpft die von Säulen gerahmte Portaltreppe der Villa Aschmoneit hinab auf die Straße. Ihre dicken Zöpfe tanzen hinter ihr her wie zwei strohblonde Ringelnattern. Sie ist mal wieder spät dran. Der Ranzen schlenkert an einem Riemen auf dem Rücken, und um ihre Knie flattert ein zitronengelbes Kleid. An den Ärmeln und am Halsausschnitt ist es mit Rüschen abgesetzt. Im Laufen macht sie den obersten Knopf wieder auf, den ihr das Kindermädchen an der Tür gerade noch geschlossen hat.

Ella genießt es zu rennen, die Welt weht ihr um die Ohren und Beine. Mit jedem Schritt schüttelt das Kopfsteinpflaster der Wallenrodtstraße sie tüchtig durch und vertreibt nebenbei die nachdrücklichen Worte, die der Vater eben noch an sie gerichtet hat. Denn nach der Schule soll sie ihn im Geschäft auf dem Kneiphof abholen, er habe etwas mit ihr zu besprechen. Dabei hat er sie ungewöhnlich streng angesehen. Umso schneller rennt sie jetzt, und nach einem Weilchen ist sie wunderbar außer Atem, fühlt sich vom Leben durchpulst.

Zu Hause in der Villa muss sie immer artig sein, und wenn sie auf der Treppe hampelt oder pluddrig von der

Schule kommt, dann heißt es: »Kind, das tut man nicht!« Mutter Alice schickt sie dann zur Strafe auf den Esels-stuhl, mit einem Ausdruck um die Lippen, der an die zu-sammengezurrte Öffnung von Ellas Turnschuhbeutel er-innert.

Eigentlich ist sie auf den Namen ihrer Großmutter Elisabeth getauft. Doch als sie sprechen lernte, nannte sie sich immer *Ellabä*, und so ist ihr das *Ella* geblieben. Jetzt saust sie die Ernst-Wichert-Straße hinab, ihrem Schatten hinterher, den die Morgensonne aufs Pflas-ter wirft. Sie will die Straßenbahn noch bekommen. Die nächste Bahn – eine Viertelstunde später – würde zwar auch noch knapp genügen, wenn sie das letzte Stück zur Schule rennt, aber dann müsste sie alleine fahren.

Beim Laufen schubbert ihr Unterhemd empfindlich an den Brustwarzen. Die sind in den letzten Monaten deut-lich angewachsen. Ella achtet kaum darauf. Ein Windstoß entlockt einer Birke über ihr ein feines Rauschen. Schon hört sie die Bahn die Herzog-Albrecht-Allee herunterkla-bastern – sehen kann sie sie noch nicht.

Vorne am Bismarckplatz steht auch schon Marita. Ella lacht ihr entgegen und entblößt die Zähne. Seit Neuestem fühlt sie sich manchmal etwas gehemmt – »das ist das Backfischalter«, sagen die Erwachsenen – und schämt sich dafür, dass zwischen ihren Schneidezähnen kleine Spalten stehen. Dann zieht sie die Lippen darüber. Jetzt aber ist sie unbekümmert: Marita ist ihre beste Freundin. Um ihre schönen Zähne beneidet sie sie trotzdem.

»Es macht dir wohl Spaß, immer auf den letzten Drü-cker zu kommen.« Marita setzt ihr kluges Lächeln auf.

Ella weiß, dass Marita sie so mag, wie sie ist. Auch wenn sie schon seit ein paar Minuten hier auf sie wartet – wie jeden Morgen. Sie trägt wie immer ein weißes Kleid, weiße Kniestrümpfe und einen weißen Strohhut. Sonntags hat sie manchmal sogar noch zwei weiße Blütenbäusche hinter die Ohren gesteckt.

Ella wundert sich manchmal, dass dieses sanfte und ernsthafte Mädchen immer noch mit ihr befreundet ist, wo Ella doch ganz im Gegenteil ein übermütiges und bisweilen »unartiges« Marjellchen ist. Marita macht nie Faxen. Oder höchstens auf eine feine Art: Da muss Ella dann erst nach einer Weile lachen, wenn sie die Spitze einer Bemerkung ausfindig gemacht hat. Drei Jahre lang haben die beiden zusammen die kleine Privatschule von Fräulein Lemke hier im Vorort Maraunenhof besucht und auch an den Nachmittagen viel Zeit miteinander verbracht: Nun gehen sie schon in die Untertertia der Königin-Luise-Schule in der Stadt und sind immer noch Freundinnen.

Völlig außer Puste legt sie der Freundin die Armbeuge um den Hals und lässt ihren Kopf sanft an den von Marita bimsen. Kollernd kommt die Straßenbahn heran. Funken bratzeln am Stromabnehmer – die Königsberger nennen ihn wegen seines Aussehens humorvoll »Teppichklopfer«. Über der zweigeteilten Windschutzscheibe des Chauffeurs sieht Ella eine weiße Sieben aufgedruckt, darunter einen einzelnen Scheinwerfer: Sie muss dabei immer an das Auge des Zyklopen denken, von dem sie im Lateinunterricht gehört hat.

Die Bahn kommt mit einem kleinen Ruck zum Stehen.

Ella und Marita steigen in den vorderen der beiden Wagen ein: denn hinterm Fahrer sitzen die Jungs. Sie klettern die Stufen hinauf und drücken sich an Chauffeur Schosske vorbei. Der brummt sein »Morgen Marjellchens!«

Und da sitzen sie in kurzen Hosen: Kurt und der dicke Boris links vom Gang mit gutem Blick in den Führerstand und rechts auf der schmaleren Sitzbank zusammengedrängt Gustav und Felix. Dahinter noch ein paar andere, die Ella nicht mit Namen kennt. Sie grinsen betont überlegen, als die Mädchen auf sie zukommen. So wie allabendlich im Opernhaus am Paradeplatz die gleichen Stücke gegeben werden, so ist es morgens hier in der Elektrischen ein ritualisiertes Schauspiel mit zahllosen Variationen:

»Hat dir die Mami noch schön die Zöpfe geflochten!«, frotzelt der dicke Boris mit noch kindlicher Stimme, woraufhin Gustav sie scherzhaft kurz zweimal am rechten Zopf zieht, als hätte er den Klingelzug des Schaffners in der Hand: »Vorsicht bitte! Abfahrt!«, quäkt er stimmbrüchig, und tatsächlich ruckt die Bahn jetzt an. Um nicht das Gleichgewicht zu verlieren, greift Ella in Gustavs dunkelblonden Wuschelkopf hinein – durchaus ein bisschen kräftiger als nötig, ein wenig Strafe muss ja sein.

»Oh, entschuldigen Sie, Herr Schaffner!«, flötet sie mit Unschuldsmiene zu ihm hinab. »Jetzt hab ich doch glatt ihren Kopf mit dem Haltegriff verwechselt! Wie konnte ich nur!« Gustav verzieht in leichtem Schmerz die Mundwinkel, kneift die Augen zu und greift mit beiden Händen nach der der Übeltäterin. Gustavs Jungshände sind ein wenig klebrig und haben Hornhaut an den Ballen

31

und Fingerkuppen. Die Berührung fährt Ella wie ein zarter Stromschlag durch den Körper und hinterlässt ein Kribbeln in allen Gliedern. Sie fühlt sich so leicht und heiter, so verbunden mit der Welt, ja geradezu als ihr Mittelpunkt: Nirgendwo anders möchte sie jetzt stehen als neben diesem Lorbass hier.

Die anderen Jungen feixen herüber und machen keinerlei Anstalten, ihrem Kameraden zu Hilfe zu kommen. Boris plärrt:

»Was sich liebt, das neckt sich! Was sich liebt, das neckt sich!«

Seine Kameraden fallen gleich im Chor mit ein. Sofort lockert Ella ihren Griff: Das wird ihr dann doch zu heiß. Sie gibt Gustav noch einen Puff in den Oberarm und will zu Marita gehen, die sich schon ein paar Reihen weiter hinten gesetzt hat. Offensichtlich um der rauen Zärtlichkeit ihrer Begegnung nachträglich noch etwas unverfänglich Ruppiges zu geben, dreht Gustav sich noch einmal um und kneift Ella von hinten in den Oberschenkel. Die Jungs johlen nur noch mehr.

»Kinder, is' denn jetz' ma Ruhe dahinten!«, schimpft Schosske schmunzelnd aus dem Führerstand. »Wie soll ma sich denn da konzentrieren!«

Inzwischen ist die »Sieben« die Auguste-Viktoria-Allee hinuntergeschuckert und über eine kleine Bucht des Oberteiches, wo die Kinder im Winter Schlittschuh laufen. Dann rechts der Rosengarten mit den Goldfischteichen. Gerade halten sie an der Badeanstalt. Nur einige ältere Herren nutzen die Ruhe des Vormittags zum Schwimmen. Die Morgensonne bringt die aufgeraute

Wasserfläche zum Funkeln. Ein paar Enten und Bläss-
hühner tummeln sich am Ufer.

»Ach was, Herr Schosske, das Straßenbahnfahren ist
doch gar nicht schwer!«, meldet sich Gustav vorlaut. »Sie
müssen doch nur geradeaus fahren auf den Schienen!«

»Na von wegen!«, antwortet Schosske mit gespielter
Empörung. »Komm mal vor, min Jung, ich zeig dir, dass
das kein Kinderspiel ist!«

Das lässt Gustav sich nicht zweimal sagen, denn normalerweise ist es verboten, sich während der Fahrt im
Führerstand aufzuhalten. Schosske erklärt ihm, wie er
beim Anfahren mit der Kurbel den messingfarbenen No-
ckenfahrschalter im Uhrzeigersinn dreht, um nacheinander die Widerstände auszuschalten und volle Stromkraft
auf die beiden Motoren zu geben. Dabei rattert es ordentlich.

»So«, sagt er, als die volle Geschwindigkeit erreicht ist.
»Jetzt kann ich die Bahn ein Weilchen rollen lassen. Dafür stelle ich den Hebel wieder zurück auf null.«

Wieder das Rattern. Er legt die Stirn in Falten und
setzt ein gewichtiges Gesicht auf.

»Aber ich muss höllisch auf den Verkehr achten, denn
mein Bremsweg ist viel länger als der der Automobile.
Siehst du, da vorne? Da will einer aus der Tauroggen-
straße einbiegen. Immerhin, er wartet, bis wir vorbei
sind. Wenn er sich's aber anders überlegt, dann muss ich
schnell sein, sonst kracht's.«

Die Elektrische rollt auf die Kunsthalle zu.

»Das Geheimnis des Straßenbahnfahrens ist also nicht
das Fahren, sondern das Bremsen.«

Er dreht klackernd die Kurbel in die andere Richtung, um die Motorbremse zu bedienen.

»So, und auf den letzten Metern bremse ich jetzt mit der Druckluftbremse, die ist sanfter.«

Dabei zischt es zunehmend lauter. Die Bahn kommt zum Stillstand. Einige Fahrgäste steigen aus. Schosske schließt hinter ihnen die Tür, der Schaffner bimmelt zweimal.

»Na, Jungchen, willst du auch mal?«

Gustav bekommt eine rosige Gesichtsfarbe und strahlt: »Gerne, Herr Schosske!«

»Na, dann dreh mal rauf bis auf sieben!«

Gustav packt die große Kurbel mit beiden Händen und lehnt sich mit seinem ganzen Gewicht dagegen. Die Jungs feuern ihn durch die offene Schiebetür an.

»Und jetzt wieder zurück auf null!«, sagt Schosske nach einer Weile, als die Bahn genug Fahrt aufgenommen hat.

Ella hat sich neben Marita gesetzt. Die Jungs vorne haben die Unterarme auf die Sitzlehnen vor sich gelegt und das Kinn auf die Handrücken gestützt, um möglichst gut ins Führerhaus zu sehen. Es gefällt Ella, dass sie sich von dem Mann nicht einschüchtern lassen, sondern ihm fordernd Fragen stellen. Aber sie ist auch ein wenig neidisch, denn Jungs dürfen lustig sein und frech, sie werden auch nicht so sehr gescholten, wenn sie sich mal als Bosnickel gebärden. Ihr großer Bruder Hans war den Eltern früher sogar zu brav, wie sie einmal beiläufig erwähnt haben; denn er brachte nur die besten Zensuren nach Hause und hat nie Streiche gemacht. Nur einmal hat ihn der Vater dabei erwischt, wie er eine Zigarette stibitzte – da war er ganz erleichtert, dass er doch ein normaler Junge ist.

Ella sieht den Jungs von hinten zu, sieht das Y ihrer Hosenträger, und dass Boris' Schuhbänder lose sind. Die Beine der Jungs ragen in den Gang hinein. Sie sieht ihre festen Waden, den Schorf an den Knien und ihre zimtbraunen Oberschenkel, die wie Fischbäuche an der Unterseite heller sind. Während die Elektrische die Cäcilienallee entlangfährt, lässt die Morgensonne durch die Pappeln hindurch auf diesen Beinen in regelmäßigem Rhythmus die kleinen blonden Härchen golden aufglänzen. Ella kann den Blick nicht abwenden und wartet bei jedem Schatten auf den nächsten kurzen Sonnenabschnitt. An der rechten Hand spürt sie noch Gustavs Griff.

Am backsteinernen Wrangelturm der alten Befestigungsanlagen verlässt die Straßenbahn das Ufer des Oberteichs und überquert den Wallring. Schosske bimmelt laut mit seiner Fußglocke, um einen Autofahrer zu warnen, dann rattert er wieder mit seiner Kurbel.

Schräg vor Ella auf der anderen Seite des Mittelgangs sitzt der große Fredy, der schon fünfzehn ist. An der Kabbelei eben hat er sich nicht beteiligt. Er sieht schon so erwachsen aus, findet Ella. Es macht ihr Eindruck, dass Fredy nur selten etwas sagt. Dann aber ist es meistens etwas mit Gewicht, und die anderen Jungs hören auf ihn. Seine strohblonden Haare sind im Nacken kurz ausrasiert und enden in einer in den Kragen zeigenden Pfeilspitze. Ella fallen seine leicht abstehenden Ohren auf und

35

dass er die kräftigen Kiefer immer wieder zusammenpresst und loslässt, zusammenpresst und loslässt. Wangen und Kinn sind glatt und hell. Da wird ihm, denkt sie,
in ein paar Jahren ein Bart wachsen, wie ihrem großen
Bruder Hans.

Marita pikt ihr mit dem Zeigefinger in die Seite.

»Mach den Mund zu!«, prustet sie leise los. »Es zieht!«
Verlegen schließt Ella die Lippen.

»Na, welcher gefällt dir am besten?«, flüstert Marita
ihr ins Ohr.

Ella fühlt sich eine Schrecksekunde lang ertappt, aber
dann überwiegt ihr Wunsch, mit der Freundin darüber
zu sprechen. Sie beugt sich zu Marita hinüber, legt ihr die
Hände um ein Ohr und flüstert hinein:

»Ich mag sie fast alle, aber der Fredy ist noch mal besonders.«

Die beiden giggeln. Die Bahn hat das Stadtzentrum
erreicht. Sie hat eine Menge vielstöckiger Gebäude mit
klassizistischen Fassaden passiert – unter anderem das
Regierungspräsidium, dessen drei Flügel einen kleinen
Vorplatz mit Büschen und Rabatten einfassen. Dann sind
sie abgebogen zum Theaterplatz – das ist die Stelle, wo
Ella immer zum Spaß der Fliehkraft nachgibt und sich
gegen Marita plumpsen lässt, in der Linkskurve gleich
darauf geht es umgekehrt.

Beim Aussteigen ist Ella ganz nah an Fredy vorbeige-
gangen, hat ihn seitlich von oben angelinst. Erst im letzten Moment hat er das Kinn gehoben und ihr eine lange
Sekunde in die Augen gesehen. Wieder durchfährt Ella
ein zarter Stromschlag.

Vergnügt steigen Ella und Marita die hohen Stufen aus dem Straßenbahnwagen hinab aufs Pflaster. Sie drehen sich um, lassen die Grimassen schneidenden Gesichter der Jungs in den Fenstern der Bahn an sich vorbeifahren und wechseln auf die Straßenseite gegenüber der Universität, wo die prächtige Königshalle steht, das mondäne Café Bauer und die Buchhandlung Gräfe und Unzer. Dorthin hat die Mutter Ella früher manchmal mitgenommen und sie in der Kinderleseecke abgesetzt. Besonders ein traurig-schönes Bilderbuch über ein winzig kleines Mädchen ist Ella in Erinnerung geblieben. Auf dem Buchdeckel sitzt es in der Mitte einer aufgefächerten Tulpenblüte und wird von Schmetterlingen umschwirrt. Eine böse Kröte entführt die Kleine und gibt sie ihrem Krötensohn zur Frau. Glücklicherweise wird sie von lieben Fischen und einem Schmetterling befreit, muss aber noch lange durch die Welt irren, bis sie endlich ihr Glück findet.

Viele Geschichten hat Ella in diesem Haus kennengelernt, und in den meisten Exemplaren ihrer kleinen Bibliothek klebt hinten das grünschwarze Etikett von Gräfe und Unzer. Vor allem hat sie beeindruckt, dass es im *Haus der Bücher* nicht nur einen Aufzug für Personen gibt, sondern auch zwei für Bücher. Sie befördern die Bücher zwischen dem Lager im Keller und den Verkaufsräumen im Erdgeschoss und ersten Stock.

Der Vater nennt die größte Buchhandlung Europas immer schelmisch die »Gräfin Unzer«. Er rühmt ihre acht Schaufenster, ihr vielfältiges Angebot, ihre Bedeutung für die Bildung in Königsberg und natürlich ihren Umsatz. Sie ist eine Institution in der Stadt, sagt er immer.

Die Mädchen biegen rechts in die Große Schlossteich-straße ein. Unten am Ufer liegen die Pelikan-Terrasse, wo die Familie manchmal sonntags zum Essen geht, und das Lichtspielhaus Miramar. Sie rennen mit hoppelnden Ranzen auf die hölzerne Schlossteichbrücke, die unter ihren Füßen vibriert. Auf dem See sind schon die ersten Ruderboote unterwegs, die meisten sind aber noch an den Stegen vertäut. Eine alte Frau steht an der Promenade und verfüttert Brotreste an die Enten. Mit vorgestreckten Füßen landet ein Erpel und zieht eine schaumige Bahn hinter sich her. Auf der anderen Seite der Brücke steht imposant wie ein Schloss das Hotel Bellevue. Seine sechsstöckige Fassade hat so viele Erker, Giebel, Zacken und Zinnen, dass Ella früher immer geglaubt hat, darin müssten Feen und Prinzessinnen wohnen, oder gleich würde Rapunzel aus dem großen Turm ihr Haar herablassen.

Ein paar Straßen weiter kommen sie zu ihrer Königin-Luise-Schule. Der einschüchternde Bau wird von der Morgensonne beschienen. In den Gängen hallt das Geschrei der in Heerscharen einfallenden Mädchen wider.

Als Ella am Mittag wieder aus dem Schultor tritt, quietschen über ihr die Schwalben durch den hohen Himmel. Ein Schwarm Möwen krakeelt auf dem First des Hauses gegenüber. Der sommerliche Westwind bringt nicht nur diffus den erdigen Duft von Äckern und Korn in die Stadt, sondern auch einen feinen Hauch salziger Seeluft. Ella wendet sich ausnahmsweise nicht nach links, um zur Straßenbahn zu laufen: Sie soll ja zum Vater ins Geschäft und dann gemeinsam mit ihm im Automobil zum Mittagessen nach Hause fahren. Das ist außergewöhnlich, denn die Familienmitglieder dürfen die Kontorräume normalerweise nicht betreten. Geschäft und Familie sind strikt getrennt bei Königsberger Kaufleuten. Als er ihr die Order am Morgen gegeben hat, war sein Blick beunruhigend trocken: kein Zwinkern, kein Lächeln, kein Handrücken, der ihr über die Wange strich. In solchen Momenten fürchtet sie ihn ein wenig.

Normalerweise hat er ja viel Zärtlichkeit, Gelassenheit und Humor für sein jüngstes Töchterchen übrig. Zwar ist er älter als die Väter ihrer meisten Schulkameradinnen, aber er hat immer einen Scherz in petto und kann dabei eine so ernste Miene aufsetzen, dass Ella schon genau hinsehen muss, um in seinen Mundwinkeln den Schelm zu entlarven. Heute Morgen war davon nichts zu sehen: Es war ihm tatsächlich ernst!

Was aber kann er nur wollen? Es muss etwas Gravierendes vorliegen, dass er sie in sein Geschäftshaus einbestellt, für gewöhnlich überlässt er Erziehungsfragen der Mutter. Ella ist sich keiner Schuld bewusst. Und hat trotzdem ein schlechtes Gewissen. Es wird doch hoffentlich nicht wegen ihrer Freundin Lina sein! Der Vater hat ihr die Verabredungen mit ihr untersagt. Und sie hat das Verbot übertreten. Aber wie sollte er schon davon erfahren haben?

Also schlängelt Ella sich durch die Gassen an der kleinen Loebenichtschen Kirche vorbei, überquert die Altstädtische Langgasse und steht schließlich auf der Holzbrücke des Pregel. Dort nimmt sie ein Knie hoch, klemmt den Fuß in die Ranken des schmiedeeisernen Geländers und lehnt sich über die Brüstung. Behäbig zieht der Fluss unter ihr weg. Er kann sich Zeit lassen, bis zum Haff und zur Ostsee hat er es nicht mehr weit. Ein Westwind wie heute bringt ihn auch schon mal fast zum Stillstand.

Am rechten Ufer macht eine Entenmutter mit ihren Jungen einen Ausflug: Die Kleinen paddeln wie flauschige Perlen hinter ihr her gegen die sachte Strömung an. Ella beobachtet sie eine Weile. Dann seilt sie einen möglichst langen Spuckefaden ab und blickt ihm hinterher.

Hinter ihr die derben Stimmen der Fischweiber am Fischmarkt: Sie preisen Neunaugen, Flundern und Haffzander an. Ella braucht sich gar nicht umzudrehen und hinzusehen, um zu wissen, dass über ihnen die Möwen durcheinander flattern und gelegentlich niederschießen, um Abfälle zu ergattern: Sie hört das aufgeregte Zetern der Vögel bis hierher. Schon öfter hat sie das Schauspiel beobachtet, wenn sie die Köchin Emmi beim Einkauf hierher begleitet hat. Vor ihrem inneren Auge glänzen Fischleiber, leere Augen glotzen ins Nirgendwo. Auf der Fischhaut sieht sie Muster in allen Schattierungen des Meeresgrundes. Schleim haftet an ihnen und wird sie der Köchin später in der Küche unterm fließenden Wasser ständig aus der Hand flutschen lassen. Aus der Erinnerung steigt Ella auch ein säuerlich-salziger Duft in die Nase, der in den Winkeln der Mundhöhle sticht wie die Panzerzacken von Strandkrabben. Klatschend fliegen die Körper der Meeresbewohner aufeinander, wenn die Fischweiber sie auf Order der Kundinnen in die Waagschale werfen und dann in bald durchweichendes Zeitungspapier einschlagen. In Bottichen am Boden liegen rosa und sandfarben die ausgenommenen Därme, dazwischen schwarze Blutbatzen und braun die inneren Organe.

Von diesem schaurigen Anblick war Ella immer angezogen und erregt: Auch wenn sie sich ekelte, konnte sie den Blick nicht abwenden. Der Fischmarkt ist eine sinnliche Welt, so gegenwärtig und hautnah wie kaum etwas sonst! Hier liegen Grobheit und genießerische Vorfreude dicht beieinander, Leben und Tod, Schönheit und Abscheuliches.

Ella sieht pregelaufwärts. Aus der Geografiestunde weiß sie, dass der Fluss geradewegs von Osten her aus Insterburg kommt und sich zwölf Kilometer vor der Stadt teilt in den Neuen und den Alten Pregel. Bis zur Stadt umfassen die beiden Arme die Pregelwiesen der Flussinsel Lomse und schließen die Hände erst vor der Dominsel. Was mag dieser Fluss auf seiner Reise schon alles gesehen haben?

Ein Rennruderboot kommt in kräftigen Zügen heran. Hintereinander vier Rücken mit der Aufschrift SC Maccabi. Sie gleiten auf ihren Rollsitzen nach vorne, die Ruderblätter tauchen plitschend ein, ziehen scheinbar ohne Mühe durch, schweben dann dicht über dem Wasser in Fahrtrichtung zurück, und die Rücken rollen dabei erneut nach vorne. Ella ist fasziniert von der geschmeidigen Gleichzeitigkeit dieses Bewegungsablaufs – als wären die vier ein Mann mit vier Körpern! Sie sieht die Muskeln ihrer Oberschenkel hervortreten und wieder abschwellen, die Knie auf- und niedergehen und die eingepuderten Hände die Ruder kräftig vor die Brust ziehen. Ella fühlt sich fast schmerzhaft angezogen. Und scheut dennoch zurück: Diese Beine haben keine goldenen Härchen, sondern schwarze. Vorhin noch hat Ella das bevorstehende Gespräch mit dem Vater die Stimmung verdüstert, und sie hat sich hilflos gefühlt wie ein Kind, jetzt ist sie wieder ganz bei sich selbst, kommt sich fast schon erwachsen vor und spürt Hoffnung auf ihr zukünftiges, sich schier endlos vor ihr ausbreitendes Leben. In den letzten Monaten haben diese beiden Lebensgefühle sich oft abgewechselt: im einen Moment sicher und fest, dann wieder kindlich-verzagt oder voller Übermut. Sie ist ein Backfisch geworden: Zu ihrem 14. Geburtstag im Herbst wird sie ein Halskettchen mit einem silbernen Fischlein als Anhänger bekommen. Sie freut sich auf dieses Zeichen des Erwachsenwerdens.

Im Nu hat der Vierer sie erreicht und ist unter ihr und der Brücke weggeglitten. Ella dreht sich um und will hastig über die Straße auf die andere Seite, um den jungen Männern nachzusehen, aber eine vorbeikommende Straßenbahn versperrt ihr den Weg und bimmelt ungeduldig. Als sie schließlich die Hände auf das Geländer flussabwärts legen kann, haben die vier schon ein gutes Stück zurückgelegt. Sie sind nur mit sich und dem Spiel ihrer Muskeln beschäftigt, keiner von ihnen sieht hoch zu dem Mädchen im gelben Kleid.

Eine schmerzhafte Sehnsucht erfüllt sie, die sie nicht versteht. Wie anders war es noch am Morgen in der Straßenbahn: Mit Marita und den Jungs wie in einer goldenen Kapsel vereint, in einer gemeinsamen Welt voller Wärme, Nähe und Sicherheit! Hier allein auf der Brücke fühlt sie sich so verloren, und das kleine Glück des Morgens scheint ihr so unerreichbar, wie die vier jungen Männer da hinten. Schon taucht der Vierer in den Schatten der Schmiedebrücke ein. Als er dahinter wieder sichtbar wird, sind die Gesichter der Ruderer nicht mehr zu erkennen. Hinter dem alten Hafen am Hundegatt wird er in den Alten Pregel einbiegen und bis kurz vors Haff nach Holstein fahren, wo auch die Regattastrecke ist. Hinten vom neuen Hafen dröhnt das Tuten der großen Schiffe herüber.

Ella holt Luft, wirft die Zöpfe nach hinten und wendet sich nach links. Auf Höhe der von einer Kuppel gekrönten Synagoge geht sie über die Honigbrücke auf den Kneiphof. Sie muss an das Brückenrätsel denken, das ihnen Mathematiklehrer Hugo Kasselkat vor ein paar Wochen gestellt hat: Wie kann man nacheinander über die sieben Brücken der Königsberger Altstadt gehen, ohne eine von ihnen ein zweites Mal zu überqueren? Vier Brücken führen von den beiden Pregelufern auf den Kneiphof, zwei auf die Lomse, und eine verbindet den Kneiphof mit der Lomse – eben die Honigbrücke.

Lange hat der Lehrer sie über den Stadtplanskizzen brüten lassen, wieder und wieder schwebte Ellas Bleistift von Brücke zu Brücke über das Papier: vergeblich. Sie kam nicht auf die Lösung. Bis Kasselkat das Geheimnis endlich lüftete: Es gibt keine! Vor 200 Jahren haben sich sogar Wissenschaftler vergeblich die Köpfe darüber zerbrochen. Ein Rätsel ohne Lösung! Normalerweise haben die Erwachsenen doch auf jede Frage eine Antwort.

Ella weiß natürlich, dass es außerhalb von Königsberg und Ostpreußen noch viele andere Städte gibt: In Berlin wohnt mancherlei Verwandtschaft, und sie ist besuchsweise auch schon einige Male dort gewesen; auch hat sie von Reval gehört, von Rom und Paris; und die Eltern haben von ihren Reisen nach London, Florenz und Bordeaux erzählt und natürlich von ihrer Hochzeitsreise mit dem Schiff nach New York und zu den Niagarafällen.

Und doch kommt es ihr so vor, als sei Königsberg die Urform aller Städte, als seien alle anderen auf der Welt aus ihr hervorgegangen oder ihr nachempfunden worden. Ihre Bauwerke und Straßenzüge haben sich ebenso in Ellas geografisches Gedächtnis eingebrannt wie die beiden Stadtteiche oder die Fahrt mit der Samlandbahn nach Rauschen und Warnicken an die Steilküste. Alles steht da, als sei es immer schon da gewesen, als hätte es nicht anders entstehen können und als würde es auch für immer Bestand haben. Hier hat Ella ihre gerade zu Ende gehende Kindheit verbracht, und wider besseres Wissen scheint es ihr, als gebe es im Grunde nur diese eine Stadt auf der Welt. Sie kann sich kaum vorstellen, dass Menschen anderswo eine ebenso tiefe Beziehung zu ihrer Stadt haben wie sie zu Königsberg.

Das Auge ihrer Heimatstadt ist für Ella die Flussinsel Kneiphof, auf der sie geboren ist. Obwohl es flussabwärts vor der Stadt den neuen und größeren Hafen gibt, kommen hier heute noch manchmal Schiffe von der Ostsee herein und fahren um die Insel herum pregelaufwärts.

Dann müssen die Klappbrücken mitsamt den Oberleitungen der Straßenbahnen sich öffnen, um sie durchzulassen. Das hat sie viele Male mit angesehen.

Vor ihr steht schließlich das Wahrzeichen der Stadt: der fast hundert Meter lange evangelische Dom, in dem sie nächstes Jahr von Dompfarrer Hermann Heibutzki konfirmiert werden wird – vor wenigen Wochen hat der Konfirmandenunterricht begonnen. Die Eltern sind mit Heibutzki befreundet, und seine rotgeäderten Wangen sind in Ellas Kopf mit dem ebenso roten Backstein seines Domes verbunden. Der eine der beiden Westtürme ist quadratisch mit gedrungenem Giebel, der andere rund und höher mit einer spitzen Turmhaube, die Ella immer an den hohen Hut eines Zauberers denken lässt. Deshalb ist ihr diese Kirche auch immer ein bisschen unheimlich.

Sie geht am Kirchenschiff entlang, überquert den Großen Domplatz und biegt in die Fleischbänkenstraße ein. Seit Jahrhunderten scheint hier auf dem Kneiphof alles seine feste Ordnung zu haben: Die Straßen sind rechtwinklig angelegt, und die selbstbewussten Fassaden der schlanken, hochgestreckten Häuser verströmen Bodenständigkeit, Sicherheit und Wohlstand. Kaufleute wie ihr Vater siedeln sich seit vielen Generationen auf dieser Insel an und nutzen ihre Ufer zum Ein- und Ausladen der Waren. Ella kommt an Zigarrenhandlungen vorbei, an Kaffeeröstereien und Bankhäusern.

Je mehr sie sich ihrem Ziel nähert, desto mehr muss sie an das bevorstehende Gespräch mit dem Vater denken. Ihr ist unbehaglich zumute. Am liebsten würde sie in eine der kleinen Seitengassen entwischen und in einer Kellerluke über dem Bürgersteig verschwinden.

Schließlich trifft Ella auf die Kneiphöfsche Langgasse: Rechts liegt schräg gegenüber Vaters Weinhandlung, das Patrizierhaus mit der Nummer 27 hat eine der schönsten Fassaden hier, sie stammt aus der Renaissance und ist zur Straße hin von einem geschwungenen Giebel gekrönt. Darunter zwei Stockwerke mit je drei Fenstern und im Erdgeschoss ein filigranes Portal aus Sandstein, das mit Skulpturen, Masken und Reliefs geschmückt ist: In der Mitte über dem Eingang lächelt ein nackter Apoll zu Ella hinunter. Früher haben sie hier im Weinhaus auch gewohnt. Aber daran kann sie sich nicht erinnern.

Sie springt die sieben Stufen zum Portal hinauf. Über ihr der Rundbogen aus wiederum sieben Kassetten mit den Abbildern griechischer Götter. Im Haus verströmen die alten Dielen den Geruch von Bohnerwachs, wie sie ihn sonst nur aus dem Schloss kennt. Einige Angestellte mit blaurot gestreiften Kitteln und vorgebundenen Lederschürzen tragen Weinkisten durch die Diele und begrüßen freundlich die Tochter ihres Patrons.

Ella geht auf die große, dreihundert Jahre alte Eichentür am anderen Ende der Diele zu. Darauf sind eingelegte Arabesken aus Ahorn zu sehen, mooreichene Blütenranken, die Delphinschnäbeln aus Zedernholz entwachsen, Fabelwesen und Engelsköpfe aus Buchsbaum und Esche. Manches Mal hat sie hier vor dieser Tür gestanden und sich in all die Ornamente und Gesichter hineingeträumt. Einem pausbäckigen Putto fährt sie mit dem Daumen über die Nase – sie hat ihn insgeheim zu ihrem Schutzengel erkoren. Vor dem Rahmen der Tür stehen zu beiden Seiten korinthische Säulen, die ein Gesims tragen. Fein geschnitzte Köpfe mit grimmigen Bärten sehen über Ella hinweg.

Sie hüpft über die Dielen, lässt jeden Fuß zweimal aufhopsen und schüttelt dabei ihr Kleid hin und her. So gaukelt sie sich die gute Laune vor, mit der sie den Vater gleich zu umgarnen und gnädig zu stimmen hofft. Er steht mit einem Kunden hinten an einem gewaltigen, runden Tisch. Darauf mehrere angebrochene Rotweinflaschen, einige halb gefüllte Gläser und ein Holzbottich.

Ella setzt ihr charmantestes Lächeln auf.

»Hallo Vatchen!«, singt sie durch den Raum und stürmt auf ihn zu. Über sein geschäftsmännisches Gesicht läuft ein Lächeln, ein goldener Eckzahn blitzt hervor.

»Entschuldigen Sie, Herr Birnbaum! Meine Jüngste«, wendet er sich an den Kunden und setzt hinzu: »Von sechsen.«

»Donnerwetter!«, antwortet der Mann in Weste und Anzug. »Lauter Mädchen?«

»Und zwei Jungs. Der Große macht gerade seine Segelfliegerausbildung in Rossitten. Will Pilot werden.«

Ella gibt dem Kunden artig die Hand, sagt »Guten Tag!« und ihren Namen und macht einen Knicks, wie sie es gelernt hat. Dann schmiegt sie sich kurz an die Seite ihres Vaters. Er streicht ihr mit seiner großen Hand über die Haare und versinkt einen Moment in den blauen, von unten herauf leuchtenden Augen.

»So, Frollein!«, reißt er sich los. »Wir haben noch zu arbeiten.«

Mit einem Blick auf die Flaschen auf dem Tisch zwinkert er seinem Gast zu. Dann bekommt er wieder sein Weinhändlergesicht:

»Geh noch einen Moment in die Bibliothek und sieh dir ein paar Bücher an! Heute ist ein neuer Bildband über die griechischen Tempel in Italien gekommen.« Mit einem sanften Druck auf ihre Schulter setzt er sie in Bewegung. Es ist geschafft, denkt Ella erleichtert: Er ist ihr nicht mehr böse. Jetzt kann es nicht mehr so schlimm werden.

In der Bibliothek blättert sie nachlässig den neuen Bildband durch. Was der Vater nur an den alten Steinen findet? Die Tempel haben ja noch nicht mal ein Dach! Da sind ihr die Masken und Figuren draußen am Portal lieber.

Die meisten Bücher hier handeln natürlich vom Wein. Wenn Ella sie aufschlägt, kann sie Karten von Weinanbaugebieten herausklappen, auf denen Namen wie Pomerol, Médoc oder Musigny stehen. Mit seinem Großhandel hat sich der Vater vor allem auf französische Weine spezialisiert.

Eigentlich wollte Max Aschmoneit nach dem frühen Tod seines Vaters Marineoffizier werden. Mit seiner Mutter, Ellas Großmutter Elisabeth, hat es deswegen fast ein Zerwürfnis gegeben. Sie wollte den Sohn partout als Arzt sehen wie ihren Vater. Es übersteigt Ellas Vorstellungsvermögen, dass sich der Patriarch gegen Großmama Elli regelrecht zur Wehr setzen musste, dass auch er nicht einfach tun konnte, was er für richtig hielt! Doch dann wurde der Zwist auf andere Weise entschieden:

Der wohlhabende Onkel Friedrich starb und vermachte seinem Lieblingsneffen dieses Haus hier samt der darin befindlichen Weingroßhandlung, die schon seit bald hundert Jahren bestand. Also ging der junge Max nach England und Frankreich, um dort zu lernen und Kaufmann und Weinkenner zu werden.

»Wir können gleich los, junge Dame. Vorher haben wir zwei aber noch etwas zu besprechen!«

Ella schreckt hoch: Der Vater hält die Tür für sie offen. Seine Stimme ist ernst.

»Kommst du für einen Augenblick mit hinüber ins Kontor?«

Ihre sorgsam gehegte Heiterkeit und Zuversicht fallen in sich zusammen. Wie von Marionettenfäden gezogen springt sie auf und stakst auf den Vater zu. Sie hat ein flaues Gefühl im Magen, und ihr ist elend zumute, als müsse sie zur Schlachtbank. Sie geht an ihm vorbei hinaus auf den Gang, und er schließt hinter ihr die Tür. Drüben in seinem Kontor nimmt er hinter dem schweren Schreibtisch mit der hellbraunen Lederauflage Platz und zeigt auf den Sessel gegenüber. Sie setzt sich und sieht ihn furchtsam an.

»Elisabeth, es geht um deine Freundin Lina«, kommt er gleich zur Sache. Immer wenn es ernst wird, ruft er sie bei ihrem vollen Namen.

»Wir waren übereingekommen, dass sie kein Umgang für dich ist. Nun muss ich aber erfahren, dass du mein Verbot übertreten und weiter Kontakt mit ihr gehalten hast. Kannst du mir das erklären?«

Er spricht leise und sanft, aber in seinem Ton liegt eine

Entschiedenheit, die Ella nicht daran zweifeln lässt, dass er nicht locker lassen wird. Sie senkt den Kopf und sieht ihn mit leicht vorgeschobener Unterlippe trotzig an:

»Ich habe sie nur einmal am Schulhof getroffen, und wir haben uns kurz unterhalten. Ich will ja nicht unhöflich sein.«

Sie versucht, alle Patzigkeit aus ihrer Stimme zu verbannen, denn sie weiß, dass das Spiel sonst gleich verloren ist. Dem Vater missfällt ihr Ton dennoch: Eine Augenbraue ist nach oben gewandert und hat die Stirnhälfte darüber in Falten geworfen.

»Du streitest also ab, was offen zutage liegt …!« Ärger und eine leise Drohung schwingen in seiner Stimme mit: »… und bezichtigst mich vielleicht gar der Unwahrheit?«

Er sieht Ella mit einem langen, forschenden Blick an, der ihr bis in den tiefsten Grund der Seele reicht. Sie schaut hin und her zwischen seinen Augen und seiner Hand, die mit den Fingerknöcheln ein leises Ostinato auf die Tischplatte klopft.

»Mir scheint, dass eher du es bist, die sich hier einer Lüge schuldig macht! Es wird dich nicht wundern, dass mich das äußerst …«, und hier steigt die Faust noch ein Stückchen höher und knallt zum Schlussakkord der letzten Silbe noch etwas lauter auf die Lederunterlage: »… äußerst echauffiert!«

Ella stockt der Atem. Ihr Hals ist wie zugeschnürt. Sie weiß genau, dass dem geradlinigen Mann nichts so verhasst ist wie die Lüge; dass in seinen Augen das gesellschaftliche Miteinander auf dem Spiel steht, wenn Menschen einander unaufrichtig gegenübertreten. Und sie begreift: Um den Zorn dieses sonst so milden Mannes zu erregen, muss sie sich etwas Unerhörtes geleistet haben. Sie ist erstarrt und kann nichts mehr sagen. Sieht den Vater nur mit großen Augen an.

In Ellas Kopf rauscht es. Sie hört nichts davon, aber irgendwo da drin faucht es und strudelt lautlos, aber ungeheuer wild. Dieses Rauschen nimmt den ganzen Raum in ihrem Kopf ein, drückt alles, was Ella ist und ausmacht, an den Rand. Sie bekommt Angst, es ist, als müsste sie in diesem Rauschen untergehen. Und dann ist ihr, als würde ihr Kopf, ja ihr ganzer Körper jeden Moment zerspringen. Sie möchte raus aus diesem Körper, möchte an einem anderen Ort sein.

»Wenn dem so ist«, setzt der Vater äußerlich ruhiger mit erkaltetem Blick nach und lässt sich gegen die Rückenlehne seines Sessels fallen, »so werden wir uns ernstlich Gedanken über die Konsequenzen deines Handelns machen müssen!«

Jetzt entlädt sich die Anspannung der letzten Stunden und Minuten: Ella bricht in Tränen aus und schlägt die Hände vors Gesicht. Ihr noch junges Selbstbewusstsein knickt ein unter der Macht des Vaters. Sie schluchzt und lässt den Oberkörper bis kurz vor die Schreibtischkante sinken.

Sie versteht den Vater nicht. Warum ist er gegen diese Freundschaft? Und sie ist hin- und hergerissen. Einerseits fürchtet sie um das, was ihr wichtig ist, ihre Freundschaft zu Lina, diesem überschäumenden und fröhlichen Mädchen, die so anders ist als die brave Marita aus der Nachbarschaft. Andererseits macht ihr der Vater Angst.

Wie soll sie seine Zuneigung je zurückgewinnen? Wie ihren Fehler wiedergutmachen? Wie einen Weg finden zwischen diesen zwei Ängsten? Sie muss an Odysseus denken und an Skylla und Charybdis. Da bleiben nur die Tränen.

Der Vater bekommt einen kleinen Schrecken: Ist er zu weit gegangen mit dem Kind? Hat er sich hinreißen lassen? Er kennt ja sein aufbrausendes Temperament, das zu mäßigen ihm auch der Arzt dringend geraten hat. Er fühlt, dass sein Gesicht erst rot geworden ist und dann blass. Also atmet er ein paarmal tief durch. Als sich der Zustand seiner Tochter nicht beruhigt und sie immer noch schluchzt, erhebt er sich, geht um den Schreibtisch herum, lässt sich neben ihr in die Hocke nieder und legt ihr eine Hand in den Nacken. Mit der anderen streichelt er ihre feuchte Backe.

»Nun mal langsam, Kind! Wer wird denn gleich ein Drama daraus machen! Mir geht es doch nur um dein Bestes, das weißt du. Wir hatten besprochen, dass Lina einer anderen Gesellschaftsschicht angehört als du und dass das hübsch voneinander geschieden bleiben muss. Es geht nun mal nicht anders. Wir haben ein gewisses Ansehen in der Stadt und dürfen es nicht leichtfertig aufs Spiel setzen. Überdies ist ihre Mutter eine geschiedene Frau und genießt einen zweifelhaften Ruf in der Stadt.«

Er holt noch einmal tief Luft und schaut auf das Porträt seines Onkels Friedrich gegenüber an der Wand, wie um sich zu vergewissern, dass seine Haltung die richtige und wohlbegründet ist. Denn am Ruf der Familie hängt auch das Wohlergehen seines Weinhandels: Als Familienoberhaupt und Geschäftsmann hat er eine reine Weste zu behalten, auch für seine jüngsten Familienmitglieder. Allerdings hat er sich mehr erregt, als ihm und auch seiner Tochter guttut. Aus langer Erfahrung mit sechs Töchtern weiß er, dass er hier im Moment nichts mehr erreichen wird. Also lenkt er ein:

»Wir wollen es vorderhand gut sein lassen und heute Abend noch einmal darüber sprechen, wenn du dich beruhigt hast. Bis dahin hast du Gelegenheit, nachzudenken, ob du Lina wirklich nur am Schulhof getroffen hast und nicht vielmehr doch bei ihr zu Hause gewesen bist, wie es mir zugetragen wurde.«

Er zieht sein frisch gebügeltes Taschentuch aus der Innentasche seines Jacketts und wischt ihr die Tränen ab. Es duftet wie immer tröstlich nach Kölnisch Wasser.

»So, und nun nimm Haltung an! Die Sache ist halb so wild. Wir werden uns schon wieder vertragen.« Er zwinkert ihr mit beiden Augen zu. Ella schaut vorsichtig durch ihre Tränen zu ihm auf, und als sie sieht, dass sein Ärger verflogen ist, da kann sie gar nicht anders als zurückzulächeln. Dabei entringt sich ihr ein letzter Schluchzer. Der Vater nimmt sie bei der Hand und steht auf. Ella wischt sich mit dem Handrücken die Nase ab.

»Na na!«, tadelt er sie spaßhaft: »Das hast du aber anders gelernt!«, und zieht noch einmal sein Taschentuch hervor. Nachdem Ella sich die Nase geputzt hat, faltet er es zusammen und lässt es wieder in seinem Jackett verschwinden.

»So, und nun wollen wir nach Hause zum Mittagessen

fahren. Mal sehen, was die Mutter heute für uns vorge-
sehen hat.«

Auf dem Heimweg darf sie ausnahmsweise auf dem Bei-
fahrersitz Platz nehmen. Dort sitzt sonst die Mutter.
Der Vater hat den Wagen – ein französisches Fabrikat,
ein Peugeot, natürlich bordeauxfarben mit einem Stich
aubergine, passend für einen Weinhändler – im letzten
Herbst von seiner alljährlichen Geschäftsreise an den
Atlantik mitgebracht. Ellas drei Jahre jüngerer Bruder
Emil war von dem neuen Gefährt ganz aus dem Häuschen: von dem außen montierten Reserverad, den runden, freistehenden Scheinwerfern und den ausladenden
schwarzen Kotflügeln, die unten in die seitlichen Tritt-
bretter übergehen, um sich dann wieder zu den hinteren
Kotflügeln emporzuschwingen.

Ella hält den Kopf aus dem heruntergekurbelten Fenster. Der Fahrtwind streichelt ihr übers Gesicht und lässt
ein paar Haarsträhnen um die Schläfen flattern. Einen
Teil ihres Kummers nimmt er mit fort. Was wird sie dem
Vater heute Abend sagen? Sie weiß, er wird die Sache
nicht auf sich beruhen lassen. Ja, sie hat Lina zu Hause
besucht. Aber sie begreift nicht, was daran falsch sein
soll! Sie beide verstehen sich doch so gut, und sie mag
Linas braune Haare, ihre dunkle Haut und die hübschen
Kleider, die sie trägt! Sie hat ganz geknickt dreingesehen,
als Ella ihr gestanden hat, dass der Vater keinen weiteren
Kontakt zwischen den beiden Mädchen wünscht.

Kann man sich von einer Freundin lossagen? Darf
man das? Ella fühlt sich ihr gegenüber als abscheuliche

Verräterin. Soll sie die Freundin im Stich lassen oder die Gebote des Vaters übertreten? Wie sie auch entscheidet, begeht sie einen schlimmen Fehler. Was also kann sie tun? Sonst kann sie in schwierigen Fragen den Vater nach seiner Meinung fragen.

Ella schließt die Augen. Hinter ihren Lidern sieht sie gelbe, rote und orange Flecken tanzen. Das Farbenspiel und die Wärme auf der Haut sind eine Wohltat. Die feindselige Außenwelt ist für Momente ausgeschlossen.

Der Peugeot überquert die Ausbuchtung des Oberteichs und fährt kurz darauf zu Hause vor. Der Motor erstirbt und schüttelt dabei das Automobil noch einmal kräftig durch. Der Vater sieht nachdenklich zu Ella herüber. Dann streift er seine Handschuhe ab und öffnet die Wagentür.

Im Portal der Villa steht schon Mia, das Zimmermädchen. Über dem schwarzen Kleid trägt sie eine weiße Schürze mit breiten Rüschenträgern und ein weißes Häubchen. Sie hat den Wagen durchs Küchenfenster vorfahren sehen und ist herbeigeeilt, um dem gnädigen Herrn die Tür aufzuhalten. Mia stammt von einem kleinen Hof bei Palmnicken nahe der Bernsteinküste und ist froh um die Stelle bei den Aschmoneits. Denn wenn sie mal ein paar Tage Urlaub hat und nach Hause fährt, muss sie dort schwerer arbeiten als hier in der Villa, wo sie ein eigenes, schön möbliertes Zimmer hat. Als der Vater an ihr vorbeigeht, schlägt sie die Augen nieder und macht einen Knicks.

»Na, Mia, da hast du wohl nach deinem Verehrer Ausschau gehalten, und jetzt ist es bloß der alte Aschmoneit«, neckt er sie. Ella trottet hinter dem Vater ins Haus. Sie wirft ihren Ranzen auf einen Stuhl in der Diele.

Im Esszimmer sitzen die Mutter und die beiden noch im Haus verbliebenen Geschwister bereits am Tisch. Die vier großen Töchter sind schon verheiratet und aus dem Haus, und Hans macht auf der Nehrung seine Segelflugausbildung.

Die Sonne wirft die welligen Schatten der Fensterkreuze auf die Stores. Aus dem Augenwinkel nimmt Ella ein buntes Blinken in Regenbogenfarben wahr. Durch einen Spalt in den Stores hat sich ein Sonnenstrahl in einem der Kristallgläser verfangen, die in der barocken Vitrine an der Schmalseite des großzügigen Zimmers stehen. Hinter den Scheiben der geschwungenen Flügeltüren sind Dutzende Gläser und Kelche für die festlichen Anlässe im Hause Aschmoneit aufgereiht.

Ella liebt es, vor der übermannshohen Nussbaumvitrine zu stehen und diese Gläser anzusehen. Sie darf jedoch nicht zu nahe herantreten, denn die Mutter hat Sorge, sie könnte eine der zarten Scheiben des Gläserschrankes zerbrechen. Nicht wegen des etwaigen materiellen Schadens, nein, sie fürchtet vielmehr, es könne ein Unglück geschehen, wenn im Hause Glas zu Bruch geht. Sie ist in diesem Punkte in höchstem Maße abergläubisch und lässt sich auch nicht durch bedächtig abgewogene Argumente von ihrer Überzeugung abbringen. Ihr Mann hat es längst aufgegeben und schmunzelt dann nur nachsichtig.

Also wahrt Ella immer respektvollen Abstand zu dem kleinen Heiligtum und betrachtet die blinkende Pracht mit gerecktem Hals: Gläser für weiße und rote Weine, Schalen und Flöten, aus denen Sekt und Champagner getrunken wird, schlankere für Sherry oder den dunklen Madeira, bauchige, hauchdünne Cognacschwenker und kleinere aus glattem, teilweise mit süßlichen Motiven graviertem Glas, die den Likören vorbehalten sind. Auf dem untersten der vier Einlegeböden führen auch ein paar Schnapsgläser ein Schattendasein, denn Schnaps gilt den Eltern als offenbarungsloses und unnötig beißendes Zeugs, das man sich bestenfalls zu medizinischen Zwecken einverleibt.

Die mit Nussbaumwurzel furnierte Vitrine selbst ist in der Mitte nach vorne gewölbt, als trüge sie ein achtunggebietendes Bäuchlein vor sich her. An mehreren Stellen sind verschlungene Messingbeschläge angebracht, und oben am Giebel des Schrankes schwingen sich zwei Hörner empor, die aussehen wie die Hälse zweier aufeinander zu schwimmender Schwäne draußen am Oberteich. Die Vitrine ruht auf vier reichlich zarten Füßchen, die ebenfalls mit Messingornamenten beschlagen sind.

»Kind! Du bist ja ganz blass um die Nase!«, sagt die Mutter, als Ella sie mit einem Kuss auf die Wange begrüßt und sich auf ihren Platz drückt. »Ist dir nicht gut?«

Lustlos balanciert Ella den Stil des Silberlöffels auf dem Tellerrand und lässt die Löffelschaufel immer wieder sachte in die Hühnerbrühe platschen. Mutters Augenbrauen wandern in die Höhe, doch bevor sie Ella ermahnen kann, legt ihr der Vater begütigend die Hand auf den Unterarm:

»Kein Grund zur Aufregung, mein liebes Alieschen,

wir hatten nur eine kleine Meinungsverschiedenheit. Das wird sich schnell wieder einrenken.« Er schüttelt mit einem dumpfen Knall seine gestärkte Serviette aus, sieht hinüber zu seiner älteren Tochter und wechselt das Thema:

»Titi, erzähl, wie war's in der Schule? Seid ihr mit eurem Platon weitergekommen?«

Auch Mathilde ist ihr Kindername Titi als Kosename geblieben, obwohl sie nächstes Frühjahr das Abitur macht. Sie ist ein waches Mädchen und nicht auf den Mund gefallen. Bisweilen etwas widerspenstig und vorlaut, wie ihre Mutter findet.

»Wir haben heute mit der dritten Rede der Apologie angefangen. Die 501 Richter haben Sokrates gerade zum Tode verurteilt, weil sie glauben, dass er mit seiner Philosophie die Jugend verdirbt.«

Der Vater lächelt sie an. In seinen Augen stehen gleichzeitig milder Spott und Wohlwollen:

»Das sagst du so, als wärest du anderer Meinung.«

Titi weiß, dass der Vater es liebt, sie zu provozieren. Trotzdem kann sie ihren Hang zur Aufmüpfigkeit nicht dämpfen:

»Lehrer Hackbarth meint, dass die Richter nur neidisch auf Sokrates waren, weil das Orakel in Delphi ihn zu dem weisesten Mann überhaupt erklärt hatte. Außerdem haben sie ihm übel genommen, dass er sie mit seinen ständigen Fragereien der Lächerlichkeit preisgegeben hat. Hackbarth sagt, dass es der Obrigkeit nicht gefallen kann, dass da einer kommt und die Jugend zu kritischem Denken auffordert.«

In der Erwartung von Vaters Antwort werden Titis Augen kühl und trotzig. Ihre Nase mit den vielen Sommersprossen ist noch etwas spitzer als sonst, und sie hat ihre schlanken, weit geschwungenen Lippen wie einen Schutzschild nach vorne gestülpt. Natürlich sieht sie dem Vater an, dass er ihr gleich widersprechen wird. Das tut er schon aus Prinzip, um seine Kinder zum Nachdenken und Diskutieren anzuhalten. Über das alte Griechenland zu sprechen liebt er ohnehin:

»Was, glaubst du, wäre aus der Gesellschaft Athens geworden, wenn einer ständig alles infrage gestellt hätte? Auch die Grundfesten des Zusammenlebens und die Autoritäten?«, fragt er sie also. »Zur Zeit des Prozesses gegen Sokrates hatte Athen sich gerade erst von den Oligarchen befreit und musste noch Sicherheit in der neuen demokratischen Ordnung gewinnen. Der junge Staat war also gefährdet. Ist es da nicht möglicherweise vernünftiger, einen Kritiker zum Schweigen zu bringen, als den Bestand des Staates zu riskieren?«

Der Vater sieht Titi ruhig und interessiert an. Er hat die anderen am Tisch offenbar vergessen. Die Mutter, Ella und Emil verfolgen die Diskussion der beiden und löffeln ihre Suppe.

»Aber Sokrates hat doch nach der Wahrheit gesucht!«, antwortet Titi aufgebracht. Sie funkelt den Vater aus ihren fast schwarzen Augen an: »Da kann doch keiner etwas dagegen haben! Die Wahrheit ist das höchste Gut. Und Athen war doch eine Stadt, die die Wissenschaft hoch geachtet hat und damit die Suche nach der Wahrheit.«

Titi ist empört, dass der Vater das in Frage stellt. Auch sie ist auf der Suche nach der Wahrheit, und sie fühlt sich in ihrer Jugend dazu berechtigt.

»Vor 300 Jahren hat Galileo Galilei mit seiner Wissenschaft Beweise dafür gefunden, dass die Erde nicht der Mittelpunkt des Universums ist«, setzt der Vater zum Konter an. »Damit hat er das Weltbild seiner Zeitgenossen massiv erschüttert, und sie haben es mit der Angst bekommen. Galilei war deshalb in den Augen der Kirche ein gefährlicher Unruhestifter. Was also zählt mehr: Die Wahrheit oder das friedliche und funktionierende Zusammenleben der Menschen?«

Titi denkt nach. Sie ist unsicher geworden. Natürlich kann nichts wichtiger sein als ein verlässlich geordnetes Miteinander. Doch darf man deshalb die Wahrheit opfern? Sie gibt noch nicht auf:

»Aber ist es nicht ein fauler Kompromiss, wenn man die Augen vor der Wahrheit verschließt, nur damit die gesellschaftliche Ordnung aufrechterhalten werden kann? Was ist denn eine Gesellschaft wert, die auf Lügen und Märchen aufgebaut ist? Kann es einen Staat nicht eher weiterbringen, wenn er sich und seine Werte infrage stellt und dann zu neuen Einsichten und Erkenntnissen kommt?«

Der Vater erfreut sich sichtlich an Titis Feuereifer: »Natürlich, da hast du vollkommen recht. Aber es kommt eben auf das rechte Maß an. Man darf den Bogen nicht überspannen und die Menschen nicht überfordern. Gut' Ding will Weile haben. Inzwischen haben wir uns ja auch daran gewöhnt, dass nicht die Erde das Zentrum des

Universums ist, sondern die Sonne, und es macht uns nicht einmal mehr Angst. Aber das hat eben seine Zeit gedauert.«

»So, Titi, wie wäre es, wenn du jetzt deine Suppe äßest, bevor sie kalt wird?« Die Mutter hat die Augenbrauen wieder hochgezogen und wirkt ungeduldig. Sie schätzt es nicht, dass Max die Töchter immer wieder zum Widerspruch herausfordert und ihnen Flausen in den Kopf setzt. Sie sollen zur Klavierstunde gehen und Theater spielen, aber zu viel Eigensinn wird ihnen in der Ehe schaden, da ist Alice sicher. Sie sieht zu ihrer nunmehr Ältesten hinüber: Sie hat sich über ihre Suppe gebeugt, aber an ihrem funkelnden Blick kann die Mutter unschwer ablesen, dass sie noch auf eine Antwort sinnt, mit der sie Vaters Gedanken parieren kann.

Ella hat das Gespräch aufmerksam verfolgt. Sie kann nicht recht glauben, dass die von den Lehrern so gelobten Athener den weisen Sokrates tatsächlich nur deshalb zum Schierlingsbecher verurteilt haben, weil sie nicht in der Lage waren, seine Erkenntnisse auszuhalten. Kann es wirklich sein, dass sie aus Schwäche etwas getan haben, was für die Menschen heute Unrecht ist? Dann könnte es also auch heute noch geschehen, dass Menschen Unrecht begehen, was erst die Nachwelt als solches erkennen wird.

Sie muss an Lina denken und daran, dass sie sich von ihr fernhalten soll. Dass das Unrecht ist, spürt sie ganz deutlich. Und doch will der Vater sie dazu bewegen. Ist es möglich, dass er hier einen Fehler begeht, ohne es zu bemerken? Er, der Vater, der doch immer die Übersicht hat und über so vieles Bescheid weiß? Ella ist verunsichert. Die Frage hier am Tisch aufzuwerfen wagt sie nicht.

Unterdessen hat Mia Suppenteller und Terrine abgetragen. Die mollige Köchin Emmi kommt mit dem Braten herein und stellt ihn rechts neben Vaters Teller ab. Mia bringt Salzkartoffeln und Kohl. Von den Schüsseln steigen Dampffahnen auf. Der Vater erhebt sich, legt seine Serviette neben den Teller und schneidet feierlich den mit Backpflaumen gefüllten Schweinebraten an. Die ersten Scheiben legt er auf eine gesonderte Platte für die Hausangestellten.

»Altchen«, fragt er wie jeden Tag verschmitzt seine Frau. »Wie viele sind draußen?«

Und wie jeden Tag antwortet Alice mit gespielter Strenge: »Immer noch vier!«

Emil feixt Ella an, er hat schon auf den Wortwechsel gewartet. Aber Ella ist heute nicht nach Albern. Draußen gibt es neben Emmi, Mia und dem Kindermädchen Martha noch den »Meister«. Er hat früher im Fachwerkspeicher der Weinhandlung auf der Lastadie gearbeitet, dann aber konnte er die schweren Arbeiten nicht mehr leisten – aus gesundheitlichen und wohl auch aus Altersgründen. Weil er selbst ohne Familie ist, hat ihn der Vater im Hause aufgenommen. Er ist zwar ein behäbiger alter Mann geworden, aber die leichteren Arbeiten in Haus und Garten erledigt er noch zuverlässig und repariert, was entzweigeht – auch das Spielzeug der Kinder. Im Winter bereitet der stille, freundliche Mann ihnen im Garten immer eine Rodelbahn, die von der Terrasse die Treppe hinunter und dann auf einer eigens gezimmerten Brücke über die Rosenbeete hinab in den Garten führt. Der Schlitten gleitet dann oft bis an den Zaun. Für Ella und ihre Geschwister gehört er längst zur Familie.

Nach dem Mittagessen zieht der Vater seine breit gestreifte Rauchjacke an und hüllt sich im Salon in die grauen Wolken einer Zigarre. Die Kinder wissen, dass er jetzt nicht gestört werden will. Schließlich muss er anschließend wieder ins Geschäft.

Es folgen Stunden der Ruhe im Haus: Die Mädchen kümmern sich um den Abwasch und bereiten das Abendessen vor, Mutter Alice hält Mittagsschlaf und legt ebenfalls Wert darauf, nicht behelligt zu werden, und auch die Kinder haben sich in ihre Zimmer zurückgezogen. Ella ist froh, sich selbst überlassen zu sein. Erst spielt sie etwas lustlos mit ihren Puppen, dann liest sie in ihrem neuesten Buch, dem ersten Trotzkopfroman. Schließlich setzt sie sich an die Schularbeiten.

Nach einer Weile kommt Emil zur Tür herein.

»Spielst du mit mir?«, fragt er.

Ella legt den Handrücken an die Stirn und sagt theatralisch: »Ach Fritz, ich bin müde, müde bis in den Tod.«

Der Ausspruch stammt aus dem Kinofilm »Luise, Königin von Preußen«, den sie alle gesehen haben, und ist im Hause Aschmoneit zu einer festen Wendung geworden für Fälle, in denen man zu etwas keine Lust hat.

»Bitte!«, bettelt Emil, aber Ella vertröstet ihn auf später: »Ich muss erst noch meine Schularbeiten machen.«

Der kleine Bruder ist ihr in den letzten Monaten manchmal etwas lästig. Mit seinen zehn Jahren ist er eben doch noch ein Kind. Ella hingegen fühlt sich in der kindlichen Welt nicht mehr so aufgehoben: Manchmal ruft das Erwachsensein schon lockend und beunruhigend nach ihr, wie heute beim Anblick der vier behaarten Beinpaare im Ruderboot. Sie lebt zwischen den Welten. Und sie hat Fragen, mit denen Emil nichts anfangen kann. Gnatzig wirft er die Tür hinter sich zu.

Ella macht sich an die Übersetzung eines deutschen Textes ins Lateinische, doch die Hitze lastet schwer auf Maraunenhof, stellenweise flimmert sogar die Luft. Träge schwanken die Zweige. Ella fängt an zu träumen, lässt sich forttragen, bis sie gar nicht mehr weiß, an welchen Klippen ihre Gedanken sich gerade entlanghangeln. Sie genießt es, so zu versinken, kein Bewusstsein ihrer selbst mehr zu haben und mit der Umgebung zu verschmelzen – ein wohliger Zustand zwischen Wachen und Dämmern.

Da nimmt sie im Augenwinkel ein dunkles Huschen wahr und ist sofort hellwach: Ein Schmetterling tanzt vor dem Fenster und lässt sich am Rahmen in der Sonne nieder. Es ist der Große Schillerfalter. Leider hat sie ihn aufgeschreckt, und so schnörkelt er unruhig auf und nieder, bleibt aber in der Nähe. Ella hält ihm vorsichtig ihre Hand hin. Sie weiß, dass der Schillerfalter sich gerne auf die Haut setzt, um Schweiß aufzusaugen. Er taumelt hin und her und vollzieht schnelle Schleifen und Achten, dass Ella kaum folgen kann. Ihr wird etwas schwummrig, und für einen Moment schließt sie die Augen. Als sie sie wieder öffnet, sitzt der Schillerfalter auf ihrem Zeigefinger und lässt seinen ausgerollten Rüssel über die Haut tapsen. Die Flügel hält er fest geschlossen und zeigt ihre bräunlich-melierte Unterseite.

Ella führt den Finger langsam dicht vor ihr Gesicht und betrachtet den Falter aus nächster Nähe. Auf den zugeklappten Flügeln fällt ihr auf dem schwarzen Grund die Imitation eines Auges mit rotbrauner Iris auf. In der Mitte sitzt eine dunkle Pupille, der ein kleiner heller Glanzpunkt aufgesetzt ist, als würde sich hier tatsächlich ein Augapfel wölben. Der Rest der Flügel ist von rötlichen, dunklen Flecken bedeckt und von einem markanten weißen Keil. Das unregelmäßige, geometrische Muster erinnert Ella an Tintenkleckse zwischen zusammengeklappten Papierhälften.

Der Schillerfalter ist ein seltener Gast in Ostpreußen. Und gar hier am Stadtrand! Als Raupe lebt er gerne in Weiden, darüber hat Ella gelesen, aber ob er wirklich hier von diesem Baum vor ihrem Fenster stammt? Ist er vielleicht gerade erst aus seiner Puppe geschlüpft? Wahrscheinlicher ist, dass er aus den Wäldern des Samlandes herübergeflogen kam. Ella will jeden Moment dieser kleinen Begegnung auskosten.

Schon seit einigen Jahren haben die bunten Falter sie in ihren Bann gezogen. Geweckt hat diese Leidenschaft Vater Max, als er ihr einmal von einer Geschäftsreise ins südliche Frankreich einen holzgerahmten Glaskasten mitbrachte, in dem ein paar vielgestaltige Exemplare präpariert sind. Er steht immer noch in ihrem Regal, und von Zeit zu Zeit nimmt sie ihn zur Hand und besieht sich die Schmetterlinge von beiden Seiten. Da ist der zitronengelbe Aurorafalter, dessen Flügelspitzen fingerbreit in kräftigem Orange leuchten – auf der Unterseite trägt er dagegen mattgraue Tintenklecksbänder. Da sind schwarzgraue, pelzige Brummer mit dicken Knopf-augen. Ein gesprenkelter Weißling überrascht an der Unterseite mit seiner blattgrünen Farbe. Der Eros-Bläuling wiederum ist in ein metallisches Blau getüncht und trägt an den Seiten und hinten einen prägnanten Lidstrich, der von puscheligem weißem Flaum gesäumt ist. Der kleine Kasten ist ein betörendes Kaleidoskop von Farben.

Besonders ins Herz geschlossen hat sie den Osterluzeifalter: Er trägt ein giftiges Gelb zur Schau, durchbrochen von schwarzer Äderung in unterschiedlicher Dicke. Am Hinterflügel läuft sie in mäandernden Bändern aus, so dass es aussieht, als hätte er lauter kleine Finger am Rand. Hinten sind in einer Reihe acht knallrote Tupfen aufgesetzt wie Rubine. Auf der ansonsten blasseren Unterseite ist das Mäanderband sogar noch karminrot eingefasst und ebenso rote Adern durchziehen die Flügel. Minutenlang kann Ella diesen Schmetterling betrachten und entdeckt immer neue Einzelheiten.

In dem Nachschlagewerk aus drei schweren Bänden, das sie einmal zu Weihnachten geschenkt bekommen hat, liest sie regelmäßig nach, wo die Falter vorkommen, wovon sie leben oder wie sie überwintern. Sie vergleicht ähnliche Schmetterlinge miteinander, stellt Gemeinsamkeiten und Unterschiede fest. Manchmal verliert sie sich für Stunden in den Abbildungen und erklärenden Texten. Nach und nach lernt sie die Familien der Tag- und Nachtfalter kennen, die Widderchen, Spinner und Eulen, die Glucken, Bären und Ritter, die Motten, Wickler und Spanner.

Wenn sie beim Spazierengehen irgendwo einen

Schmetterling sieht, versucht sie immer, sich seine Zeichnung möglichst genau einzuprägen, um ihn dann zu Hause zu identifizieren. Schön wäre natürlich, wenn sie sich ihre eigene Sammlung anlegen könnte. Deshalb freut sie sich dieses Jahr besonders auf ihren Geburtstag, denn die Eltern haben ihr eine Erstausstattung versprochen – mit Fangnetz, Tötungsgläsern, Werkzeugen und verglasten Insektenkästen. Leider fällt ihr Geburtstag in den Herbst. Sie wird mit der Arbeit also bis zum Frühjahr warten müssen, wenn die Schmetterlingssaison wieder beginnt.

Jetzt klappt der Große Schillerfalter seine Flügel auf, und Ella sieht ihre schwarz-braune Oberseite mit zwei orangefarbenen Äuglein rechts und links vom Hinterleib. Je nachdem, wie die Sonne auf die Flügel fällt, tritt ein nachtblaues Schillern zutage. Es muss also ein Männchen sein, das sich da zu ihr herauf verirrt hat. Dass dieser schmuckvolle Schmetterling sich kaum auf Blüten niederlässt, sondern eine Vorliebe für Kot und Aas hat, mag man gar nicht glauben. An der Spitze seines rechten Flügels ist eine Ecke wie ausgestanzt. Vielleicht ist er gerade noch einmal dem Schnabel eines Vogels entkommen.

Als Ella am Abend in ihrem Bett liegt, sind die hellblauen Blumengardinen noch nicht zugezogen, der Sommertag hat für einige Hitze gesorgt, und Ella genießt die milde Abendluft, die durchs Fenster hereinzieht. Bis eben hat sie in ihrem Buch gelesen, aber sie ist in Gedanken immer wieder abgeschweift. Denn jeden Moment muss der

Vater kommen und ihr gute Nacht sagen. Da wird auch das Gespräch über Lina seine Fortsetzung finden.

Unten vom Oberteich schnattert eine letzte Ente herauf. Ella sieht sich in ihrem kleinen Reich um: Auf dem weißen Schleiflackschreibtisch steht ein kleiner Globus. Von dem lässt sie sich gerne von ihren Schularbeiten ablenken, und Ortsnamen wie Lissabon, Windhuk oder Schanghai schlagen in ihrer Fantasie Funken. An der Wand hängt ein Stich der trutzigen Marienburg, zu deren Füßen ein Segelkahn bei Vollmond auf der Nogat fährt. Und neben dem weißen Kachelofen steht seit Weihnachten auch eine ebenfalls weiße Sitzgarnitur. Dort hält Ella mit ihren Freundinnen manchmal »Kaffeestunden« ab – natürlich trinken die Mädchen nur heiße Schokolade. Innerlich hat sie den Kampf gegen den Vater schon am Mittag aufgegeben und ist ergeben in ihr Schicksal. Wie könnte sie sich auch auflehnen? Sie wird nachgeben und tun, was er verlangt. Den Schmerz darüber hat sie betäubt. Sie hört seine Schritte auf der Treppe. Dann steht er in der Tür und lächelt sie an.

»Na, mein Ellachen, schon fertig für die Nacht?«

Er setzt sich zu ihr auf die Bettkante und fährt ihr mit seiner großen, weichen Hand über die Backe. Sein Anzug riecht vertraut nach einer Mischung von würzigem Zigarrenrauch und Duftwasser. Er streicht ihr ein paar widerspenstige Härchen aus der Stirn.

Max ist ein liebevoller Vater. Keiner, dessen Kinder in erster Linie gehorchen müssen. Er fühlt in ihren Sorgen und Nöten mit ihnen, vielleicht weil er selbst seinen Vater früh verloren hat. Sogar Alice hält ihm manchmal vor, er sei zu weichherzig. Das Familienleben liegt ihm deutlich mehr am Herzen als sein Beruf. Schließlich war der Weinhandel auch nicht das Metier seiner Wahl. Er hat sich damit arrangiert und auch manchen Gefallen daran gefunden, aber er empfindet eine Distanz dazu.

»Ella, es tut mir leid, dass wir heute Mittag aneinandergeraten sind und dass du weinen musstest«, sagt er. »Du weißt, ich möchte dir nicht weh tun. Doch manchmal verlangt es die Pflicht von uns, Dinge voneinander zu erwarten, die dem anderen Schmerz zufügen. Ich kann es nicht durchgehen lassen, wenn du die Unwahrheit sagst.« Er hält inne und forscht in ihrem Gesicht nach der Wirkung seiner Worte. »Wollen wir jetzt noch einmal in aller Ruhe darüber sprechen?«

Ella nickt tapfer. Er nimmt ihre Hand in seine rechte und streichelt sie sachte mit der anderen.

»Möchtest du mir also etwas sagen?«

Da fasst Ella sich ein Herz und erleichtert sich. Erzählt ihm, wie Lina sie zu sich nach Hause eingeladen hat und sie ihr den Wunsch nicht hat abschlagen können – trotz des väterlichen Verbotes. Ein paar leise Tränen laufen ihr aus den Augenwinkeln über die Schläfen in die Haare. Der Vater trocknet ihre Spuren mit den Fingern:

»Es ist schön von dir, dass du deinen Fehler eingestehst. Fehler machen wir alle immer wieder im Leben, das ist menschlich. Es ist nur wichtig, dass wir zu ihnen stehen und dann aus ihnen lernen. Willst du mir also versprechen, dass du dich in Zukunft an unsere Vereinbarung hältst und den Umgang mit Lina unterlässt?«

Traurigkeit und Hilflosigkeit steigen auf in Ella. Wieder treten ihr Tränen in die Augen. Was soll sie nur machen? Es tut so weh, auf die Freundin zu verzichten:

»Aber warum denn? Wie kann es der Familie schaden, wenn ich mit Lina befreundet bin? Ich hab sie doch so gern!«

Der Vater seufzt und sinnt einen Moment zum Fenster hinaus in den hereingebrochenen Abend. Dann sieht er wieder sein unglückliches Töchterchen an.

»Ich verstehe deinen Schmerz, Ella. Freundschaft ist etwas sehr Schönes und Wichtiges im Leben. Aber es ist nun einmal so, dass wir uns unsere Freunde mit Bedacht wählen müssen, denn die falschen Freunde können uns schaden. Weil du aber noch nicht alt genug bist, um das zu übersehen, musst du dich auf das Urteil deiner Eltern verlassen. Begreifst du das?«

Da fügt sich Ella und nickt bleiern. Wie jeden Abend zieht der Vater vor dem Gutenachtsagen seine goldene Uhr aus der Westentasche, lässt den Deckel aufschnappen und hält Ella das tickende Wunderwerk ans Ohr. Aus dem Gehäuse löst sich ein zartes, helles Klingen. Es schlägt halb neun. Der Vater beugt sich zu ihr herunter und gibt ihr einen Butsch. Seine abendlichen Bartstoppeln kratzen, was ihr eine wohlige Gänsehaut bereitet – und gleichzeitig auch ein klein wenig Unbehagen.

Er hat natürlich recht: Sie ist noch zu klein, um über das Leben Bescheid zu wissen. Und er ist der Stärkere, in vielen Situationen gibt ihr das auch Sicherheit. Und doch ist heute ein kleiner Zweifel in ihr gekeimt. Ein Zweifel, ob die Erwachsenen immer recht haben und ob manche ihrer Werte und Gesetze sich nicht doch einmal als falsch erweisen werden. Diffus spürt sie: Heute war der erste Tag ihres Lebens, der nicht nur zu ihrer Kindheit gehörte, sondern auch zu ihrem Erwachsenenleben.

3

Potsdam, Mitte Januar 1945

Du bist doch nicht ganz bei Trost, Ella!« Viki ist außer sich. »Es ist viel zu gefährlich, jetzt noch einmal nach Königsberg zu fahren. Die Russen stehen an der Grenze und können jeden Tag in Ostpreußen einmarschieren. Es müssen Hunderttausende sein, und sie warten nur darauf, über uns herzufallen.«

Die beiden haben gerade ein dürftiges Mittagessen zu sich genommen. In die dünne Suppe haben mehr Augen hineingesehen als hinaus, wie sie immer spaßeshalber sagen. Das Brot ist wie alles rationiert. Die Kinder machen ihren Mittagsschlaf.

»Ach, das denken wir doch schon seit dem Herbst«, wiegelt Ella ab, »und passiert ist nicht viel. Ein kleiner Ausfall im Oktober bis Gumbinnen, und schon haben sich die Russen wieder zurückziehen müssen. Der Führer wird sie auch ein weiteres Mal zurückschlagen.«

»Aber was sie mit uns anstellen werden, wenn sie es in absehbarer Zeit doch schaffen, das haben wir in Nemmersdorf gesehen: Bestialisch verstümmelt und ermordet haben sie die Bauern dort und die Frauen vorher vergewaltigt. Du hast doch die Bilder in der Zeitung auch gesehen! Das sind Barbaren!« Viki ist offensichtlich alarmiert. »Denk doch an deine beiden Kinder! Du hast doch Verantwortung!«

Ella versucht, die Gefahr kleinzureden: »Mutti ist doch auch noch in Königsberg und will warten, bis Emil von der Front zurückkommt. Und schließlich fahre ich nur für ein, zwei Tage. Ich packe die Sachen ein und nehme den nächsten Zug zurück. Da wird schon nichts passieren. Und Mutti wird sich über den Besuch freuen.«

Teilweise ist es gerade die Verantwortung für ihre Kinder, die Ella an diesen verwegenen Plan denken lässt. Seit Wochen gibt es nichts Vernünftiges zu essen. Die Ente zu Weihnachten war eine ruhmreiche Ausnahme. Ansonsten nur schmale Kost. Auf die Lebensmittelkarten gibt es seit 1942 immer weniger: 250 Gramm Fleisch pro Woche können sie derzeit für einen Erwachsenen einkaufen, dazu gut zwei Kilo Brot und nicht mal ein halbes Pfund Fett. Reichsfleischkarte, Reichseierkarte, Reichsfettkarte. Und was es zu essen gibt, schmeckt derart langweilig, dass man schon gar keine Lust mehr darauf hat. »Gänseschmalz« machen sie inzwischen aus Margarine, Grieß, Zwiebeln und Milch. Kaum ein Abend, an dem sie nicht mit flauem Magen ins Bett gehen, und hinter vorgehaltener Hand spotten die Menschen: »Alle Mägen knurren für den Sieg! Wer isst, hilft dem Feind!« Ella könnte noch damit leben, aber dass sie ihren Kindern nicht genug zu essen geben kann, das macht sie hilflos und verzweifelt.

»Wie lange soll das noch so weitergehen, Viki? Wir können nichts tun als warten. Aber von alleine fliegen uns keine gebratenen Tauben auf den Tisch. Die Kinder brauchen etwas Nahrhaftes und Vitamine. Immer nur Bratkartoffeln, saure Kartoffeln oder Senfkartoffeln, immer nur Spinatsuppe mit Roggengrütze, Plinsen oder Grieß, das ist doch nichts auf Dauer. Mit den Hamsterfahrten aufs Land ist es auch vorbei, weil wir keine Wertgegenstände mehr haben, die wir den Bauern im Tausch geben können.«

»Natürlich, ich kann das eintönige Essen auch nicht mehr sehen.« Viki denkt an den Gänseblümchensalat, den sie im Sommer oft essen, und daran, dass man die Leberwurst seit langem aus Brennnesseln macht.

»Aber meinst du nicht, wir sollten noch etwas Geduld haben? Der Krieg kann ja nicht mehr lange dauern, und dann wird es Frühling. Glaubst du wirklich, das Risiko einer Reise nach Königsberg lohnt? Nur wegen ein paar Weckgläsern?«

Ella hat in den letzten Wochen immer wieder an die zurückgelassenen Vorräte in ihrem Keller in Königsberg denken müssen. Ganze Batterien von Einmachgläsern stehen da in den Regalen aufgereiht wie brave Soldaten. Sie sieht alles genau vor sich und schildert es Viki noch einmal in den leuchtendsten Farben: Sie erzählt von eingemachter Blutwurst und Gänseleberpastete, von Sauerkraut und Bohnen, eingelegten Zwiebeln und mit Kräutern gewürztem Knoblauch. Sie zitiert goldgelbe Birnen von samländischen Alleebäumen herbei, Kirsch- und Mirabellenkompott aus Mutters Garten, Apfelmus, Quittengelee und Pflaumenmarmelade. Vor allem aber schwärmt sie von den vielen Weckgläsern mit eingekoch-

tem Schweinebraten, der von einer geronnenen Fett-
schicht bedeckt ist.

»Hör auf, hör auf!«, ruft Viki mit gespieltem Ärger.
»Das ist grausam! Da bekomme ich ja gleich Appetit!«

Auch Ella prustet los und freut sich an dem Treffer,
den sie gelandet hat. Sonst bekommt sie meist nur Bauchschmerzen, wenn sie sich ausmalt, was sich mit den Vor-
räten im Königsberger Keller alles zubereiten ließe.

Ella denkt an die überstürzte Zugfahrt im Herbst von
Königsberg nach Berlin. Elke konnte mit ihren drei Jahren immerhin schon alleine laufen, aber den gerade ein-
jährigen Philipp musste sie natürlich auf den Arm nehmen. Also hatte sie nur eine Hand für einen Koffer frei
und trug auf dem Rücken einen vollgepackten Rucksack.
Ohnehin wäre es aufgefallen, wenn sie mehr Gepäck
dabei gehabt hätte. Denn Ostpreußens Gauleiter Koch
hatte jede Flucht oder Evakuierung streng verboten: Jeder Häuserblock sollte verteidigt werden. Flucht wäre als
Defätismus bestraft worden.

»Aber selbst wenn du es schaffst, einen Zug zurück
zu bekommen«, sagt Viki, »kannst du doch gar nicht
viel mitnehmen. Das hilft uns dann vielleicht für zwei
Wochen, und danach stehen wir wieder so da wie jetzt
auch!«

»Darüber habe ich auch schon nachgedacht. Deshalb
habe ich mir überlegt, dass ich die Gläser in mehrere Kisten packen und die dann am Bahnhof aufgeben werde.
Davon können wir Monate zehren, und im Sommer gibt
es dann ja wieder frisches Gemüse.«

Insgeheim hat sie noch einen weiteren Grund für ihre

Reise – vielleicht ist es der wesentliche: Sie hält nämlich diese ewige, eintönige Warterei nicht mehr aus! Der Krieg und seine Folgen haben eine Tristesse in die deutschen Häuser und Wohnungen gebracht. Überall sind gefallene Ehemänner, Väter und Söhne zu beklagen, überall sind die Städte nach Bombenangriffen in einem katastrophalen Zustand, und alle fürchten sich davor, wie es weitergeht, wenn der Krieg erst verloren ist.

Wieder einmal beschneiden Dinge Ellas Leben, die mit ihr nichts zu tun haben, die ihre Lebendigkeit und ihren Lebenshunger einschränken. Wie damals, wenn die Eltern ihr mit sinnlosen Regeln Grenzen zu setzen versuchten. Wieder ist in ihrem Kopf dieses lautlose, chaotische Rauschen: Es schleudert alles an den Rand, was ihr wichtig ist. Ella will diese Lähmung loswerden. Will endlich etwas tun!

Die kleine Elke ist vom Mittagsschlaf aufgewacht und hat angefangen zu weinen. Ella steht auf, um sie zu beruhigen.

Viki schiebt brütend Brotkrümel auf dem Tisch hin und her. Was soll sie dieser Reise noch entgegensetzen? Ella hat ohnehin immer ihren Kopf durchgesetzt. Vaters Tod im Sommer 32 hat die damals noch nicht 14-Jährige aus dem Gleichgewicht gebracht, immer wieder ist sie danach aus den gewohnten und einem jungen Mädchen angemessenen Bahnen ausgebrochen. Viki und die anderen großen Geschwister haben das nicht ohne Sorge gesehen. Um den kleinen Bruder Emil musste man sich keine Gedanken machen: Er war in seinem Ruderverein »Wiking« gut aufgehoben. Die Ruderlehrer dort hatten ihn unter ihre Fittiche genommen, und das Rudern ist für ein paar Jahre sein Lebensinhalt geworden. Aber Ella? Sie war wie ein Kahn, den der Sturm vom Anker losgerissen hatte und der jetzt halt- und ziellos auf dem Wasser schaukelte. Der Vater hatte ihr Sicherheit und Geborgenheit gegeben und auch immer mal wieder Grenzen gesetzt – das fehlte dann. Von der Mutter hat sie sich in den folgenden Jahren nicht mehr viel sagen lassen. Es scheint Viki ausgeschlossen, dass sie der Schwester die Königsbergreise noch ausreden kann.

Ella kommt zurück und hat die Große auf dem Arm. Die Dreijährige hat von Schlaf und Tränen ganz glasige Augen und birgt ihren auf die Brust gesunkenen Kopf unter dem Kinn der Mutter. Ella sieht ihre große Schwester entschieden an:

»Viki, ich gehe nachher zum Bahnhof und erkundige mich nach den Zügen«, sagt sie. »Wenn es noch Verbindungen nach Königsberg gibt, kaufe ich für morgen eine Fahrkarte. Je eher ich fahre, desto besser. In spätestens einer Woche bin ich zurück.«

Als Ella später durch Potsdam läuft, ist es klirrend kalt, und die Straßen sind vereist. Zwischen Bürgersteig und Fahrbahn sind Schneewälle aufgetürmt, die Geräusche des Verkehrs durch die dicke Schneedecke abgedämmt und trocken. Durch die Babelsberger Straße sieht Ella einen Zug von Pferdewagen und Fußgängern mit Handwagen und Schlitten ziehen. Die Bauernwagen sind meist aus grobem Holz, im Herbst ist darauf wohl noch die Ernte eingebracht worden. Darüber notdürftige und zum

Teil schon zerrissene Planen gegen Wind und Schnee. Die grauen Gestalten haben sich dick eingemummelt und sehen leer vor sich hin. Wer noch kann, läuft neben den abgemagerten Pferden her, nur Kinder und Alte sitzen auf den Böcken. Die Gesichter der Menschen sind fahl, sie tragen abgerissene Mäntel und löchrige Stiefel. Unappetitliche Ausdünstungen wehen zu ihr herüber. Auf den Wagen sind ramponierte Koffer und Bündel verschnürt, steif gefrorene Federbetten, Matratzen und Teppiche. Offenbar sind die Leute schon seit Wochen unterwegs. Metalltöpfe scheppern, Räder knarren durch den Schnee, Hufe klappern. Ansonsten liegt über dem Geschehen eine gespenstische Stille.

Ella geht auf eine junge Frau in ihrem Alter zu. Sie schiebt einen Kinderwagen, darin ist unter einem Berg von Kleidern ein käsiger Säugling verborgen. Ella fragt die junge Frau, wo sie herkommt. Aber sie geht weiter, ohne Ella auch nur anzusehen. Als könnte sie nicht mehr weiterlaufen, wenn sie erst einmal stehen geblieben ist.

»Wundern Sie sich nicht«, klärt ein hinter ihr marschierender Junge Ella auf, »sie hat vor zwei Wochen ihren größeren Sohn verloren, eines Morgens hat er steif und kalt neben ihr gelegen. Ihr Mann ist seit Monaten an der Ostfront vermisst.«

»Wo kommt ihr denn her?«, fragt Ella fassungslos.

»Viele sind aus der Rominter Heide, aus Pilkallen oder Treuburg. Hinter Allenstein sind dann noch Menschen aus dem Memelland und aus Litauen dazugestoßen. Ich komme aus Nikolaiken.«

Schon so nah an Königsberg, denkt Ella. Sie bekommt weiche Knie. Wenn diese Menschen alles im Stich gelassen haben, um ihr Leben zu retten, kann es nicht mehr lange dauern, bis auch die Samländer ihre Sachen packen müssen.

»Und ihr seid die ganze Strecke gelaufen?«

»Was sollten wir tun? Sie haben sicher gehört, was in Nemmersdorf passiert ist. Die Ostkreise durften ja flüchten, aber allen anderen hat es der Gauleiter verboten. Doch irgendwann war die Angst vor den Russen größer.«

Wo sollen all diese Menschen hin? Wo in den zerbombten Städten ein Zuhause finden? Wie wieder heimisch werden? Zum ersten Mal, als hätte plötzlich jemand den Vorhang vor einer Wirklichkeit weggezogen, die sie schon länger dahinter vermutete, ist es für Ella unmittelbar greifbar, dass sie ihre Heimat verlieren wird. Der Zug dieser Menschen kommt ihr mit einem Mal so ungeheuerlich vor, als würde die Weltordnung auf den Kopf gestellt. Langsam trotten sie an ihr vorüber.

Als sie nur noch die Wagenspuren im von zermatschten Pferdeäpfeln verunreinigten Schnee sieht, sinkt sie nieder, hockt sich auf den Bordstein und fängt hemmungslos an zu weinen. Die Entbehrungen, Ängste, Sorgen und Verluste der letzten Monate platzen in ihr auf wie eine reife Eiterbeule und verspritzen ihr Gift in ihrer Seele. Der Heulkrampf schüttelt sie. Ein Spuckefaden rinnt zwischen ihren Füßen in den Schnee.

Wo soll das alles enden? Was wird noch auf sie zukommen? Wird es jemals wieder eine Heimat für sie geben? Einen Ort, wo sie hingehört und einen Platz hat? Wann setzt Hitler endlich die Wunderwaffe ein, von der er schon so lange redet, um den Vormarsch der Russen aufzuhalten? Es kommt ihr vor, als sei sie noch nie so verzweifelt gewesen. Wie beruhigend es wäre, wenn der Vater hier neben ihr säße und den Arm um sie legte. Dann hätte sie zumindest die Illusion von Geborgenheit und einer Zukunft. Als er gestorben ist, da hat es ihr den Boden unter den Füßen weggerissen. Sie hat zwar inzwischen ein paar Bretter über den Abgrund gelegt, manchmal aber rutschen sie beiseite und sie blickt wie jetzt ins Bodenlose. Ella rappelt sich auf. Am besten nur das Nächstliegende ins Auge fassen, einen Schritt vor den anderen setzen. Also die Fahrkarte für die geplante Reise. Sie geht die wenigen Meter zum Bahnhof und stellt sich in die Schlange am Schalter. Als sie an der Reihe ist, scheint der Schalterbeamte überhaupt nicht verwundert. Als hätte sie nach einer Fahrkarte nach Frankfurt oder Hamburg gefragt, versichert er gleichgültig:

»Natürlich fahren Züge nach Königsberg. Woll'n Se morgens fahren oder mit 'em Nachtzug?«

»Gleich morgen früh, bitte!«, antwortet sie schnell, bevor sie es sich anders überlegen kann.

Am nächsten Morgen steigt sie in den Zug nach Charlottenburg. Es ist noch dunkel. Ihre beiden Kinder hat sie in Vikis Obhut gelassen. Für die paar Tage wird das gehen. Sie hat keine Koffer bei sich, nur eine leichte Tasche mit ihrem Waschbeutel, ein paar Broten für die Fahrt und einer Wasserflasche. Sie möchte ja bei der Rückfahrt möglichst viel mitnehmen.

Ihre Sinne sind hellwach. Das langsam heraufkommende Morgenlicht fällt mit großer Präzision in ihre Augen. Als auf Höhe des Wannsees ein paar Schwäne im Halbdunkel neben den Gleisen stehen, kommt es ihr so vor, als hätte sie noch nie so bewusst wie jetzt einen Schwan gesehen. Kurz darauf im Grunewald ist ihr, als könnte sie die einzelnen Blätter der Bäume zählen, so messerscharf ist ihre Wahrnehmung. Ella hat wie selten ein intensives Gefühl vom gegenwärtigen Augenblick. Jeder Moment scheint ihr erst pulsierend lebendig und kostbar, dann registriert sie ebenso deutlich sein Vergehen: jetzt – jetzt – jetzt. Sie fühlt sich wie die Hauptfigur in einem Spielfilm, nur dass die Welt da draußen eben nicht schwarz-weiß ist wie im Lichtspieltheater, sondern Farben wachsen langsam aus dem Morgengrau. Die Gleichgültigkeit des täglichen Einerlei ist aufgehoben, und Ella fühlt sich lebendig wie schon lange nicht mehr.

Auf einem der rechtwinklig auf die Bahnlinie zulaufenden Waldwege des Grunewald erblickt sie für einen kurzen Moment einen Reiter im Morgennebel: In Uniform sitzt er kerzengerade auf seinem feingliedrigen Rappen – wird wohl ein Trakehner sein, denkt sie. Dann flitzen schon wieder die Bäume am Zugfenster vorbei. Ella hat den Reiter nur einen Augenblick lang gesehen, und doch hat er – einem heftigen Windstoß gleich – ein Fenster zu ihrer Vergangenheit aufgeschlagen. Vor ihrem inneren Auge steht in dringlicher Klarheit: Victor. Auch ihn sieht sie in Uniform, auf dem Rücken eines Pferdes, das gerade über ein Hindernis setzt. Er hat sich zum Entlastungssitz aus dem Sattel gehoben, den Kopf hinter der Mähne verborgen und linst hochkonzentriert am Hals des Tieres vorbei. Alle Muskelfasern seiner zierlichen Gestalt sind angespannt.

Schon vor ein paar Tagen ist sie von Erinnerungen an Victor überrascht worden. Bis dahin hatte sie lange nicht an ihn gedacht. Sie hatten sich aus den Augen verloren. Schließlich ist sie eine verheiratete Frau mit zwei kleinen Kindern.

Ist Victor nicht nur einer jener jungen Männer gewesen, mit denen sie in ihrer Jugend geschäkert hat? Das schlechte Gewissen will ihr das einreden. Damals beim Tanztee in der Kaserne warteten viele Leutnants nur darauf, sie übers Parkett zu drehen oder in der Pause in ihrer Gesellschaft die vorbereiteten Schnittchen zu essen. War Victor also nicht auch nur einer jener Trabanten, die unablässig und scheinbar auf ewig um sie kreisten? Auch wenn er unter den wenigen war, die ihr damals nähergekommen sind?

Nein, Victor war ganz und gar kein Trabant. Er war der Planet, um den *sie* sich drehte. Sie hat diese Umlaufbahn genossen, ist in ihr aufgeblüht, hat sich immer gefühlt, als liefe sie durch ein Kornfeld mit Klatschmohn. Nie vergessen wird sie den Schmerz, der sie überfiel, wenn Victor sich ihr entzog und erst nach längerer Zeit wieder eine Annäherung zuließ. Dieser Schmerz hat damals nicht nur wehgetan. Ihre innigen Gefühle für Victor haben auch sehnsüchtig zugelassen, dass dieser Schmerz mit ihnen verwuchs. Sie wollten von ihm auf die Probe gestellt werden. Um dieses Schmerzes willen war Victor nur noch kostbarer.

Hätte sie nicht besser ihn geheiratet als Hinrich? Der unterkühlte Hamburger ist manchmal so freudlos und engstirnig. Victor dagegen ist wie sie im weltoffenen Königsberg groß geworden, und seine Lebensart fühlte sich für Ella leichter und umgänglicher an. Wo er wohl gerade sein mag? Ob er überhaupt noch am Leben ist? Denkt er noch an sie?

Ella nimmt sich vor, in den nächsten Tagen Victors Mutter wieder einmal zu besuchen und sich nach ihm zu erkundigen. Wenn sie überhaupt noch in der Stadt ist und nicht schon längst geflohen oder bei einem der Luftangriffe ums Leben gekommen.

Nach einer halben Stunde steigt Ella in Charlottenburg aus. Über den Bahnsteig fegt ein eiskalter Ostwind. Ihr dunkelgrüner D-Zug steht schon am Gleis. »Königsberg Pr.« ist außen auf den eingesteckten Zuglaufschildern zu lesen. Der klare Schriftzug gibt ihr Sicherheit.

Sie geht bis zu einem Wagen dritter Klasse, steigt die Stufen hinauf und sucht sich einen Platz. Gespenstisch wenige Menschen sitzen in ihrem Waggon. Ein paar Soldaten, die wohl vom Fronturlaub zurückkommen. Kaum Zivilisten. Ella kommt sich vor wie auf einer Fahrt in den Weltuntergang. Als sie noch einmal aufsteht, um aus der Tasche im Gepäcknetz ihre Wasserflasche zu holen, da ruckt der Zug auch schon an.

4

Samland / Kurische Nehrung, Anfang Juli 1936

Gleich steigen sie ein, Ella!«, ruft Lina begeistert. Die beiden Mädchen strecken die Köpfe aus dem Zugfenster in den Fahrtwind, um nach dem nächsten Bahnhof Ausschau zu halten. Es ist noch frisch an diesem Sommermorgen. Der Zug wird sie in einer Dreiviertelstunde nach Cranz an die Ostsee bringen. Ihre Räder sind in den Gepäckwagen verladen, die Packtaschen unter der Sitzbank verstaut, und der Bambusstock für Ellas Schmetterlingsnetz liegt auf der Hutablage.

Die Freundinnen sind trotz der frühen Stunde aufgekratzt. Eben hat Mutter Alice sie zum Königsberger Vorortbahnhof Rothenstein begleitet. Eigentlich nicht notwendig, denn mit den Rädern ist es nur ein Katzensprung von zu Hause. Doch Ellas Mutter war vor der kleinen Reise ihrer 17-Jährigen ein wenig unruhig:

»Seht zu, dass ihr jeden Tag eine warme Mahlzeit bekommt!«, hat sie gesagt. »Und haltet nicht zu spät nach einem Quartier Ausschau, dass ihr nicht in die Nacht kommt!«

Sie weiß sicher selbst, dass diese Ratschläge überflüssig sind, die Mädchen tun ja doch, was sie wollen.

»Und Ella! Lasst euch nicht von fremden Männern ansprechen!« Eine Begründung für diese Mahnung ist sie schuldig geblieben.

Was sie nicht weiß: Ella und Lina werden die Radtour über die Kurische Nehrung nicht alleine unternehmen: Sie haben sich heimlich mit zwei Fahnenjunkern verabredet, die vergangenen Winter mit ihnen im Tanzkurs waren. Um kein mütterliches Aufsehen zu erregen, sind die jungen Männer mit dem Rad bis Quednau vorausgefahren und werden dort gleich zusteigen. Drei Minuten prickelnder Vorfreude für die beiden Mädchen: Sie haben der Erwachsenenwelt ein Schnippchen geschlagen und fiebern den gemeinsamen Tagen und Abenteuern entgegen.

»Meinst du, sie kommen in Uniform?«, fragt Lina.

»Bestimmt nicht«, glaubt Ella. »Viel zu heiß und zu unbequem im Sommer. Für eine Radtour allemal.«

»Eigentlich schade. Sie sehen doch sehr schick aus in den Uniformen. Wie erwachsene Männer.«

Ella denkt an die Tanzstundenabende. Vikis Mann Friedel hatte aus seinem Regiment zwölf Fahnenjunker für sie und ihre Freundinnen »abkommandiert« – unter ihnen auch Paul Klebusch und Christian Wowerat. Nach dem Tanzunterricht gab es belegte Brote, die die Mütter den Mädchen eingepackt hatten, und es wurde meist sehr lustig, auch weil die eine oder andere Flasche Wein – vom Tanzlehrerehepaar Schmidt meist unbemerkt – die Runde machte. Und für den Nachhauseweg hatten sie ein Abschlussritual: Sie stellten sich am Nordbahnhof im Kreis auf und sangen moderne Schlager und »Guter Mond, du gehst so stille«. Einmal hat ein Schutzmann sie amüsiert nach Hause geschickt.

Schon bald war es dann immer Paul, der Ella bis vor ihre Tür in der Jordanstraße begleitete.

Sie blinzelt im Fahrtwind wohlig in die Morgensonne. Hin und wieder weht eine Rauchschwade der kleinen Dampflok an ihren Köpfen vorbei, dann riecht es fett und beißend nach Kohleofen. Ella freut sich an der dicken Ferienwurst, von der sie gerade erst eine kleine Scheibe abgeschnitten haben, und lässt sich Linas braune Strähnen ins Gesicht flattern. Sie sieht ihr kleines Ohrläppchen, das eigentlich gar kein richtiges Ohrläppchen ist, so dicht ist es am Halsansatz angewachsen. Ella legt ihr den Arm um die Schulter und drückt sie an sich. Am Ende hat sie sich eben doch durchgesetzt und ist ihrer Freundin treu geblieben. Das Verbot des Vaters hat nicht lange gehalten. Schon wenige Wochen nach seinem Herztod war nicht mehr die Rede davon. Mutti hatte sich um anderes zu kümmern, vor allen Dingen waren die finanziellen Belange zu klären, denn mit ihren drei schulpflichtigen Kindern und einer studierenden Tochter stand sie plötzlich ohne Einkünfte da. Laut Vaters Partner lag die Weinhandlung seit der Krise von 1929 wirtschaftlich am Boden und war kaum noch etwas wert. Weil sie von Geschäftsdingen keine Ahnung hatte und die Lage nicht beurteilen konnte, hat sie sich von ihm betrügen lassen: Er luchste ihr Vaters Anteil an der Firma zu einem lächerlichen Preis ab und dazu noch das Geschäftshaus in der Kneiphöfschen Langgasse – sie hatte ja doch keine Verwendung mehr dafür. Eins der Mädchen musste sie entlassen, der *Meister* war nach Vaters Tod auch bald gestorben. Die ohnehin zu groß gewordene Villa in Maraunenhof wurde verkauft und vom Erlös das kleinere Haus in der Jordanstraße ein Stück weiter außerhalb erstanden. Seit zwei Jahren wohnen sie jetzt dort im Erdgeschoss und leben hauptsächlich von der Miete der Wohnung im oberen Stockwerk.

Mit Lina hat Ella sich anfangs nur heimlich getroffen. Bald aber kam sie auch zu ihnen nach Hause, und die Mutter ließ nicht erkennen, ob sie sich an das väterliche Verbot noch erinnerte. Mit seinem Tod war es ja auch nebensächlich geworden, in welchen Kreisen man verkehrte und was die Königsberger Gesellschaft von der Familie dachte. Schließlich gab es das Geschäft nicht mehr, und als Witwe wurde Alice kaum noch eingeladen.

»Da sind sie!«, ruft Ella und winkt aus dem Abteilfenster. Die jungen Männer heben ihre Räder in den Gepäckwagen und kommen zu ihrem Waggon gerannt – sie sind tatsächlich in Zivil. Als sich ihnen plötzlich zwei Uniformierte in den Weg stellen, bleiben die beiden wie angewurzelt stehen, nehmen kurz Haltung an, reißen einen Arm in die Höhe, bewegen die Lippen zu drei unhörbaren Silben und laufen weiter. Die Lok qualmt und schnaubt vor sich hin wie ein ungeduldiges Pferdchen. Von den Berlinfahrten zur Verwandtschaft kennt Ella mächtige Lokomotiven mit Kohlewagen. Diese hier erinnert sie eher an Emils Spielzeugeisenbahn aus Blech.

Die schüchternen Umarmungen, auf die alle vier gewartet haben, geraten etwas linkisch, und die Jungen schieben ihre Taschen unter die Sitze. Auf der honigfarbenen Holzbank gegenüber von Ella und Lina liegt ein Fahrplan mit einer himmelblau kolorierten Zeichnung,

darunter der Werbespruch der Königsberg-Cranzer Ei-
senbahngesellschaft: »Zu den Möwen an die See mit
Samlandbahn und KCE«. Christian lässt den Plan auf die
Ablage über ihren Köpfen segeln, und die beiden nehmen Platz.

Jetzt sitzen sie einander gegenüber und sind ein we-
nig betreten. Die Nähe ist nun doch größer als bei den
Tanzstundenabenden, wo ihnen die Gruppe Schutz bot,
und sie merken, dass es ihnen noch an Vertrautheit fehlt.
Um die Verlegenheit zu kaschieren, steckt Paul sich eine
Zigarette in den Mundwinkel, kneift beim Anzünden die
Augen zusammen wie ein Werftarbeiter in Contienen
und schwadroniert drauflos:

»Also, deine Mutter haben wir ja herrlich drange-
kriegt!« Dabei sieht er Ella an. »Ich lach' mich krumm:
Da bringt sie ihr unmündiges Töchterlein und deren
Freundin seelenruhig zum Bahnhof und glaubt, jetzt ist
sie sicher, aber dann...« – und hier schießt er wie eine
kleine Dampflok drei Rauchwölkchen aus dem gespitz-
ten Mund nach oben – »...schon an der nächsten Station
steigen – schwupps! – zwei stramme Jünglinge zu und
leisten den jungen Damen Gesellschaft!«

Im Überschwang klatscht er Christian etwas zu fest auf
den Schenkel und zieht wieder an seiner Juno. Die anderen lachen, Christian reibt sich die kurze Hose.

»Sag mal, Paul, musst du hier drin rauchen?« Lina wedelt mit der Hand vor ihrem Gesicht herum und macht
ein angewidertes Gesicht.

»Wieso, ist doch ein Raucherabteil«, antwortet er etwas motzig.

»Wenn es Lina stört«, versucht Ella zu vermitteln, »kannst du ja auch draußen rauchen. Komm, wir gehen zusammen!«

Sie nimmt Paul bei der Hand, und die beiden bahnen sich einen Weg nach hinten. Fast alle Plätze des Waggons sind besetzt, und das Gepäck der Ausflügler quillt bis in den Mittelgang hinein: Picknickkörbe, große Taschen mit bunten Badelaken und Decken, Sonnenschirme und jede Menge Sandspielzeug. Offenbar will halb Königsberg an diesem Juliwochenende an die See.

Auf der überdachten Plattform fährt Ella die Morgenluft kühl unter die Kleidung. Sie bekommt eine leichte Gänsehaut. Paul lehnt rauchend am Geländer und hat eine Hand in der Hosentasche. Braungebrannt ist er, seine Fußballerbeine in den kurzen Hosen sind blond behaart. Insgeheim erheitert es Ella, wie seine laute Fröhlichkeit von eben verflogen ist, als hätte der Fahrtwind sie fortgeblasen. Er verbirgt sich hinter dem Rauch seiner Juno. Steht da wie ein Fußballspieler, der vergeblich auf einen Pass wartet.

Also stellt sie sich neben ihn und spielt ihm den Ball zu:

»Was meinst du, wie weit können wir es heute schaffen auf der Nehrung?«

»Na, ich denke schon bis Rossitten. Jedenfalls wenn wir uns in Sarkau nicht zu sehr mit den geräucherten Flundern vollfuttern.«

Er zwinkert Ella zu und legt ihr probehalber den Arm um die Schultern. Sie atmet die Nähe einige Augenblicke lang ein, dann stößt sie sich vom Geländer ab. Seine Hand gleitet kribbelnd an ihrem bloßen Oberarm hinab.

Sie sind Kameraden. Vielleicht auch Freunde. Und ein bisschen Schäkern ist drin, denkt Ella. Aber nicht mehr. Sein etwas tapsiges Werben wärmt sie wie die Morgensonne über den reifenden Kornfeldern. Paul soll sich ruhig ein wenig um sie bemühen. Auf eine Liebelei hat sie allerdings keine Lust. Zumal sie gemerkt hat, dass es ihn nur noch mehr anstachelt, wenn sie von Zeit zu Zeit kleine Rückzüge inszeniert.

Sein Lächeln ist einem kantigen Gesichtsausdruck gewichen, die graublauen Augen sind plötzlich kühl geworden. Er zieht an seiner Zigarette, drückt sie am Geländer aus und wirft den Stummel ins Gleisbett. Gerade ist die Bahn in den Fritzener Forst eingefahren, die Sonne flitzt durch die Wipfel.

»Gehen wir wieder rein?«, fragt Ella.

Sie sieht ihn schräg von unten an, in ihren Augen ein kleines Glimmen. Da lächelt er wieder und folgt ihr nach drinnen.

»Was meint ihr, wollen wir einen Schlachtplan machen?«, fragt Lina. »Ich schlage vor, dass wir uns in Cranz nicht lange aufhalten. Die noble Promenade können wir uns eh nicht leisten, und draußen auf der Nehrung gibt es das Meer umsonst. Wie wäre es also mittags mit einem Picknick am Strand?« Die anderen nicken. Brot und Käse haben sie eingepackt.

»Und dazu noch ein paar Flundern aus Sarkau!«, ruft Christian.

»Tolle Idee, Kamerad!«, sagt Paul ironisch und zwinkert Ella zu.

Am Kopfbahnhof von Cranz steigen sie aus, lassen sich aus dem Packwagen ihre Räder herunterreichen und schieben in der Menge der Ausflügler auf den Durchgang im weißen Lattenzaun zu, der das schuhschachtelartige Bahnhofsgebäude von den Gleisen trennt.

Paul zeigt auf die Lokomotive:

»Das ist eine T2 aus Berlin. Die ist vor über 20 Jahren hierher verkauft worden, weil sie zu schwach auf der Brust war für die immer länger werdenden Züge in der Hauptstadt.«

Dann geht es auf die Räder: die Königsberger Straße hinunter, am Kur- und Logierhaus vorbei, auf dessen Türmchen eine Hakenkreuzfahne flattert, und an Pensionen mit weiß gestrichenen Balkonen und breiten Fensterfronten vor den Frühstücksräumen. Sie lassen rechts die backsteinerne Adalbertkirche liegen und sehen am Ortsrand eingewachsene Villen mit Birken im Vorgarten. Schon sind sie auf der Nehrungsstraße im Wald. Paul fährt freihändig Schlangenlinien.

»Lass doch den Quatsch, Paul! Du brichst dir noch den Hals!«, ruft Lina.

Doch er wirft nur den Kopf hoch und fährt mit den Händen über die blinkenden Borsten seines soldatischen Bürstenschnitts.

Ella beugt sich über den Lenker und tritt kräftig in die Pedale, bis es ihr um die Ohren weht, zieht an Paul vorbei und wirft ihm einen herausfordernden Blick zu. Übt immer weiter Druck auf Zahnräder und Kette aus. Der Boden fliegt schneller und schneller unter ihr weg. Welch strömende Freude, sich mit eigener Kraft so ins Leben hineinzuschießen! Sie saugt den Duft der Kiefern, die an ihr vorbeifliegen, tief durch die Nase ein. Ein Duft von Sommer, Ferien und angenehmer Hitze. Er steigt ihr bis in die letzten Gehirnwindungen hinauf und lässt dort ein Feuerwerk bunter Farben explodieren, von frühen Erinnerungen und ewigen Wahrheiten. Bald hat sie einen guten Vorsprung zu den anderen. Der Widerstand an den Pedalen hat bereits nachgelassen, schneller geht es nicht. Ella hört zu treten auf und lässt ihr Rad in freier Fahrt ausrollen, bevor die anderen sie einholen und sie gemeinsam weiterfahren.

Kurz vor Sarkau öffnet sich der Blick auf Dorf, Felder und Haff. Am Ortseingang streift Ellas Blick ein Schild, auf dem sie im Vorbeifahren die Worte »Juden«, »verboten« und »Lebensgefahr« wahrnimmt. Sie muss an ihre Schulkameradin Nelly und den Buchhändler Löwenthal denken. Und fragt sich, was gegen diese Menschen einzuwenden ist. Doch dann sieht sie die Flundern: Wie Wäsche auf der Leine sind sie zwischen den Fischerhäusern zum Trocknen aufgereiht. Bis kurz vorm Schwanz aufgeschnitten, hängen die platten Fische zu Hunderten – eine Hälfte rechts, eine links – über dünnen Holzleisten. Eine alte Fischersfrau lehnt mit den Ellbogen am Gartentor und sieht sie neugierig herankommen. Nach einem kurzen »Woher?« und »Wohin?« sagt sie:

»Jaja! Als wir jung waren …!«, und wiegt den Kopf.

Ella sieht in die tief eingefurchten Falten ihres sommerbraunen Gesichtes. Die Arbeit in Sonne und Salzluft scheint diese Haut über die Jahrzehnte ausgedörrt zu haben. Sie kann sich beim besten Willen nicht vorstellen, dass diese Frau einmal jung gewesen sein soll, und auch nicht, dass sie einmal zum Vergnügen so einen Ausflug gemacht haben könnte wie sie gerade. Dennoch sieht sie nicht etwa bitter aus, sondern zufrieden. Sie holt zwei bernsteinfarbene Flundern frisch aus dem Räucherofen, wickelt sie in Zeitungspapier und drückt sie Ella in die Hand – sie sind noch warm.

Weiter geht es auf der Nehrungsstraße wieder in den Wald hinein. Nach einer Weile streckt Christian den Arm aus: »Da vorne führt ein Weg in die Dünen hinauf!«

Zwischen reifenden Hagebutten steigen sie ab, schieben die Räder noch ein Stück bergan und lassen sie dann in den Sand kippen. Ella hat die Sandalen ausgezogen, der Sand quarrt leise rieselnd unter ihren Zehen. Wenn sie das Meer längere Zeit nicht gesehen hat, liebt sie es ganz besonders, die Dünen hinaufzusteigen: Gleich wird über dem Kamm die Ostsee in den blauen Himmel hineinwachsen! Zuerst hört sie die Brandung noch dumpf, dann taucht die blaue Horizontlinie auf, danach ein paar Kurenkähne auf dem Wasser und schließlich der nun hell brandende Schaumsaum der Wellen.

Sie steht oben, saugt tief die salzige Brise ein und fühlt sich wie beschwipst. »Ist es nicht herrlich?«, juchzt sie und schlenkert ihre Sandalen an den Riemen durch die Luft.

»Wer zuerst am Wasser ist!«, ruft Paul und stürmt durch den Sand hinab. Die anderen ausgelassen hinterher. Am Fuß der Düne lassen sie in vollem Lauf ihre Taschen in den Sand plumpsen, rennen über die vielen

Sandhügelchen und -kuhlen hinweg, bis sie die feuchte und glatte Zone zwischen Strand und Meer erreichen, wo der Sand nicht gleichmäßig nachgibt, sondern erst deutliche Fußspuren aufnimmt und dann unter den Füßen absackt. Selig stehen sie mit den Waden in Schaum und Wasser.

Ein schwereloser Augenblick, den Ella mit allen Sinnen aufnimmt: die fröhlichen Freunde, das feine Zerplatzen abertausender Schaumbläschen, die Abwesenheit aller Vergänglichkeit.

Doch der Moment ist bald verstrichen: Sie spürt Hunger.

»Picknick!«, ruft sie.

Die vier laufen zu ihren Taschen, machen es sich im warmen Sand bequem und breiten ihre Viktualien auf einem Handtuch aus. Paul zieht eine Flasche Rotwein hervor, aber die Mädchen winken ab. Sie wollen ja noch aufs Rad nachher! Paul zieht eine Flappe. Dann machen sie sich über die zarten, saftigen Flundern her. Christian löst mit seinem Taschenmesser mundgerechte Stücke heraus, und sie vertilgen sie mit den Fingern, bis die Lippen glänzen.

Über ihnen patrouillieren Möwen im Wind schwankend an der Wasserkante entlang und halten Ausschau nach angeschwemmter Beute. Am Horizont türmen sich Cumuluswolken auf, als wären die anlaufenden Wogen ihr Spiegelbild. Nach rechts zieht sich der Strandbogen der Nehrung hinauf bis nach Litauen.

»Schon sonderbar, was sich die Natur da hat einfallen lassen«, sagt Ella. »Ein schmaler Streifen Sand, manchmal nur ein paar hundert Meter breit, aber hundert Kilometer lang. Wie es wohl dazu gekommen ist?«

Sie sieht Christian an, weil er im Herbst ein Studium in Geografie beginnen möchte. Kurz erschrickt er: Bisher hat Paul die Bühne bespielt, und dem stillen Christian war der Hintergrund wohl auch ganz recht. Jetzt bekommt er rote Ohren. Kurz sieht er zu Paul hinüber. Dann überwiegt die Freude, den anderen etwas von seinem Wissen mitteilen zu können:

»Die Nehrung ist erdgeschichtlich ja ein sehr junges Phänomen«, erklärt er. »Vor ein paar tausend Jahren war das hier fast alles noch Meer, wo wir sitzen.«

Dann schiebt er mit beiden Händen den trockenen Sand zwischen ihnen zur Seite, bis er eine kühle, feuchte Schicht erreicht hat, und planiert eine Fläche. Sein Zeigefinger zieht die Konturen ihrer Heimat in den Sand: die Halbinsel des Samlandes, die sich wie der Kopf eines Pottwales in die Ostsee schiebt.

»So«, sagt er. »Das Meer liegt nicht einfach nur da in Ebbe und Flut, sondern es hat eine Strömung von West nach Ost. Die Flut knabbert ständig Sand von der Steilküste ab, vor allem natürlich bei Sturm.«

Christian trennt mit der Handkante kleine Sandhäufchen von der Küste ab und schiebt sie ins Meer seiner sandigen Landkarte. Seine Augen glänzen, die Stimme wird fester.

»Die Ebbe nimmt den Sand mit hinaus, dort erfasst ihn die Strömung und treibt ihn ostwärts.« Er schiebt die Häufchen weiter. »Hinter Cranz wird der Sand von der Flut wieder angespült. Da hat er dann zunächst eine

Nase gebildet, und die ist im Laufe der Jahrhunderte immer länger nach Norden gewachsen.« Christian greift in den trockenen Sand daneben und lässt ihn fäusteweise zu einem Nehrungsstreifen hinunterrieseln. Er scheint im Nacken des Pottwales emporzuschießen wie eine gebogene Fontäne aus seinem Blasloch.

»So hat die Nehrung das Haff vom Meer getrennt, und weil viele Flüsse wie Deime, Minge oder Karkelstrom ins Haff münden, hat es inzwischen nur noch einen geringen Salzgehalt. Und das, obwohl das Haff im Norden zum Meer hin noch offen ist.«

»Also ist die ganze Nehrung nur ein langer Sandhaufen!«, stellt Ella fest.

»Nicht ganz«, antwortet Christian. »Die Gletscher der Eiszeit haben ein paar Inseln aus Mergel geformt, die lagen hier bei Sarkau und Rossitten, und an die hat der Sand sich dann angelagert.«

»Amen!«, frotzelt Paul mit gefalteten Händen.

»Du brauchst dich gar nicht lustig zu machen!«, blafft Lina ihn an. »Wenn *du* mal so etwas Interessantes zu erzählen hast, hören wir dir auch gerne zu.«

Paul lacht die kleine Maßregelung weg und wirft die Hand in die Luft. Doch seine Augen haben wieder diesen eisigen Farbton bekommen. Lina wendet sich an Christian:

»Das hast du schön erklärt und so anschaulich! Wenn du tatsächlich Lehrer wirst, können deine Schüler sich jetzt schon freuen.«

Christian bekommt wieder rote Ohren, lächelt und sieht zu Boden.

Ella liegt auf den Ellbogen gestützt und gräbt mit den Fingern im feinen Sand. Zwischen den vielen beigefarbenen Sandkörnern sieht sie auch ein paar goldbraune und sogar schwarze. Sie alle haben viele Jahrhunderte gebraucht, um von der Samlandküste hierherzukommen, denkt sie. Zum ersten Mal ist ihr deutlich bewusst, dass die Welt schon lange vor ihrer Geburt genauso real existiert hat wie jetzt. Sie versucht, sich die verschiedenen Stadien der Nehrung vorzustellen.

Auf ihren Armen und Beinen krabbeln und kitzeln kleine Sandfliegen. Sie lässt sich von ihnen streicheln. Als sie den Kopf auf ihr Handtuch sinken lässt, verfängt sich der Wind mit einem Mal nicht mehr in ihren Ohren. Dafür dringt die Brandung wie aus der Ferne zu ihr durch, und die Sonne wärmt mild. Auch die anderen legen sich hin und dösen satt dem Nachmittag entgegen.

Nach einem halben Stündchen richtet sich Ella auf und dehnt die Arme. Sie war kurz eingenickt. Auch Lina räkelt sich:

»Mir kommt es so vor, als wären wir schon eine Woche unterwegs«, sagt sie.

»Stimmt, hier draußen in der Natur ist alles so intensiv!«, sagt Christian. »Und so ...«, er sucht nach dem passenden Wort, »... so wahrhaftig!«

Ella sieht zu Paul hinüber. Der ist still. Dann schaut er zu ihr auf und fühlt sich ertappt. In seinen Augen blitzt etwas Verletztes und Mutwilliges auf:

»Warum bist du eigentlich von der höheren Schule abgegangen?«, fragt er unvermittelt.

Ella hasst diese Frage. Sie funkelt ihn an und fertigt

ihn trocken ab: »Mein Vater ist vor ein paar Jahren gestorben, und meine Mutter wollte, dass ich schnell einen Beruf ergreife. Da bleibt nur die Höhere Handelsschule.«

Dass die Mutter schlicht kein Geld mehr hatte für ihr Abitur und Studium, das verschweigt Ella. Es hat ihr weh getan, die Freundinnen auf der Königin-Luise-Schule zu verlassen. Sie hätte das humanistische Gymnasium gerne wie ihre großen Schwestern bis zum Abitur besucht. Aber auch Titi und Hilde mussten runter von der Universität.

»Immer noch besser als die Klopsakademie«, lästert Paul gedankenlos weiter – so heißt im Volksmund die Ostpreußische Mädchengewerbeschule.

Das verletzt Ella nun ernsthaft: »Du hast gut lachen, dein Vater lebt noch und verdient gut. Ich würde auch lieber studieren gehen, als mich mit dem trockenen Geschäftskram rumzuplagen.«

Sie kämpft mit den Tränen. Wie gerne wäre sie Ärztin geworden!

Paul merkt, dass er zu weit gegangen ist, aber sich zu entschuldigen schafft er nicht. Halbherzig versucht er die Flucht nach vorn:

»Aber das ist doch was Reelles! Bis wir mit unserem Studium mal im Leben ankommen, kannst du schon Geld verdienen.«

Er kauft sich die tröstenden Worte selbst nicht recht ab. Es gelingt ihm nicht, den Umgangston zwischen ihm und Ella in freundliche Bahnen zu lenken.

»Kommt, wir fahren weiter«, beendet Lina die peinliche Situation. »Wir haben ja noch ein paar Kilometer, wenn wir es bis Rossitten schaffen wollen.«

Zehn Minuten später sind die vier wieder auf der Nehrungsstraße im lockeren Wald. Die beiden Jungs fahren vorweg. Paul hat den Lenker wieder losgelassen und die Daumen seitlich in seinen Hosenbund geklemmt.

Die geschwungenen Stämme der Kiefern leuchten orangefarben im Nachmittagslicht. Ihre der See zugewandte Seite ist mit Flechten bewachsen. Dazwischen haben vielerorts dicke Spinnen ihre Netze aufgespannt und sonnen sich in ihrer Mitte. Der Waldboden ist mit einem Teppich aus Nadeln bedeckt – weich wie eine Matratze. Sonnenflecken darauf hie und da. Die Nadeln sind in Schichten gefallen. Man müsste sie zählen können wie Jahresringe von Bäumen, denkt Ella. An der Oberfläche hat die durch den Wald strömende Mittagswärme den nächtlichen Tau auf dem Teppich getrocknet. Schöbe man die oberen Nadeln beiseite, kämen Feuchte und ein Duft von Zersetzung zum Vorschein.

Ein Specht tockert an seinem Stamm nach Insektenlarven und schimpft in den Pausen wie eine Amsel zu den Radfahrern herunter. Aus dem Dickicht tauchen immer wieder ganz unvermittelt Pilz- und Beerensammler auf – einen Korb in der Armbeuge und in der Hand ein erdiges Messer.

Ella versucht zu verstehen, wie sich in ihr Beisammensein ein Misston schleichen konnte. Natürlich hat sie gemerkt, dass Paul ihr gefallen möchte und frustriert ist, dass sie seine Avancen nur halbherzig erwidert. Sicher fühlt er sich auch zurückgesetzt, weil Christians geologische Erklärungen bei den Mädchen Wirkung erzielt haben und er selbst nichts dazu beitragen konnte.

Sie ärgert sich etwas darüber, dass er sich immer in den Mittelpunkt stellen muss, aber sie ahnt auch, dass er nicht anders kann. Er ist sichtlich aus dem Tritt gekommen und vorhin folgerichtig ins Fettnäpfchen getappt: Seine Frage nach ihrem Schulabbruch war aller Wahrscheinlichkeit nach nicht so gehässig gemeint, wie sie klang.

Seitlich im Wald hallt das Knacken eines Astes wider, und aus der Dickung nicht weit von der Straße tritt ein Elch. Ella bremst ab und ruft leise die anderen:

»Lina, Paul, Christian! Schaut mal!«

Die drei bleiben stehen und bestaunen das mächtige Tier, wie es auf die Straße zuschreitet und seelenruhig in ihre Richtung blickt. Ella hat ihr Rad auf die Straße gelegt und den Fotoapparat aus ihrer Umhängetasche genestelt. Vaters Agfa Billy. Ella hat die Mutter ziemlich löchern müssen, bis sie sie ihr mitgab. Jetzt hält sie den kleinen Kasten vor ihr rechtes Auge und freut sich, dass der Elch in ihrem Sucher immer größer wird. Wie weich seine überhängende Oberlippe aussieht!

»Ella, pass auf!«, ruft Lina alarmiert.

Doch Ella ist gebannt von dem kolossalen Tier: Sie möchte unbedingt diese Aufnahme machen. Und tatsächlich füllen die Schaufeln seines Geweihs jetzt einen Großteil des Suchers aus. Sie ist hingerissen!

Jemand packt sie am Oberarm und reißt sie zur Seite. Sie blickt erst in Pauls aufgeregtes Gesicht, dann wieder zum Elch: Er hat sich ihr bis auf wenige Schritte genähert. Wahrscheinlich hat der Fotoapparat sein Interesse geweckt. Doch auch jetzt verliert das Tier nicht die

Ruhe, sondern wendet sich gleichmütig ab, trottet über die Straße und verschwindet im Wald.

Die vier strahlen einander an. Es ist, als hätten sie eine Mutprobe bestanden. Der Elch war zwar lammfromm, aber was wäre gewesen, wenn er ihnen mit seinen Schaufeln zu nahe gekommen wäre? Während einer langen Minute haben sie gespürt, dass die Wildnis eben nicht so kontrollierbar ist wie der Fahrplan der Cranzer Eisenbahn. Das erste Abenteuer ihrer kleinen Fahrt!

»Das war, als hätte die Erde aufgehört sich zu drehen«, meint Lina. »Als wäre die Zeit stehen geblieben!«

»Menschenskind, war das aufregend!«, sagt Christian. »Und gleichzeitig war der Elch so ruhig! Der war ja zutraulich wie ein Pferd, dem man eine Karotte hinhält.« Nur Ella ist etwas geknickt:

»Und ich habe verpasst, auf den Auslöser zu drücken! So glaubt uns das doch kein Mensch!«

»Nicht traurig sein, Ella!«, tröstet Paul sie. »Ich mache dir jederzeit den Zeugen: Wann immer du mich brauchst, werde ich zur Stelle sein, damit du die Geschichte glaubhaft erzählen kannst.«

Ella sieht Paul in die Augen, weil sie nicht ganz sicher ist, ob er sich nicht wieder lustig macht. Aber da sind nur Mitgefühl und Freundschaftlichkeit in seinem Blick. Sie lächelt ihm versöhnlich zu.

Mit dem gemeinsamen Erlebnis im Rücken schwingen sie sich wieder auf ihre Räder. Paul ist ganz beschwingt und fährt übermütig seine freihändigen Schlangenlinien. Sein rechtes Pedal schrappt bei jedem Tritt am Schutzblech entlang.

»Heeeejooh!« Die Stimme kommt von oben.

Verdutzt reißen sie die Köpfe hoch und sehen einen hölzernen Segelflieger nicht weit über den Baumwipfeln. Er wird von der Segelfliegerschule hinter Rossitten kommen. Unter den leicht schwankenden Tragflächen sitzt auf einer schmalen Kufe ein junger Pilot und winkt. Schon ist er über den Bäumen in Richtung Haff verschwunden.

»Neeeiin!«, ruft Paul aus.

Ella sieht, dass er mit seinem Rad drauf und dran ist, das Gleichgewicht zu verlieren. Er versucht noch den Lenker zu ergreifen, fasst jedoch daneben und stößt ungeschickt mit dem Handballen an den Griff. Jetzt ist die Balance endgültig dahin, und Ella beobachtet mit Schrecken, wie sein Rad ins Schlingern gerät, sich zur Seite neigt und mit dem Vorderrad einen atemberaubenden Schlenker macht. Es richtet sich zwar wieder auf, aber nur um nun noch stärker auf die andere Seite zu kippen. Es ist eine Szene wie in Zeitlupe. Sie sieht Paul quälend langsam mit den Armen rudern, den Kopf zurückwerfen und einen Fuß vom Pedal heben und mit angewinkeltem Knie abspreizen, um die unfreiwillige Schieflage vielleicht doch noch auszugleichen. Sie wundert sich noch, dass ihr Pauls hinten aus der Hose herausflatterndes Hemd auffällt und dass sie Zeit hat zu denken, dass es so doch etwas unordentlich aussieht. Sie hat Zeit, sich an ihren kleinen Bruder Emil zu erinnern, den die Eltern wegen seiner heraushängenden Hemdzipfel früher ständig ermahnt haben.

Über all dem liegt eine unerklärliche Stille: Als hätte

jemand mitten in einem Lied die Nadel des Grammophons angehoben, um den Lauf der Musik zu unterbrechen. Jetzt scheint ihr, als würde Paul sachte nach dem Lenker tasten, ihn endlich sogar zu fassen bekommen. Für einen langen Moment glaubt Ella, er könne sein Rad wieder aufrichten und das Verhängnis abwenden. Dann verlangsamt sich der Ablauf noch einmal deutlich: Paul lässt den Lenker mit beiden Händen wieder los, streckt die Arme vor und spreizt die Finger, als könne er so Wind unter seine Handflächen bekommen und langsam segelnd zu Boden gleiten. Ella sieht, wie das Vorderrad sich vollends querstellt, der Sattel sich mit Pauls Rücken erst in die Luft hebt, und wie das Rad dann doch scheppernd und klingelnd auf die sandige Straße knallt. Paul scheint dabei in der Luft stehen zu bleiben wie ein Flughörnchen, das alle viere von sich streckt, um die Gleithaut dazwischen aufzuspannen. Erstaunlich ruhig denkt Ella, dass jetzt nichts mehr zu machen ist: Er wird stürzen und sich vermutlich ziemlich wehtun.

In diesem Moment läuft blitzschnell noch eine zweite Szenerie vor ihrem inneren Auge ab: Sie sieht ihren Vater, wie er vor vier Jahren mittags zur Tür des Esszimmers hereinkommt und auf seinen Stuhl zugeht. Die drei Kinder sitzen schon, sie haben gerade Sommerferien. Alle sehen zu ihm hin. Er freut sich, mit seiner Familie zu Mittag zu essen. In seinen Mundwinkeln kündigt sich an, dass er gleich zu einem zärtlichen Scherz ansetzen wird. Er hat nur noch wenige Schritte bis an den Tisch. Doch dann bleibt er plötzlich stehen – und nur sein Oberkörper bewegt sich weiter in ihre Richtung. Er kippt zwangsläufig nach vorn über, und durch die sich verkürzende Perspektive hat Ella für einen Augenblick den Eindruck, als würde der Vater schrumpfen und in sich zusammenschnurren. Er macht ein erstauntes Gesicht, unternimmt aber nichts, um seinen Sturz aufzuhalten. Dieser mächtige Mann, dem sie doch fast alles zutraut, er fällt um wie ein Brett, das dem Tischler aus der Hand geglitten ist! Seine Arme hängen schlaff herab und machen keinerlei Anstalten, die Wucht des Aufpralls abzufangen.

Auch in dieser Szene sind alle Geräusche abgedämpft, wie mit Watte ausgepolstert. Erst als der Vater mit der Nase aufs Parkett prallt, hört Ella einen dumpfen, nüchternen Schlag und gleich darauf den Schrei ihrer Mutter. Rätselhafterweise macht ihr dieser Schrei mehr Angst als das offensichtliche Unglück des Vaters. Vielleicht, weil sie sich einfach nicht vorstellen kann, dass ihm ernsthaft etwas zustoßen könnte.

Da liegt er reglos auf dem Bauch. Seine Nasenlöcher speisen einen purpurnen, unbeirrbar anwachsenden See. Die Augen stehen offen. Kein Atem hebt seinen Rücken. Ella sieht hilfesuchend die Mutter an, die bleich auf ihrem Stuhl sitzen bleibt. Sie hat die Handgelenke auf das Damasttischtuch gelegt, als würde sie noch darauf warten, dass der Vater den Tisch erreicht und man mit der Mahlzeit beginnen kann. Auch Emil blickt erstarrt hinab auf seinen Vater, der eine so ungewohnte Haltung eingenommen hat.

Nur ihre große Schwester Titi ist handlungsfähig: Sie steht langsam auf, geht um den Tisch herum, setzt ein Knie neben dem leblosen Körper auf den Boden, greift nach einem Handgelenk und drückt zwei Finger sachte für ein paar Sekunden an die Pulsader. Dann steht sie mit eckigen Bewegungen auf, geht hinüber zur Standuhr, die zwischen den Fenstern zum Garten steht, öffnet unterhalb des römischen Zifferblattes ein Türchen, fasst nach dem Pendel und bringt es zum Stillstand.

Paul ist mittlerweile neben seinem Rad auf dem Boden gelandet und bleibt reglos liegen. Ein paar Staubwölkchen ziehen über ihn hinweg. Ella ist von Panik ergriffen: Sie springt ab, lässt ihr Rad achtlos in den Graben rollen, kniet sich neben Paul auf die Straße und fasst ihm mit einer Hand in den Winkel zwischen Nacken und Schulter, um ihn hochzuziehen. Sie ist sich gar nicht mehr so klar, wer da nun eigentlich liegt. Sie weiß nur, dass es ein ihr nahestehender Mensch ist, dem unter keinen Umständen etwas zustoßen darf.

Lina und Christian kommen ihr zu Hilfe. Minuten später ist Paul am Straßenrand auf Handtücher und zusammengeknüllte Pullover gebettet. Sein Gesicht ist quarkweiß, er blinzelt. Die anderen kramen Pflaster und Verbandszeug aus ihren Packtaschen. Am linken Wangenknochen hat er eine dicke Schramme, am Handballen klafft eine Wunde, in die sich eklige Steinchen gebohrt haben, Ellbogen und Knie sind aufgeschürft. Ella sieht die Blutpfade, die sich von der Kniescheibe abwärts durch gekräuselte Beinhärchen schlängeln und dann in der Kniekehle nach innen wandern. Dieses purpurne Rot! Es sieht aus, wie sie sich die Samtkissen von jungen Herrschern in alter Zeit ausmalt. Wie janusköpfig Blut ist: einerseits erschreckend, weil mit ihm das Leben auszuströmen droht, andererseits fesselnd, weil in ihm Pauls ganze Lebendigkeit ihren Ausdruck findet. Dieses Feuchte, Strömende, Dichte! Einen Moment lang will Ella ihren Mund auf die Blutpfade legen und sie aufsaugen, ihre metallische Süße schmecken, sich diesen Jungen einverleiben. Doch gleich darauf schüttelt es sie bei dem Gedanken. Stattdessen macht sie es, wie sie es in Romanen gelesen hat, in denen Krankenschwestern sich um verwundete Soldaten kümmern – sie streichelt Pauls Stirn und redet ihm gut zu.

Christian steht hilflos und blass am Straßenrand. Lina verarztet die Blessuren, darin ist sie als Schwester von zwei kleinen Brüdern geübt: Sie pult vorsichtig Sandkörner und Steinchen aus den Abschürfungen, klebt Pflaster auf und umwickelt die ärgsten Schrammen mit leuchtend weißen Mullbinden. Der purpurne Saft ist verschwunden.

»Alles halb so wild!«, verkündet Lina, als sie fertig ist. »Wenn er sich von dem Schock erholt hat, kann er wieder aufs Rad. Nicht wahr, Paul?«

Sie gibt ihm einen Knuff an den Oberarm. Paul blinzelt nur ein bisschen. Er genießt Ellas Streicheleinheiten sichtlich und würde sie wohl gerne noch etwas in die Länge ziehen, wofür zu rasche Erholung nur hinderlich ist. Aber dann kann er sich ein Grinsen doch nicht verkneifen, und tatsächlich kommt wieder etwas Farbe in sein Gesicht.

»Was war denn los, Paul?«, fragt Christian erleichtert. »Warum bist du gestürzt?«

»Nun ja, weil er eben nicht mit den Händen am Lenker fahren kann wie jeder andere Mensch auch!«, sagt Lina schnippisch.

»Schuld war vor allem der verflixte Segelflieger da oben. Der hat mich erschreckt!«

»Na klar, das ist ja auch sehr praktisch, wenn man die Schuld einem anderen in die Schuhe schieben kann!«, tadelt ihn nun auch Ella. Sie hat inzwischen aufgehört, ihn zu streicheln.

»Nu lasst ihn doch zufrieden!«, mischt sich Christian ein. »Ich finde, dass er mehr als genug gebüßt hat. Wie sieht's aus, Paul? Meinst du, du kannst weiter?«

Der ist etwas enttäuscht und sagt nur: »Och!« Dabei zwinkert er Christian heimlich zu.

Ella steigt auf ihr Rad und merkt beim Antreten, wie überrascht sie ist. Überrascht, dass Vaters Tod ihr noch so in den Knochen sitzt. Den schwülen Augusttag vor vier Jahren hatte sie in die Tiefen ihres Bewusstseins verbannt, und vorhin war er unversehens wieder so gegenwärtig wie seit damals nicht. Und überrascht, wie sehr sie sich um Paul geängstigt hat. Noch heute Morgen im Zug war sie sich sicher, dass er nur als Bewunderer interessant für sie ist, sie sich aber sonst nicht sonderlich viel aus ihm macht. Mittags empfand sie dann sogar Ärger über ihn. Und jetzt sieht sie sich wie ein aufgescheuchtes Huhn zu dem Verletzten eilen und seinen Kopf streicheln. Das ist ihr ein wenig peinlich. Bedeutet Paul ihr vielleicht doch mehr, als sie sich eingestehen will?

Als sie nach einer Weile bei Müllershöh ankommen, können sie von der Kuppe zum ersten Mal die ganze Breite der Nehrung überblicken: Auf der einen Seite die blaue Ostsee, auf der anderen das blaue Haff, wo sie hinter einem kleinen See das Fischerdorf Rossitten mit ein paar Kühen auf der Weide erkennen. Am Horizont stehen über dem Wald weiße Wanderdünen. Vor ihnen lauter Baumsetzlinge gegen Wind und Sand.

Ihre kleine Truppe ist seit dem Unfall spürbar zusammengewachsen.

»Eigentlich schade, dass man hier nur so wenige Wanderdünen sehen kann«, denkt Ella laut. »So eine Wanderdüne hat schon auch was Aufregendes und Romantisches.«

»Noch vor hundert Jahren war fast die ganze Nehrung eine einzige Wanderdüne«, erklärt Christian, »weil die Ordensritter den Nehrungswald abgeholzt hatten. Die See hat also Sand angespült, und der Wind hat ihn dann nach Osten getragen, über die Nehrung hinweg. So sind die Dünen über die Jahrhunderte vom Meer Richtung Haff gewandert.«

»In meinem Baedeker steht, dass sie ganze Dörfer unter sich begraben haben«, sagt Ella.

»Deshalb hat man dem Wandern auch ein Ende gemacht: erst mit Vordünen, auf denen Strandhafer gepflanzt wurde, dann mit konsequenter Aufforstung. Eigentlich sind die Dünen hier überall, wenn man sich rechts und links durch den Wald schlägt.«

Im Dorf fragen sich die vier zur Jugendherberge durch, die fast einsam am Haffufer liegt. Sie ist nach dem jüdischen Lehrer und Königsberger Stadtpolitiker Paul Stettiner benannt. Ella und Lina beziehen ein spartanisch eingerichtetes Mädchenzimmer mit Blick aufs Haff und die Keitelkähne, Paul und Christian sind auf der anderen Seite des Flurs untergebracht.

Am nächsten Morgen brechen sie früh wieder auf, um zeitig bei den Segelfliegern in den Dünen zu sein. Lina hätte gern auch die berühmte Vogelwarte von Professor Thienemann besucht, aber die anderen fanden die Segler interessanter. Als sie den schwarzen Berg umfahren und nach ein paar Kilometern auf einen Sandweg abbiegen, sehen sie auch schon die fast 50 Meter hohe Wanderdüne des Predinberges vor sich aufragen. Oben über seine Kante fegt der Wind einen Wirbel von Sandkörnern Richtung Haff.

Ein Trupp Jugendlicher mit freiem Oberkörper schleppt einen Segler, wie sie ihn gestern gesehen haben, den steilen Hang hinauf. Aus der Ferne gleichen sie Ameisen, die gemeinsam einen Zweig auf ihren Hügel stemmen. Immerhin ist zu erkennen, wie die Jungen bei jedem Schritt tief im Sand einsinken. Über ihnen ein lockeres Wolkenband mit gleißend gelben Rändern. Rechts das blaue Haff.

»Gleich sind sie oben!«, sagt Christian. »Wir haben Glück, dass wir genau rechtzeitig für einen Flug kommen!«

Vom Rad aus beobachten sie, wie die Jungen den Segler oben am Kamm der Düne absetzen und vorne zwei Gummiseile befestigen. Einer von ihnen nimmt auf der Kufe unter den Tragflächen Platz.

»Das ist ja eine Besenstielkiste!«, ruft Paul. »Dass die immer noch fliegen! Mit so einer hat Ferdinand Schulz vor gut zehn Jahren hier in den Dünen den Weltrekord im Segelfliegen aufgestellt: Fast neun Stunden war er in der Luft!«

»Sieh an, der Herr Luftfahrtprofessor kennt sich aus!«, flachst Christian.

»Na, es steht immer noch 2:1 für dich, mein Lieber!«, kontert Paul gut gelaunt.

»Stimmt nicht, du hast schon in Cranz angefangen mit deiner T2-Lok. Wir haben Gleichstand!«

»*Besenstiel* passt gar nicht zu dem Segler«, findet Lina. »Sieht eher aus wie ein Bügelbrett.«

Oben auf der Düne halten vier Mann den Segler hinten fest, vorne spannen jeweils sechs ein Gummiseil in V-Form. Das Flugzeug hängt daran wie ein Papierhäkchen an einem Schnipsgummi. Aus der Ferne hört man das Kommando: »Ausziehen!« Da fangen die Jungen oben an, Richtung Westen in den Wind zu rennen, so dass sich das Gummi noch mehr spannt. Der Pilot ruft »Los!«, und die vier hinten entlassen den Flieger in die Kraft des Seiles. Er nimmt Tempo auf, hebt die Nase an und steigt nach oben. Das Seil klinkt sich aus und plumpst schlackernd zu Boden. Schließlich fliegt der Fluggleiter frei über die Dünenlandschaft.

Ella denkt an ihren großen Bruder Hans: Hier also hat er das Fliegen gelernt wie diese Jungs da oben. Auf diese Dünen hinauf hat er für sich und seine Kameraden die »Kisten« geschleppt. Und diesen herrlichen Ausblick hat er gehabt: auf Dünen, Haff und Ostsee. Er hat einen hohen Preis für seine Leidenschaft bezahlt, denn vor zwei Jahren ist er während eines Pilotenlehrgangs in Schleißheim bei München abgestürzt – wenige Wochen nach seinem 21. Geburtstag.

Zu Lebzeiten war ihr der fünf Jahre ältere Bruder fern, hier in den Dünen ist sie ihm mit einem Mal ganz nah, und wenn sie dem Segler da oben zusieht, kann sie seine Begeisterung fürs Segelfliegen zum ersten Mal ein wenig verstehen.

Die vier nehmen ihre Räder in die Hand und schieben sie über einen beschwerlichen sandigen Weg am Fuß der Düne entlang zur Straße zurück. Sie fahren einige Kilometer an einer Kette von Wanderdünen entlang, bis Paul den Arm ausstreckt:

»Seht mal, da vorne auf dem Erdhügel an der Düne sind Kreuze!«

»Ist das ein Friedhof?«, fragt Ella.

Sie lassen die Räder am Straßenrand und gehen auf die Stelle zu. Ringsum liegen Knochen im Sand.

»Ach du grüne Neune!«, ruft Lina. »Wir stehen mitten in den Gräbern!«

Der Wind hat den Sand der Düne nach Osten über den Friedhof hinweg transportiert, und jetzt kommen die jahrzehntealten Gräber wieder hervor.

»Ist das grauslich!«, sagt sie.

Ella schaudert ebenfalls: »Nicht einmal im Grab ist man sicher!«, sagt sie. »Es ist ja schon schrecklich genug, dass man sterben muss, aber dass dann die eigenen Gebeine irgendwann einfach so herumliegen können! Irgendwie trostlos.«

»Aber es gibt dich dann doch nicht mehr«, erwidert Paul. »Ich bin naturwissenschaftlich eingestellt und denke: Die Materie zerfällt bei der Verwesung, und damit auch unser Gehirn.«

Ella dreht sich um und geht ein paar Schritte an der Düne entlang. Nüchtern betrachtet mag Paul recht haben, aber sie kann es ohnehin nur schwer ertragen, dass Vater und Hans für sie nicht mehr erreichbar sind. Sich aber auch noch vorzustellen, dass sie überhaupt nicht mehr existieren, nirgendwo und nie mehr, das zieht ihr den Boden unter den Füßen weg. Ungeheuerlich, dass das Leben irgendwann wirklich zu Ende sein soll. Das erscheint ihr so sinnlos. Von dem Dorf, das hier wohl unter der meterhohen Düne begraben liegt, ist auch nichts mehr zu sehen. Als ob es nie da gewesen wäre.

»Wollen wir baden gehen?«, fragt Christian. »Ich glaube, eine Erfrischung könnte uns jetzt guttun.«

Die anderen sind einverstanden. Sie gehen zur Straße zurück und fahren ein Stück weiter. Als Paul in einen Sandweg zum Meer einbiegen will, sagt Ella:

»Halt, die Männer müssen noch einen Weg weiterfahren, hier ist der Damenstrand!«

Sie lächelt verschmitzt und schüttelt ihre Haare nach hinten.

»Wieso das denn?«, fragt Paul. »Wir können doch zusammen baden gehen!«

»Nein! Können wir nicht. Wir wollen nämlich nackend baden.«

»Na, wenn das so ist, wollen wir die Damen selbstverständlich nicht stören!«, sagt Paul süffisant, legt die Hand vor die Brust und deutet eine Verbeugung an. »Wir sind schließlich Kavaliere, nicht wahr, Christian?«

Der lächelt etwas verlegen und bekommt wieder seine roten Ohren. Die beiden treten in die Pedale.

»Willst du wirklich nackt baden, Ella?«, fragt Lina, als die Jungs außer Hörweite sind.

»Natürlich, warum nicht?«

»Das habe ich aber noch nie gemacht.«

»Na, dann wird es höchste Zeit! Du wirst sehen, es ist herrlich!«

»Aber das ist doch unanständig.«

»Ach i wo! Unanständig ist nur, wer es uns verbieten will. Oder bist du im Badeanzug auf die Welt gekommen?«

Sie lassen die Räder am Rand der Düne und stapfen über einen Trampelpfad auf den Kamm hinauf.

»Oh, heute ist ja sogar etwas mehr Brandung«, freut sich Lina.

Eine Welle wirft fauchend ihre Schaumborte an den Strand.

Kein Mensch zu sehen. Dichte Wolkenverbände ziehen vom Meer her auf sie zu, lassen aber noch genug blauen Himmel durch. Weit entfernt sehen die Mädchen Paul und Christian über die Dünen kommen. Sie winken einander zu. Zu erkennen sind sie nicht. Ella knöpft ihre Bluse auf und lächelt ihrer Freundin herausfordernd zu. Lina wirkt beklommen:

»Meinst du wirklich? Aber wenn jemand über die Düne kommt und uns sieht!«

»Da kommt niemand«, lacht Ella. »Sind alle beim Mittagessen.« Zwar hat Lina nie darüber gesprochen, aber Ella ahnt, dass der vermeintlich tadelnswerte Lebenswandel ihrer Mutter und die scheelen Blicke der Königsberger Gesellschaft früh dafür gesorgt haben, dass sie sich übereifrig an die Gesetze des Anstandes geklammert hat, um nur ja über jeden Anwurf erhaben zu sein. Linas Unsicherheit und Schamhaftigkeit machen Ella umso unbefangener und mutiger. Sie wirft die Bluse in den Sand und lässt den kurzen Rock hinterhergleiten.

»Nu mach schon! Gib dir einen Ruck!«

Lina sieht sich noch einmal gründlich um und tut es Ella nach.

Schon stehen die beiden nackt vor der schäumenden Wasserkante. Herrlich, wie der Wind Ella um den Körper streicht! Nichts ist mehr zwischen ihr und den Elementen. Sie ist jetzt auf eine besondere und wirkliche Art in der Welt. Sie nimmt Lina bei der Hand, und die beiden gehen mit den Füßen ins Wasser. Reichlich kühl! Aber nun fühlt sich Ella doch ein wenig nackt. Mit einem Juchzer wirft sie sich hinein, Lina hinterher. Zuerst nimmt das kalte Wasser ihnen schier den Atem. Sie machen schnell ein paar kräftige Züge ins Tiefe und schwimmen lachend aufeinander zu. Lina reckt das Kinn und schiebt die Unterlippe vor, damit sie kein Wasser in den Mund bekommt.

»Du hattest recht, es ist großartig!«, ruft sie mit einem strahlenden Lächeln. »So frei! Wie im Paradies bei Adam und Eva!«

Sie schwimmt prustend an Ella heran, fasst nach ihren Schultern und drückt sie unter Wasser.

Als sie genug haben, kehren sie um und steigen mit prickelnder Gänsehaut wieder aus Wasser und Schaum. Weiter im Norden sind schemenhaft Paul und Christian zu erkennen, wie sie im seichten Wasser toben und einander anspritzen. Es sieht so aus, als hätten auch sie keine Badehosen an, mit Sicherheit lässt sich das aber nicht erkennen. Neugierig schauen die Mädchen hinüber. Wie reizvoll, sich vorzustellen, dass sie in ihrer Nacktheit über mehrere hundert Meter miteinander verbunden sind.

Einen nackten Mann hat Ella so richtig noch nie gesehen. Für einen kurzen Moment bereut sie es, auf dem Damenstrand bestanden zu haben.

Sie wirft sich bäuchlings auf ihr Handtuch und dreht den Kopf zu Lina, die neben ihr liegt. Jetzt nach dem Bad spürt sie jede Zelle ihrer Haut. Die beiden lächeln einander an.

»Das wäre was, wenn wir jetzt einfach zu den beiden hinübergehen könnten, so wie wir sind!«, albert Lina.

»Also eben wolltest du noch nicht mal nackig baden!«, spöttelt Ella.

Die Sonne wärmt und trocknet, der Wind trocknet und kühlt. Wieder ein vollkommener Moment. Ella möchte ihn dehnen ins Unendliche. Schließt die Augen. Atmet aufmerksam ein und aus. Versucht, alle Körperempfindungen genau wahrzunehmen und zu genießen. Ein Sandkorn knackt zwischen ihren Zähnen. Die Wange liegt weich auf dem Handtuch. Vor ihr wellt sich der Strand wie eine unendliche Sandwüste *en miniature*. Im Sand liegen Dutzende toter Junikäfer, die hier aus unerfindlichem Grund gemeinsam verendet sind. Ella hebt einen an einem seiner hakeligen Beinchen hoch und bewundert den feingliedrigen Körperbau.

Nach einer Weile spürt sie, dass sie weitermüssen: Eine kindliche Quengeligkeit fliegt sie an. Sie schüttelt sie ab und steht auf. Je eher daran, je eher davon, hört sie ihre Mutter sagen. Die beiden rubbeln sich noch einmal ab, ziehen sich an, rufen mit den Armen rudernd die Jungs zum Aufbruch und laufen zur Düne hinauf.

Als sie die Nehrungsstraße entlangfahren, erwarten Paul und Christian sie schon an der Einmündung ihres Weges. Sie sitzen seitlich auf den Herrenstangen ihrer schräg gestellten Räder, die Ellbogen auf Lenker und Sattel gestützt. Paul hat eine Zigarette in der Hand. Die Pflaster an Knie und Ellbogen sind im Wasser wohl abgegangen. Auch der Schorf hat sich von den Wunden gelöst. Paul scheint es nicht zu beachten. Das Salzwasser muss ordentlich gebrannt haben.

Ella kommt es so vor, als würden die beiden Jungen sie anders ansehen als vorher, nämlich mit den Augen von Männern, die Frauen taxieren. Wer weiß, worüber sie sich unterhalten haben in der letzten halben Stunde.

»Und, war's schön?«, fragt Paul mit einer halb charmanten, halb anzüglichen Note im Tonfall.

Ella strahlt ebenso souverän und flirtend zurück: »Na klar, was denkst du denn!«

»Und bei euch?«, fragt Lina. »Seid ihr auch nackt geschwommen?«

»Na klar, was denkst du denn!«, echot Paul und lacht.

Nachmittags fahren sie über die litauische Grenze die zehn Kilometer bis Nidden. Dort suchen sie sich ein Quartier in einer Pension am Haff und machen sich am frühen Abend noch einmal zu einer kleinen Wanderung auf. Denn sie wollen noch auf die Parnidener Düne im Südwesten des Ortes. Draußen auf dem Haff waschen drei Frauen in einem Ruderboot Wäsche. Ein hoch mit Heu bepackter Kurenkahn hält auf den Ort zu: Die Bewohner der meisten Nehrungsdörfer haben wegen des sandigen Bodens ihre Wiesen drüben am Festland und müssen das Heu übers Haff fahren.

Die gelb leuchtende Düne erhebt sich vor ihnen wie ein Berg und wächst immer mehr in die Höhe, je näher sie kommen. Am Kamm lässt der Wind eine Fahne aus Millionen von Sandkörnern herabwehen. Der steile Abhang zum Haff ist so gleichmäßig geformt, als käme die Düne direkt aus dem Ofen eines Bäckers.

Sie folgen einem Trampelpfad in Schlangenlinien bergauf. Bei jedem Schritt rutschen sie im losen Sand wieder ein Stück nach unten.

»Was für eine Aussicht!«, ruft Christian von oben.

So weit das Auge reicht, eine weißgelbe Dünenlandschaft. In leichten Wogen schwingen sich die Sandhänge hinab ins »Tal des Schweigens«. Unten sind überall kleine Ausschürfungen zu sehen, andere Flächen sind glatt wie ein zugefrorener See. Dann wieder Toccaten von waschbrettartigen Oberflächen oder Wellen weicher Sandhügel, die durch das allmähliche Ineinanderfließen von Licht und Schatten erkennbar werden. Hunderte von cremefarbenen Sandtönen.

Weiter hinten wachsen die Dünen wieder empor und ziehen sich am Haff entlang bis zum Grabscher Haken und noch weiter. Überall blühen im Sand bläulich die

Wegwarte und sonnengelb der Bocksbart. Die dem Horizont zustrebende Sonne taucht alles in das warme Licht ihrer goldenen Stunde. Links leuchtet das Haff ebenso blau herauf wie die Ostsee rechts.

»Würde mich nicht wundern, wenn da jetzt eine Karawane mit Kamelen heraufgezogen käme«, sagt Lina.

Sie sitzen jeder für sich und saugen die Weite in sich ein. Ella sieht den dicht über dem Boden fliegenden Körnchen zu: Sie kommen von der See, der Wind treibt sie die Düne hinauf, und dahinter rieseln sie über die Steilkante zum Haff hinab. Sie fliegen und fliegen. Erstaunlich, dass diese unbedeutenden Bewegungen des Sandes in Jahrzehnten große Veränderungen bringen und ganze Dörfer verschütten und wieder freigeben können! So verrinnt Tag für Tag unmerklich auch die Zeit eines Menschenlebens, denkt sie, und irgendwann ist man alt und stirbt.

Der Vater kommt ihr wieder in den Sinn. Und da ist auch wieder der Schmerz, wie eine lange Nadel bohrt er sich in ihre Seele. Sie hat Sehnsucht nach ihm. Es ist nach wie vor unbegreiflich, dass er einfach nicht mehr da ist.

Schuld war – da duldet ihre Mutter keinen Widerspruch – die Dresdner Vitrine im Wohnzimmer. Ein jahrzehntelanger Aberglaube von Alice, der es nach Vaters Tod zu einem Familienmythos gebracht hat.

Wenige Tage vor seinem Tod sollte nämlich eine kleine Gesellschaft gegeben werden, Geschäftspartner zum großen Teil, aber auch Familie und bedeutende Männer aus Königsbergs besseren Kreisen mit ihren Gemahlinnen.

Also wurde vorher das ganze Haus auf den Kopf gestellt und gereinigt.

Tagelang mussten die Hausangestellten Fenster putzen, Bücher abstauben, Böden wienern, Möbel polieren, Teppiche klopfen, das Silber putzen und die Spiegel auf Hochglanz bringen. Abschluss der Arbeiten war die Nussbaumvitrine. Die Mädchen durften sie selbstverständlich nicht anrühren. Ungeschickt wie sie waren, konnte zu leicht ein Glas zerbrechen, und das hätte unweigerlich das Schicksal herausgefordert. Also räumte Alice eigenhändig Glas für Glas die Einlegeböden leer, Kristallgläser, Sektschalen und -flöten, auch die zarten Cognacschwenker reihte sie vorsichtig in der Mitte des Esstisches auf. Anschließend wischte Alice die Böden und putzte die Scheiben des Prunkstückes, räumte sorgsam die Gläser wieder ein und schloss die Tür – erleichtert, dass nichts zu Bruch gegangen war.

In der folgenden Nacht aber, als niemand im Wohnzimmer war, um Schaden anzurichten oder zu verhüten, gab es einen dumpfen Rumms – begleitet von scheußlichem Splittern und Klirren. Danach beunruhigende Stille. Nur Alice hatte den Lärm gehört und stand kurz darauf im Nachthemd und aufgelöst im Schlafzimmer ihres Ehemanns, um ihn zu wecken, denn alleine traute sie sich nicht hinunter.

»Hat das nicht Zeit bis morgen?«, fragte Max schlaftrunken und wälzte sich missmutig auf die andere Seite. Doch Alice, die sonst kein Auge mehr zugetan hätte, gab keine Ruhe. So wühlte sich Max Aschmoneit in den Hausmantel und machte sich, gefolgt von seiner ahnungsvollen Gattin, an den Abstieg in die untere Etage.

Im Wohnzimmer bot sich ihnen ein schreckliches Bild. Die frisch gesäuberte Vitrine war kopfüber umgekippt und bäuchlings auf Parkett und Teppich gestürzt. Einer ihrer vergoldeten Schwanenhälse war abgebrochen, die nach vorne gewölbten Flügeltüren hatte die Wucht des Sturzes offensichtlich eingedrückt, und auf dem Teppich lagen Scherben. Das wahre Ausmaß der Katastrophe aber zeigte sich, als Max die Vitrine anhob, um sie auf den Rücken zu wälzen. Scheppernd und knirschend quollen ihre Eingeweide hervor, und ein Berg von zerbrochenen Gläsern ergoss sich auf den Boden.

Das war zu viel für Alice. Ihre Knie gaben nach, sie sank auf einen Biedermeierstuhl und massierte sich die Schläfen. Nicht auszudenken, was für ein entsetzliches Unglück die Familie nun heimsuchen würde! Der Sturz der Vitrine war ein böses Omen, ein Menetekel! Unabwendbar musste nun ein Schicksalsschlag über sie kommen, eine Katastrophe ungekannten Ausmaßes!

Der Vater war pragmatischer. Die Versicherung würde den Schaden begleichen. Man musste nur schnell für Ersatz sorgen, damit die geplante Gesellschaft stattfinden konnte. Die Vitrine selbst war zwar arg mitgenommen, konnte aber wohl repariert werden. Mehr bekümmerte ihn, dass es um seinen Schlaf für diese Nacht jetzt wohl geschehen war. Als er das Tohuwabohu später noch einmal in genaueren Augenschein nahm, entdeckte er in dem Splittermeer zwischen abgebrochenen Stielen und geköpften Kelchen eines der filigranen Füßchen der

Vitrine. Es war abgebrochen und, wie sich bei näherer Inspektion zeigte, wurmstichig. Das also hatte den Sturz der Vitrine herbeigeführt! Nun, das kam vor.

Ella vermisst den heimeligen Geruch ihres Vaters nach Rasierwasser und Zigarrenrauch. Als er kurz nach dem Sturz der Vitrine vom Schlag getroffen und gleich ihr auf dem Teppich der Länge nach hingeschlagen war, hat Ella sich das Einstecktuch aus einem seiner Jacketts stibitzt und in der Schublade ihres Schreibtisches verwahrt. Wenn sie es hervorzog und daran roch, war es fast wie ein kleiner Zauber, als wäre sie eine Magierin, die den Vater für ein paar Momente wieder lebendig machen konnte. Jedoch wandte sie den Zauber so selten wie möglich an, versuchte den Gebrauch des Tüchleins so lange wie möglich hinauszuzögern. Sie wollte seine Wirkung nicht durch zu maßlosen Genuss verwässern. Doch trotz aller Vorsicht hatte sich der Geruch irgendwann aus dem Tüchlein verflüchtigt und mit ihm die Wirksamkeit des Zaubers. So wanderte es zu Krusch und Krimskrams ganz hinten in die Schublade. Sie zog es nur noch selten hervor.

Ella blickt über die goldblaue, schier unendliche Oberfläche der Ostsee und stellt sich Vaters freundliches Gesicht vor, seine weiche, große Hand, das Kratzen seiner Bartstoppeln beim Gutenachtkuss. Und tatsächlich, gelegentlich gelingt der Zauber auch ohne das Tüchlein, für einen Moment erfüllt sie eine kindliche Vertrautheit und Wärme. Sie spürt ein leichtes Rieseln zwischen den Schulterblättern, in ihren Lippen summt das Blut, und schon fühlt sie sich mit der Welt um sie wieder mehr verbunden und eins. Die Unendlichkeit der Veränderung allen Lebens macht ihr gerade keine Angst mehr.

Paul schnallt seine Packtasche auf und holt Käse und Wein hervor. Aus den anderen Taschen kommen Brot, Wurst, Tomaten und junge Zwiebeln dazu. Lina drapiert alles auf einem kleinen Tuch, das sie im Sand ausgebreitet hat. Die vier greifen zu und genießen das Schweigen nach einem erlebnisreichen Tag. Hier draußen abseits von Stadt und Haus schmeckt alles noch einmal so gut.

Nach dem Essen rollen sie das Tuch wieder ein und setzen sich nebeneinander, um in die größer werdende Sonne zu schauen. Sie hat ein gelb gleißendes Gemälde wie von Monet auf die Ostsee gemalt. Das Haff hinter ihnen bekommt schon keine Strahlen mehr ab.

Ellas Kopf wird schwer vom Wein und der ruhigen Stunde Ewigkeit. Er sinkt auf Pauls Schulter neben ihr, woraufhin der den Arm um sie legt und seinen Kopf an ihren lehnt. Kurz fragt sie sich, ob sie diese Nähe, die sich so selbstverständlich eingestellt hat, tatsächlich will. Er ist ein kerniger Junge, dessen Übermut und Selbstgewissheit ihr gefallen, dazu gut aussehend mit seinen breiten Schultern, den schlanken Gliedern und seinem freien Lächeln, er buhlt um ihre Aufmerksamkeit, aber dennoch berührt er sie nicht, bringt nichts in ihr zum Schwingen: Sie ist kein bisschen verliebt in ihn. Und doch zieht sie eine geheimnisvolle Kraft hin zu ihm und seinem Körper.

Aus Pauls Hemdkragen steigt ein herrlicher Duft auf:

leicht salzig, herb und verlockend. Ella schließt die Augen und saugt ihn ein. Das Blut strömt ihr durch Kopf und Glieder. Auch der Wein durchwölkt sie mit jedem Pulsschlag. Auf die Sonne achtet sie nicht mehr. Paul streichelt mit den Fingerkuppen ihren Hals, und Ella streicht die feinen Borsten seiner Nackenhaare gegen den Strich hinauf. Seine Lippen kitzeln an ihren Ohren.

Sie muss lächeln. Heute Morgen hätte sie nicht gedacht, dass sie je mit ihm so sitzen könnte, jetzt kommt es ihr ganz selbstverständlich vor. Wunderbar, gar nicht darüber nachzudenken, ob sie das nun will oder nicht, sondern sich einfach nur von einem Moment zum nächsten tragen zu lassen.

Dann spürt sie seinen Mund an den Lippen, an den Zähnen. Zögernd saugt sie an seiner Oberlippe, zieht sich zurück und wartet auf Antwort. Da kommt sie: Nun leckt er an ihrer Lippe. Eine fremde, köstliche Hitze durchschießt sie. Ein Gefühl wie die feurigen Ostseewellen, die langsam und scheinbar unendlich ausrollen. Es wird nie aufhören, denkt Ella. Jetzt könnte ich sterben.

Paul steht auf und nimmt sie bei der Hand. Sie gehen ein Stück in die dunkler werdenden Dünen hinein. Zwischen zwei Schritten barfuß im Sand sieht sie auf: Die Sonne ist fort, über der Horizontlinie stehen rote und orange Wolkenstreifen, darüber ein immer tiefer werdendes Blau, je weiter sie den Kopf hebt. Die ersten Sterne morsen Lichtzeichen. Beim Aufstehen hat sie kurz zu Christian und Lina gesehen. Die beiden sitzen verlegen nebeneinander und blicken beflissen übers Meer.

In einer windgeschützten Mulde lassen sie sich im noch warmen Sand nieder, halb sitzend, halb liegend. Sie sucht wieder nach Pauls Lippen, ihre Hand gleitet unter sein heraushängendes Hemd, und sie spürt seine zarte Haut an Taille und Rippenbogen. Unter ihren Fingerspitzen entsteht eine Gänsehaut, die sie lustvoll langsam weiter ausdehnt, hinauf zu seinen Achseln und über seinen Rücken. Schließlich hat sie seine kleine, harte Brustwarze unter ihrem Daumen und lässt sie mit sanftem Kreisen noch kleiner und härter werden. Paul hat sich seitlich in den Sand sinken lassen, seine Augen sind geschlossen. Der verletzliche Sprüchemacher ist endlich still und zittert leise unter ihren Händen! Ella küsst ihm den meersalzigen Hals. Dann hält sie inne und quält ihn liebevoll mit einer Pause, worauf er sich aufrichtet und sie vorsichtig in Hals und Nacken beißt. Ein Schauer läuft ihr den Rücken hinunter wie früher vor ihrem Fenster ein Windstoß über den Oberteich. Jetzt ist sie es, die in den Sand sinkt und Pauls Liebkosungen geschehen lässt. Seine Hände suchen einen Weg unter ihre Bluse und kreisen sachte an ihren Seiten aufwärts, bis seine Fingernägel den Rand ihrer Achselhöhlen kitzeln. Sie hat jedes Gefühl für Raum und Zeit verloren.

Pauls Hände wandern weiter, wollen sich auf ihre Brüste legen. Doch sie hält ihn an den Handgelenken fest. Das ist ihr dann doch zu viel für diese erste Begegnung. Sie blickt ihn an und sieht seine dunkelroten Wangen in der Dämmerung. Er gibt nach, beugt sich hinab zu ihr und küsst sie auf den Mund. Erst zart, dann immer leidenschaftlicher.

Als Ella aus dem trunkenen Taumel wieder zu sich kommt, ist vom Tag nur noch ein Schimmer am Horizont zu sehen. Über ihnen blinken die Sterne, und hinterm Haff steht die Mondsichel. Eng aneinandergeschmiegt liegen sie im Sand und schauen in den Nachthimmel. Der Wind hat sich gelegt, die Liebeswellen sind verebbt. Ella gibt Paul einen letzten Kuss aufs Ohr und flüstert, dass es nun Zeit sei zurückzugehen. Er schnauft unwillig und lässt sich hochziehen.

Als sie wieder zum Dünenkamm hinaufgehen, sind Lina und Christian schon fort. Über dem Haff blitzt der Mond.

Morgens geht alles sehr zügig. Nach dem Frühstück auf der Terrasse ihrer Pension machen sie noch eine Stippvisite beim ehemaligen Ferienhaus von Thomas Mann am Hochufer des Haffs – im Volksmund »Onkel Toms Hütte«. Vor vier Jahren hat der Schriftsteller vor seiner Flucht aus dem Reich zum letzten Mal mit seiner Familie einige Sommerwochen in dem reetgedeckten Haus verbracht. Gerade ist es unbewohnt. Sie genießen den »Italienblick« durch die Kiefern aufs taubenblaue Haff hinab. Die Wasseroberfläche scheint zähflüssig, so unbewegt leuchtet sie herauf. Weiße Wattewölkchen über dem Horizont spiegeln sich im Wasser.

Dann geht es auf die Räder. Es wird der anstrengendste Tag ihrer Fahrt, denn abends wollen sie in Memel sein. Sie kommen durch Preil und Schwarzort. Mittags pliesern sie einen Baum mit überreifen, fast schwarzen Kirschen. Der Himmel bezieht sich mit einem gelblich grauen Schleier. Das Licht wird präzise und allgegenwärtig, es tilgt alle Schatten.

»Ein Schwalbenschwanz!«, ruft Ella plötzlich den anderen zu, denn sie ist ein wenig zurückgefallen. »Wartet!«

Sie springt vom Rad, nestelt hektisch ihre Packtasche auf, holt das Schmetterlingsnetz heraus, steckt es an einen Bambusstock, den sie am Gepäckträger befestigt hat, und läuft zu den hochstieligen Disteln ein Stück abseits vom Weg. Im Augenwinkel sieht sie, dass die anderen umdrehen und zurückkommen. Sie muss sich durch etwas Gestrüpp kämpfen. Der Schmetterling ist aufgeflogen und torkelt um die hellvioletten Blüten der Disteln herum.

Wenn Ella einen Schmetterling so fliegen sieht, übt das immer einen großen Reiz auf sie aus. Nicht nur weil sie Freude an den anmutigen Schwüngen und Schnörkeln seines Fluges hat, nicht nur weil sie die Vielfalt und Pracht seiner Musterung liebt, sondern auch weil die Schmetterlinge zwar zum Greifen nah sind, sich aber mit bloßen Händen kaum je fassen lassen. Es ist ein flirrender Reiz zwischen Begehren und Unerreichbarkeit.

Ein Schwalbenschwanz fehlt noch in ihrer Sammlung. Vor allem jetzt in der Mittagshitze zeigen sie sich besonders unruhig und scheu. Aber dann lässt sich der Falter doch wieder auf einer der Blüten nieder und klappt auch gleich die sattgelben Flügel auf. Ein Netz von tintenschwarzen und weiter hinten grauen Adern durchzieht vom Rumpf aus seine samtigen Flügel, und auf den vorderen sieht es aus, als wäre an manchen Seitenäderchen die Tinte ausgelaufen und hätte schwarze, rechteckige Kleckse hinterlassen. Am Rand der Flanken zieht sich ein vorne schwarzes und hinten blauschwarzes Band von oben nach unten und mündet an jedem Flügel in die charakteristischen Fingerchen, denen der Schwalbenschwanz seinen Namen verdankt. Daneben sind zwei rote Augenflecke aufgetupft, mit einem hellblauen Reflex am oberen Rand. Mit den »Augen« bekommt ein Falter fast etwas Menschliches.

»Ach, lass ihn doch leben!«, ruft Lina.

Die drei anderen stehen inzwischen in der Nähe und sehen dem Schwalbenschwanz beim Sammeln des Nektars zu.

»Macht es dir gar nichts aus, ihn zu töten?«

»Ich habe mich daran gewöhnt. Auf Fotografien ist einfach zu wenig zu erkennen, und lebend kann ich den Schwalbenschwanz nicht mitnehmen. Hier draußen stirbt er in ein paar Wochen, aber in meiner Sammlung kann er überdauern.«

Sie hebt das Schmetterlingsnetz und tritt dem Schwalbenschwanz mit langsamen Bewegungen näher. Als er sich wieder auf einer Distelblüte niederlässt, fährt sie schnell mit dem Netz durch die Luft, stülpt es von der Seite über den Falter und lässt den Beutel so über den Ring des Netzes fallen, dass der Sack verschlossen ist. Der Schwalbenschwanz flattert hilflos darin herum. Vorsichtig geht sie zurück zum Rad, gibt Christian das Netz zum Halten und kramt in ihren Satteltaschen nach einem passenden Tötungsglas, denn mit seinen sicher sieben Zentimetern Spannweite ist der Schmetterling ein recht großes Exemplar. Auf die Watte am Boden des Glases träufelt sie ein paar Tropfen Essigäther, stopft gleich den Korkdeckel wieder darauf, damit der Äther nicht verfliegt, und führt das Glas mit leicht zittrigen Händen in das Netz mit dem Falter ein.

»Man muss höllisch aufpassen, dass er einem jetzt nicht noch entwischt.«

Vorsichtig nähert sie sich mit dem Glas dem zappelnden Schwalbenschwanz, fängt ihn ein und setzt den Deckel drauf. Er schlägt noch ein paar mal mit den Flügeln, dann werden seine Bewegungen matter, und er sinkt nieder auf die Watte am Boden.

Ella zieht das Netz ab, holt den betäubten Schwalbenschwanz aus dem Glas und pumpt ihm mit einer kleinen Spritze schräg von unten etwas Ammoniakwasser in den Rumpf. Der Tod kommt unmittelbar. Aus einem Papierbriefchen pult sie eine Nadel und steckt sie dem Schmetterling von oben möglichst senkrecht durch den Thorax, so dass noch ein Drittel oben herausschaut. Mit dieser Nadel wird sie ihn zu Hause nach der Präparierung am Boden eines ihrer Glaskästen festspießen und anschließend ein Etikett darunter kleben.

Am späten Nachmittag erreichen die vier bei Sandkrug das Ende der Nehrung und überqueren mit der Fähre das Memeler Tief, den Zugang des Haffs zur Ostsee. Die Reise geht zu Ende. Über dem ganzen Tag hat schon der Abschied gehangen. Zwischen Ella und Paul hat sich die Nähe des Vorabends nicht mehr recht einstellen wollen. Ella ist befangen, peinlich berührt und seltsamerweise auch niedergeschlagen. Paul wirkt seit dem Morgen ebenfalls verschlossen und hat keinerlei

Anstalten gemacht, sich ihr wieder zu nähern. Es trennt sie eine unsichtbare Wand, und Ella kann sich nicht erklären, wie sie zustande gekommen ist. Lina und Christian verkneifen sich offenbar jede Anspielung auf den gestrigen Abend.

Am nächsten Morgen wartet im Hafen schon der kleine Dampfer »Cranz«, der sie übers Haff zurück nach Cranzbeek bringen soll. Nach dem Ablegen klappert das Schiff die Orte der Kurischen Nehrung noch einmal ab und sammelt für sie die Erinnerungen dieser langen Tage ein. Jeder für sich sitzen sie nebeneinander an Deck, hören das Knattern der Hakenkreuzflagge im Wind und lassen die inzwischen vertraute Landschaft noch einmal an sich vorüberziehen.

Vom Wasser aus sind vor allem die Dünen gut zu sehen. Ella folgt ihren auf- und absteigenden Kammlinien und denkt an die bevorstehenden Ferien an der Samlandküste bei ihrer großen Schwester Fee und deren Familie. Sie und Schwager Heinz haben in Neukuhren ein Ferienhaus gemietet und Ella angeboten, zwei Wochen mit ihnen dort zu verbringen. Hinter dieser Einladung steckt wohl auch der Gedanke, sie würde sich ein wenig um den kleinen Dieter kümmern. Dennoch kann es eine unbeschwerte Zeit werden: Wind und Wellen, Salzkrusten auf der Haut und vorbeifliegende Wolken am blauen Himmel. Sonderbar, dass sie sich jetzt gerade gar nicht darauf freuen kann.

Erst in der Cranzer Eisenbahn zurück nach Königsberg kommt noch einmal etwas von der vertrauten und vergnügten Stimmung der letzten Tage auf, und als Ella im Vorort Rothenstein aussteigt, verabschieden sie sich sogar ein wenig zu überschwänglich voneinander. Als Ella sich vor dem Bahnhof ein letztes Mal auf ihr Rad setzt, um nach Hause zu fahren, überkommt sie auch schon das ohnmächtige Gefühl, dass die gemeinsamen Tage unwiederbringlich vorüber sind.

5

Königsberg, Mitte Januar 1945

Kind! Dass du da bist! Wie schön!« Die Mutter breitet weit die Arme aus, ein strahlendes Lächeln im Gesicht.

»Komm herein, das Abendbrot ist gleich fertig. Es gibt Matjes mit Pellkartoffeln und Butter.« Ella wird sofort warm ums Herz. Ihr Lieblingsessen! Sie fühlt sich plötzlich wieder wie das kleine Mädchen, das der Mutter eine selbst gebastelte Buchhülle zum Geburtstag überreicht. Bei solchen Gelegenheiten ging von Muttis Augen auch so ein Leuchten aus! Und dieses Leuchten galt nur ihr, mit niemandem aus der Geschwisterzahl musste sie es teilen. Leider geschah das nur selten.

Ella ist durchgefroren und erschöpft. Den ganzen Tag hatte sie im Zug gesessen auf der Fahrt von Berlin hierher. Da tut die mütterliche Geborgenheit wohl. Wann hat die Mutter sich zuletzt so über ihr Erscheinen gefreut? Ella spürt, wie sehr ihr das gefehlt hat in den letzten Jahren. Immer war Mutti in Anspruch genommen, immer brauchte sie Ruhe und Schonung. Immer war eine der Schwestern wichtiger als sie. Besonders die bezaubernde und kapriziöse Fee war Alices Liebling. Die anderen standen in ihrem Schatten.

»Aber was stehen wir hier im Flur herum! Leg ab, Kind!«, sagt die Mutter etwas fahrig.

An der Garderobe hängen fremde Mäntel: Eine ausgebombte Familie, die Alice hat aufnehmen müssen. Sie bewohnen die beiden rückwärtigen Zimmer.

»Aber du hast ja gar kein Gepäck! Du willst doch wohl nicht gleich wieder fort?«

Ella bringt es nicht über sich, sie daran zu erinnern, dass sie nur gekommen ist, um ein paar Sachen aus dem Keller ihrer Wohnung auf den Hufen zu holen. Sie möchte die Wärme dieses Heimkommens nicht zerstören und auch der Mutter die Freude nicht verderben.

»Es ist so schön, dass du mich besuchen kommst. Es ist einsam geworden, seit ihr alle fort seid.«

Sie gehen hinüber ins Speisezimmer. Es ist nur für sie beide gedeckt.

Sie sprechen über die letzten Monate. Ella erzählt von dem Leben bei Viki, berichtet von der Entwicklung der Kinder und von Hinrichs Stellung bei der Marineschule in Flensburg. Die Mutter hört für Momente aufmerksam zu, dann wieder geht ihr Blick unstet durch den Raum:

»Bist du denn auch glücklich, Kind?«

Die Frage kommt unvermittelt, sie ist einen Moment ratlos, was sie darauf antworten soll.

»Aber Mutti, was ist das für eine Frage! Wie könnte ich glücklich sein? Ich musste fort aus Königsberg, Hinrich kann nicht bei uns sein und ein eigenes Zuhause habe ich auch nicht. Dazu gibt es kaum etwas Vernünftiges zu essen!«

Sie sieht ihre Mutter konsterniert an. Hat sie ihr überhaupt zugehört? Kann sie sich vorstellen, wie ihr Leben aussieht?

»Du hast ja recht, Ella, ich war nicht ganz bei der Sache. Entschuldige bitte! Meine Nerven! Eine Mutter möchte eben, dass es ihren Kindern gut geht.« Dieses Jahr feiert Alice ihren 60. Geburtstag. Sie sieht verbraucht aus, ihre Augen haben den Glanz verloren. Auf der Oberlippe ist ein Kranz von Fältchen zu sehen, die von Bitterkeit erzählen. Zum ersten Mal wird Ella klar, dass Vaters Tod nicht nur für sie selbst einen herben Einschnitt bedeutet hat, sondern auch für ihre Mutter. Ihr Lamentieren ist seither noch mehr geworden. Tatsächlich hat auch ihr das Leben einige Einbußen gebracht. Abgesehen von dem Verlust des Ehemannes und der wirtschaftlichen Verschlechterung, sind auch viele Menschen der Königsberger Gesellschaft aus ihrem Leben verschwunden: Eine Witwe hat eben nicht mehr denselben gesellschaftlichen Status wie die Ehefrau eines angesehenen Kaufmannes. Es gab also kaum noch Einladungen, und viele Freunde und Bekannte haben sich zurückgezogen. Die Kinder sind nun seit einigen Jahren alle aus dem Haus, und ihr Sohn Hans ist obendrein tödlich verunglückt. Viel Anlass zur Freude bietet dieses Leben tatsächlich nicht. Zum ersten Mal betrachtet sie Alice nicht als ihre Mutter, sondern als eine Frau wie sich selbst – mit ihren Wünschen und Träumen.

Ella fliegt einen Moment lang ein schlechtes Gewissen an, weil sie sich bisher so wenig Gedanken um ihre Mutter gemacht hat. Sie war einfach immer da und hatte da zu sein für ihre Kinder. Jetzt, wo Ella selbst Mutter ist, sieht sie manches anders. Natürlich hatte Mutter im Gegensatz zu ihr Personal, aber immerhin hat sie neun Kinder geboren und acht großgezogen.

An der Tür schlägt jemand heftig den Türklopfer.

»Um diese Zeit!«, wundert sich Alice und sieht auf die Standuhr.

Ella geht zur Tür und öffnet. Draußen steht in heller Aufregung die Nachbarin:

»Ach, de jonge Dame! De jonge Dame! Neij, neij!«, sie schüttelt immerzu den Kopf. »Es is ja nu nicht auszudenken!«

»Frau Teseler, was ist denn passiert?«

Die Nachbarin schüttelt weiter den Kopf und sagt immer nur: »Neij, neij!«

»Na, jetzt kommen Sie erst mal rein, Frau Teseler!«

Ella nimmt die alte Dame beim Ellbogen und führt sie ins Esszimmer. Alice zieht einen Stuhl unter dem Tisch vor und bugsiert sie auf die Sitzfläche. Ella holt aus der Anrichte die Flasche »Pregelgestank«, schenkt ein Gläschen ein und hält es der Nachbarin hin. Die kippt den Schnaps auf einen Satz.

»Nich auszudenken is es!«, wiederholt sie noch einmal und schüttelt sich.

»Ja, was denn, Frau Teseler? Was ist denn nicht auszudenken?«, wird Alice etwas ungeduldig.

»I nu ja, de Russen! Sie kommen! Nu aber wirklich! Eben hat mich meine Schwester aus Insterburg antelefoniert und erzählt, dass sie seit zwei Tagen ganz deutlich hört den Geschützdonner!«

»Aber Frau Teseler, das haben wir doch nun schon des

Öfteren gehabt«, will Alice beruhigen. »Die Russen müssen eben hin und wieder zeigen, dass sie noch da sind. Der Führer wird sie schon wieder zur Vernunft bringen, und dann werden sie Ruhe geben.«

»Neij!«, entfährt es der Nachbarin laut, »diesmal nich, Frau Aschmoneit! Glauben Se mir! Diesmal nich! Das Wummern wird ja immer lauter, saacht meijne Schwester! Jede Stunde! Und sie saacht auch, dass bei ihr schon zittern die Fensterscheiben!«

Mein Gott, Insterburg, denkt Ella. Das sind ja nur 90 Kilometer! Viki hatte vielleicht doch recht, als sie ihr von der Reise abgeraten hat. Wird die Wehrmacht den Ansturm der Bolschewiken auch diesmal zurückschlagen? Wird sie sie zumindest aufhalten können? Sie denkt an den Flüchtlingstreck, den sie in Potsdam gesehen hat. Warum nur muss sie sich immer in irgendwelche Verrücktheiten versteigen! Nur weil sie immer etwas tun muss, weil sie nicht die Geduld hat, eine schwierige Situation auszuhalten. Aber wer hätte auch ahnen können, dass es jetzt so schnell gehen würde? Monatelang hat der Ostwall ja gehalten. Sie muss schnell machen in den nächsten Tagen, die Nahrungsmittel einsammeln und sofort zur Bahn bringen.

Nach dem Frühstück am nächsten Morgen geht sie zur Haltestelle der Elektrischen. In der Nacht hat es noch einmal geschneit. Weil die Bahn ihr gerade vor der Nase wegfährt, läuft sie ein Stück zu Fuß durch die vereisten Straßen, damit ihr nicht kalt wird. Sie muss vorsichtig auftreten, um nicht auszurutschen, denn unter der handbreit hohen Schneeschicht verbirgt sich ein spiegelglatter Boden. Es ist deutlich frostiger hier als in Potsdam. Auf den Dächern lasten Schneemassen, die wie luftig aufgeschüttelte Daunendeckbetten über die Dachrinnen hängen. Der schneidende Wind bläst den Schneestaub zu Ella herab. Unter ihren Füßen knarrt es trocken. Wieder einer dieser klirrenden Ostpreußenwinter. Als Jugendliche haben sie manchmal auf dem dick zugefrorenen Pregel stundenlang auf Schlittschuhen flussaufwärts laufen können oder auch in die andere Richtung bis weit aufs Frische Haff hinaus.

Entsetzlich, wie beschädigt die Häuser hier in Maraunenhof sind! Die Engländer haben bei ihren Angriffen im August vor allem die Wohnhäuser der Zivilbevölkerung treffen wollen, die kriegswichtigen Anlagen aber fast völlig verschont. Kein Treffer auf den Bahnhof, keiner auf den Hafen, keiner auf die Werft, keiner auf die Kasernen. Hinrich meint, die Briten haben ganz bewusst darauf verzichtet, Deutschlands militärische Kraft zu schwächen, damit sie weiter gegen die Russen kämpfen können. Wie zynisch! Aber das jahrhundertealte Schloss *mussten* die britischen Piloten natürlich in Flammen aufgehen lassen. Ebenso den Dom, die Universität, die Buchhandlung Gräfe und Unzer und die mittelalterlichen Fachwerkspeicher der Lastadie. Dutzende Museen, Kirchen und Bibliotheken sind gleichfalls in Rauch aufgegangen.

Es war ganz offensichtlich: Die Bombardierungen hatten keinerlei militärischen Sinn. Sie sollten nur die Bevölkerung demoralisieren. Kann es irgendetwas geben, das das rechtfertigen könnte? Was hätte der Vater dazu gesagt! Er hatte doch aus seiner Lehrzeit Freunde in England und geschäftliche Beziehungen. Nie hätte er das für möglich gehalten. Es ist einfach zu ungeheuerlich. Noch dazu, wo der Krieg doch eh verloren ist. Das über sie gebrachte Leid ist so sinnlos. Ella spürt Tränen der Wut und der Hilflosigkeit aufsteigen.

Vor den zerschossenen Häusern ist der plattgetretene Schnee am Bürgersteig rußgefärbt. Überall ragen abgebrochene Mauern und verkohlte Balken in den Himmel. In den Straßen hängt ein säuerlicher Geruch.

Ella kommt an der Villa ihrer Kindheit vorbei. Das Dach ist nach einem Treffer notdürftig repariert, aber sie steht noch! Sonderbarerweise erfüllt sie das mit Genugtuung, ja es gibt ihr sogar etwas Zuversicht. Bewegt blickt sie hinauf zum Fenster ihres Kinderzimmers. Am Ufer des Oberteiches allenthalben trostlose Brandruinen. Zerbombte Villen. Krater in den Gärten. Wenigstens hat der Schnee die hässlichsten Anblicke gnädig zugedeckt. Auf dem zugefrorenen und ebenfalls mit Schnee bedeckten Oberteich hockt ein einsamer Schwan. Wovon ernährt er sich im Winter bloß, fragt sich Ella und weiß keine Antwort.

Sie muss daran denken, wie einmal ein Schwan die Familie bei einer sonntäglichen Bootspartie böse zischend angegriffen hat. Zunächst war er gemächlich auf sie zugeschwommen, als wolle er um altes Brot betteln. Sein Hals war in graziöser S-Kurve nach vorne gebeugt, und sein Kopf zeigte nach unten, gleich dem eines kurz gehaltenen Trakehners. Seine prächtigen Schwingen berührten sich oben wie die Ränder einer leicht geöffneten Muschel.

Dann aber griff er unvermittelt an – die weit um sich schlagenden Flügel peitschten Wolken von Wassertropfen auf, sein feurig leuchtender Schnabel biss in die Bordkante und schnappte auch nach den bloßen Beinen der Kinder. In der Aufregung hätten sie beinahe das Boot umgeworfen.

Bis zu jenem Erlebnis hatte Ella gedacht, diese majestätischen Tiere hätten auch einen besonders edlen Charakter. Erschrockener noch als über die Attacke selbst war Ella, dass nun ihr schönes Bild zerstört war und dass dieses anmutige Tier aus unerfindlichen Gründen einen so heftigen Zorn gegen sie hegte. Nichts hatten sie ihm getan! Dass die Welt so unberechenbar sein konnte! Heute muss sie bitter lächeln über ihre kindliche Blauäugigkeit.

Auch der Vater war damals ganz fahl geworden: Überraschend hilflos und hektisch versuchte er, ein Ruder aus der Dolle zu zerren, um das Untier damit in die Flucht zu schlagen. Aber als er so weit war, hatte es schon genug und drehte, den Schwanz schlenkernd, ab.

An der verwaisten Badeanstalt steigt sie in die nächste Straßenbahn. Ihr alter Schulweg! Ella überschwemmt ein freudiger Schmerz. Hier hat sie mit den Jungens gealbert, mit Marita von der Liebe geträumt. Im Schnelllauf defilieren die Jungs und jungen Männer ihres Begehrens vor ihrem inneren Auge vorbei. Wieder bleibt sie bei Victor hängen. Wieder greift die Sehnsucht nach ihr. Keine unschuldige Sehnsucht mehr wie in ihrer Jugend, schließlich ist sie eine Ehefrau und Mutter von zwei Kindern. Mit Hinrich hat sie in der körperlichen Lust allerdings nie wirkliche Erfüllung erlebt, das spürt sie ganz deutlich. Jetzt weiß sie, dass ihr Begehren nach Victor damals letztendlich auch dieser Lust gegolten hat. Und dass sie diese Erfahrung versäumt hat. Der Schmerz, den sie jetzt spürt, ist die Kehrseite dieser Sehnsucht. Victor! Sie wird ihm nie mehr so nah sein können.

Je näher sie dem Zentrum kommen, desto mehr Menschen mit großen Koffern und Rucksäcken steigen ein. Sie haben bekümmerte, bittere Gesichter. Meist Frauen mit Kindern oder sehr alte Leute – die meisten Männer sind bei der Wehrmacht oder beim Volkssturm. Die Flucht!, schießt es Ella durch den Kopf. Jetzt verlassen auch hier in Königsberg die Menschen ihr Hab und Gut, um das nackte Leben zu retten. Es muss noch ernster stehen, als sie bisher geglaubt hat. Sicher sind die Königsberger gut informiert über die Lage an der Front, schließlich sitzen hier die Provinzbehörden und Wehrmachtsstäbe. Da sprechen sich militärische Neuigkeiten schnell herum.

Als ihre Straßenbahn am Steindamm rechts abbiegt Richtung Nordwesten, sieht Ella auf der Straße Pferdewagen mit notdürftig gezimmerten Dächern. Der Straßenbahnfahrer bimmelt, um sich einen Weg zu bahnen. Wie der Treck in Potsdam, denkt sie. Diese Menschen kommen wahrscheinlich aus den östlichen Kreisen und wollen zum Hafen nach Pillau, um auf die Frische Nehrung überzusetzen oder ein Schiff ins Reich zu bekommen.

Am Hammerweg gegenüber der Luisenkirche steigt Ella aus und läuft die paar hundert Meter vor zu den

Zwillingsteichen. Die Häuser auf den Hufen und hier in Amalienau haben erstaunlich wenig gelitten. Hier die – in der Mitte begrünte – Körteallee zum Luisenplatz, dort der kleine Park linker Hand. All die Villen der besseren Gesellschaft einer besseren Zeit. Die Zaunpfähle tragen hohe Schneehauben. Mit jedem Schritt mehr breitet sich das Gefühl in ihr aus, alles sei wie früher. Heiterkeit überkommt sie. Dort vorne schließlich das Ausflugslokal *Alte Hammerschmiede* an den Zwillingsteichen. Hier hat sie noch im Sommer oft mit den Kindern nachmittags auf der Terrasse gesessen und Enten gefüttert.

Schließlich gelangt Ella zu dem schlichten Haus, in dessen oberer Etage ihre und Hinrichs Wohnung war. Jetzt lebt hier das alte Ehepaar Schramm, das im August in der Löbenichtschen Langgasse ausgebombt worden war. Als Ella und die Kinder nach den Angriffen aus den Ferien von der Ostsee zurück nach Königsberg kamen, waren die Schramms bereits in ihrer Wohnung einquartiert worden. Wenige Wochen lebte man unter einem Dach, bis Ella sich entschloss, nach Potsdam zu ziehen.

Sie klingelt.

»Frau Jensch! Das ist aber eine Überraschung! Dass Sie uns noch einmal besuchen kommen, jetzt, wo alles dem Ende entgegengeht!« Auf dem erschöpften Gesicht von Johannes Schramm liegt ein matter Glanz. Der frühere Latein- und Griechischlehrer des Stadtgymnasiums Altstadt-Kneiphof freut sich, Ella zu sehen.

»Aber Herr Schramm, so dürfen Sie nicht reden! Es wird schon nicht so schlimm kommen! Im Sommer sind wir vielleicht alle schon wieder hier.«

Sie weiß selbst nicht, ob sie diese aufmunternden Worte glauben soll. Der alte Mann winkt nur ab.

»Möchten Sie eine Tasse Tee? Meine Frau macht gerade Einkäufe, und ich wollte mir ohnehin Wasser aufsetzen.«

Das nimmt Ella gerne an. Sie ist durchgefroren. Beim Tee erzählt sie ihm, dass sie wegen der Einmachgläser im Keller gekommen ist. Das Ehepaar hat freundlicherweise ein Auge darauf gehabt und auch ihre persönlichen Sachen aufbewahrt.

»Vielleicht kann ich auch noch ein paar Kleider und die Kochtöpfe mitnehmen«, sagt sie.

»Und wie wollen sie die Gläser transportieren?«, fragt Schramm. Daran hatte Ella noch gar nicht gedacht: Sie braucht Kisten und Zeitungspapier! Ratlos sieht sie den pensionierten Lehrer an.

»Na, Frau Jensch, lassen Sie mich mal machen. Ich habe im Keller noch eine alte Holzkiste, in der meine Frau das Porzellan verwahrt. Wir wollten es ohnehin heraufholen. Wofür sollen wir die Sachen auch noch schonen?«

Ella fällt ein, dass Schramms einzige Tochter zusammen mit den Enkeln beim Feuersturm des zweiten Angriffes im August umgekommen ist. Sie weiß nicht, was sie sagen soll. Ein betretenes Schweigen tritt zwischen sie. Dann strafft Schramm seinen Körper und sagt:

»Mit der einen Kiste können Sie erst mal anfangen, dann sehen wir weiter.«

Sie gehen in den Keller, und tatsächlich stehen sie noch hier – brav aufgereiht in den Regalen –, als hätten sie nur auf Ella gewartet: ein ganzes Arsenal von Weck-

gläsern, in mehreren Reihen, von einer leichten Staub-
schicht bedeckt. Bei ihrem Anblick fühlt sie sich kurz ins
Schlaraffenland versetzt: Als würde sie die Parade von
fein herausgeputzten Soldaten abnehmen, schreitet sie
an einem Regal mit Karottengemüse, eingelegten Gurken
und Sauerkraut vorbei, einem anderen mit Erbsen, Kohl
und dicken Bohnen, dann kommen Stachelbeeren, Pflaumen und Kirschen und dahinter Apfelkompott, Brom-
beergelee und Mirabellen, die braungelb durch den trü-
ben, süßen Saft schimmern.

Ella bleibt stehen und denkt an summende Wespen, die
in ausgehöhltem Fallobst unterm Apfelbaum herumkrie-
chen, an Nachmittage beim Blaubeerpflücken. Die matten
Farben der eingeweckten Leckereien erinnern Ella an die
Stillleben alter Meister. All diese pastellenen Abstufungen,
vom beigen Weiß des eingelegten Knoblauchs bis hin zum
Schwarzblau des Holundersaftes. Es ist, als sei mit diesen
Lebensmitteln auch die alte Zeit eingemacht, als müsste
man nur eines der Gläser öffnen, und schon kämen Sommer und Frieden wieder zum Vorschein.

An der Ecke des nächsten Regals sind an einem Na-
gel lange braune Würste aufgehängt. Ella hält eine an die
Nase, schließt die Augen und atmet ihren würzigen, fet-
ten Duft ein. Sogar eine Speckseite hängt hier. In den
Fächern des Regals stehen die Gläser mit Pasteten und
Leberwurst – und vor allem dem ersehnten Schweinebra-
ten! Ella bekommt vor Begeisterung und Glück feuchte
Augen. Kein Zweifel: Das ist das Paradies! Sie wird die
Schätze gar nicht alle bergen können. Kaum zu glauben,
dass die Gläser hier die ganze Zeit gestanden haben, wäh-

rend sie in Potsdam darben mussten. Wie viele Menschen leiden Hunger in diesem Krieg! Ein Irrsinn, dass der Führer deutsche Männer an die Fronten schickt, und auf den Feldern verkommt die Ernte. Wofür?

Jetzt ist der Krieg so gut wie verloren, und sie stehen mit weniger da als zuvor. Doch waren es nicht gerade die Menschen in Ostpreußen, die schon vor 33 mit wehenden Fahnen zu Hitler und seinen Nazis übergelaufen sind?

»Sie sind wirklich großartig, Herr Schramm, dass Sie die Sachen für uns aufbewahrt haben! Tausend Dank!«

In Schramms grauem Gesicht deutet sich ein Lächeln an. Er kramt ein paar alte Zeitungen hervor. Sie sind fast alle vor September gedruckt, weil es seit den Bombennächten nur noch vereinzelte Notausgaben gibt. Sofort macht Ella sich ans Einwickeln. Der alte Lehrer kommt nach einer Weile mit der ausgeräumten Porzellankiste wieder. Sie polstert sie mit zusammengeknülltem Zeitungspapier aus, damit nichts zu Bruch geht von der kostbaren Fracht, und schichtet die Gläser sorgsam hinein. Dabei stellt sie eine Mischung aus Schwein, Gemüse und Kompott zusammen – für den Fall, dass nicht alle Kisten durchkommen. Obenauf haben noch die Würste Platz und einige Gläser Gänseleberpastete, Marmelade und Gelee. Beim Gedanken an die bevorstehenden Mahlzeiten wird Ella euphorisch, als wären jetzt alle Misslichkeiten des Krieges gebannt. Viki wird Augen machen! Und ihr recht geben müssen! Es hat sich eben doch gelohnt, die riskante Reise zu machen.

Am Ende hilft Schramm ihr, die Kiste zuzunageln, und sie setzen sich nebeneinander darauf.

»Wollen wir ein Glas aufmachen zur Belohnung?«, fragt Ella mit einem Blitzen in den Augen. Sie kommt sich vor wie eine Diebin, und das amüsiert sie. »Wie wäre es mit Birnenkompott?«

Der alte Herr hat nichts dagegen einzuwenden. Also greift Ella hinter sich ins immer noch reichlich gefüllte Regal nach einem Glas und zieht an der Gummilasche. Zischend saugt das Weckglas die Luft ein, sie hebt den Deckel ab, und der süße Duft der Birnen strömt in den muffigen Keller. Abwechselnd fischen die beiden die blassgelben Birnenhälften heraus, schieben sich die triefende Süßigkeit in den Mund. Es schmeckt herrlich nach Sommer, Frieden und Kindheit. Sie müssen sich vorbeugen, weil ihnen der süße Saft die Handkanten hinabläuft.

Ella genießt es, wie väterlich Johannes Schramm für sie da ist. Auch er scheint Gefallen an der Situation zu finden. Und dann lässt er sich zu etwas hinreißen, wozu sich der brave und pflichtbewusste Lateinlehrer unter normalen Umständen wohl kaum je verstiegen hätte. Aber jetzt in diesem mörderischen Krieg, wo fast alle Sicherheiten und auch Freuden *perdu* sind, und man eigentlich nur schreiend durch die Straßen laufen möchte, da überkommt ihn plötzlich ein lange eingezwängter Übermut, und er schiebt das gute Benehmen für einen Moment beiseite: Schelmisch hält er Ella eine tropfende Birnenhälfte vor den Mund und sagt:

»Eine für den lieben Onkel Adolf!«

Sie wirft lachend den Kopf in den Nacken, lässt sich wohlig zurückfallen in die Zeit, als sie noch ein kleines Mädchen war, und öffnet den Mund.

»Und eine für den dicken Onkel Hermann«, macht er weiter; »und noch eine für den spillrigen Onkel Joseph, der kann's gebrauchen, er hat ja die schwere Aufgabe, unser Volk bis zum Endsieg bei Laune zu halten!«

Ella prustet und verschluckt sich vor Vergnügen. Der Saft tropft auf den Mantel. Schramm klopft ihr den Rücken.

Nicht zu glauben, dass sie diesen Mann noch nicht lange kennt und sich doch so gewagte Späße mit ihm erlauben kann. Die KZs gibt es schließlich immer noch, auch wenn sonst vieles nicht mehr funktioniert. Aber das Albern tut gut in all der Freudlosigkeit der letzten Monate, die beiden glucksen, als hätten sie eine Flasche Likör geöffnet.

Ella holt ihren alten Handschlitten aus der Ecke hervor. Auf ihm ist sie schon zu »Meisters« Zeiten von der Terrasse der Villa in den Garten hinabgerodelt. Sie tragen die Kiste zur Straße hoch und wuchten sie auf den Schlitten. Ella zurrt sie mit einer Kordel fest und macht sich auf den Weg zum Bahnhof.

Sie zieht den Schlitten durch den verschneiten Park Luisenwahl und an Friedhöfen und Schrebergärten vorbei. Nach einer Weile glühen Ellas Wangen angenehm im beißenden Frost, das Blut strömt ihr warm durch die Glieder. Der Schnee knarrt so frisch unter ihren Stiefeln – ganz wie früher, wenn sie einen Winterspaziergang zum Max-Aschmann-Park machten. Das lautlose und dumpfe Rauschen in Ellas Kopf, das die letzten Monate oder Jahre oft so vorherrschend war, es ist verschwunden. Sie fühlt sich frei und lebendig und hat das Gefühl, sie könnte den ganzen Tag so laufen. Nur die Zehen sind kalt.

Schon immer konnte sie einer trostlosen Lage mit hochgekrempelten Ärmeln und guter Laune trotzen. Sie will sich der deprimierenden Stimmung in der Stadt nicht überlassen. Man darf sich nicht gehen lassen, das hat sie von ihren Eltern gelernt. Und was nicht zu ändern ist, dem soll man nicht hinterhertrauern. Sie summt die Schlager ihrer Jugend vor sich hin: »Ich reiß mir eine Wimper aus und stech dich damit tot.« Am Deutschordenring biegt sie rechts ab, passiert den Bahnhof Holländerbaum, überquert auf der Eisenbahndrehbrücke den Pregel und erreicht nach einer guten Stunde Fußmarsch den Hauptbahnhof am Haberberg. Sie zerrt den Schlitten quietschend über den nassen Steinfußboden der Bahnhofshalle zum Frachtschalter. Dort muss sie lange warten: Viele Königsberger stehen hier mit zugeschnürten Paketen oder aus Korb geflochtenen Kisten in der Schlange. Sie alle wollen wohl noch schnell Hausrat oder Erinnerungsstücke zu Verwandten in den Westen schicken, bevor sie sich selbst dorthin auf den Weg machen.

Ella wackelt mit ihren eisigen Zehen in den Stiefeln, um sie einigermaßen bei Temperatur zu halten, und überlegt, wo sie eine Kiste für die nächste Fuhre organisieren könnte. An den Fahrkartenschaltern warten ebenfalls Hunderte Menschen mit Gepäck. Ganz offenbar hat es sich herumgesprochen in der Stadt, dass die Russen nur allzu bald vor den Toren Königsbergs stehen werden. Was braucht es, um einen Menschen dazu zu bringen, sein Zuhause zu verlassen und sich aufzumachen in eine ungewisse Zukunft, denkt sie. Als sie endlich an der Reihe ist, gibt Ella die Kiste nach Potsdam auf, steckt den Beleg ein und nimmt am Vorplatz die Zwölf in die Stadt. Aus dem Straßenbahnfenster wieder die zertrümmerten und verrußten Häusergeripppe auf dem Kneiphof. Links die Leerstelle ihres Geburtshauses; es gibt ihr einen Stich und ihrer Stimmung einen Dämpfer. Es ist, als ob der Boden unter ihr aufklaffte.

An der Krämerbrücke fährt die Bahn an einem alten Mann mit einem Stapel von Holzkisten vorbei. Ella steigt an der nächsten Haltestelle aus und läuft zu ihm zurück. Der Mann hat die Kisten offensichtlich aus Trümmerbrettern gezimmert und verdient sich ein paar Mark damit. Er sitzt auf einer der Kisten, sein krankes Bein auf eine Krücke gelegt. Das Geschäft scheint zu florieren in Zeiten des allgemeinen Aufbruchs.

»Wie viel möchten Sie für eine Kiste?«, fragt Ella.

»Zwei Mark fünfzig das Stück, drei kosten sechs fünfzig.«

Sie überlegt. Vielleicht könnte sie die Kisten gegen Einmachgläser tauschen, sie wird ohnehin nicht alles bergen können. Sie werden handelseinig: Für drei Kisten ein Glas Schweinebraten, eines mit Gemüse und zweimal Kompott. Nichts ist in diesen Zeiten so kostbar wie Essen. Die erste Kiste kann sie gegen Pfand schon mitnehmen. Praktischerweise hat der Mann eiserne Griffe an die Seiten genagelt, so lässt sie sich gut tragen.

Am Kaiser-Wilhelm-Platz vor dem arg mitgenommenen Schloss nimmt sie die Vier zurück nach Amalienau.

In der Küche der Schramms hebt Frau Wilhelmine gerade eine dicke Suppe vom Herd.

Ella hängt den Mantel an den Haken und bringt die Kiste in den Keller. Wieder oben, stellt sie ein Glas Pflaumenkompott zur Nachspeise auf den Tisch und ein Glas Gänseschmalz mit Grieben: So müssen sie das Brot zur Suppe nicht trocken essen.

»Ach, Sie sind aber gut zu uns, Frau Jensch!«, bedankt sich Schramm.

»Das ist doch das Mindeste. Wenn Sie nicht gewesen wären, wäre von den Kostbarkeiten ja schon nichts mehr da!«

»Und ich habe in der Zwischenzeit zwei Kisten für Sie gefunden«, sagt er stolz. »Im Schuppen eines der verlassenen Häuser, die Tür stand sperrangelweit offen.«

Nein, es ist dem Feind nicht gelungen, mit seinen Bomben die Moral der Menschen zu brechen. Auch wenn Königsberg seit Ende August nur noch ein Gerippe ist: Nach wenigen Wochen ging das Telefon wieder, sie hatten fließend Wasser und Strom, die Straßenbahn fuhr ebenfalls wieder, und die Menschen halten zusammen, wo es geht. So eine Hilfsbereitschaft und Mitmenschlichkeit untereinander hat Ella zuvor nie erlebt.

Nach dem Essen geht sie wieder in den Keller, wickelt Gläser ein und befüllt drei Kisten. Ein paar Marmeladen- und Kompottgläser sortiert sie aus, weil sie kleine Schimmelflecken sieht. Das Zeitungspapier ist ausgegangen, also nimmt sie Wäschestücke zum Ausstopfen der Kisten. Das ist ohnehin praktischer, denn so kann sie noch mehr Kleidung mitnehmen. Sie nimmt sich viel

Zeit, um auch den letzten Stauraum auszunutzen. Der alte Schramm hilft wieder beim Zunageln, gemeinsam tragen sie eine Kiste hoch, um sie auf den Schlitten zu verfrachten. Obenauf befestigt Ella den Pungel mit den Einmachgläsern für den Kistenmacher. So macht sie sich ein zweites Mal auf den Weg zum Bahnhof.

Der ist diesmal noch voller: Menschentrauben auf dem Vorplatz, Menschentrauben an den Schaltern, Menschentrauben an den Bahnsteigen. Die Leute stehen zwischen Bergen von Kisten, Koffern und Taschen, Bündeln und Ballen. Ella muss an den Auszug aus Ägypten denken. Eine gute Stunde lang wartet sie in der Schlange, bis sie die Sendung endlich aufgeben kann, dann nimmt sie wieder die Tram.

Die Kreuzung an der Altstädtischen Langgasse ist überlastet: Eine nicht abreißende Kolonne von Pferdegespannen, Leiterwagen und Schlitten zieht durch die Stadt. Sie bringen nicht nur den Verkehr immer wieder zum Erliegen, so dass die Straßenbahnen bisweilen gar nicht mehr aufhören zu bimmeln, sondern tragen auch das Fluchtvirus noch weiter nach Königsberg hinein: Die drohende Gefahr der Rotarmisten, die bisher nur als ein leises Grollen in der Ferne zu hören war, ist mit ihnen sichtbar geworden – in ihren armseligen Fuhrwerken, den hoch übereinander getürmten Stühlen, Kommoden und Kochtöpfen und vor allem in den von Härte und Angst gezeichneten Gesichtern der Reisenden. Die Nachricht ist mittlerweile in jedes Haus der Stadt gedrungen: Jetzt kommen die Flüchtlinge schon aus Wehlau und Tapiau! Das Virus der Angst ist hochansteckend. Keiner kann sich ihm entziehen. Auch Ellas Optimismus kommt nur schwer dagegen an.

An der Krämerbrücke tauscht sie wie vereinbart die Einmachgläser gegen die beiden Holzkisten, das Pfand will der Mann ihr aber nicht zurückgeben:

»Wissense, jute Frau, es wollen jetz' ja so viele Menschen meijne Kisten kaufen, da kann ich mir keijn' Rabatt nich' leijsten«, sagt er kaltschnäuzig.

Ella will nicht mit ihm diskutieren, nur so schnell wie möglich das sinkende Schiff verlassen! Sie nimmt die beiden Kisten und geht zur Straßenbahn. Obwohl es schon dunkel wird, entscheidet sie sich, den Besuch bei Victors Mutter auf morgen zu verschieben und lieber noch eine weitere Kiste zum Bahnhof zu bringen.

Gegen sieben kommt sie bei ihrer Mutter in der Jordanstraße an. Sie packt aus ihrem großen Rucksack Einmachgläser aus, die sie in der Speisekammer ins Regal stellt. Falls die Mutter sich nicht überreden lässt, mit nach Potsdam zu kommen, hat sie wenigstens noch ein paar Vorräte.

»Hinrich hat mehrmals angerufen, er wollte dich dringend sprechen«, erzählt Alice. »Er wusste offenbar gar nichts von deiner Reise. Viki hat es ihm erzählt.«

Ella ist überrascht. Mit Hinrich hat sie nicht gerechnet. Überhaupt mit einem Kontakt aus dem Reich. Sie ist heute so voll und ganz in ihrer Königsberger Welt gewesen, war so beansprucht von den Eindrücken hier, dass ihr das Leben in Potsdam mit den Kindern ganz abhandengekommen ist. Auch wenn der Krieg den polnischen Korridor beseitigt hat, ist die Kluft zwischen

Ostpreußen und dem Reich durch den drohenden Untergang wieder größer geworden. Die Heimat kommt Ella vor wie ein Stück Land, das sich vom Kontinent löst und als Insel immer weiter in den Ozean hinaustreibt. Sie wird springen müssen, wenn sie das Festland noch erreichen möchte.

»Warum nur all diese Aufregung?«, fragt Alice. »Meinst du nicht, dass Führer und Gauleiter uns zum Fliehen aufrufen würden, wenn es wirklich schon so ernst stünde?«

»Ach, die glauben doch selbst nicht mehr an ihre Durchhalteparolen. Die wollen ihr Gesicht nicht verlieren und nicht zugeben, dass der Krieg verloren ist. Und wahrscheinlich glauben sie, dass die Soldaten umso verbissener gegen den Feind kämpfen, wenn noch Zivilbevölkerung im Land ist, die es zu verteidigen gilt. Viele der Soldaten am Ostwall sind ja Ostpreußen.«

Ella ist erstaunt, wie sie sich reden hört. Hat sie sich doch über politische Dinge nie sonderlich den Kopf zerbrochen. Das war immer Männersache. Politik war ihr gleichgültig. Da fühlte sie sich inkompetent. Sollten doch diejenigen sich Gedanken machen, die etwas davon verstanden. Immerhin hatte sie Hinrich aufmerksam zugehört, wenn er sich zur politischen Lage äußerte. Trotzdem hat sie das Gefühl, dass das gerade ihre eigenen Gedanken waren.

»Aber was soll nur werden aus unserem alten Ostpreußen, wenn alle das Land verlassen!«, sagt die Mutter hilflos.

»Das weiß ich auch nicht, Mutti. Es ist schlimm, aber

fürs Erste werden wir wohl mit ansehen müssen, dass die Russen sich hier breitmachen.«

Alice knibbelt nervös an den Fingernägeln. Das hatte sie den Kindern früher untersagt.

»Du solltest dir vielleicht überlegen, ob du nicht doch mit mir zusammen nach Potsdam kommst. Denn wenn die Russen es bis hierher schaffen ...«

»Nein, nein«, winkt Alice ab. »Ich warte auf Emil, bis er von der Front zurückkommt. Wo soll er denn hin, wenn ich nicht mehr da bin?«

Emil steht seit Monaten an der Ostfront. Keiner weiß genau, wo. Wenn er überhaupt noch lebt. Ella lässt es dabei bewenden. Vielleicht wird sich die Mutter in den nächsten Tagen noch eines Besseren besinnen.

Nach dem Abendbrot klingelt das Telefon. Hinrich ist dran:

»Elisabeth, bist du denn von allen guten Geistern verlassen? Wie kannst du nur so töricht und verantwortungslos sein?«

Bei ihrem vollen Vornamen nennt er sie immer, wenn er meint, ihr die Leviten lesen zu müssen. Doch diesmal steckt auch eine kaum versteckte Drohung in seinem Tonfall. Seine Stimme bebt vor kaltem Zorn. So hat sie ihn noch nicht erlebt während ihrer vierjährigen Ehe.

»Weißt du denn nicht um die militärische Lage? Die Wehrmacht hat den Russen nicht mehr viel entgegenzusetzen, man steckt jetzt schon Volkssturmmänner mit Beinprothesen und Schrotflinten in die Schützengräben – gegen Stalinorgeln, Panzer und Tiefflieger! Ganze Armeen haben die Russen aufgerieben. Es ist nur noch eine Frage von Wochen und Monaten, bis der Krieg aus ist, und dann gnade Gott den Deutschen im Osten!«

Er ist so aufgebracht und in Sorge um sie, dass er alle Vorsicht fahren lässt und solch defätistische Dinge am Telefon sagt. Wenn da jemand mithörte, brächte ihn das sofort ins KZ.

»Ist dir klar, was das bedeutet? In ein paar Tagen werden die Russen vor Königsberg stehen. Ostpreußen ist eine Mausefalle geworden, die jeden Moment zuschnappen kann. Und du hast nichts Besseres zu tun, als Schweinebraten zu holen? Nicht bis zur Nasenspitze gedacht hast du!«

Ella fühlt sich gedemütigt von seiner autoritären Art. Jetzt steigt auch in ihr Wut auf. So will sie nicht mit sich reden lassen. Will sich nicht mehr wie ein kleines Mädchen maßregeln lassen. Und doch gelingt es ihr nicht, sich dagegen zu wehren. Zu sehr stecken in ihr die Vorstellungen von der guten Ehefrau, die ihrem Mann nicht widerspricht. Die Mutter hat ihr das eine Kindheit und Jugend lang eingetrichtert, um sie auf die Ehe vorzubereiten. In einer Ehe hat jeder seinen Bereich: Was die Außenbelange angeht, bestimmt der Mann, zu Hause die Frau, und ein jeder schweige im Bereich des anderen.

Also schluckt sie ihre Wut hinunter.

»Ganz so schnell wird es schon nicht gehen«, sagt sie mit ruhiger Stimme und versucht der Auseinandersetzung die Spitze zu nehmen. »Nach dem, was wir hier hören, hält sich die Wehrmacht doch recht wacker gegen den russischen Ansturm und hat sogar einiges an Boden wieder gutgemacht.«

»Also, das ist ja wirklich dummes Zeug, Ella! Rede doch nicht solchen Unfug! Du kannst die Lage doch überhaupt nicht übersehen. Die Hälfte von dem, was man hört, ist Propaganda.«

Sein Ton ist barsch, so redet er wohl mit seinen jungen Offiziersanwärtern auf der Marineschule, wenn er sie zur Ordnung ruft.

»Du hättest unbedingt meine Zustimmung einholen müssen. Ich bin schließlich Offizier und kenne die Lage. Ich hätte solch ein Unternehmen nie und nimmer befürwortet.«

Das ist zu viel, Hinrich behandelt sie wie eine dumme Göre. In Ella kocht die Wut:

»Du machst es dir mal wieder sehr leicht. Was glaubst du eigentlich, wie das ist mit zwei kleinen Kindern ohne ein Zuhause und ohne Mann? Du sitzt in Flensburg, hast deine Aufgaben und wirst jeden Tag im Kasino verköstigt. Wir hingegen müssen sehen, wie wir uns einigermaßen ernähren. Es gibt ja nichts zu kaufen. Ständig die quengeligen Kinder, die auch noch alle naselang krank werden, weil sie nichts zuzusetzen haben. Und nichts, worauf man sich freuen kann, keinen Genuss mehr. Ich bin eben nicht so spartanisch groß geworden wie du. Ich musste einfach etwas unternehmen! Aber das kannst du natürlich nicht verstehen mit deiner ewigen Selbstkasteiung.«

Es ist das erste Mal, dass sie ihrem Mann so die Stirn bietet. Sie redet sich zusehends in Rage. Für die Kinder hat sie ein kalkuliertes Risiko auf sich genommen, ist mutig gewesen, aber nicht unbesonnen, und hat dafür im

Grunde Anerkennung verdient. Dass die Gefahr in dieser Zeit bei Licht besehen gar nicht kalkulierbar ist und dass es auf des Messers Schneide steht, ob sie hier noch einmal entwischen kann, das will sie sich nicht eingestehen. Hinrich lässt sich jedoch nicht abbringen, auch sein Zorn hat nicht im Mindesten nachgelassen:

»Jetzt will ich dir mal was sagen: Du verkennst die Situation vollkommen. Es geht hier überhaupt nicht um Selbstkasteiung. Es geht darum, diesen Krieg halbwegs unbeschadet zu überstehen. Jeder, der seine Haut rettet, kann froh und dankbar sein. Du weißt überhaupt nicht, wie gut es dir geht. Viele tausend deutsche Frauen trauern um ihre gefallenen Männer, und du jammerst wegen ein paar Unannehmlichkeiten. Ich verlange, dass du sofort morgen früh mit dem nächsten Zug nach Berlin zurückfährst – ohne Wenn und Aber!«

Der Streit ist so weit aus dem Ruder gelaufen, dass keiner mehr nachgeben kann, ohne sein Gesicht zu verlieren. Ella beharrt darauf, ihre Aktion durchzuziehen, sie hat erst einen kleinen Teil der Einmachgläser geborgen. Zwei Tage braucht sie noch, um wenigstens den Großteil der Nahrungsmittel zu verpacken und bei der Bahn aufzugeben. Vorher will sie unter keinen Umständen zurückfahren. Weil sie sich Hinrich in der Auseinandersetzung nicht gewachsen fühlt, knallt sie schließlich den Hörer wütend auf die Gabel.

Als Ella zurück ins Wohnzimmer kommt, schüttelt Alice missbilligend den Kopf. Das heftige Gespräch war für sie natürlich unüberhörbar. Sie hätte sich mit dem Vater niemals so eine Szene gestattet, das weiß Ella. Und schon gar nicht so eine eigenmächtige Entscheidung. Allerdings hat ihr Mann ihr gegenüber auch ein anderes Betragen an den Tag gelegt. Erstaunlicherweise enthält die Mutter sich jeden Kommentars.

Ella geht früh ins Bett: Der Tag war anstrengend, und der morgige verspricht es auch zu werden. Im Bett kann sie in der Ferne das Grollen des Geschützdonners hören, lauter als bisher und näher. Sollte Hinrich doch recht behalten? Sind die Russen bereits auf dem Weg hierher? Sie weiß nicht mehr, ob sie richtig gehandelt hat. Sollte sie es heil hier herausschaffen, dann wird auch Hinrich gerne von dem Schweinebraten essen. Dann wird es richtig gewesen sein herzukommen. Aber jetzt?

Der Geschützdonner verstummt mit einem Mal. Ella horcht in das Dunkel der Nacht. Versucht angestrengt, das Grollen der russischen Artillerie aus der Stille der späten Stunde herauszufiltern. Es ist leiser geworden, die beängstigenden Schläge von eben sind fort. Erleichtert lässt sie sich ins Kissen fallen.

Dann ist das Grollen plötzlich wieder da! Doch kaum ist sie wieder hochgeschreckt, merkt sie, dass es ihre gluckernde Verdauung ist, die ihren Ohren einen Streich gespielt hat. Sie lauscht den Geräuschen aus ihren Gedärmen und der fernen Artillerie. Nach einer Weile kann sie das eine vom anderen auseinanderhalten. Es wird wohl doch noch ein Weilchen dauern, bis mit den Russen zu rechnen ist.

Als Ella am nächsten Tag den ersten Schlitten vom Hammerweg zum Bahnhof zieht, bemerkt sie leichte Zahnschmerzen. Einer der Backenzähne auf der linken Seite. Sie achtet nicht darauf, wird schon wieder vergehen. Doch bei der zweiten Fuhre ist der Zahn schon etwas vorlauter. Um sich abzulenken, kaut sie beim Laufen eine Stulle aus sehr dünnen zusammengeklappten Scheiben – die heißen in der Familie von jeher »Offiziersschnittchen«.

Als sie die zweite Kiste aufgegeben hat, ist es später Mittag. Sie beschließt, dass es für heute genug ist. Sie ist zufrieden mit sich: Fünf Kisten sind nun schon auf der Reise nach Potsdam! Eine leere steht noch im Keller, und Johannes Schramm hat zugesagt, für morgen noch eine oder zwei aufzutreiben. Außerdem will sie morgen eine kleine Kiste mit altem Familiensilber bergen, die sie im Garten vergraben hat. Es wäre zu schade, wenn das Perlmusterbesteck in Feindeshand fiele. Dann kann sie am Tag darauf den Zug nach Potsdam nehmen und hat heute Nachmittag noch Zeit für einen Besuch bei Tante Dora.

Dora Jacoby wohnt inzwischen am Haberberg bei Freunden, denn ihre Wohnung am prächtigen Nachtigallensteig ist beim zweiten Angriff im August ausgebrannt. Ella hat sie lange nicht gesehen. Als sie mit ihrem Sohn Victor liiert war, war sie dort ein gern gesehener Gast, es war fast wie Familie. Seit ihrer Heirat vor fünf Jahren jedoch hatte Ella das Gefühl, es wäre ungehörig, mit den Jacobys weiter zu verkehren.

Warum also jetzt? Warum spielt sie mit dem Feuer? Erst die Reise, dann der Besuch bei Tante Dora? Es ist ihr Hunger nach kräftigem, aufregendem Leben. Sie möchte sich selbst in allen Fasern spüren. Immer tiefer träumt sie sich in die Zeiten mit Victor hinein. Wie sie mit ihm und seiner Schwester im frühen Herbst auf dem Gut seiner Großeltern ausgeritten ist. Stundenlang durch sandige Alleen, in denen sich mit ohrenbetäubendem Gezwitscher die Stare sammelten, sonst waren nur die schnaubenden Pferde und ihr Hufschlag zu hören. Und die Leidenschaft, die Victor und sie für Konzerte in der Stadthalle teilten. Was für ein schönes Paar sie abgaben auf den Bällen! Sie kamen aus ähnlichen Verhältnissen und spürten dieselbe Verbundenheit zu ihrer ostpreußischen Heimat. Er passte einfach zu ihr wie die schafledernen Handschuhe, die ihr der Vater an seinem letzten Weihnachten geschenkt hatte.

Am meisten mochte sie sein Lächeln. Lachen aus vollem Halse tat er selten. Wenn er aber lächelte, dann waren seine Gesichtszüge so unglaublich schön, traurig und weise, ein wenig verlegen, aber auch voller Wärme und Lebenslust. Was eigentlich unterscheidet das Lachen vom Lächeln? Der Lächelnde empfindet wohl Einsicht und eine Verbundenheit mit seinem Gegenüber. Der Lachende dagegen ist ganz bei sich und glücklich hingegeben an den Augenblick. Er sieht einen oberflächlichen Ausschnitt aus der Lebenswirklichkeit, der ihn ganz gefangen nimmt. Was aber diesen Ausschnitt umgibt, bleibt ihm im Moment des Lachens verborgen. Paul, mit dem sie auf der Kurischen Nehrung geschäkert hat, war ein Lacher, und auch Ella selbst neigt wohl mehr zum Lachen. Vielleicht darum zog sie der Lächler in seinen Bann.

Hinrich lächelt nie. Hin und wieder lacht er, allerdings ohne seine Stimmbänder zu benutzen: Aus seinem Rachen kommt nur ein heiseres, verkrampftes Hauchen, er verbirgt dann die untere Gesichtshälfte hinter seiner Hand. Das hat für Ella immer etwas Bedrohliches und Unberechenbares. Denn meist ist der Anlass für Hinrichs Erheiterung ein ironischer oder gar zynischer Scherz auf Kosten anderer. Liebevoller Humor ist ihm fremd. Warum nur hat sie ihn geheiratet? Sie war damals einfach zu unerfahren für diese Entscheidung.

Doras Wohnung ist nur ein paar Blöcke die vier- und fünfstöckigen Straßenfluchten hinunter. Hausmeister schleudern Sand auf die geräumten Bürgersteige, zur Fahrbahn hin türmen sich Schneewälle.

»Ella! So eine Überraschung!« Kaum hat Dora die Tür geöffnet, reißt sie Ella in ihre Arme und küsst ihr kräftig beide Wangen.

Diese vorbehaltlose Herzlichkeit! Ella hat fast ein schlechtes Gewissen, dass sie damals den Kontakt hat einschlafen lassen. Doras Augen sprühen wie eh und je vor Lebensfreude und Warmherzigkeit. Sie hakt Ella unter und führt sie in die Küche. Dort setzt sie Wasser auf, richtet ein Schälchen mit Keksen her, lehnt sich dann rücklings gegen das Büfett und sieht sie aufmerksam an:

»Du bist blass, Ella. Fehlt dir was?« Über Doras Oberlippe die altbekannte dunkle Hauterhebung, aus der ein paar kleine schwarze Härchen sprießen. Früher hat sie ihr etwas Angst gemacht, weil sie für Doras etwas burschikose, manchmal ruppige Art stand.

»Ach, nur etwas Zahnschmerzen. Wohl ein Weisheitszahn«, sagt Ella.

»Na, dann bekommst du jetzt Salbeitee, der lindert.«

Bei Tee und Keksen lässt Dora sich ausführlich aus Ellas Leben berichten, seit der Hochzeit haben sie ja nicht mehr viel voneinander gehört. Ella genießt die Anteilnahme der mütterlichen Freundin. Es ist wie früher, wenn Dora den Freundeskreis ihrer halbwüchsigen Kinder um den Wohnzimmertisch versammelte. Man hat sich so wohlgefühlt bei ihr und ließ sich gerne von »Tante« Dora zu Kinobesuchen animieren, oder zu Tanzabenden und fröhlichen Radtouren durchs Königsberger Umland. Nie hat Dora die Erwachsene herausgekehrt, immer hatte sie für die Jugendlichen ein offenes Ohr und ein aufmunterndes Wort.

Auch jetzt hört sie ihr heiter und einfühlsam zu. Ihre Ehe mit Hinrich umschifft Ella weiträumig, doch Dora hat sicher die unerfüllte Ehefrau in ihr erkannt, verliert aber kein Wort darüber.

»Und jetzt bist du hier, um uns noch mal tüchtig auszuplündern!«, ulkt sie stattdessen. »So ist es recht, die Russen sollen es schließlich nicht gar zu gut haben bei uns.«

Sie lässt nicht erkennen, was sie von Ellas Reise hält.

»Und wann möchtest du zurück nach Potsdam?«, fragt sie.

»Morgen bringe ich noch zwei bis drei Kisten zum Bahnhof, dann könnte ich am Freitag den Morgenzug nehmen.«

»Ach Herzchen, den Morgenzug! So etwas gibt es doch nicht mehr! Der Fahrplan ist völlig aus den Fugen. Bald sollen sogar schon Güterzüge eingesetzt werden, um all die Menschen zu befördern, die jeden Tag aus Königsberg hinauswollen. Man muss zum Bahnhof und froh sein, wenn man in absehbarer Zeit mitkommt.«

»Und du, Tante Dora? Wann fährst du?«

»Ach, ich bringe es noch nicht übers Herz. Die Patienten brauchen mich; was soll aus ihnen werden, wenn alle fort sind? Die Ärzte sind ja auch noch in der Klinik, Männer dürfen ja nicht reisen, weil sie von der Wehrmacht nur als *uk* gestellt sind.«

»Aber fürchtest du dich denn gar nicht?«

»Ich denke nicht darüber nach. Ich muss doch das tun, was mir jetzt in diesem Augenblick richtig erscheint. Was morgen sein wird, werden wir dann sehen.«

Sie trinkt einen Schluck Tee.

Ella denkt daran, wie sie sie als 18-Jährige kennengelernt hat, am Strand von Neukuhren an der Samlandküste. Ella durfte zwei lange Ferienwochen bei ihren großen Schwestern Lore und Fee verbringen, sie hatten dort für sich und ihre Kinder ein Ferienhaus gemietet. Mit Doras Kindern, Victor und Anneliese, hat sie sich schnell angefreundet, sie waren etwa in ihrem Alter. Gemeinsam haben sie in der Ostsee getobt, oben am Hang der Steilküste im Sand auf dem Bauch gelegen und den Duft der Kiefern eingeschnobert, abends sind sie zum Tanzen ins Kurhaus oder in die Strandhalle. Mit Victor hat sie bei einem Tanzturnier im Kurhaus sogar den ersten Preis gemacht.

Wohlwollend wachte »Tante Dora« über sie, ohne ihnen irgendwelche Zügel anzulegen. Schon in den Gesprächen damals hat Ella von ihr Antworten auf viele der Fragen bekommen, die sie sich über das Leben stellte, es waren immer ungewöhnliche, aber bei weiterem Nachdenken meist stimmige Antworten, die Ella in ihrer jugendlichen Suche aufsog wie der trockene Sand den Schaum der Wellen.

Doch jetzt muss Ella widersprechen.

»Aber mit dieser Haltung denkst du nur an die anderen, an die Patienten. Meinst du nicht, du solltest auch an dich denken? Was soll aus den Menschen werden, die hierbleiben? Wozu die Russen fähig sind, davon haben wir ja schon bei dem Massaker von Nemmersdorf einen Vorgeschmack bekommen.«

»Du täuschst dich, Ella. Ich denke dabei sehr wohl auch an mich. Natürlich könnte ich den nächsten Zug nehmen und zu Anneliese nach Aachen fahren. Aber ich weiß genau, dass ich dann nicht mehr in den Spiegel schauen könnte.«

Schweigend trinken sie einen Schluck Salbeitee. Der Kohleofen verbreitet eine mollige Wärme. Ella genießt die Stille, die sich im Zimmer ausbreitet. Es ist schön, auch miteinander schweigen zu können. Mit Dora ist sie selbst nach all den Jahren noch so vertraut, dass dabei keinerlei Peinlichkeit aufkommt. Als Jugendliche hat sie sich bei ihr mehr zu Hause gefühlt als bei ihrer Mutter in der Jordanstraße.

Ella sieht hinab aufs Parkett, die Sonne wirft vier schräge Rechtecke durch den Fensterrahmen.

Sie möchte nach Victor fragen, scheut sich aber davor. Schließlich hat sie mit Dora nie darüber gesprochen, warum sie Hinrich geheiratet hat und nicht ihren

Sohn. Als hätte sie ihre Gedanken gelesen, sagt Dora in die Stille hinein:

»Ich habe vor ein paar Tagen Feldpost von ihm bekommen.«

Ella zuckt zusammen.

»Er ist noch in Italien.«

»Ich wusste gar nicht, dass er dort ist«, sagt Ella. »Seit meiner Hochzeit haben wir ja nichts mehr voneinander gehört. Er war nicht an der Ostfront?«

»Doch, nach seiner Rückkehr vom Westfeldzug ging es in den Osten. Erst ein kurzer Einsatz im Generalgouvernement, dann in der Ukraine bei Kiew, dort ist er schwer verwundet worden und hat Monate im Lazarett gelegen.«

»Verwundet!« Ella bekommt einen Schrecken. »Und dann?«

»Kaum war er wieder halbwegs auf den Beinen, kam er in den Stab des Generalkommandos, wurde Rittmeister und musste an die Ladogafront in der Nähe von Leningrad. Dann Generalstabsausbildung und wieder Ukraine.«

»Und wo steht seine Einheit jetzt?«

»Ich weiß es nicht genau«, sagt Tante Dora leise.

Seit von ihrem Sohn die Rede ist, hat sich ihre frische Ausstrahlung verflüchtigt wie ein Schwarm Spatzen nach einem Gewehrknall. Ihre Lachfalten haben sich geglättet, der Blick ihrer ausdrucksstarken braunen Augen ist halb in sich gekehrt.

»Als er im letzten Sommer zum Major befördert worden ist, hat man ihn von der ukrainischen Front abberufen und nach Italien geschickt. Zum Glück muss er nicht an der Front gegen die Amerikaner kämpfen, aber die Partisanen machen seiner Einheit wohl auch sehr zu schaffen. Wo er genau ist und was er macht, darf er offenbar nicht schreiben. Auf die Umschläge meiner Briefe kann ich keine Adresse schreiben, nur die Feldpostnummer. So bleibt der Standort seiner Einheit geheim. Wohl für den Fall, dass die Post in Feindeshand fällt.«

Schweigen hängt über dem Küchentisch. So dick, als könnte man es mit dem Messer schneiden. Dieser Krieg ist unheimlich geworden. Von allen Fronten rückt der Feind näher, die eigenen Truppen werden immer weiter zurückgeschlagen, die Listen der Gefallenen und Vermissten werden länger, die Zukunft ungewisser. Das zermürbende Warten an der »Heimatfront« ist schlimm genug. Aber was werden da erst die Männer im Feld ertragen müssen?

»Hast du ein Foto von ihm?«, fragt Ella in die Stille.

Dora steht auf und kramt aus dem Büfett einen gelblichen Umschlag hervor.

»Hier, das hat er im Frühjahr 41 machen lassen, vor dem Russlandfeldzug.«

Der Blick des jungen Soldaten im Studio eines Fotografen trifft Ella ins Mark. Sie hat Victor seit Kriegsbeginn nicht mehr gesehen. Er hat sich verändert: Den jugendlichen Schmelz hat der Kriegseinsatz in Polen und Frankreich abgetragen, seine zärtlichen Augen sind klein geworden und glanzlos. Aus ihnen spricht ein eiserner Wille und auch tiefe Enttäuschung: Soll das das Leben sein?, scheinen sie zu fragen. Diese Augen haben ganz sicher vieles gesehen, wovon man lieber nichts hören möchte. Der schmale Mund versucht ein Lächeln, doch es gelingt nicht. Dieser Mann hat keine Illusionen mehr. Wie mag er sich in den drei Jahren seither noch verändert haben? Ostfront. Nicht auszudenken.

Zu Hause in der Jordanstraße meldet sich nach dem Abendessen der Backenzahn wieder. Ein feiner, aber stechender Schmerz, als würden dünne Nadeln von verschiedenen Seiten in ihr Zahnfleisch stoßen. Ella hält sich die Backe und drückt immer wieder mit dem Daumen gegen den Kiefer, dann lässt der Schmerz für kurze Zeit nach. Aber die Erleichterung währt nicht lange.

»Soll ich dir nicht eine Gelonida bringen?«, fragt die Mutter. Ella winkt ab.

Vor dem Schlafengehen nimmt sie dann doch eine Schmerztablette. Zum Zahnarzt wird sie nicht können, das kostet unnötig Zeit. Es ist auch ungewiss, ob jetzt überhaupt noch ein Zahnarzt Praxis macht. Es ärgert Ella, dass ihr Körper sie ausgerechnet jetzt im Stich lässt, wo sie ihre Kräfte braucht.

Auf dem Rückweg von Dora gab es schon kaum noch ein Durchkommen in den verstopften Straßen. Von Stunde zu Stunde drängen sich mehr Menschen in der Stadt, allenthalben stehen Gepäckberge auf den Bürgersteigen, die Straßenbahnen quellen über, immer mehr Flüchtlinge strömen nach Königsberg. Die Gesichter der Passanten werden immer angespannter, Panik liegt in der Luft. Die Tablette wirkt. Zumindest die Nacht wird ruhig werden.

Johannes Schramm nimmt den Spaten von der Hauswand. An der Kellertreppe im Garten haben sie ein kleines Stück Rasen vom mehr als knietiefen Schnee befreit.

»Und Sie sind sicher, dass es an dieser Stelle war?«

Ella nickt. Sie sieht die klare und frische September-nacht noch vor sich, in der sie das Loch gegraben hat. Der rechte Rand der kleinen Grube lief genau auf den mittleren Pfosten des Treppengeländers zu. Sie hat die Kiste mit den Silbersachen hineingewuchtet, das Loch wieder zugeschaufelt und die vorher ausgestochenen Grassoden sorgsam darübergelegt und festgetreten, da-mit niemand die Stelle finden konnte. Die überschüssige Erde wanderte unauffällig auf die Beete im Garten.

Ein leises Brummen lässt die beiden hochschrecken. Sie sehen in den grauen Himmel. Wie eine Schmeißfliege die Fensterscheibe kriecht ein winziges Flugzeug schräg den Himmel hinauf, zieht hinter ihnen eine weite Schleife, überfliegt sie ein zweites Mal in entgegengesetzter Rich-tung und verschwindet wieder in Richtung Osten. Sie se-hen sich an. Unnötig, etwas zu sagen. Beide wissen, dass es ein russischer Aufklärer war. Wie eine Spinne hat er be-gonnen, ein Netz über ihrer Stadt zu weben.

»Diese Mistkerle!«, entfährt es Schramm. Energisch packt er den Spaten, seine Kiefer sind aufeinanderge-presst. Er sieht aus, als wolle er mithilfe des Spatens der drohenden Invasion etwas entgegensetzen. Er platziert die rechte Schuhsohle auf der Spatenkante, hebt den linken Fuß vom Boden und wuchtet sein ganzes Ge-wicht auf die Schneidefläche. Nichts passiert. Der stein-hart gefrorene Boden lässt den Stahl keinen Zentime-ter eindringen. Schramm kann das Gleichgewicht nicht länger halten und setzt den linken Fuß wieder auf den Boden.

»Ich hole den Pickel aus dem Keller«, sagt er und stapft die vereiste Treppe hinunter.

Doch auch der Pickel kann nichts ausrichten gegen den Frost. Etwas Eis und Schnee spritzen auf unter seinen Schlägen, aber mehr lässt sich der Boden nicht abringen.

»Tja«, sagt er ärgerlich. »Das Familiensilber wird wohl warten müssen, bis die Russen wieder weg sind. Aber machen Sie sich keine Sorgen: Von mir erfährt niemand etwas.«

»Glauben Sie denn, dass wir irgendwann wieder zurückkönnen?«

»Ach, Frau Jensch, das wissen die Götter! Aber wir wollen es mal hoffen. Etwas anderes bleibt uns ohnehin nicht übrig.«

»Was ist mit Ihnen? Wollen Sie sich nicht auch in Sicherheit bringen?«

»Oh nein, wir bleiben. Wenn die Russen uns schon kriegen, dann lieber zu Hause.«

»Aber der Russe kommt vielleicht nur bis zur Nogat!« Ella will es nicht glauben. Wie kann ein so gebildeter Mann wie Johannes Schramm so unvernünftig sein. »Und im Reich kommen wir bestimmt glimpflicher davon. Haben Sie keine Verwandtschaft im Westen, wo Sie für ein paar Wochen unterkommen können?«

Sie weiß selbst, dass es nicht nur um ein paar Wochen geht, aber sie will Schramm den Schritt erleichtern.

»Ich habe nur eine Schwester in Solingen. Leider verstehen wir uns mit ihrem Mann nicht so gut. Es ist lange her, dass wir dort waren. Sie hätten auch gar nicht den Platz für uns.«

Er atmet tief durch und blickt über die Wipfel der Trauerweiden am Zaun hinweg.

»Nein, nein, lassen Sie nur. Wir sind zu alt, um uns noch irgendwo einzugewöhnen.«

»Aber wenn die Russen tatsächlich kommen, dann werden Sie sich an so manches zu gewöhnen haben, woran wir jetzt noch nicht mal denken wollen! Die schrecken vor nichts zurück!«

Schramm sieht resigniert zu Boden, die Hände umklammern den Stiel des Pickels.

»Es wird schon nicht so schlimm werden«, sagt er tonlos. »Im letzten Krieg waren die Russen ja auch hier, und da haben wir uns ganz gut vertragen. Im Grunde sind Russen und Deutsche doch seit Jahrhunderten Freunde, jedenfalls hier in Ostpreußen. Zwei alten Leutchen werden sie schon nichts antun.«

Ella merkt, dass seine Haltung unverrückbar feststeht und er sich alle Argumente so zurechtgelegt hat, dass sie dazu passen. Er bringt offenbar nicht mehr die Kraft auf, seinen Standpunkt infrage zu stellen.

»Ich habe Ihnen im Keller noch eine Kiste hingestellt« wechselt er das Thema. »Mehr habe ich nicht auftreiben können. Das Raubgesindel ist ja überall unterwegs.«

Er schmunzelt, weil er sich wohl nie hätte vorstellen können, dass auch er mal unter die Plünderer gehen würde. Dann verteilt er ein paar Schippen Schnee auf der freigelegten Stelle, und sie gehen ins Haus.

Im Keller packt Ella die letzten beiden Kisten voll. Damit will sie es dann bewenden lassen, obwohl noch einige kulinarische Schätze in den Regalen stehen. Immerhin hat sie die meisten Gläser mit Schweinebraten in den Kisten untergebracht. Ein großes Glas davon nimmt sie mit hinauf und gibt es den Schramms:

»Hier, für unser Mittagessen nachher! Den Rest der Gläser können Sie dann getrost aufbrauchen. Mehr kann ich nicht mitnehmen.«

Schramm hilft ihr wieder, eine davon auf den Schlitten zu setzen, und Ella marschiert los. Der Zahn pocht. Um es einigermaßen auszuhalten, muss sie alle paar Stunden eine Gelonida schlucken – mehr als die Packungsbeilage eigentlich erlaubt.

»Um Himmels willen, Frau Jensch! Sie sind ja ganz blass!«, sagt Wilhelmine Schramm entsetzt, als sie vom Bahnhof zurückkommt. »Was fehlt Ihnen denn?«

»Zahnschmerzen«, antwortet Ella lapidar und hält sich die Backe.

Der Schmerz in Verbindung mit den körperlichen Anstrengungen der letzten Tage hat sie mürbe gemacht. Vorhin in der Schlange vor der Gepäckaufgabe war sie kurz davor, die Kiste stehen zu lassen und sich auf die Suche nach einem Zahnarzt zu machen. Aber sie will durchhalten! Die letzte Kiste muss noch zum Bahnhof, dann kann sie sich um den Zahn kümmern. Sie will Hinrich beweisen, dass sie imstande ist, ihr Vorhaben durchzusetzen.

»Haben Sie es schon mit Nelkenöl versucht?«, fragt Wilhelmine Schramm. Dann macht sie die Tür ihres Medizinschränkchens auf und holt ein braunes Fläschchen hervor. Sie tränkt einen kleinen Wattebausch damit und reicht ihn Ella.

»So, den drapieren Sie jetzt mal schön um den garstigen Zahn herum. Schmeckt zwar scheußlich, aber es hilft. Sie werden sehen.«

Ella setzt sich in einen Sessel und lässt das Öl bis zum Mittagessen einwirken. Tatsächlich lassen die Schmerzen etwas nach. Sie kann sogar den Schweinebraten genießen.

Nach dem Essen laden sie die letzte Kiste auf den Schlitten und verschnüren darauf noch zwei Lederkoffer, die Ella in aller Eile gepackt hat: Darin hat sie um Töpfe und Pfannen herum ein paar ihrer Kleider verstaut und Hinrichs guten Anzug mit einigen Oberhemden. Und obenauf noch je zwei Fotoalben und Küchenutensilien: Messer, Kochlöffel, einen Handmixer mit Kurbel.

»Und Sie wollen wirklich nicht mitkommen?«, fragt sie ein letztes Mal die Schramms, die mit auf die Straße gekommen sind, um sie zu verabschieden.

Sie schütteln den Kopf.

»Na, dann vielen Dank für ihre Hilfe und alles Gute!«

Die beiden nehmen sie herzlich in den Arm.

»Vielen Dank für die übrigen Einmachgläser!«, sagt Schramm noch. »Wir werden an Sie denken, wenn wir die Köstlichkeiten essen.«

Ella ruckt den Schlitten an, der diesmal noch ein gutes Stück schwerer ist. Sie winkt den beiden zu. Was wohl aus ihnen werden wird?

Am Nachmittag steht sie vor der verschlossenen Tür der Praxis ihres langjährigen Zahnarztes in der Dohnastraße. Ein Schild weist darauf hin, dass die Praxis auf unbestimmte Zeit geschlossen ist – »Wegen eines Trauerfalles«. Eigentlich müsste da stehen »Wegen Flucht«, denkt Ella, aber das traut sich natürlich keiner zu schreiben. In den letzten Jahren hat sie sich daran gewöhnt, dass die Wahrheit ein rares Gut geworden ist.

Sie fragt sich durch die Straßen und Stadtviertel, um einen Zahnarzt zu finden, der noch praktiziert. Nach zwei Stunden hat sie endlich einen in der Nähe des Sackheimer Tores gefunden. Die Sprechstunde von Doktor Naujok ist zwar schon vorbei, trotzdem bittet er sie noch auf seinen Zahnarztstuhl. Sein Gesicht ist großporig, Ella erkennt ein paar Mitesser auf der fleischigen Nase und schließt dann die Augen.

»Das sieht nicht so gut aus. Offenbar sitzt der Zahn auf Eiter. Tut es sehr weh?«, fragt er, ohne die Instrumente aus ihrem Mund zu nehmen.

Ella bringt nur ein gurgelndes »Iahh« heraus, das scheint dem Doktor zu genügen. Er besieht sich noch die anderen Zähne und lehnt sich dann wieder zurück. »Kein Zweifel, der Weisheitszahn muss raus«, sagt er. »Und sein Gegenstück im Oberkiefer am besten gleich mit. Was meinen Sie?«

Ella nickt.

»Allerdings ist es heute schon zu spät für die Extraktion. Können Sie gleich morgen früh um halb acht hier sein?«

»Ich wollte morgen früh eigentlich mit dem Zug zurück nach Berlin.«

»Das lassen Sie man lieber bleiben, junge Frau! Die Fahrt könnte sonst sehr ungemütlich werden. Ich schlage vor, wir ziehen morgen früh die Zähne, und vielleicht können Sie dann nachmittags oder abends auf die Bahn. Es wird auf ein paar Stunden nicht ankommen.«

Ella willigt ein. Insgeheim hofft sie, dass die Schmerzen morgen so erträglich sind, dass sie den Arzttermin sausen lassen und gleich morgens einen Zug nehmen kann.

Abends wieder ein Anruf von Hinrich. Sein barscher Ton von vorgestern ist ernster Sorge gewichen:

»Ella, der Russe hat heute bei Gumbinnen den Ostwall durchbrochen und marschiert gleichzeitig von Süden auf Allenstein zu! Das habe ich aus sicherer Quelle erfahren. Unsere Truppen haben schwere Verluste erlitten und sind nur noch damit beschäftigt, sich zurückzuziehen und neu zu formieren. Die Rote Armee versucht jetzt offenbar, zusätzlich von Süden einen Keil nach Ostpreußen hineinzutreiben und die Provinz abzuschneiden. Du musst unbedingt so schnell wie möglich einen Zug nehmen. Wenn die Russen erst am Frischen Haff stehen, ist die Flucht auf dem Landweg ausgeschlossen. Dann bleiben nur die Schiffe, und wer weiß, wann die fahren.«

Seine Worte dringen wie durch einen Nebel zu ihr. Die Backe pocht und tobt, die Schmerzmittel scheinen kaum mehr zu wirken.

»Ja, Hinrich«, sagt sie benommen. »Ich wollte sowieso morgen abreisen. Aber ein Weisheitszahn macht mir einen Strich durch die Rechnung. Der Arzt will ihn mir morgen früh noch ziehen. Ich fahre dann wohl nachmittags.«

»Hat das nicht Zeit bis übermorgen?«, fragt Hinrich ungeduldig. »Du kannst den Zahn doch auch in Potsdam oder Berlin ziehen lassen.«

Ellas Kopf wird immer schwerer. Sie ist erschöpft, und kann sich kaum konzentrieren.

»Du hast ja recht. Natürlich. Ich werde es versuchen.« Sie macht eine lange Pause und stöhnt. »Aber die Schmerzen sind schon jetzt kaum auszuhalten. Ich werde sehen, wie es mir morgen geht, und dann entscheiden.«

»Aber Ella! Es geht um dein Leben! Es sind Hunderttausende von russischen Soldaten im Anmarsch. Die haben grausame Monate hinter sich, haben die Verwüstungen der Wehrmacht und die von deutschen Soldaten niedergebrannten Dörfer gesehen. Die schrecken jetzt vor nichts mehr zurück! Du musst fliehen! – Bitte!«, setzt er flehend nach.

So kennt sie ihren Mann nicht. An seiner Stimme hört sie, dass er mit den Tränen kämpft.

»Du weißt doch, was die Russen mit den Frauen in Nemmersdorf gemacht haben! Was soll denn werden aus mir und den Kindern, wenn du nicht mehr bei uns bist!«

Offensichtlich sieht er seine Felle davonschwimmen. Wie hat er um sie gekämpft damals! Sie bestürmt, statt Victor ihn zu heiraten.

»Ich werde sehen, wie es mir morgen geht, und dann entscheiden«, wiederholt sie mechanisch. »Ruf morgen Abend noch mal hier an, Mutti kann dir dann sagen, ob ich gut losgekommen bin. Ich tue, was ich kann«, sagt sie und legt auf.

Als Ella am späten Vormittag vom Zahnarzt zurückkommt, hat Doktor Naujok über eine Stunde mit Zangen, Haken und Pinzetten in ihrem Mund herumgefuhrwerkt. Sie ist völlig erledigt. Die Wurzeln der Zähne hatten sich tief im Knochen festgehakelt. Dazu der Eiter unter dem kranken Zahn.

Jetzt hat sie nicht nur eine dicke Backe, sondern fühlt sich auch wie durch den Fleischwolf gedreht. Die Mutter fasst ihr besorgt an die Stirn:

»Kind, du hast ja Fieber! Am besten gehst du erst mal ins Bett.« Oh ja, denkt Ella, einfach nur liegen! Wieder Kind sein. Nichts mehr tun müssen und ausruhen. Die Schmerzen sind im Moment ohnehin gut betäubt. Also schläft sie bis weit in den Mittag hinein. Danach fühlt sie sich etwas erfrischt und nicht mehr so schlapp wie noch vor ein paar Stunden. Sie packt die Koffer und will bald ihr Glück am Bahnhof versuchen.

Im fauchenden Volksempfänger – der »Goebbelsschnauze« – quäkt eine markige Stimme des Reichssenders Berlin und verkündet den Willen von Partei und Führer: ... *das deutsche Volk kämpft also um Sein oder Nichtsein. Umso größer ist daher eure Verpflichtung, gerade in dieser Notzeit unseres Volkes unter allen Umständen in Eurer Heimat auszuharren. Ihr könnt dies umso beruhigter, als die Kraft unserer Waffen und die Stärke unserer Armee den Feind, sobald er deutsches Gebiet in kleinen Teilen besetzt hat, bald zurückwerfen wird...* Der Sprecher erklärt mit selbstgewisser, sonorer Stimme, dass Flüchtlingstrecks die Anmarschwege der Wehrmacht zu verstopfen drohen und damit den Sieg verhindern könnten: *Das heißt, Eure Söhne, Eure Brüder, Eure Väter können umso leichter siegreich vorwärts drängen, wenn Ihr Eure Städte und Dörfer nicht verlasst …* Ella weiß nicht mehr, was sie denken soll. Sie würde dem Radio so gerne Glauben schenken. Dann denkt sie wieder an Hinrichs eindringliche Worte am Telefon. – *… so trägt jeder von Euch Verantwortung! Auch auf den Letzten von Euch kommt es an! Durch Euer tapferes Aushalten rettet Ihr Deutschland!*

Eine Stunde später sitzen die beiden in der Straßenbahn. Am Boden stehen die Koffer. Alice hat es sich nicht nehmen lassen, ihre Tochter zum Bahnhof zu begleiten. Ella ist reichlich wacklig auf den Beinen, die Wunden im Kiefer schmerzen wieder empfindlich, nachdem die Betäubung nachgelassen hat, auch wenn sie Wattebäuschchen mit Wilhelmine Schramms Nelkenöl hineingeschoben hat.

Noch einmal nimmt sie durch die Fenster der schuckelnden Bahn die zerschossenen Straßenzüge in sich auf. Wird sie das alles hier jemals wiedersehen? Wird es nach dem Krieg einen Neuanfang in ihrer Heimatstadt geben? Oder ist dies ein Abschied für immer? Der Gedanke schneidet ihr ins Herz. Sie fühlt in sich einen beträchtlichen Teil ihres Lebens sterben. Als würde man ihr Kindheit und Jugend rauben oder einen ihr nahestehenden Menschen.

Königsberg gibt ihr sogar jetzt in seinem desolaten Zustand noch das Gefühl von Geborgenheit: Diese Stadt war immer schon da, solange sie denken kann. An jeder Straßenecke hängt ein Stück ihrer Vergangenheit:

Das Poltern der Elektrischen über den Wallring hat sie seit ihrer Kindheit wohl Tausende Male gehört, und all diese Momente schmelzen in ein Gefühl zusammen und werden wach, wenn sie es wie jetzt gerade wieder hört. Am Schillerdenkmal dort vorn ist sie jahrelang auf ihrem Weg zur Schule ausgestiegen. Hinter diesen Häusern steht der Bogenschütze aus Bronze an der Schlossteichpromenade, auf der Steinbank zu seinen Füßen hat sie zum ersten Mal mit einem Jungen Händchen gehalten und ihn Wochen später in einer mondlosen Nacht sogar geküsst. Wie oft ist sie im Alhambra am Steindamm mit ihren Freundinnen im Kino gewesen! Und in der Frauenklinik nicht weit von hier hat sie Elke und Philipp zur Welt gebracht. Zwar ist sie seither nicht mehr dort gewesen, aber sie wusste immer, wenn sie am Paradeplatz vorbeikam, dass sie dort hinten im Straßengewirr jederzeit erreichbar war.

All diese Orte – und noch Hunderte mehr – bilden ein fein gewobenes Netz kleiner und großer Erinnerungspunkte, das sich während fast drei Jahrzehnten als ihre ganz persönliche Stadt über das jahrhundertealte Königsberg gelegt hat und untrennbar mit ihm verschmolzen ist. Dieses Netz ist für Ella gewissermaßen zur vierten Dimension ihrer Stadt geworden, ein Netz, das ihr Halt und Sicherheit gibt, Vertrautheit und Zuversicht. Das ist Heimat!, schießt es ihr durch den Kopf, und sie fürchtet sich, dieses Heimatgefühl für immer zu verlieren.

Am Bahnhof herrscht unübersehbares Durcheinander. Schon am Reichsplatz davor drängen sich Menschenmassen auf dem festgefrorenen Schnee. Es ist so glatt, dass

Ella und Alice achtgeben müssen, wo sie hintreten, um nicht auszurutschen.

Die große Empfangshalle quillt über von Menschen, und es ist kaum ein Durchkommen: Überall haben Reisende Unmengen an Gepäck auf den nassen Bodenplatten abgestellt und sitzen auf ihren Koffern. In Trauben haben sie die Schalter mit Beschlag belegt, um eine Fahrkarte zu ergattern. Kinder brüllen, weil sie ihre Eltern aus den Augen verloren haben oder weil sich die Ängste der Erwachsenen auf sie übertragen. Der Lärm drängt hinauf an die Decke der über zehn Meter hohen Halle und schlägt doppelt so laut wieder auf die Flüchtlinge herab. Fast scheint es, als hätte sich der erst vor 15 Jahren eingeweihte Bahnhof mit Menschen gierig vollgeschlungen, als wollte er diese große Stunde genussvoll auskosten. Stolz, kurz vor dem großen Zusammenbruch noch einmal so viele Menschen wie noch nie in seine Halle einzusaugen, in die Toiletten, Warteräume und Geschäfte, auf die Treppen zur Unterführung und die Bahnsteige. Als wollte er prahlen, dass noch weit mehr Fahrgäste in ihn hineinpassen, ohne dass seine Backsteinmauern bersten oder die Bodenplatten zu Bruch gehen.

Ella und Alice zwängen sich durch das Gedränge, werden überall geschubst und beschimpft, stolpern über Bündel und Taschen, werden getrennt und begegnen sich erst draußen in den Bahnsteighallen wieder. Doch auch dort ist das Getümmel groß. Den Reisenden steigen in der Kälte dampfende Schwaden aus Nase und Mund. Auf einer Treppe in die Unterführung ist jemand gestürzt und hat andere schreiend mit sich gerissen.

An den Bahnsteigen stehen mehrere heillos überfüllte Züge. Sie hören, dass sie seit Stunden abfahrbereit und unter Dampf sind. Keiner weiß, warum es nicht losgeht. Ella fragt einen Schaffner, in welchem der Züge sie noch einen Platz bekommen kann, doch der sieht nur über sie hinweg und zuckt die Schultern. Er hat diese Frage heute wohl schon Hunderte Male gehört. Wahrscheinlich denkt auch er nur noch daran, wie er hier rauskommt.

Sie gehen einen Bahnsteig nach dem anderen entlang. Vergebens: Alle Züge sind bis auf den letzten Platz belegt, die Leute quetschen sich stehend in die Gänge und auch in den Gepäckwagen. An die Züge sind Güterwaggons angehängt, die Reisenden sitzen darin auf dem blanken Stahlboden in der bitteren Kälte. Ella fragt sich, wie sie bei diesen Temperaturen die lange Fahrt ohne Heizung überstehen sollen.

Ein anderer Reichsbahnbeamter ist etwas gesprächiger:

»Heute gibt es sicher keine Reisemöglichkeit mehr. Sie sehen ja selbst, was hier los ist. Kommen Sie morgen in aller Frühe noch einmal. Aus Dresden und Berlin erwarten wir noch einige Nachtzüge. Vielleicht haben Sie dann mehr Glück.«

Ella sinkt hoffnungslos auf eine Bank. Die Mutter will sie überreden, nach Hause zu gehen. Doch Ella will nicht aufgeben, auch wenn sie hier stundenlang in der Kälte warten muss. Sie bekommt nun wirklich Angst, dass es bald zu spät sein könnte. Wer weiß, wie lange noch Züge fahren? Abwechselnd gehen sie und Alice in die Bahnhofshalle, um sich aufzuwärmen und etwas Heißes zu trinken. Dann am frühen Abend schnappt sie das Gerücht auf, dass auf Gleis 4 doch noch ein Nachtzug einfahren soll.

Wieder vergehen Stunden. Ella ist durchgefroren. Ihr Blick schweift immer wieder die Dachlandschaft aus Stahl und Glas entlang. Jeder der drei Giebel beschirmt zwei Bahnsteige. Auf den Glasdächern lastet eine dicke Schneeschicht.

Endlich nähert sich pfeifend und Rauch ausstoßend eine Lokomotive. Sie fährt genau auf eines der beiden Gleise zu, die an ihrem Bahnsteig entlangführen. Ella ist erleichtert: Endlich einmal hat sie Glück. Sie will nur noch einen Platz in diesem Zug.

Sie blickt auf die schwarze, schnaubende Lok, die immer näherkommt. Doch wenige hundert Meter vor den Gleishallen schert sie plötzlich nach links aus! Die tannengrünen Waggons dahinter werden unter der Rauchfahne sichtbar, und der Zug steuert einen anderen Bahnsteig an. Schlagartig werden die Menschen um Ella zu einem einzigen Schwarm, der die Treppe hinabströmt, ins Dunkel der Unterführung flutet und schließlich am benachbarten Bahnsteig wieder an die Oberfläche brandet.

Auch Ella und Alice werden mitgerissen, geraten jedoch an den Rand der zähen Masse, und es schwemmt sie – noch oben am Bahnsteig – außen am Treppengeländer vorbei. Unmöglich, sich wieder in den abwärts tosenden Strom zurückzuzwängen, um hinüberzugelangen und den jetzt mit quietschenden Bremsen einfahrenden Zug noch zu erreichen. Als sie endlich auf den

Bahnsteig gelangen, hat sich der Schwarm bereits in die eben noch fast leeren Waggons ergossen. Wieder sind alle Plätze besetzt.

Panik schlägt in Ella hoch: Wie soll sie es je schaffen, nach Berlin zurückzukommen? Sie stürmt mit ihrem Koffer den Zug entlang, starrt hektisch durch die Fenster ins Innere der Waggons, um vielleicht doch noch einen freien Platz zu entdecken. Alice versucht mit dem zweiten Koffer, Schritt zu halten. Doch innen stehen die Passagiere bis an die Türen. Niedergeschlagen machen sie wieder kehrt.

Langsam begreift Ella, was Hinrich am Telefon meinte, und was ihr auch Viki schon in Potsdam versuchte klarzumachen: Sein Leben riskieren nur wegen ein paar Lebensmitteln – das ist töricht. Ohnmächtige Wut brodelt in ihrem Bauch: eine Wut auf sich und ihre Unfähigkeit, richtige Entscheidungen zu treffen. Aber auch eine Wut auf das Leben und die Umstände ihrer Zeit, die es ihr so schwer machen, zu wissen, was richtig ist und was nicht.

Sie dreht sich hilflos zu ihrer Mutter um, doch auch sie hat keine Ahnung, wie es jetzt weitergehen soll. Sie ist auf sich allein gestellt.

»Ella!«, ertönt es dicht hinter ihr.

Sie dreht sich um. In einem heruntergelassenen Zugfenster steht eine Frau in ihrem Alter, die sie zu sich heranwinkt. Ella begreift nicht gleich. Dann dämmert es ihr. Ja richtig: Es ist – Lina! Ihre Freundin aus Schulzeiten! Lina, deren Freundschaft sie sich gegen den Willen der Familie ertrotzt hat. Lina, mit der sie zur Tanzstunde gegangen und auf dem Rad über die Kurische Nehrung gefahren ist!

»Schnell!«, ruft Lina. »Reich mir deinen Koffer hoch, wir rutschen auf der Bank für dich zusammen!«

Gemeinsam mit Alice wuchtet Ella das lederne Stück hinauf über die Fensterkante und anschließend den zweiten Koffer hinterher. Die inzwischen umrangierte und vorne angekuppelte Lokomotive stößt einen Pfiff aus. Ella umarmt fahrig ihre Mutter und läuft auf die nächstgelegene Waggontür zu, findet sie jedoch verschlossen. Sie ruckelt und zerrt mit aller Kraft an der Klinke, doch die Tür ist nicht aus ihrem Schloss zu bewegen. Der Zug fährt an.

Kurzentschlossen steigt Ella auf das Trittbrett, packt den Haltegriff und klopft wild an die Scheibe. Schon hat der Zug die Gleishallen verlassen und das Freie erreicht. Der eisige Fahrtwind fährt ihr in den Mantelkragen, der vom Luftzug aufgewirbelte Schnee stiebt zu ihr herauf. Immer noch hämmert sie mit der Faust an die Scheibe. Endlich öffnet sich die Tür einen Spalt, sie tritt zur Seite auf das Trittbrett daneben, bis die Tür vollends aufklappt. Ein ausgestreckter Arm zieht Ella in den Waggon.

6

Königsberg, Mai 1937

Sie sieht hinab in den träge strömenden Spiegel. Tief unter kleinen Wasserkringeln schäumen hie und da Wolken. Schlingpflanzen lassen dazwischen sachte im Strom ihre froschgrünen Strähnen wallen. Quer dazu taucht unverdrossen und mit langgestrecktem Hals das Abbild eines Storches auf, wie ein Schiffchen durch die Kettfäden eines Webstuhls. Er scheint vor Ella zu fliehen.

Sie hebt den Blick und sucht am Himmel seinen luftigen Zwillingsbruder. Der Vogel hat vor ihr den Alten Pregel überquert, gleitet im Sinkflug herab, stellt die Schwingen steil, setzt zweimal federnd auf, faltet die Flügel ein und beginnt ein majestätisches Schreiten und aufmerksames Äugen über den Boden der Pregelwiesen zwischen den beiden Flussarmen. Schnabel und Beine heben sich rot und deutlich von den Grüntönen der saftigen Wiesen ab.

Im Windhauch rieseln die Blätter einiger Birken. Allenthalben schimmert ein leicht milchiges Mittagslicht, und es sieht aus, als habe sich die Bläue des Himmels über Büsche, Bäume und Gräser ergossen. Alles leuchtet! Wie auf den Aquarellen, die der Vater einem Königsberger Maler regelmäßig abkaufte, um ihn zu unterstützen. Ein kleines Stück flussaufwärts hört Ella einen halb ins Wasser gefallenen Ast, der in der Strömung auf und nieder plitscht. Über ihr trillert unverdrossen eine Lerche.

Sie fährt mit dem Daumen unter den juckenden Träger ihres Badeanzugs und verschiebt ihn ein wenig. Es ist ungewöhnlich warm an diesem späten Maitag, jetzt in den Mittagsstunden fühlt es sich fast schon nach Sommer an. Ideal für einen ersten Radausflug. Wochenlang hat Ella sich diesen gemeinsamen Tag mit Victor herbeigewünscht. Immer hatte er Gründe, ihn zu verschieben. Es betrübt sie ein wenig, dass immer sie die Initiative ergreifen muss. Er ist so zurückhaltend! Sie sieht auf sein liebes und feines Gesicht neben sich am Boden, auf die langen geschlossenen Wimpern. Er ist eingenickt.

Wie kann er schlafen, wo sie so aufgekratzt ist! Wo sie doch mit ihm sprechen möchte, um ein kleines bisschen weiter hinter seine helle Stirn zu dringen. Wo sie entschlüsseln möchte, ob hinter seinen freundlichen, heiteren Zügen nicht noch ein anderer, greifbarerer junger Mann steckt. Wo sie ihm einfach nahe sein möchte. Sie möchte tanzen, aber er muss schlafen!

Sie haben Königsberg am Morgen auf den Rädern gen Osten verlassen, auf der südlichen Landstraße nach Tapiau, dem Lauf des Pregel entgegen. Hinter Steinbeck einen Abstecher zum Schloss Friedrichstein, wo seit Generationen die Dönhoffs sitzen, dann in die aufgeblühten Wiesen am Fluss hinein. Überall Gundermann und Anemonen. Am Toller See fanden sie einen holprigen Feldweg bis zu diesem Uferplätzchen. Nach der Strampelei war das kurze Bad vorhin im noch eisigen Pregel eine herrliche Abkühlung.

Jetzt wärmt die Sonne sie wieder auf. Ella spürt ihr warmes Kitzeln auf der gänsigen Winterhaut. Sie schlingt die Arme um ihre Unterschenkel, legt die Wange auf der Kniescheibe ab und sieht durch die blinzelnden Lider zu ihrem Liebling hinüber. Sein Fuß zuckt im Halbschlaf eine Fliege weg. Ins Bild fallen ihr quer von links ein paar Strähnen von der Schläfe und vergolden Victors Anblick.

Die Fliege lässt sich erneut auf seinem Spann nieder. Wieder schlenkert der Fuß. Ella muss lächeln. Die Fliege wechselt hinüber auf den anderen, krabbelt abwärts zum Knöchel – offenbar über eine unempfindliche Hautpartie, denn der Fuß bleibt ruhig. Da schwirrt sie auf und ist weg.

Ella bleibt an Victors Fußgelenk hängen und beobachtet die Schattenmulde, die sich vom Knöchel hinab Richtung Ferse zieht. Unzählige cremige Töne von Helligkeiten gehen auf diesem Fuß stufenlos ineinander über. Wie zart er ist! Zerbrechlich tauchen die Mittelfußknöchelchen aus dem Spann auf wie aus dem Ozean Rücken von Delfinen. Die seidige Haut schimmert, als hätte man sie mit Muskatpulver bestäubt, hie und da winzige Glitzerpunkte. Die Zehennägel makellose hellrosige Flecken mit weißen Halbmondchen am Ansatz. Sie kann sich gar nicht sattsehen an der kleinen Vollkommenheit. Dass Victors ganzes Gewicht auf diesen delikaten Füßen ruht, wenn er aufrecht steht! Sie denkt an ihre Schmetterlinge.

Ihr Blick wandert seine langgestreckten, spärlich behaarten Waden hinauf. Die fein von Haut überzogenen Kniescheiben ragen empor gleich Tafelbergen im Taschenformat. Auch hier wieder das Schattenspiel. Sie möchte ihre Handflächen leicht wie eine Feder auf diese Beine legen und über alle Erhebungen und Mulden gleiten lassen. Möchte die Feinporigkeit dieser Haut spüren: Weicher als Samt muss sie sein! Möchte mit der Nasenspitze hinterherfahren, um den Duft der sonnenwarmen Beine einzuatmen. Als sie sich im letzten Sommer kennengelernt haben am Strand von Neukuhren, da war er schon knatzebraun gewesen, und haftende Sandkörner hatten sich hellgelb auf seiner Haut abgezeichnet, wenn sie nach dem Baden oben am Steilufer im Duft der Kiefern im Sand lagen.

Bald ein Jahr kennen sie sich jetzt und waren schnell ein Paar, doch ihre Berührungen waren bislang nur flüchtige. Anfangs hat sie es darauf geschoben, dass er nach dem Sommer viele Monate in München einen Lehrgang auf der Kriegsschule absolvierte und sie sich bis auf einen Heimatbesuch zu Weihnachten nur schreiben konnten. In dieser Zeit war eine gewisse Entfremdung eingetreten. Inzwischen ist er aber schon einige Wochen zurück, und es beschleichen sie Zweifel, ob die lange Trennung der wahre Grund seiner Zurückhaltung ist.

Schrecken ihn vielleicht ihre Zähne ab? Lange hat sie versucht zu verbergen, dass ihre Schneidezähne nicht dicht nebeneinander stehen, sondern von kleinen Lücken unterbrochen sind. Zu allem Überfluss stehen sie auch noch leicht nach vorne, was ihr für einige Jahre den Spitznamen »Hasenzahn« eingetragen hat. Dann aber hat sie eingesehen, dass es keinen Sinn hat, die Lippen über die Zähne zu ziehen. Schließlich ist sie meist ein vergnügtes Mädchen, hat Freude am Lachen und muss dabei zwangsläufig auch die Zähne entblößen.

Weil sie aufs Lachen nicht verzichten will, hat sie sich entschlossen, zu dem kleinen Makel zu stehen. Da haben die Hänseleien aufgehört, und ihr wurde leichter. Aber hin und wieder löst das Bewusstsein ihrer Zähne doch eine nagende Scham aus. In diesen Momenten fühlt es sich an, als platzte tief in ihr eine Blase mit einer ekligen Flüssigkeit, die sich blitzartig in ihrem ganzen Körper verbreitet. Dann wird ihr heiß, Unsicherheit überschwemmt sie, und Ella spürt ihr Gesicht rot werden. Manchmal würde sie sich am liebsten in Luft auflösen. Zum Glück kommt das nicht häufig vor.

Sie sieht Victor ruhig und tief atmen im Schlaf. Hört das leise Einströmen seines Atems in die schlank geschnittene, etwas zu weit vorragende Nase und das kräftigere und kürzere Ausatmen. Sieht dabei seine noch blassen Rippen sich leicht auswölben und wieder zusammensinken. Wie bei einem Jagdhund treten sie hervor. Ellas Blick wandert nach innen zu den pfenniggroßen Brustwarzen mit winzigen, kaum erhabenen Nippeln. Dieser magere Brustkorb umschließt das Herz, das sie so lieb hat! Auf diesen Brustkorb möchte sie Ohr und Wange legen, um es schlagen zu hören! Diesen Brustkorb möchte sie fest umschlingen und nie mehr loslassen! Die unerfüllte Zärtlichkeit, die sie überkommt, ist schmerzhaft. Kaum auszuhalten. Ella ist benommen, ihre Schläfen pochen. In der Mittagssonne beginnt es heiß zu werden.

In Gedanken fährt sie mit dem Finger sachte über Berg und Tal seiner Schlüsselbeine, übers Brustbein zur Tiefebene seines flachen Bauches, der sich ruhig hebt und senkt im Atem des Schläfers, hinab bis in das trockene Brünnlein seines Nabels, an dessen unterem Rand ein lichtes Gestrüpp von Härchen sprießt. Nur kurz wagt sich ihr Blick ein Stück weiter hinab zu seiner marineblauen Badehose, dann zuckt er wieder hinauf zu Nabel und Brust.

Die Blicke, die sie da über seine Füße, Beine und den Oberkörper hat schweifen lassen, haben nur einige Augenblicke gedauert. Und doch ist ihr heiß geworden, sie fühlt sich überwältigt von unbekannten Kräften, möchte hinausplatzen aus ihrer Haut oder zumindest aufspringen und die Fäuste nach allen Seiten werfen und dabei einen imaginären Gegner mit Wutschreien vertreiben.

Aber sie bleibt sitzen, wie gelähmt. Sieht auf die andere Seite ins Gras, wo gerade ein blaugrün schillernder Käfer über die Halme eines unwegsamen Dickichts krabbelt, ohne vorwärtszukommen. Kurz erwägt sie, ihm ihren Zeigefinger hinzuhalten, damit er auf dessen Kuppe die beschirmten Flügel ausfahren und davonbrummen kann, aber ihre Arme wollen die Knie nicht aus der Umklammerung entlassen. Ein Schweißtropfen kullert ihr übers Brustbein in den Ausschnitt.

Sie schämt sich für ihr Verlangen. Darf sie so fühlen? Darf sie die treibende Kraft in dieser Liebe sein? Gehört sich das für eine junge Frau von Familie? Muss denn nicht vielmehr der Mann die Frau erobern? Um sie werben? Ist es nicht eigentlich ihre Rolle, ihn immer wieder spielerisch abzuweisen, um ihn zu einem neuen Ansturm auf ihre Festung anzustacheln? Um dann am Ende seinem Drang nach- und sich ihm hinzugeben? So war es doch auch bei den Heldinnen all der Jungmädchen-Romane, die sie verschlungen hat! So ist doch die Ordnung in der Welt! In ihr aber ist Unordnung.

Neben sich hört sie Victor tief und anschwellend einatmen, sie wendet sich zu ihm hinüber. Im Aufwachen winkelt er die Arme an, ballt seine Hände, spannt die Muskeln und streckt sich mit einer genüsslichen Grimasse, wobei er den Kopf zur Seite dreht. Unter seinen Achseln glänzt ein feuchter Film, die Rippen treten noch etwas weiter hervor. Er lässt die eingesogene Luft wieder entfahren und sieht Ella wohlig lächelnd an. In ihrem Kopf kreist ein verwirrendes Gemisch widerstreitender Gefühle: Frust, Scham, Zärtlichkeit, Schmerz, Drang und glücklose Sehnsucht. Unsicher wartet sie ab.

»Hach, hat das Nickerchen gutgetan!«, sagt er und stützt sich auf einen Ellbogen hoch. Wieder steht in seiner Miene diese einnehmende Heiterkeit, von der sie oft nicht weiß, ob sie ihr gilt oder der Welt oder ob sie vielleicht nur ein Schild ist gegen jegliches Zuleibrücken. Kann Heiterkeit verschlossen sein?

Doch jetzt weht ein Hauch Zärtlichkeit aus seinen grün-goldenen Augen, er reckt das Kinn eine Idee in ihre Richtung und blickt sie auffordernd an. In Ella schäumt ein Schwall von Glück hoch und überspült allen unglücklichen Zweifel: Hat er sie also doch lieb? Kann es oft nur nicht so zeigen? So muss es sein. Sie weiß es, fühlt es, sieht es!

Also beugt sie sich zu ihm hinab und küsst ihn auf den Mund. Seine aprikosensamtenen Lippen sind schmal und fest. Ella erschauert. Es kitzelt so wunderbar am Rand der Oberlippe. Flüssiger, heißer Honig scheint ihr durch die Schläfen zu strömen, und Hitze lodert wieder auf in ihr. Wie vorhin, nur glücklicher. Am ganzen Körper kribbelt es, als führe ein lauer Ostseewind darüber. Das ist die Erfüllung ihrer Sehnsucht! Jetzt ist alles klar.

Sie löst sich kurz von seinen Lippen, hat riesengroß die seidigen Wimpern eines seiner Augen vor sich, wartet, ob nicht er jetzt nachsetzt zu einem zweiten Kuss, hält es dann aber doch nicht aus und sinkt wieder an seinen Mund. Diesmal ist er fester, sie fühlt den Widerstand der Zähne. Eine Lokomotive kommt ihr in den Sinn, die sich puffend an Waggons koppelt – Gusseisen und Stahl erzittern da, und nichts weiter geschieht. Sie entlässt alle Spannung aus ihren Lippen und öffnet leicht den Mund. Sucht schmiegsam seine Oberlippe zu umfassen. Doch sein Mund bleibt verschlossen. Er spitzt einmal fest die Lippen und gibt ihr einen brüderlichen Kuss auf den Mundwinkel, dann kippt er wieder auf das Badelaken zurück und lächelt verlegen.

Was um alles in der Welt ist los mit ihm! Was hat sie an sich, dass er so zaghaft mit ihr ist? Was fehlt ihr? Immer waren doch die Jungens ihr zugetan, ständig waren sie um sie, posierten vor ihr und warben um ihre Gunst. Sie musste nur gnädig ein gewährendes Signal geben, und schon war einer an ihrer Seite, um ihr noch näherzukommen. Immer hat sie ihrem Drängen Einhalt gebieten müssen. Doch Victor? Nichts drängt an ihm. Nichts posiert. Nichts wirbt. So gießt er nur noch mehr Öl ins Feuer ihrer Sehnsucht.

Bisher war es mit den Jungs immer ein wunderbares Spiel, und sie war seine Herrin. Sie hat die Bewerber nie ganz ernst genommen, wenn sie auftrumpfend oder zitternd vor ihr standen. Auch die kleine, kurze Liebelei mit Paul im letzten Sommer auf der Nehrung war lediglich amüsant und leichtfüßig. Ein tastendes, aufregendes und neugieriges Vergnügen. Nicht mehr. Sie hatte immer ein Lächeln auf den Lippen und wusste, dass sie das Spiel steuerte. Paul hat ihr nicht sehr viel bedeutet.

Diesmal aber ist es kein Spiel mehr, sondern eine tiefernste Sache, als ginge es um Leben und Tod. Jetzt ist sie es, die zittert. Die Liebe zu Victor lastet manchmal zentnerschwer auf ihr. Sie bestimmt nicht mehr die Regeln des Liebesspiels. Fühlt sich wie ein Eimer, der im Sturm von Bord eines Keitelkahns gefallen ist, gefährlich auf den Wellen schunkelt und kurz davor ist, vollzulaufen und unterzugehen.

»Wollen wir weiterfahren?«, fragt Victor freundlich und betont unternehmungslustig. Seine Augen heischen Verzeihung. Sie nickt.

Ein paar Kilometer holpern sie auf Feldwegen am Woriener See und an Seewalde vorbei. Bei Podollen lassen sie sich von einem Fährkahn über den hier noch ungeteilten Pregel setzen. Vom Wasser aus ist eine Burg zu sehen mit dickem, zinnenbewehrtem Turm und einer Fahne darauf. Sie erreichen die Tapiauer Landstraße und halten wieder auf Königsberg zu – an Heiligenwalde vorbei, über Pogamen, Waldau und Jungferndorf. Ella fühlt sich bockig und enttäuscht. Ein Gespräch will nicht in Gang kommen, keiner kann sich überwinden, den ersten Schritt zu tun. Also fährt jeder vor sich hin. Durch die Alleebäume scheint die Nachmittagssonne.

Schon von weitem sehen sie schließlich das backsteinerne Sackheimer Tor. Die Straße führt längst nicht mehr hindurch, sondern hat daneben den Befestigungsring durchstoßen, weil das Tor für die modernen Fahrzeuge zu eng geworden ist. Wozu heute auch eine Stadtmauer?

Victor bleibt auf der Straße, Ella macht den Schlenker nach links, um auf rubbeligem Kopfsteinpflaster durch den wuchtigen, engen Bau zu fahren. Sie mag die alten Gebäude ihrer Stadt: Sie haben etwas Einmaliges und Ewiges. Außen ist die Durchfahrt von zwei achteckigen Türmen mit Schießscharten flankiert. Darüber prangt ein preußischer Adler. Ella taucht unter ihm in die leicht muffige Dunkelheit des urigen Gemäuers ein, kommt an der Westseite wieder heraus und schließt im Bogen zu Victor auf.

»Immer kleine Extratouren, Frollein, was?«, neckt er sie.

»Natürlich, was denn sonst, mein Herr!«, gibt sie schnippisch zurück. »Wenn Sie so brav sind und immer auf dem rechten Weg bleiben wollen, dann muss ich eben selber sehen, wie ich zu meinem kleinen Vergnügen komme!«

Er schlägt die Augen nieder. Er weiß wohl, dass etwas an ihrer Liebschaft nicht stimmt und dass die Ursache dafür bei ihm zu suchen ist.

Sie lassen das Königliche Waisenhaus links liegen und

biegen bald nach rechts ab zur parallel liegenden Königstraße, denn Ella möchte nicht durch die Landhofmeis-
terstraße und an der Königin-Luise-Schule vorbei, die sie
vor zwei Jahren hat verlassen müssen. In der Königstraße
geht es wieder links, vorbei an der Kreuzapotheke, dem
Zuckerbäcker Zippert und an prächtig ornamentierten
Barockfassaden vor zum Roßgärter Markt.

Geschrei dringt ihnen entgegen: Vor einem Textilge-
schäft hat eine Horde Hitlerjungen einen fein gekleideten
älteren Herrn umstellt. Sie tragen kamelfarbene Hemden,
an den Ärmeln Hakenkreuzbinden. Die Halbwüchsigen schubsen sich den Herrn gegenseitig zu. Er fällt hin.
Als sie ihn anbrüllen aufzustehen, rappelt er sich wieder
hoch. Ein paar Schaulustige haben eine kleine Traube um
die Gruppe gebildet.

»Drecksjude!«, ruft einer der älteren ihm zu. Einen
Moment glaubt Ella, der Junge habe starke Schmerzen, so verzerrt ist sein Gesicht. Dann erkennt sie: Es
ist Hass. Der Jugendliche hält den etwa Sechzigjährigen
am Hemdkragen gepackt. Hat den Stoff mit der Faust so
verdreht, dass ein Knopf abgesprungen ist. Die Krawatte
hängt schief und lose.

»Wir werden dir schon beibringen, dass einer wie du
keine deutschen Jungen anfassen darf.« Seine wutschnau-
bende Aussprache ist feucht. Der Mann wischt sich mit
dem Ärmel ein Spuckeflöckchen von der Backe und sieht
jämmerlich zu dem hochaufgeschossenen Jugendlichen
hinauf.

»Ach, sieh an! Dich ekelt vor der Spucke eines anstän-
digen deutschen Jungen?«, geifert der ihn an. »Der Herr

ist wohl zu fein für so was, wie! Was glaubst du erst, wie uns vor dir ekelt, du Abschaum!« Er spuckt ihm ins Gesicht und herrscht ihn an:

»Wage es nicht, das abzuwischen, du Abschaum! Abschaum!«, wiederholt er, »Abschaum!«

Die anderen Hitlerjungen fallen im Chor mit ein: »Abschaum! Abschaum! Abschaum!«

Ein anderer Junge spuckt den Mann ebenfalls an. Der Flatschen landet auf dem Revers seiner Anzugjacke. Weitere Jungs tun es ihm nach.

»Na, das sieht aber gar nicht schön aus, Herr Drecksjude!«, führt der große Junge wieder das Wort. »Der ganze jüdische Anzug mit deutscher Spucke beschlabbert! Aber für einen Juden siehst du eigentlich immer noch ganz manierlich aus«, sagt er höhnisch. »Willi, hol mal eine Schere aus dem Laden des feinen Herrn!«

Unantastbar steht er da wie ein Held und sonnt sich in seiner Macht. Er hat etwas Strahlendes an sich mit seinen blonden Haaren und dem blinkenden Koppelschloss, denkt Ella. Am Gürtel pendelt ein Fahrtenmesser.

Einer der Jungen drückt die Tür des Geschäftes auf. Darüber der Schriftzug »Heinrich Katz – Herrenschneider«. Im Schaufenster stehen Modepuppen. Sie tragen Anzüge und Hemden mit Vatermörder und Fliege. Ihre hölzernen und beige lackierten Gesichter sind täuschend echt nachgemacht: Sie zeigen beim Lächeln sogar die Zähne. Der Junge kommt wieder heraus und schnappt mit der schweren Schere mehrmals schadenfroh durch die Luft, bevor er sie an den großen Jungen weiterreicht.

Der lässt Heinrich Katz' Kragen los, packt die Krawatte und kappt sie unterhalb des Knotens.

In Ellas Ohren klingen die Schnitte wie Peitschenhiebe. Sie ist entsetzt. Sieht das ängstliche Gesicht des Mannes. Er hat den Kopf zwischen die Schultern gezogen und hält die Ellbogen angewinkelt. Ella wendet sich an einen der gaffenden Passanten:

»Was hat er denn getan?«

Der Angesprochene will von dem Schauspiel nichts versäumen und erklärt unwirsch:

»Ein paar Pimpfe haben gestern Zettel an sein Schaufenster geklebt – ›Saujude‹ stand darauf – einen von ihnen hat er zu fassen gekriegt – hat ihm eine geklebt.«

Ella ist empört. Das Verhalten der Pimpfe war ungezogen, und der Schneider hatte recht, sich das nicht gefallen zu lassen. Vater hätte sicher auch ähnlich gehandelt, wenn ihm Rabauken solche Zettel an die Scheibe geklebt hätten. Doch bei Juden ist das etwas anderes seit ein paar Jahren. Die dürfen sich nicht wehren.

Ihr ist klar, dass sie hier alleine nichts ausrichten kann. Die Jungen haben freie Hand. Keiner ruft sie zur Ordnung. Keiner beschwichtigt sie. Immer mehr Menschen scharen sich um den Kreis. Sie billigen das Verhalten der Jugendlichen, denn sie haben gelernt, dass die Juden der Deutschen Unglück sind. Schließlich stehen sie mit den Bolschewisten im Bunde und wollen die Herrschaft erst über Deutschland erringen und dann über die ganze Welt. Sie haben es verdient, dass man sich vor ihnen schützt, dass man sie züchtigt und in die Schranken weist.

Ella möchte die bedrückende Szene am liebsten hinter sich lassen und weiterfahren, weil sie ja doch nichts tun kann für den armen Mann. Am Ende würde man sich noch gegen sie wenden und sie als Judenknecht beschimpfen. Und doch kann sie sich nicht losreißen: Es ist zu ungeheuerlich, was sich hier abspielt. So etwas hat sie noch nie gesehen. Sie ist nicht nur abgestoßen von der großspurigen Gewalttätigkeit der Hitlerjungen. Nein. Mit schlechtem Gewissen bemerkt sie, wie aufgeheizt sie ist. Und fasziniert. Vor ihr ereignet sich ein abscheuliches, aber auch ein ungeheuer aufregendes Schauspiel! Ein leichter Rausch hat sie gepackt. Es ist, als habe sich eine jahrtausendealte Bestie in ihrem Inneren losgerissen und streckte ihr grausiges Haupt hervor. Als walle ein uralter Hass in ihr auf, von dem sie gar nichts wusste, ein Hass, den sie nur ererbt haben kann. Ja, sie spürt für einen Moment auch einen Funken Mordlust.

Ella erschrickt über sich selbst und lässt ihren Blick zu Boden gleiten, um sich wieder zu sammeln. Dann sieht sie hinüber zu Victor. Der blickt starr auf die Mitte des Kreises, den die Hitlerjungen gebildet haben. Seine Augen sind wie aus Glas und seine Lippen aufeinandergepresst. Er nimmt sie gar nicht wahr. In seinem Kopf scheint eine unbändige Wut zu toben. Eine Wut, die er an die Kette legt.

Unterdessen haben die Hajottler dem Schneider seine Ärmel und Hosenbeine abgeschnitten. Sein rechtes Schienbein ist blutig – er hätte sich nicht wehren sollen. Der große Junge hält ihm ein Bündel Zettel hin:

»Los, Saujude! Kleb' sie ans Schaufenster!«

Heinrich Katz greift zögerlich nach dem Bündel. Tränen laufen ihm übers Gesicht, er hat sich in die Hose gemacht. Ein anderer Junge gibt ihm einen Leimtopf. Katz schlurft gedemütigt zu seinem Schaufenster und klebt den ersten Zettel an. Die Jungen johlen vor Vergnügen. Das ist ihr Triumph! Sie fühlen sich stark. Sie sind Sieger. Sie tun das Richtige. Dürfen an so einem wie dem da ihr Mütchen kühlen. Können ihm zeigen, dass sie die Stärkeren und Besseren sind. Sonst sind sie es, die gehorchen müssen. Die geschurigelt und bestraft werden. Jetzt dürfen sie ihre Wut nach Herzenslust ausleben. Sie haben das Recht auf ihrer Seite.

»So, jetzt ist alles wieder in bester Ordnung«, tönt der große Junge ironisch und kleistert Katz einige der Zettel an die Jacke. »Jetzt kann jeder sehen, was du für einer bist, und seine Anzüge lieber drüben beim Schneider Waschnak bestellen. So, und jetzt wirst du ein bisschen herummarschieren und dich den Leuten zeigen!«, und er brüllt ihn an: »Heil Hitler!« Dabei reckt er den rechten Arm hoch und sieht den kleinen Mann scharf und drohend an. Der hebt langsam seinen Arm und nuschelt gequält:

»Heil Hitler!«

»Du liebe Zeit!« Der Anführer dreht sich feixend zu seinen Kumpanen um. »Habt ihr gehört, was der Jude gesagt hat?«

»Nein!«, grölen die anderen zurück.

»Na, siehst du, Drecksjude. Aber ich bin sicher, das geht noch lauter. Los!«

Also wiederholt Heinrich Katz verzweifelt brüllend den Hitlergruß.

»Na also, geht doch!«, höhnt der Anführer selbstgefällig.

Ein anderer Junge hängt dem Schneider ein Schild um den Hals: *Dieser dreckige Jude hat einen deutschen Jungen geschlagen!* Der Anführer gibt ihm einen Tritt:

»Los! Laufen!«

Der Schneider setzt sich in Bewegung. Die Jungen hinterdrein. Mit Tritten treiben sie ihn den Mittelanger hinunter zum Pregel. Die Menge folgt der kleinen Prozession. Ella sieht noch, wie der Kopf des Schneiders plötzlich hinter den Köpfen der Horde verschwindet. Er muss gestürzt sein.

Ella und Victor steigen betreten auf ihre Räder und fahren auf die Schlossteichbrücke zu. Sehen einander nicht an. Sagen nichts. Ella fühlt sich ohnmächtig. Sie schämt sich, weil sie hier zugesehen und nichts unternommen hat. Weil sie sogar für Momente ein böses Ergötzen daran empfunden hat.

Sie fahren über die hölzerne Brücke und biegen rechts auf den erst vor kurzem fertig gestellten Promenadeweg am Ufer ein, vorbei an der Pelikan-Terrasse bis zu den Kaskaden, die vom höher gelegenen Oberteich herabkommen.

»Wollen wir uns noch etwas hinsetzen, bevor wir nach Hause fahren?«, schlägt Victor vor. Ella ist einverstanden. Es wäre traurig, wenn der gemeinsame Tag, auf den sie sich so gefreut hat, so zu Ende ginge.

Vom Gepäckträger löst sie ihre zusammengerollte Strickjacke und zieht sie an. Die Dämmerung hat begonnen und nach dem ungewöhnlich warmen Maitag wird es frisch. Victor legt die zusammengefaltete Picknickdecke auf die Stufen neben den Kaskaden, damit sie nicht auf dem blanken Stein sitzen müssen. Leise plätschern neben ihnen die Wasservorhänge von einem Becken ins nächste hinab, bis das Wasser auf einer Terrasse unter ihnen in einem runden, von Steinen eingefassten Bassin aufgefangen wird. Von dort mündet es durch einen unsichtbaren Ablass in den noch ein Stück tiefer gelegenen Schlossteich. Von einem der umstehenden Bäume schickt ein Amselmännchen seine quirlig-vergnügten Abendarien herab. Sein Lied lockert die verdorbene Stimmung des Nachmittags ein wenig auf. Ella würde gerne ihren Kopf auf Victors Schulter legen, sie unterlässt es.

»Wir hätten dem Mann helfen müssen«, sagt sie stattdessen.

Victor sieht zu Boden.

»Ich weiß«, sagt er matt, »es war eine unschöne Szene.« Dann bekommt er wieder diese Glasaugen, die sie schon vorhin am Roßgärter Markt an ihm beobachtet hat.

»Natürlich hat mir der arme Mann auch leidgetan, aber es geht nun einmal nicht anders. Die Juden fressen unser Kapital, sie saugen uns aus. Und hinter ihnen stehen die Bolschewisten. Wir müssen uns diese Schlange vom Busen reißen, ehe sie uns verschlingt. Wir müssen ihnen begreiflich machen, dass sie unser Land verlassen müssen.« Es klingt auswendig gelernt.

Ella traut ihren Ohren nicht. So etwas hat sie von Victor noch nicht gehört. Die Empörung, die in ihr aufsteigt, gilt ebenso sehr ihm wie ihrer eigenen Passivität vorhin:

»Aber was tut uns denn der kleine Schneider Katz? Er will doch auch nur leben und das Nötige verdienen! Mit seinen Anzügen macht der bestimmt kein großes Geschäft.«

Victor wirkt unbeirrbar, sein Unterkiefer ist kantig geworden, und er blickt starr auf das Wasserbecken unterhalb.

»Es geht ums Prinzip, Ella. Wir dürfen mit dem Einzelnen kein falsches Mitleid haben. Das große Ganze zählt. Deutschland! Auch wenn der Schneider sicher nichts Böses getan hat. Aber der Führer hat es nun einmal für richtig erkannt, die Juden aus dem deutschen Wirtschaftsleben auszuschließen. Es kann keine Ausnahmen geben. Sonst würde Willkür herrschen.«

»Aber wo ist unsere preußische Toleranz geblieben, von der wir im Geschichtsunterricht immer gehört haben?« Ella ist empört. »Seit Jahrhunderten war Ostpreußen doch ein offenes Land. Immer wieder haben die preußischen Könige Menschen eingeladen, bei uns einzuwandern, wenn sie verfolgt waren und ein neues Zuhause brauchten: Denk nur an die Salzburger, Schotten, Holländer oder die Hugenotten! Diese Leute waren ein Gewinn für unser Land, sie haben unsere Kultur bereichert und sich bald als Ostpreußen gefühlt. Weil sie hier willkommen waren und ihre Religion ausüben durften. Auch mit unseren Nachbarn in Litauen, Polen und Russland hatten wir meist ein gutes Einvernehmen. Oder denk an Immanuel Kant! Nur in einer Atmosphäre der geistigen Freiheit und Toleranz konnte er seine Gedanken entwickeln. Soll es damit jetzt vorbei sein?«

Victor sieht hinab auf das Bassin, in dem sich gerade zwei Erpel miteinander kabbeln. In seinem Gesicht liest Ella Unnachgiebigkeit und Härte.

»Die Zeiten haben sich geändert, Ella. Spätestens seit dem Großen Krieg sind die Völker miteinander im Kampf, und wenn wir Deutsche nicht untergehen wollen mit unserer arischen Rasse, dann müssen wir für uns kämpfen. Nur der Stärkere wird überleben, das sehen wir doch auch in der Natur: Schau da unten die beiden Enten. Sie kämpfen um Revier und Weibchen. Nur der Stärkere kann den Lebensraum für sich beanspruchen und sich fortpflanzen. Das ist natürliche Auslese.«

Ella denkt an seine Ausbildung bei der Wehrmacht. Aus vernünftigen Überlegungen ist er dort eingetreten. Am Militärdienst kommt ohnehin keiner vorbei, dann schon lieber freiwillig und sich die Einheit aussuchen dürfen. Als leidenschaftlicher Reiter bot sich das Reiterregiment in Allenstein geradezu an. Victor musste nur noch zugreifen. Auf der Kriegsschule in München hat er sicher nicht nur militärische Unterweisungen erhalten, sondern auch viel über die nationalsozialistische Weltanschauung gehört. Mit seiner Rückkehr kam die Beförderung zum Leutnant. Sie versteht, dass er kaum eine andere Wahl hat, als das Lied der Herren zu singen, deren Brot er isst.

»Aber dein Nachname ist doch auch jüdisch, oder etwa nicht?«, fragt sie ihn mit schüchterner Aufmüpfigkeit. »Jacoby *ist* doch ein jüdischer Name! Das heißt, du könntest jüdische Vorfahren haben. Wie kannst du da so reden?«

Victor zuckt zusammen. In seine glasig verschleierten Augen mischt sich ein Schrecken. Er richtet sich auf, fasst nach dem linken Ärmel seiner Jacke und zieht ihn ruckartig über die Manschette seines Hemdes. Dann den anderen. Sein Blick fährt hin und her.

Ella bereut sofort, dass sie diese Waffe gegen ihn erhoben hat. Natürlich will sie alles andere als mit ihm kämpfen, ihre Frage ist nur aus der Szene vorhin erwachsen und aus Victors politisch korrekter Antwort. Jüdisch zu sein ist ein Makel, spätestens seit den Nürnberger Gesetzen vor anderthalb Jahren. Seither ist es angeraten, seine Deutschblütigkeit mindestens bis zu den Großeltern im Ahnenpass nachweisen zu können. Wenn Victor auch nur Vierteljude wäre, könnte er als Offizier seinen Hut nehmen. Hat sie hier, ohne es zu wollen, einen wunden Punkt getroffen?

Victor hat sich wieder gefasst. In seine Augen ist etwas Wehes getreten. Er atmet tief ein und wieder aus.

»Es stimmt«, sagt er fast flehentlich und blickt dann seitwärts in die Büsche. »Ich hatte einen jüdischen Urgroßvater. Aber ich möchte nicht, dass du darüber sprichst.«

Ella nickt.

»Johann Jacoby hat uns seinen Namen weitergegeben. Aber nach allem, was mir mein Vater von ihm erzählt hat, war er so deutsch wie man es nur sein konnte. Er hat sich in der Politik sehr für unser Land eingesetzt, und er war Arzt und Burschenschaftler. Außerdem ist er sehr früh konvertiert.«

Dann sieht er Ella eindringlich in die Augen:

»Doch meine anderen drei Großeltern sind deutsch-blütig, das musst du mir glauben!«

Ein Schwarm Schwalben schießt quietschend vom Ober-teich her über ihre Köpfe hinweg und witscht in einer Steilkurve hinab zum Schlossteich.

Ella nimmt seine Hand. Es tut ihr leid, dass sie ihn in diese prekäre Lage gebracht hat:

»Aber natürlich glaube ich dir, Victor. Das wollte ich ja auch gar nicht bezweifeln! Ich wollte nur an dein Mit-gefühl appellieren, wenn du doch selbst jüdische Vorfah-ren hast. Ich bin sicher, wenn vorhin einer der Schaulus-tigen zu den Jungs gesagt hätte, sie sollten aufhören, den Schneider zu piesacken, dann hätten andere sich ihm an-geschlossen, und man hätte dem ein Ende machen kön-nen.«

Victor schüttelt den Kopf und fasst sie bei den Schul-tern. Er sieht sich um, ob ihnen auch keiner der Spazier-gänger zuhört, aber es ist kaum noch jemand unterwegs hier. Trotzdem senkt er die Stimme:

»Aber Ella, ich persönlich kann der Judenfeindschaft doch auch nichts abgewinnen. Es fällt mir auch schwer zu glauben, dass eine Rasse wertvoller sein soll als die andere, aber es nutzt doch alles nichts!«, dringt er in sie. Er klingt ein wenig hilflos. »Mitgefühl hin oder her. Wir können doch nicht hier auf der grünen Wiese die natio-nalsozialistische Politik ändern oder auch nur diskutie-ren, verstehst du das denn nicht! Führer und Partei ha-ben entschieden, und der Gauleiter setzt es durch. Da gibt es nichts weiter zu deuten: Deutsche und Juden sind zwei Völker, und sie müssen voneinander getrennt werden, wo sie es nicht schon sind.« Seine Hände fallen herab, und er sieht auf die Stufen.

»Was glaubst du, was los wäre, wenn ich in der Kaserne oder in der Kriegsschule für die Juden Partei ergreifen würde? Noch dazu mit meinem Urgroßvater. Wenn meine Vorgesetzten das erfahren, kann ich meine Laufbahn vergessen. Deshalb werde ich tun, was man von einem jungen Deutschen nur erwarten kann, ich werde beweisen, dass ich auch mit einem jüdischen Urahn ein ebenso guter Soldat sein kann wie jeder andere auch. Vielleicht sogar ein besserer.«

Er klopft sich mit der Rechten wieder und wieder den Oberschenkel, wie um sich etwas einzuhämmern:

»Und das Mitgefühl, von dem du sprichst, das muss ich mir aus dem Kopf schlagen. Es geht einfach nicht anders. Ich könnte es nicht ertragen. Es würde mich zerreißen, weil ich ja doch nichts ändern kann.«

Ella ist aufgewühlt und verwirrt: Am Nachmittag hat Victor noch sanft wie ein Kind neben ihr geschlafen und dabei so zart und heil gewirkt. Und jetzt steckt er so voller Widersprüche! Sie spürt den Kummer, den er wegen des urgroßväterlichen Schandflecks mit sich herumträgt. Und sie ist erschrocken, dass er offensichtlich seine Menschlichkeit hintanstellt. Gleichzeitig kann sie seine Haltung auch nachvollziehen: Was soll er anderes tun, wenn es ohnehin nichts bringt, sich gegen den Lauf der Dinge zu stellen.

Sie fühlt sich überwältigt davon, dass sie beide eigentlich wissen, was richtig ist, aber nicht danach handeln können, weil die Bedingungen, unter denen sie leben, zu mächtig sind. Es ist ein Schlamassel, in dem sie alle stecken, und es gibt keine Lösung. Sie wird plötzlich sehr traurig. Traurig darüber, dass sie ihre Werte verraten muss. Traurig, dass sie sogar verstehen kann, dass Victor auf die Linie des Unrechts eingeschwenkt ist. Traurig, dass sie nichts anderes tun kann, als dem Unrecht hilflos zuzusehen, und nicht den Mut in sich findet zu widersprechen und aufzubegehren. Ein paar Tränen laufen ihre Wangen hinunter.

Victor sieht sie verzagt an, dann legt er den Arm um sie. Sie versteht gar nicht, was genau er sagt, aber seine beruhigende Stimme kleidet ihre wunde Seele mit Balsam aus. Nun laufen die Tränen erst recht, und Ella beginnt zu schluchzen. Warum kann er nicht immer so liebevoll zu ihr sein? Warum ist er oft so abweisend?

Victor trocknet ihre Tränen vorsichtig mit dem Zeigefinger. Dann kommt sein Kopf näher, und er küsst die nächste kullernde Träne auf. Er hat seine Hand um ihren Nacken gelegt, und ihr rieselt ein Schauer über die Schultern. Sie kann sich gar nicht entscheiden zwischen Schmerz und Freude, zwischen Leid und Genuss. Victor, der nun selbst feuchte Augen bekommen hat, fängt eine Träne nach der anderen mit den Lippen auf, dann auch mit der Zunge. Jetzt haben sie beide ihren salzigen Geschmack im Mund. Er reibt seine Nase an ihrer Wange, saugt sich an der salzigen Feuchte fest und dann fängt er an, sie immer heftiger zu küssen. Wie er es noch nie getan hat.

Seine Hände halten ihren Nacken fest umschlossen, und sein Mund verschmilzt mit dem ihren. Ella entlässt alle Spannung aus ihrem Körper, lässt sich fallen und will einfach nur geschehen lassen. Wild wie nie presst er seinen Mund gegen den ihren. Sein Ungestüm hat fast etwas Verzweifeltes, als ginge es ums Überleben. Ellas Zunge wandert der seinen entgegen, und in dieser Funken sprühenden Berührung kommt in ihr ein Jubel auf, wie sie ihn noch kaum je erlebt hat. Die Intensität ihres Unglücks von gerade eben schlägt auf gleicher Höhe direkt in Glückseligkeit um.

Eine ganze Weile sitzen sie auf den Stufen neben den Kaskaden und haben die Welt um sich herum vergessen. Worte wie »deutschblütig«, »Halbjude« oder »Ahnenpass« gibt es nicht mehr. Die letzten Schwalben, die mit Lustschreien über den dämmrigen Himmel flitzen, nehmen sie kaum mehr wahr. Sie versinken in ihrer eigenen Welt.

In einem verschwiegenen Winkel von Ellas Bewusstsein keimt leise die Frage, was denn nun in ihn gefahren sei, was sich seit dem Nachmittag auf den Pregelwiesen geändert habe. Warum hat er sich ihr wochenlang entzogen und kann ihr nun all das, was sie sich ersehnt hat, leichthin geben? Sie begreift es nicht, will jetzt aber eigentlich auch nichts wissen. Sie ist hingegeben an den unendlich erscheinenden Moment. Verliert ihre Grenzen, löst sich und ihre Zeitlichkeit auf und entschwebt in das wie mit Tusche in den Himmel gemalte Gewirr aus Bäumen und Ästen, hinein in den blassen Schimmer des hereingebrochenen Maiabends.

Zu Hause ist das Theater groß. Mutter Alice ist außer sich vor Aufregung. Wo sie denn heute gewesen sei? Mit wem sie sich herumgetrieben habe? Was! Den ganzen Tag auf dem Rad über Land mit dem jungen – sie kräuselt missfällig die Lippen – »Off'zier«? Am Pregel? Beim Baden gar? Ob sie sich denn überhaupt nicht schäme? Eine Tochter aus gutem Hause! Außerdem sei sie gerade erst 18, von Volljährigkeit also keine Rede!

Alice steigert sich in ihren Ärger immer mehr hinein. Es macht sie hilflos, dass diese schwer zu lenkende Tochter ihr zusehends entgleitet. Umso ärger das Donnerwetter:

»Es geht nicht an, dass ein junges Mädchen wie du sich diese Freiheiten herausnimmt! Vater hätte das nie und nimmer gutgeheißen, das weißt du genau!«

Sie schüttelt fortwährend den Kopf und marschiert auf und ab. Wieder einmal türmt sie vor Ella all ihre Verfehlungen auf und säbelt mit dem Zeigefinger durch die Luft. Zur Krönung reitet sie auch wieder auf der Geschichte vom letzten Sommer herum, als Ella die Radtour über die Kurische Nehrung nicht – wie vereinbart – allein mit ihrer Freundin Lina unternommen hat – »Ich habe dich ohnehin nur sehr ungern fahren lassen, das weißt du!« –, sondern ohne ihr Wissen noch zwei Fahnenjunker dazu eingeladen hat, die dann unschicklicherweise auch noch gemeinsam mit den Mädchen im selben Gasthaus nächtigten. Wer weiß schon, ob wirklich in getrennten Zimmern!

»Ist dir eigentlich klar, dass dein Ruf auf dem Spiel steht? Das Schiff der Liebe, mein Kind, gehört in den Ha-

fen der Ehe und an Pollern fest vertäut. Wenn es sich tö-
richterweise einmal losreißt, dann folgt unweigerlich Un-
heil«, zetert sie. »Wenn du so weitermachst, wird es noch
ein schlimmes Ende nehmen! Wer soll denn so ein Mädchen heiraten?«

Ella hört sich die Moralpredigt dumpf und unwillig
an. Mit verschränkten Armen und etwas eingezogenem
Kopf steht sie in der Diele, schiebt trotzig die Unterlippe ein wenig vor, wie sie es schon als Kind getan hat,
und wartet, bis die Mutter fertig ist. Von der Küche her
duftet es nach Essen. Es gibt wohl Königsberger Fleck.
Sie hat Hunger. Also lässt sie Schelte und Unkenrufe an
sich abperlen wie die Schwäne das Wasser des Oberteichs.

Was weiß Alice schon von Ellas Gefühlen? Seit dem
Tod des Vaters ist sie zunehmend verbittert. Auch nach
fast fünf Jahren trägt sie immer noch Schwarz.

Außerdem war kein Geld mehr da, seit man sie beim
Verkauf von Weinhandlung und Villa behumst hat. Ge-
schäftsuntüchtig, wie sie ist, hat sie das allerdings nicht
rechtzeitig begriffen. Wie sollte sie auch? Der Vater hat
alles Geschäftliche von ihr ferngehalten. Denn wie alle
Königsberger Kaufleute war er der Meinung, dass Frauen
nicht mit Geld umgehen können. Sie hatte die Kontor-
raume in der Kneiphötschen Langgasse nicht einmal
betreten dürfen. Ihr einziger Kontakt mit finanziellen
Dingen war das Wirtschaftsgeld, das er ihr jede Woche
aushändigte. Kein Wunder, dass sie keine Übung darin
hatte, mit größeren Summen zu hantieren und Geschäfte
zu tätigen. Man kann nur, was man tut, denkt Ella. Sie

will es einmal anders handhaben und nicht so unbeleckt in Gelddingen sein.

Wenn Alice also nicht trübsinnig im Sessel sitzt, dann lamentiert sie über die Unzuverlässigkeit der Menschen, über die modernen Zeiten, in denen die guten alten Sitten stetig verloren gehen, und hortet alle unerfreulichen Erfahrungen sorgsam in einem Kästchen, dessen Deckel sie regelmäßig öffnet, um der Welt seinen Inhalt vor die Füße zu kippen und ihr vorzuhalten, wie unselig und verdorben sie ist. Was soll ihr diese alte Frau von über 50 Jahren über die Liebe erzählen!

Ihr Verhältnis hat in den letzten Jahren ohnehin arg gelitten. In den Monaten nach Vaters Tod war Alice nur mit ihrem eigenen Schock beschäftigt und hatte keinen Sinn für die Trauer der Kinder. Titi ging bald zum Studium nach Berlin und Emil verbrachte jede freie Minute in seinem Ruderklub. Über dem verwaisten Haus lastete die Schwermut. Die Mutter sprach nicht viel. Ihr bedrückendes Schweigen klebte an den Möbeln und stand in allen Räumen.

Ella hat sich allein gefühlt in dieser Zeit. Und oft spürte sie wieder das still dröhnende Rauschen in ihrem Kopf; das alle Koordinaten ihres Wesens fortsog oder nach außen schleuderte. Sie fühlte sich so leer und entseelt. Dazu gab es immer mehr Reibereien zwischen Mutter und Tochter.

Eines Tages hat die Vierzehnjährige es nicht mehr ausgehalten und ist ausgerissen – zu ihrer Patentante Henriette nach Danzig: Auf eigene Faust bog sie morgens vom Schulweg ab, bestieg am Pregel den Dampfer

Phoenix, fuhr auf ihm den Fluss hinab durchs Frische Haff und stand abends mit dem Schulranzen vor Tante Henriettes und Onkel Iwans Tür – zu deren nicht geringer Überraschung. Die Patentante sah sie liebevoll-spöttisch an. Wohl dachte sie an eigene jugendliche Kapriolen und bewunderte vielleicht auch ein wenig Ellas Tollkühnheit.

Natürlich haben sie sofort die Mutter verständigt, damit sie sich nicht unnötig sorgte. Aber weil Ella sehr angegriffen wirkte, behielten sie das Marjellchen für ein paar Tage da, verwöhnten sie ordentlich, zeigten ihr die Stadt und ließen sie zur Ruhe kommen, bis sie sie am Ende wieder in den Dampfer nach Königsberg setzten.

Erstaunlicherweise kommt diese Eskapade in Alices Gardinenpredigten niemals vor. Als Ella nach Königsberg zurückkam, hat die Mutter den Vorfall einfach übergangen und auch später nie erwähnt. Er hat ihr offenbar einen Schrecken eingejagt. Wahrscheinlich machte er ihr klar, dass sie Ella in der letzten Zeit sehr vernachlässigt hatte, und so plagte sie sicher ein schlechtes Gewissen.

Nach der Danziger Flucht besserte sich das Miteinander vorübergehend. Die Mutter gab sich mehr Mühe, auf Ella einzugehen, und verdarb ihr mit ihrer Rigidität nicht mehr so häufig die Freude. Das Rauschen verschwand wieder. Sie lebten im Waffenstillstand, jede peinlich auf die Grenzen der anderen bedacht, damit es nicht zu vermeidbaren Zusammenstößen kam. Eine Vertraute wurde die Mutter aber nie. Ganz offensichtlich war das auch nicht ihr Bestreben.

Dann kam der nächste Paukenschlag, der Ellas Leben

erst richtig auf den Kopf stellte. Nachdem die Villa verkauft, die Weinhandlung unvorteilhaft an Vaters Partner übergeben und das Häuschen weiter draußen in der Jordanstraße bezogen war, dämmerte der Mutter langsam, dass sie viel Geld hineingebuttert hatte und wie desolat ihre Verhältnisse womöglich waren. Waren die gut betuchten Zeiten am Ende vorbei?

Das Ergebnis des unausweichlichen Kassensturzes war niederschmetternd. Panisch holte Alice die beiden großen Töchter von der Universität – Titi kam in Berlin bei Verwandtschaft unter und machte eine Ausbildung, die fast fertige Mathematikerin Hilde ging zu schlechteren Konditionen in den Schuldienst, und Ella musste von der Königin-Luise-Schule abgehen und die Höhere Handelsschule besuchen, um möglichst schnell in Lohn und Brot zu kommen.

Ein Schock! Von einem Tag auf den anderen sah Ella ihre Freundinnen nicht mehr jeden Tag in der Schule, die prickelnden Begegnungen mit den Jungs morgens in der Straßenbahn waren *passé*, weil sie zur Handelsschule am Oberteich zu Fuß gehen konnte. Und darüber hinaus musste sie sich ihre Zukunftspläne abschminken: kein Medizinstudium! War die Lage wirklich so heikel? Ella kann sich das nicht vorstellen, schließlich ist sie in zurückhaltendem Wohlstand groß geworden. Sollte von Vaters Vermögen nicht einmal genug übrig sein, um sie studieren zu lassen? Sie nimmt der Mutter diesen Schritt nach zwei Jahren immer noch übel. Alice kann ihr keine vernünftige Ausbildung ermöglichen, will ihr aber vorschreiben, wie sie sich zu verhalten hat! Das Einzige, was diese Mutter noch für sie übrig hat, sind Tiraden und Standpauken.

Einer von Mutters Pfeilen aber sitzt: Wenn Ella ein vergnügliches und kultiviertes Leben führen wolle, werde sie einen Mann finden und heiraten müssen. Denn ihr Schulabschluss erlaube ihr keine großen Sprünge. Der Traum von einem unabhängigen Leben als Ärztin ist dahin! Natürlich hat sie sich immer vorgestellt, dass sie eines Tages einen Mann und eine Familie haben würde, aber sie wollte sich frei dazu entscheiden können. Jetzt wird sie dazu gezwungen sein. Ob Victor der Richtige ist? Auf den Lippen spürt sie noch seine Küsse.

Eine Viertelstunde später löffeln sie die Fleck aus dampfenden Tellern. Mit am Tisch sitzt Sara, eine frühere Schulfreundin von Ella. Wenn sie nächstes Frühjahr Abitur gemacht hat, soll sie ihren Eltern nach Australien nachreisen. Die sind erst vor kurzem ausgewandert, weil die Kanzlei des Vaters immer weniger Zulauf hatte. Viele Mandanten wollen sich eben nicht mehr von einem jüdischen Rechtsanwalt vertreten lassen. Für Alice war es selbstverständlich, Sara für dieses Jahr in Pension zu nehmen. Natürlich kann sie das Pensionsgeld gebrauchen, aber vor allem hat es ihr leidgetan zu sehen, wie diese liebenswürdige Familie immer mehr an den Rand gedrängt und in die Not getrieben wurde.

Sie haben ohne Emil angefangen zu essen, weil der 15-Jährige mit seinem Ruderklub übers Wochenende einen Ausflug aufs Haff macht und erst spät zurückerwartet wird. Er hat diese Freiheiten, denkt Ella ärgerlich. Sie nicht.

Ein Gespräch zwischen den dreien will nicht aufkommen. Sara fühlt sich noch etwas fremd in der Familie, und über Mutter und Tochter hängt die Auseinandersetzung von vorhin. Sara hat Ella zwar einen komplizenhaften Blick zugeworfen – denn sie hat den Streit mitbekommen und ist in die Liebschaft mit Victor eingeweiht – offen unterstützen kann sie Ella freilich nicht, wenn sie es sich mit Alice nicht verscherzen möchte. Also sind alle drei auf ihre Teller konzentriert.

Die heiße Suppe tut gut im Bauch. Als Kind hat Ella das Königsberger Traditionsgericht ungern gegessen, weil die Kutteln sich wie Gummi zwischen den Zähnen anfühlten, aber inzwischen hat sie die Fleck schätzen gelernt, und der ein wenig säuerliche Geschmack ruft ein Gefühl von wohliger Heimeligkeit in ihr wach. Nach dem Tag auf dem Rad und an der frischen Luft schmeckt es noch einmal besser. In der Linken hält sie eine Scheibe Brot mit dick Butter und Salz, von der sie hin und wieder abbeißt. Butterbrot und Suppe ist eine ihrer Leibspeisen.

Inzwischen weiß Ella auch, wie man die Fleck zubereitet. Da sie seit Ostern mit der Schule fertig ist, und erst im Herbst eine feste Stelle als Sekretärin am Staatswissenschaftlichen Seminar der Universität antreten wird, ist sie mehrmals die Woche bei Emmi in der Küche und geht ihr zur Hand. Sie hat sich vorgenommen, die Zeit zu nutzen und Kochen zu lernen. Zum einen macht es ihr Freude, zum anderen wird sie es vielleicht noch einmal brauchen können.

Die dicke Emmi ist die einzige Hausangestellte, die sie sich noch leisten können. Martha, das Kindermädchen, hat geheiratet und ist ja auch nicht mehr vonnöten. Das Zimmermädchen Mia hat Alice entlassen müssen. Seither ist Emmi auch außerhalb der Küche behilflich. Einmal die Woche kommt eine Reinigungsfrau.

Am liebsten begleitet Ella die Köchin morgens auf die Märkte. Emmis humorige Handfestigkeit gibt ihr ein Gefühl von Geborgenheit. Die Köchin kann fachkundig mit den Gemüsefrauen über die Qualität der Kartoffeln palavern, zielsicher das knackigste Gemüse und den frischesten Salat ausfindig machen und sogar tüchtig mit den derben Fischfrauen feilschen, ohne sie zu erzürnen. Ella blickt unterdessen versonnen auf die von Fliegen umsurrten Holzkisten mit glitschigen Kaulbarschen, Schollen und Aalen und mit leichtem Schaudern auf den stachelflossigen Haffzander.

Zu Hause hilft sie dann, das Mittagessen zuzubereiten, übt sich im Kartoffelschälen, Zwiebelschneiden und Gemüseputzen, lernt den Fisch im rechten Moment aus dem Ofen zu ziehen, damit er schön saftig bleibt und doch knusprig wird, oder sieht zu, wie Emmi Apfelflinsen in zischendem Fett goldbraun herausbäckt. Nebenbei erklärt Emmi ihr, dass Butter in der Pfanne nicht zu heiß werden darf, wie sie Klümpchen im Eierkuchenteig vermeidet, dass eine versalzene Suppe meist mit etwas Zitrone oder ein oder zwei kurzzeitig eingelegten Kartoffeln zu retten ist oder wie sie den widerspenstigen Kohlrouladen mit einem Zahnstocher den nötigen Halt gibt.

Bei alledem ist Emmi geduldig und ohne jeden Eifer. Wenn Ella Fehler macht, lacht sie nur mit wippendem Bauch und wischt sich die rötlichen Hände an der

Schürze ab, um ihr vorzumachen, wie es richtig geht. Kleine Patzer gehören offenbar zum Alltag. Und wenn Ella etwas besonders gelungen ist, drückt Emmi sie an ihren dicken Busen und gibt ihr einen Butsch auf die Wange. Lernen kann also auch leicht und fröhlich sein! Schade eigentlich, dass Köchin kein standesgemäßer Beruf für sie ist.

Ella steht also mit heißen Backen neben der Köchin, mantscht mit den Fingern in schmatzendem Teig, schnippelt Bohnen, zerdrückt Kartoffeln, formt Pflaumenkeilchen oder sieht Emmi zu, wie sie sich einen Brotlaib vor die rundliche Körpermitte klemmt, um ein paar Scheiben abzuschneiden. Sie bäckt Masurischen Käsekuchen, bereitet Beetenbartsch zu und Schmandkartoffeln mit Dill, brät Kartoffelpuffer, rührt Glumse und fährt sich gelegentlich mit dem Handrücken über die Stirn.

Eine der ersten Lektionen war natürlich die Fleck. Ella weiß längst, dass man dazu Rinderknochen auskocht, zerkleinerten Rindermagen und Darm dazugibt und das Ganze mehrere Stunden lang auf kleiner Flamme gart, am Ende mit Kartoffeln. Auf den Tisch kommen Majoran, Senf und Essig, damit jeder nach Geschmack würzen kann.

Weil Emmi bei der Arbeit unentwegt von den Gerichten und Zutaten plaudert, hat Ella auch erfahren, dass die Königsberger Fleck in der Stadt schon seit vielen hundert Jahren bekannt und beliebt ist. Fleckkocherinnen standen bis vor wenigen Jahrzehnten an den Märkten, schöpften die Kuttelsuppe aus großen Kesseln und lockten die Kundschaft herbei:

»E' Schalche Fleck nur e' Dittche!«, schmettert Emmi und schwenkt die Kelle. »Auf der Lastadie standen die Speicherarbeiter schon morgens Schlange bei ihnen, Kindchen, das darfst du glauben! Denn die Fleck hat den Männern Kraft gegeben für den Tag. Und was hatten die zu schleppen! Von den Schiffen in die Speicher und von dort auf die Schiffe, emsig wie die Ameisen! Zwischendurch haben sie dann noch ihr Blutgeschwür getrunken.«

»Blutgeschwür, was ist das denn?«, fragt Ella.

»Na, ein Schnaps, Marjellchen!«, lacht Emmi. »Zur Stärkung, zum Trost. Eine Mischung aus Eierkognak und Kirschlikör. Manchmal haben sie sich auch Speicherratte hinter die Binde gekippt.«

Die gute alte Zeit, denkt Ella, und ihr will scheinen, als sei früher alles besser gewesen, weil man so leicht davon erzählen kann.

Zwei Tage nach dem Radausflug mit Victor sitzt Ella abends in ihrem Zimmer am Schreibtisch. Draußen pladdert es auf die Fensterbretter. Sie öffnet die Zigarrenschachteln mit den genadelten Schmetterlingen, die sie im Wald und auf den Pregelwiesen gefangen oder auch tot am Boden gefunden hat, und breitet die Schätze vor sich aus: zwei Östliche Große Füchse mit den charakteristischen schwarzen Flecken auf der orangefarbenen Oberseite, einen gelben Golddickkopffalter, ein paar Bläulinge und – besonders kostbar – sogar schon einen ersten Großen Eisvogel, den sie auf dem Kadaver einer überfahrenen Pogge erhascht hat. Der Große Eisvogel hat es ihr angetan, weil vor allem seine Unterseite so farbenprächtig ist: Während die dunkelbraune, mit weißen Flecken betupfte Schauseite eher schlicht wirkt, leuchten unten orangefarbene, weiße und graue Parzellen, die teilweise mit zarten, dunklen Schatten abgesetzt sind.

Die Totenstarre der Falter ist inzwischen vorüber, und sie sind schön weich geworden, zumal sie den Filz am Boden der Schachteln angefeuchtet hat. Die Flügel lassen sich beim Präparieren also gut in die richtige Position bringen. Ella legt Pinzetten, Spannnadeln und einen Zahnarzthaken bereit. Dann holt sie ein paar Spannbretter vom Schrank und stellt die Rinne in der Mitte so ein, dass der Rumpf des jeweiligen Schmetterlings genau hineinpasst. Sie hebt den ersten Falter vorsichtig an seiner Nadel hoch, piekst sie mittig in den Torfstreifen am Boden der Rinne und schiebt den Falter so weit an der Nadel nach unten, dass sein Körper in die Rinne rutscht und die Flügelansätze sich genau auf Höhe der anliegenden Bretter befinden.

Beim Präparieren geht es darum, den Schmetterling so schön wie möglich zu drapieren, damit seine Zeichnung optimal zur Geltung kommt. So kann der Fachmann den Falter nicht nur einwandfrei identifizieren, sondern auch leichte Abweichungen oder regionale Besonderheiten der Spezies feststellen. Und schließlich sind ästhetisch und mustergültig präparierte Falter zu Hunderten oder gar Tausenden der Stolz eines jeden Sammlers. Nur mit makellosen Präparaten kann er die Anerkennung und Bewunderung der Kollegen erheischen.

Sie beginnt mit dem linken Vorderflügel: Er muss auf dem nach außen leicht ansteigenden Brett so ausgebreitet werden, dass der hintere Flügelrand im rechten Winkel zum Thorax steht. Danach schiebt sie den hinteren Flügel mit seinem vorderen Rand leicht unter den vorderen Flügel. So ideal sind die Schmetterlinge in der Natur zwar fast nie zu beobachten, weil sie die vorderen Flügel meist stärker nach hinten stellen und mit ihnen die hinteren teilweise verdecken, aber so präpariert ist die Zeichnung eben vollständig und auch am schönsten zu erkennen.

Jetzt legt Ella einen durchsichtigen Butterbrotpapierstreifen über die linken Flügel und pinnt ihn mit Spannnadeln am weichen Lindenholz fest, ohne natürlich die Flügel mit den Nadeln zu durchbohren. Nun liegen sie plan gespannt auf den Brettern auf. Mit der rechten Seite macht sie es genauso. Ella braucht jetzt nur noch die Fühler in V-Form nach vorn auszurichten und den in der Rinne nach unten hängenden Hinterleib mit etwas Watte zu unterpolstern, damit er sich in einer Höhe mit dem Vorderkörper befindet. Anschließend können die Spannbretter für zwei Wochen zum Trocknen auf den Schrank. Nach dem vorsichtigen Abspannen wird sie jeden Schmetterling an der richtigen Stelle in ihre Sammlung einreihen und noch ein Etikett mit den Fangdaten dazukleben.

Ella mag das fieselige Handwerk des Präparierens. Geduldig und behutsam hantiert sie mit ihren Werkzeugen, immer darauf bedacht, die Schmetterlinge nicht zu verletzen. Sie liebt es, in die sorgfältige und konzentrierte Kleinarbeit einzutauchen und dabei sich selbst und die Welt um sich herum zu vergessen. Am Ende belohnt sie dann ein tadellos präparierter Falter, an dessen Anblick sie sich erfreuen kann. Immer von Neuem ist sie beglückt von der Vielfalt der Schmetterlingswelt. Da gibt es rührende Winzlinge mit einer Spannweite von gerade mal zwei Millimetern, wohingegen im südamerikanischen Urwald – so ist zu lesen – Exemplare von über 30 Zentimeter Spannweite umherflattern. Sie hat unzählig viele verschiedene Flügelformen ausgemacht: Manche sind breit, andere eher schmal, einige sind abgerundet und gebogen im Gegensatz zu eher kantigen Flügeln, wieder andere machen durch Ausbuchtungen, Zacken und Schwänze auf sich aufmerksam oder durch Puschelpelzchen an ihrem Saum. Gar nicht zu reden von der Mannigfaltigkeit der Muster und Farben.

Und dann die Fühler! Die einen sind glatt, andere sägeblattförmig, manche haben zu beiden Seiten deutlich sichtbare Härchen oder gar kleine Kämmchen. Auch ihre Körper sind in unterschiedlichster Weise behaart und scheinbar bestäubt, manchmal sogar schillernd.

Ella hat all das unzählige Male ausgiebig mit der großen Lupe aus Mutters Sekretär betrachtet, gestaunt ob des kunstvollen Aufbaus der Leiber und der atemberaubenden Detailverliebtheit, wie sie sie sonst nur von fein ziselierten Kupferstichen kennt, und war hinterher, wenn sie die Lupe beiseitelegte, ein weiteres Mal überrascht, wie zierlich und fein diese Glieder, Äugelchen und Härchen doch in Wirklichkeit sind.

Natürlich ist ihr auch aufgefallen, dass jeder Schmetterling anders fliegt. Die einen schwirren zielstrebig von einem Ort zum nächsten, andere segeln elegant dahin, wieder andere torkeln und scheinen jeden Moment die

Kontrolle über ihren Flug zu verlieren. Manche hasten von einer Blüte zur nächsten, während andere an einem beschaulichen Dasein festhalten. Ella hat von Faltern gelesen, die im Frühjahr in Afrika starten, in der ersten Generation über Meer und Alpen geflogen kommen, es in der zweiten bis nach Norwegen schaffen, um dann in der dritten Generation wieder in den Süden zurückzukehren. Sie hat Schmetterlingsraupen zugesehen, die sich erst rundgefressen haben, um sich dann nach einer letzten Häutung an einem Blatt in ihren Kokon einzuspinnen. Die kleinen, scheinbar dummen Tierchen kennen jeden Handgriff dieses akrobatischen Ablaufes aus dem Effeff und stellen sich so geschickt an, als hätten sie ihn schon hundertmal durchexerziert.

Die Welt der Schmetterlinge birgt Wunder über Wunder. Jeder Falter für sich ist ein kostbares Kunstwerk der Natur. Welcher Künstler hat diese belebten Juwelen entworfen und gestaltet? Und wozu, wenn ihre Schönheit doch so vergänglich ist und nur dazu gedacht, von einer Generation auf die nächste weitergegeben zu werden? Unweigerlich muss jeder Schmetterling – und wenn er noch so schön ist – nach kurzer Zeit sterben und verwesen. Liegt seine Schönheit vielleicht gerade in seiner Vergänglichkeit?

Der Sommer kommt. Wie immer spät in Ostpreußen. Dafür mit aller Macht. Fast ohne Übergang ist es heiß geworden, und damit hält für Ella die Leichtigkeit Einzug. Der warme Mantel kann eingemottet werden. Aus den Korbkisten im Keller wandern Sommerröcke und kurzärmelige Kleider hinauf in ihren Schrank und leuchten ihr morgens hellblau, gelb oder lindgrün entgegen. Sie tauscht die Halbschuhe gegen weiße Sandalen und freut sich, dass die weiche Morgenluft ihre bloßen Beine nicht mehr zum Frösteln bringt. Wenn sie an zwei Vormittagen die Woche für eine Gelegenheitsarbeit morgens aus dem Haus geht, hüpft sie manchmal so unbeschwert auf die Straße wie früher als Mädchen.

Ein hoffnungsvoll blauer Himmel steht über dem Samland, einzelne Wolkenschiffe segeln darin. Auf der Stadt liegt ein leuchtender Schimmer. Ella ist, als könnte sie die See riechen.

Weit zu laufen hat sie nicht. Unter der Cranzer Eisenbahn hindurch, links bis in den Stadtgarten, in dem auch die Stadtgärtnerei ihren Platz hat, und auf der anderen Seite ist sie dann schon gleich beim Luftkreiskommando der Wehrmacht. Dort erledigt sie Schreibarbeiten für einen Oberst.

Die Tätigkeit ist elend *lankweilich*, wie sie immer sagt. Stundenlang tippt sie Briefe, deren Inhalt und Bedeutung sich ihr nicht erschließen. Dazu sitzt sie einem schwarzen, mit runden Tasten gespickten Ungetüm gegenüber, das zu bändigen ihr oft nicht gelingt. Die Walze so einzustellen, dass die Buchstaben in der richtigen Zeile und dann auch noch gerade in einer Reihe auf das Papier klackern, ohne dass die Typen Löcher hineinschlagen, das ist eine Kunst, die sie nur mühsam erlernt.

Misserfolge quittiert die ihr vorgesetzte Sekretärin mit hochgezogenen Augenbrauen und ebenso zusammengezurrten Lippen, wie sie sie von der Mutter kennt. Ella nähert sich der »Adler« also nur mit ehrfürchtiger Scheu und Unbehagen. Auf ihrem lackglänzenden Deckel stehen in Goldfarbe aufdringlich der Fabrikationsort *Frankfurt* und die Marke *Adler* zu lesen, und darüber breitet ein ebensolcher Vogel seine Schwingen aus.

Sie ist froh, wenn sie die trockene Luft des Kommandos wieder verlassen kann. Wenigstens sind die meisten Kollegen freundlich zu ihr, und der Oberst hat Verbindungen zu Reitschule und Tattersall. So kommt Ella günstig an Reitstunden, wenn sie zusätzlich im Stall mit anfasst.

Mittags nach der Arbeit holt sie ihre Brote und ein Stück Obst aus der Aktentasche. Anschließend tauscht sie oft am Lokus ihren Rock gegen die Breeches und trifft sich mit Lina und Sara in den Kasernen der Infanterie und Kavallerie an der Cranzer Allee, denn dort ist nachmittags oft Musikreiten. Zum Vergnügen traben und galoppieren ein Dutzend Offiziere und auch einige Damen zur Musik im Takt, voraus der Kommandeur. Auch Ella und ihre Freundinnen sind oft mit von der Partie. Anschließend gehen sie in Stiefeln und Breeches – jede untergehakt bei »ihrem« Offizier – hinüber ins Kasino zum Tanztee. Die Musik kommt von einer kleinen Kapelle aus Klavier und ein, zwei anderen Instrumenten, meist Trompete oder Klarinette und Bass. Die Musiker spielen Walzer, Foxtrott und Tango. Ohne Tischordnung sitzt man beisammen und plachandert in gelöster Stimmung.

Ella spürt dann eine belebende Fröhlichkeit in sich aufsteigen, ein Ausgelassensein. Sie schäkert und juxt mit den jungen Offizieren. Ihr Blut fließt irgendwie leichter und ungehinderter durch den Körper, in ihrem Kopf perlt eine süße Beschwipstheit, obwohl sie gar nichts getrunken hat. Hell lachend lässt sie die welligen Haare in den Nacken fallen, dass ihre lückigen Zähne sichtbar werden. Sie kümmert sich meist nicht darum. Denn mehr als einer der Männer in den schicken Uniformen macht ihr Avancen, und sie lässt es sich gerne gefallen. Muntert sie sogar noch auf – mit Blicken schräg von unten.

In diesen heiteren Stunden denkt sie nicht an Victor und kann diese schmerzlich nur halb erfüllte Liebe vergessen. Sie redet sich ein, alles sei in Ordnung, weil ihr Liebster eben in Allenstein auf seinem Posten sein muss und nicht bei ihr sein kann.

Eine Steigerung erfährt die schwipsige Leichtigkeit noch, wenn die Regimenter abends zu wildvergnügten Kasinobällen einladen. Da ist Ella immer dabei. Sie liebt das gesellschaftliche Leben. Liebt die Aufregung vorher. Liebt es, sich in Schale zu werfen mit einem weißen Ballkleid, das sie von einer ihrer Schwestern geerbt hat. Liebt es, mit amüsanten Menschen beisammen zu sein und der nicht immer so fröhlichen Wirklichkeit für ein paar Stunden ein Schnippchen zu schlagen. Ein für alle Mal, so glaubt sie in diesen glücklichen Momenten. Bei den Bällen fließen dann noch Wein und Sekt, und in ihrem Kopf perlt es nicht mehr nur, sondern es schäumt. Das heitere junge Mädchen wird ständig aufgefordert und sonnt sich in seiner Begehrtheit.

Von einem dieser Bälle gibt es eine Fotografie, für die sie in fideler Runde innen vor der verglasten Türfront des Kasinos posiert haben. Jede mit ihrem Tänzer. Victors Schwester Anneliese ist auch dabei. Die meisten beschwingt, nur hie und da ein Mauerblümchen. Die jungen Damen tragen helle Kleider mit Spitzen und kurzen Puffärmeln, die Offiziere sind in Ausgehuniform mit blinkenden Knöpfen und dem Reichsadler auf der Brust. Die dritte Reihe steht, die zweite sitzt, und in der ersten am Boden ist Ella zu sehen, mit der Sektflöte in der Hand. Sie hat dem ulkenden Kavalier neben ihr den Arm um den Hals gelegt und sieht mit trunkenem Lächeln in die Ferne.

Bald ist sie mit den jungen Bekanntschaften dieser Festivitäten häufig außer Haus. In Gruppen treffen sie sich im Alhambra zum Kinobesuch und gehen anschließend in das Café im Obergeschoss, fahren nach Cranz oder Rauschen an die See zum Baden oder besuchen Konzerte und Liederabende in der Stadthalle am Schlossteich. Das »Reich« tut einiges dafür, dass man sich in Königsberg – trotz polnischem Korridor – amüsieren und kulturell etwas erleben kann: Es kommen Musiker angereist, Orchester, ja sogar ganze Operninszenierungen und Theaterensembles. Schauspieler werden mit guten Verträgen von Berlin nach Ostpreußen gelockt, um sie an die hiesigen Theaterhäuser zu binden.

Einen der regelmäßigen Gäste in Königsberg, den Bariton Heinrich Schlusnus, hat Ella als Backfisch nach einem Konzert sogar einmal kennengelernt. Gemeinsam mit der Mutter und ihrer Freundin Marita hatte sie ihm nämlich vorher Rosen ins Hotel geschickt – mit der Bitte um Strauss' *Freundliche Vision* als Zugabe. Wie enttäuscht waren die Mädchen, als er das Lied nicht sang! Die Mutter tröstete sie mit einem Eis im Parkhotel. Da kam Heinrich Schlusnus mit Frau und Pianist zur Tür herein und setzte sich an den Nebentisch.

Mutter Alice ermutigte die Mädchen, sich doch zu erkennen zu geben. Also gingen sie an seinen Tisch und knicksten. Der Sänger war ganz gerührt, bedauerte, er habe die Noten für das Lied nicht mit auf die Reise genommen, und versprach ihnen zum Trost signierte Fotos und fürs nächste Jahr auch die *Freundliche Vision*, wenn sie ihn rechtzeitig daran erinnerten. Was sie natürlich nicht versäumten. Im Jahr darauf saßen sie in der ersten Reihe, und als es an die Zugaben ging, nickte er ihnen freundlich zu und sagte:

»Auf besonderen Wunsch die *Freundliche Vision* von Richard Strauss.«

An den Wochenenden ist Victor in der Stadt, wenn er nicht gerade in Allenstein Dienst hat. An den Tagen, bevor er kommt, steigt in Ella die Spannung: Wird er Zeit für sie haben? Wird er sich melden? Werden sie einmal wieder gemeinsam auf das Landgut seiner Großeltern hinaus nach Korniten fahren, um dort auszureiten? Wie gelegentlich im vorigen Sommer? Werden sie gemeinsam auf einen Ball gehen?

Bei dem unerquicklichen Radausflug durch die Pregelwiesen vor einigen Wochen hatte sie sich schon dem Gedanken genähert, ihn ziehen zu lassen, weil sie ihn nicht ganz für sich gewinnen konnte. Doch seine Küsse danach bei den Schlossteichkaskaden haben Feuer und Hoffnung wieder angefacht. Allerdings hat sie seither nichts mehr von ihm gehört und ist wieder niedergeschlagen und unerfüllt. Sie spürt, dass Victors Unerreichbarkeit denselben Schmerz in ihr auslöst wie die Abwesenheit des Vaters. Sie fühlt sich genauso machtlos und empfindet dieselbe Sehnsucht.

Wenn Ella nicht bei Emmi in der Küche steht, in der Kaserne Schreibarbeiten erledigt oder nachmittags bei den Pferden ist, dann schlüpft sie im Nachtigallensteig unter die Flügel von »Tante« Dora. Sie hat ein offenes Haus für die Freunde ihrer Kinder, Victor und Anneliese. Offensichtlich fühlt Dora sich wohl in der Gegenwart der jungen Leute. Sie sprüht vor Lebensfreude und Vergnügtheit.

In Doras Haus spürt Ella Victors Gegenwart sogar in seiner Abwesenheit, und sie hat in Dora eine Mutter gefunden, wie sie ihr zu Hause fehlt. Sie ist wohlwollend, nimmt Ella in allem ernst, was sie sagt, und sie führen erwachsene Gespräche. Nur nicht über Victor. Dora spürt wohl, wie seine Unnahbarkeit Ella schmerzt, aber sie umschifft das Thema ebenso wie sie.

Eines Tages liegt zu Hause in der Diele ein Briefumschlag von ihm. Endlich! In seiner geschwungenen Schrift mit den weit ausgreifenden Haken und Bögen steht da ihr Name geschrieben! Das große A ihres Nachnamens ist geformt wie sein kleiner Bruder – bauchig, selbstbewusst und verheißungsvoll. Ella spürt ein Kribbeln im ganzen Körper, in ihr jauchzt eine innere Stimme auf wie eine in den Himmel schießende Schwalbe. Er schreibt ihr! Er denkt an sie! Sie können also vielleicht doch noch zueinanderfinden! Sie fliegt mit dem Brief hinüber in ihr Zimmer.

Der hastig aufgerissene Umschlag gibt nur ein paar Zeilen frei. Er dürfe am Sonntag erstmals beim Turnierreiten auf dem Rennplatz antreten. Ob sie nicht Lust hätte, ihm dabei zuzusehen. Ella ist erregt und enttäuscht zugleich. Lieber würde sie etwas mit ihm alleine unternehmen. Einmal wieder einen Tag mit ihm verbringen. Ihm nahe sein. Vielleicht auch wieder in so leidenschaftlichen Umarmungen wie neulich an den Kaskaden. Nun soll sie also doch wieder nur eine von vielen sein. Soll ihn aus der Ferne sehen und mit den anderen teilen.

Aber lieber den Spatz in der Hand als die Taube auf dem Dach. Sie kann ihn sehen. Anfeuern. Und bewundern. In jedem Fall wird sie sich gemeinsam mit Sara und Lina einen amüsanten Nachmittag am Rennplatz in Carolinenhof machen. Und wer weiß, vielleicht wird er hinterher noch mit ihr allein irgendwo hingehen? Vielleicht lädt er sie ins Palast-Café ein? Dann wird sie ihren Freundinnen zuzwinkern, sich bei ihm unterhaken und wie eine Prinzessin von dannen schreiten.

Die Tage bis zum Turnier vergehen schleppend und in unruhiger Erwartung. Alles kommt ihr schal vor. Sie mag kaum etwas essen, hat keine Freude an ihren Schmetterlingen, lustlos versorgt sie nachmittags die Pferde im Reitstall und kann sich nicht aufraffen aufzusitzen. Die Schreibarbeiten im Luftkreiskommando sind ohnehin nervtötend. Nicht einmal Emmi kann sie aufheitern.

»Na, was lässt de junge Dame denn so den Kopf hängen?«, fragt sie einmal gutmütig in der Küche, weil Ella gar so geknickt aussieht, und hebt ihr Kinn mit Daumen und Zeigefinger ein Stück höher, damit sie ihr in die Augen sehen kann. »Sind wir vielleicht ein bisschen verliebt?«

Ella dreht den Kopf unwirsch zur Seite und sagt nur: »Ach was!«

»Nu, das wird wieder vergehen, lass dir das von der alten Emmi gesagt sein. Ich bin sicher, es kommt bald ein anderer.« Sie umfasst Ellas Schulter und zieht sie an ihren weichen Busen. Da bricht die Unglückliche in Schluchzen aus und sinkt der Köchin an den Hals. Die streicht ihr über die Haare und redet ihr zu, bis das Schlimmste überstanden ist.

Dann ist der Sonntag endlich da. Ella ärgert sich, dass sie aufgekratzt ist und sich gar so töricht auf den Nachmittag und das Turnier freut. Schließlich glaubt ihre vernünftige Seite im Grunde ganz genau zu wissen, dass Victor kein Pferd ist, auf das sie setzen sollte. Sie kann dabei nur verlieren. Doch Hoffnung und Verliebtheit behalten die Oberhand.

Nach dem Mittagsschläfchen holt sie ihr zitronengelbes Sommerkleid aus dem Schrank und legt heimlich noch etwas von Mutters Parfum auf. Sie und Sara steigen auf die Räder und rollen durch die Straßen von Maraunenhof. Vor ihrer alten Villa, in der jetzt andere Leute wohnen, biegen sie links ab zum Oberteich und überqueren ihn auf dem seit Kindheitstagen vertrauten Steg.

Es ist ein heißer Julitag. Sogar der Fahrtwind bläst

ihnen warm ins Gesicht, vom Kopfsteinpflaster steigt Hitze auf, der Himmel könnte nicht blauer sein, und die Straßen liegen in friedlichem Sonntagsschlaf. Bis sie sich auf der Cranzer Allee linker Hand dem Eingang zum Rennplatz nähern: Ganze Menschenmassen kommen ihnen jetzt aus der Stadt zu Fuß und auf Rädern entgegen. Autos hupen zwischendrin, weil kein Durchkommen ist. Als ob die halbe Stadt auf den Beinen wäre.

Am Eingang winkt ihnen Lina zu. Sie stellen die Räder ab, schieben die Riegel ihrer Speichenschlösser in die Hinterräder und spazieren in Dreierreihe auf das Rennplatzgelände.

»Komm, lass uns zuerst da drüben Pferde gucken«, schlägt Lina vor.

Der Sattelplatz liegt sandig vor den Stallungen und einige Reiter legen ihren Pferden schon Zaumzeug und Sättel an oder kontrollieren noch einmal die Gurte. Vom Boden steigt würzig der Duft von Pferdeäpfeln auf. Ein Hengst fährt unter schüchterner Beobachtung der Mädchen sein enormes Geschlechtsteil aus und lässt einen beeindruckenden Harnstrahl in das Gemisch aus Sand und Holzmehl am Boden strullern.

Die meisten Tiere sind Trakehner, und viele von ihnen tragen die siebenendige Elchschaufel als Brandzeichen, sind also auch auf dem Gestüt Trakehnen geboren. Edel sehen sie aus, haben ein glänzendes Fell und einen schlanken, muskulösen Körperbau. Früher gab es nur Kaltblüter in Ostpreußen, weiß Ella: Die taugten gut zur Feldarbeit. Als die preußischen Könige dann aber schnellere und wendigere Pferde für Militär und Kut-

228

schen brauchten, begann die Veredelung mit Arabern oder englischen Vollblütern. Heute sind die Trakehner der Stolz des Landes.

Nach einer Weile gehen die Mädchen weiter zur Tribüne, die mit bunten Wimpelbändern und Hakenkreuzfahnen geschmückt ist. Über ihr steht ein weites Dach, damit das Publikum auch bei Regen nicht fernbleibt. Sie kommen nur im Schneckentempo voran, weil so viele Menschen gekommen sind, die es auch gar nicht eilig haben. Es müssen Tausende sein. In den letzten Jahren sind Pferderennen und Turniere bei den Königsbergern in Mode gekommen.

Die Frauen tragen hübsche Kleider, und die Herren kommen im schwarzen Anzug. Auch einige mondäne Damenhüte und Zylinder sind zu sehen. Unter die bessere Gesellschaft mischt sich auch viel einfaches Volk, denn die Eintrittspreise sind moderat geworden. Es ist ein großes Sehen und Gesehen-Werden. Die Menschen stehen heiter in Gruppen beieinander und plaudern. Allenthalben hört man: »Weißt du schon …?« und »Stell dir vor …!«

Bevor sie sich einen Platz auf der Tribüne suchen, holen sich die Mädchen am Kiosk noch eine Limonade. Aus blechernen Lautsprechern verkündet eine Männerstimme, dass in einer Viertelstunde die ersten Schaunummern beginnen sollen – das Vorprogramm zum eigentlichen Turnier. Zäh setzen sich die Menschenmassen in Bewegung, um die Plätze einzunehmen. Manche Herrschaften bleiben auch auf der sich leerenden Restaurantterrasse sitzen: Sie wollen wohl erst zum eigentlichen

Turnier hinübergehen und so lange noch die Ruhe genießen.

Von der Tribüne aus sehen Ella und ihre Freundinnen als Erstes die ländlichen Reiter des Kreises Königsberg auf den Platz einziehen: Sie zeigen das Schaubild »Ostpreußische Kavallerie einst und jetzt«, begleitet von Regimentsrufen und Paradenmärschen. Über Lautsprecher rezitiert eine Stimme dazu passende Verse.

Anschließend treten mehrere Viererzüge der Hengstprüfungsanstalt Zwion auf. In selbstverständlicher Ruhe ziehen sie Kutschen hinter sich her, vollführen auseinandergehend Volten wie Blütenblätter und reihen sich anschließend wieder hintereinander ein, wie Zahnräder eines Uhrwerks ineinandergreifen. Ihr schwarzes Fell glänzt in der Sonne. Ella ist beeindruckt von den mächtigen Gebäuden und der tadellosen Haltung der Rappen. Das Publikum applaudiert wohlwollend.

Nun das Geschützfahren: eine bespannte Batterie mit stolzen Pferden, Reitern und wuchtigen Kanonen. Der kommentierende Lautsprecher schnarrt, dass Ostpreußen auch mit seinem kleinen Heer im Ernstfall gewiss seinen Mann zu stehen wüsste.

In der Reihe vor Ella stößt ein junger Soldat seinen Nachbarn mit dem Ellbogen an und zeigt hinter sich. Sie dreht sich ebenfalls um und sieht weiter oben in einer abgetrennten Sektion der Tribüne hohe Militärs in ordenbehangenen Uniformen sitzen. Mit strengen Mienen verfolgen sie die Nummern und klatschen am Ende gnädig und würdevoll. In der Mitte ein ehrwürdiger Herr mit einem weißen gezwirbelten Schnurrbart.

»Der frühere Chef der Heeresleitung, General Heye«, hört Ella den Soldaten seinem Nebenmann zuflüstern. Er sei schon seit ein paar Jahren im Ruhestand.

Nun beginnen die ersten Reitprüfungen: zunächst ein Zeitspringen, dann eine Dressurprüfung, ein Hochspringen und eine Eignungsprüfung für Damenreitpferde.

In den Pausen gibt der Lautsprecher auch Hinweise für Pferdebesitzer. Zum Beispiel wie die Tiere gegen Stechfliegen zu schützen sind. Denn immer wieder passierten Unfälle beim Turnier, weil Pferde von den Plagegeistern drangsaliert und abgelenkt würden. Man solle sie darum mit Essig oder abgekochten Nussblättern einreiben. In den Ställen zeige zerstäubte rosenrote Bertramkamille erfreuliche Wirkung. Auch sei zu empfehlen, den Pferden Weiden- oder Nußbaumzweige um die Hälse zu hängen.

Ella verfolgt die Darbietungen interessiert, aber ohne leidenschaftliche Anteilnahme. Sie wartet auf Victor. Nun kommt schon wieder eine Schaunummer: Einige Kinder führen ihre Pferde an der Longe herein. Während der Voltigiernummer steht auf den Rücken der gutmütig trottenden Tiere jeweils ein blond bezopftes Mädchen in Rock und weißer Bluse. Dass das Publikum heftig applaudiert und ganz hingerissen zu sein scheint, kann Ella nun gar nicht verstehen. Die Darbietung kommt ihr doch eher unvollkommen und wenig gefällig vor.

Über die nächste Nummer kann sie dann wieder ebenso staunen wie die Mehrheit: Einige Soldaten gehen neben ihren Hengsten auf den Platz und befehlen ihnen, sich am Boden auf die Seite zu legen und alle viere von sich zu strecken. Die Männer knien sich neben die Köpfe der sichtlich beunruhigten Pferde und reden ihnen gut zu. Der Lautsprecher erklärt, dass sie als Fluchttiere ein enormes Vertrauen zu ihrem Reiter aufbauen müssen, um sich freiwillig in so eine gefährdete Position zu begeben.

»Und jetzt, meine Damen und Herren, bekommen Sie ein selten dargebotenes Kunststück zu sehen. Gleich werden berittene Pferde – vor Ihren Augen! – über ihre am Boden liegenden Kameraden hinwegspringen. Niemals kommt so etwas in freier Wildbahn vor.«

Und tatsächlich stürmen jetzt sechs Hengste heran und vollführen die angekündigte Darbietung. Tosender Beifall! Die am Boden liegenden Pferde rappeln sich hoch und schütteln sich den Staub aus dem Fell.

Endlich kündigt die Lautsprecherstimme den »Preis der Stadt Königsberg« an und ruft den ersten Pferdenamen für das Springreiten aus: Der Rappe Theseus kommt unter Polizeioberleutnant Hermann Keckeis auf den Platz. Zwölf Hindernisse sind aufgebaut – mehrere davon in Kombinationen. Auf jedem steckt rechts ein rotes Fähnchen und links ein weißes. Alle Springreiter sind den Parcours vorher zu Fuß abgegangen, um sich einzuprägen, wo auf den Hindernissen flache Auflagen liegen. Denn die können besonders leicht abgeworfen werden. Dabei haben sie auch darauf geachtet, wo sie zwischen den Hindernissen beschleunigen können, um vielleicht einen Galoppsprung einzusparen.

Theseus setzt über die ersten Hindernisse elegant und scheinbar mühelos hinweg. Dann kommt eine Kombination: Für den Weitsprung über einen breiten Wassergraben braucht das Pferd Tempo und muss sich strecken; der unmittelbar darauffolgende Hochsprung verlangt jedoch eine Reduzierung der Geschwindigkeit und einen präzisen Absprung. Hier kommt der erste Fehler: Die oberste Stange fällt. Raunen im Publikum. Vor einem Hochweitsprung verweigert Theseus sogar. Punktabzug! Der Reiter macht kehrt und versucht es noch einmal. Jetzt gelingt der Sprung. Ein Sieg ist aber unwahrscheinlich geworden.

Die nächsten Reiter sind erfolgreicher, reißen aber auch immer wieder Stangen von den Hindernissen. Einige können zusätzlich das erforderliche Tempo nicht halten. Ganz offensichtlich hat der Parcours-Chef eine knifflige Strecke aufgebaut. Endlich tönt es aus dem Lautsprecher:

»Als vorletzter Kandidat ist aufgerufen: der fünfjährige Querulant unter Leutnant Jacoby!«

Ella fasst aufgeregt nach Linas Hand und flüstert ihr zu:

»Bei Querulant gilt *Nomen est omen*! Victor hat erzählt, dass sich niemand darum reißt, den Fuchs zu reiten. Er muss ziemlich eigenwillig und störrisch sein.«

»Warum hat er dann nicht ein anderes Pferd genommen?«

»Na, du bist gut! Er hatte keine Wahl! Es ist ohnehin ein Zugeständnis, dass er überhaupt hier antreten darf. Er wird im November ja erst 19. Aber er sagt, dass er beim Training mit dem Pferd gut zurechtgekommen ist und dass Querulant enorm leistungsstark sein kann. Er macht sich sogar Hoffnungen auf einen Preis.« Das alles weiß Ella natürlich nur von Tante Dora.

»Nun, wir werden ja sehen!« Lina sieht gleichgültig zu Victor hinüber, wie er mit durchgedrücktem Kreuz und hoch aufgerecktem Kopf an das erste Hindernis heranreitet. Er trägt seine Uniform und die dazugehörige Schirmmütze. Ella weiß, dass Lina nicht allzu viel von dieser Verbindung hält. Nicht nur einmal hat sie ihr dringlich geraten, sich diesen freundlichen, begabten, enorm gut aussehenden, aber unnahbaren jungen Mann aus dem Kopf zu schlagen:

»Er lockt die Mädchen mit seiner heiteren Art und seinen tiefgründigen, wunderbar melancholischen Augen an, anscheinend ohne es zu merken. Aber bisher hat er keine an sich herangelassen«, hat sie einmal gesagt. »Er wird immer ein Einzelgänger bleiben und noch manche nach dir unglücklich machen. Glaub mir!«

Aber Lina hat leicht reden, sie hat ja nicht Feuer gefangen. Vielleicht bin ich ihm gerade deshalb so verfallen, weil er so unerreichbar wirkt, denkt Ella. Aber möglicherweise nimmt ihr gemeinsames Schicksal heute ja eine Wendung.

Da setzt Querulant zum ersten Sprung an. Victor hebt seine schmalen Hüften aus dem Sattel, um das Pferd zu entlasten, und lehnt sich nach vorn über seinen Hals. Querulant macht einen runden Rücken, die sogenannte »Bascule«, zieht die Vorderbeine an, senkt den Kopf und setzt in einem herrlichen Bogen über das Hindernis. Auch die nächsten Aufgaben bewältigt er mit Leichtigkeit. Es ist sogar immer noch etwas Platz zwischen Hufen und Stange. Selbst der Oxer bereitet ihm keine Probleme. Ella hält den Atem an: kein Fehler bisher! Auch das

Tempo scheint zu stimmen. Von Mal zu Mal steigt ihre Erregung.

Dann die Kombination! Wie Querulant in wenigen Sätzen beschleunigt! Wie lang er sich strecken kann und über den Wassergraben fliegt! Wie er anschließend federnd abbremst und in die Höhe steigt. Wieder tadellos. Ella will vor Begeisterung in die Hände klatschen, aber sie hält inne: Klatschen ist während des Durchgangs nicht üblich, um die beiden da unten nicht zu stören.

Am Ende hat Querulant als bisher Einziger keinen Fehler gemacht. Ein rauschender Applaus schwillt an, wie wenn ein Windstoß in die Krone eines Ahorns fährt. Victor reitet an der Tribüne vorbei und klopft seinem Pferd den Hals. Ins Publikum sieht er nicht.

Jetzt aber kommt noch ein letztes Pferd. Es ist Hades, Sieger des berüchtigten Rennens von Pardubitz, ein besonders vielseitiges und kluges Tier. Der große Apfelschimmel tänzelt leichtfüßig auf den Platz und macht eine blendende Figur. Er wirkt aufgrund seiner schmutzigen Fellfarbe zwar längst nicht so edel wie die meisten Pferde vor ihm, aber dennoch geht eine besondere Aura von dem Tier aus: Es trabt in aller Ruhe, als hätte vor ihm kein anderes Pferd den Platz betreten, es scheint ganz bei sich zu sein im Vertrauen auf die eigenen Kräfte.

Auf der Tribüne rund um Ella macht sich eine respektvolle Stille breit. Den Mann im Sattel hat der Lautsprecher als Rittmeister Ferdinand Lawaker bekannt gemacht. Ein älterer Herr, denkt Ella, bestimmt schon vierzig. Unter seiner Uniformmütze sehen blonde Haare hervor. Auch er wirkt, als nehme er die Situation um ihn herum gar nicht wahr – unberührt von Publikum, Preisrichtern, Sieg und Scheitern.

Jetzt fällt Hades in einen federleichten Galopp und steuert das erste Hindernis an. Er fliegt über die Stangen – wie eine Feder, die ein Luftzug in die Höhe wirbelt. Ein Hindernis nach dem anderen meistert er mit Bravour, auch die Kombinationen machen ihm nicht die geringsten Probleme. Dieses Pferd kann Victor noch gefährlich werden, denkt Ella. Denn Hades scheint ihr noch eine Spur schneller als Querulant.

Schließlich hebt der Apfelschimmel zum letzten Hochweitsprung ab. Leichthin erreicht er am richtigen Punkt die notwendige Höhe, passiert mit Vorder- und Hinterhand die oberste Stange, ohne sie zu touchieren, und vollführt den Bogen wieder abwärts.

Die Spannung im Publikum lässt nach: Das Rennen ist beendet. Hades wird als Sieger anerkannt werden. Wer gewettet hat, überschlägt die Quote. Gleich wird man sich seinen Gewinn abholen können. Ella ist enttäuscht, sie hätte Victor gerne den Triumph des ersten Platzes gegönnt. Sie wird ihn nachher trösten müssen. Hoffentlich ist seine Laune nicht verhagelt. Obwohl ein zweiter Platz in seinem Alter und noch dazu als Neuling ja eigentlich eine fabelhafte Leistung ist.

Doch dann: Hades kann nach dem Sprung sein Gewicht nicht mit den Vorderhufen abfangen, sondern knickt rechts ein, und die Linke ist nicht imstande, das Straucheln zu verhindern. Die Mähne fliegt, das Auge rollt, und der Pferdekopf scheint mit einem Hechtsprung in den Sand eintauchen zu wollen. Der Reiter lehnt sich nach hinten, lässt mit der Linken den Zügel los und fasst hinter sich an den Sattel, um sich abzustützen. Hades legt den Kopf quer, um ihn beim Aufprall zu schützen, kommt mit dem Nacken am Boden auf, sein Hinterleib schnellt in die Höhe und fliegt mit in die Luft gestreckten Beinen im Überschlag nach vorne. Sand spritzt auf.

Schwer zu sagen, was diesen unvermittelten Sturz hervorgerufen hat. War Hades unkonzentriert? Hat er eine Unebenheit im Boden übersehen, die durch die vorigen Sprünge entstanden sein mochte? Oder hat ihn tatsächlich eine dieser Pferdefliegen gepiesackt, von denen vorhin die Rede war?

Der Reiter versucht im Fall die Steigbügel abzuschütteln, um nicht unter dem Pferd erdrückt zu werden. Den rechten wird er tatsächlich los, und da Hades zur rechten Seite kippt, kann der Reiter sein Bein rechtzeitig in Sicherheit bringen. Am Ende sah das Ganze schlimmer aus, als es war, und kurz darauf stehen die beiden wieder. Rittmeister Lawaker führt sein unglückliches Pferd am Zaumzeug vom Platz. Von den Rängen anerkennender Applaus.

Ella wartet die Quadrille zum Schluss nicht mehr ab. Sie springt auf, zwängt sich durch die Sitzreihen und läuft in Richtung der Stallungen, wo Victor sicherlich gerade sein Pferd absattelt und versorgt. Sie möchte ihn sehen. Gleich! Aus dem echoenden Lautsprecher schnappt sie ein paar Wortfetzen auf: »Preis der Stadt Königsberg... Springreiten... Sieger... Querulant... Jacoby.« Ellas Herz hüpft. Sie will die Erste sein, die ihn beglückwünscht im Augenblick seines Triumphes!

Da kommt er aus dem Stall. Auch er hat wohl gerade die Nachricht aus dem Lautsprecher gehört. Er sieht sie auf sich zulaufen mit wehendem Kleid. Und wie wunderbar: Seine Augen leuchten! Strahlen sie an! Ein offenherziger, heiterer Blick, wie sie ihn nie gesehen hat an ihm. Glücklich und mit der Welt vereint. Er breitet die Arme aus und lacht sie an. Sie fliegt in seine sehnigen Arme und küsst seinen Hals. Seine Mütze fällt hinter ihm in den Staub. Wie gut er duftet! Gierig atmet sie die Partikel seines Körpergeruchs ein. Sie sausen ihr durch die Nase direkt ins Gehirn hinauf und entfachen dort ein Feuerwerk. Dass ein Duft so köstlich sein kann! Wie eine Speise, von der man gar nicht genug bekommen kann!

Victor drückt sie an sich, als könnte es nie mehr anders sein. Das ist das Glück, auf das sie gewartet hat. Und gehofft. Fast so hat es sich neulich bei den Kaskaden schon angefühlt. Jetzt die Vollendung. Eine warme Glückseligkeit breitet sich aus in ihr.

7

Potsdam, Ende Februar 1945

Es klingelt an der Tür. Ella und Viki schrecken hoch und starren einander an. Vielleicht der Postbote? Die Klingel bricht in die Vormittagsstille hinein, in die lähmende Tatenlosigkeit der Heimatfront, und bringt Neuigkeiten. Keiner weiß, ob gute oder schlechte.

Bleiern liegt der Krieg über den Frauen zu Hause. Es gibt immer weniger zu essen, und auch das Heizmaterial ist knapp geworden. Also sitzen die Schwestern schweigend in Vikis Wohnzimmer und stopfen Socken. Der Gesprächsstoff ist ausgegangen, es gibt wenig Ersprießliches, worüber man sich unterhalten könnte.

Vikis großer Sohn Werner ist in der Schule. Nachmittags treibt er sich meist irgendwo in den Straßen herum. Zu Hause fällt dem 13-Jährigen offenbar die Decke auf den Kopf. Die Kleinen beschäftigen sich am Boden mit ein paar Spielsachen, gelegentlich gibt es Quengeln oder eine Streiterei. Auch auf ihnen lastet die Besorgnis der Erwachsenen in diesen Zeiten. Die Russen sind nur noch ein paar Dutzend Kilometer von Berlin entfernt. Ist bald auch hier die Flucht geraten?

Die Türklingel hat etwas von einem Alarm. Jemand steht da unten auf der Straße und hält unerträglich lange den Daumen auf dem Knopf. Beide Frauen sind elektrisiert, wer mag da zu ihnen wollen? Nachrichten sind rar in diesen Zeiten, erfreuliche ohnehin. Beide Frauen hoffen auf gute Neuigkeiten. Allerdings aus unterschiedlichen Gründen.

Ella wartet natürlich auf »das Schwein«. Und das seit über einem Monat. Ihre Gedanken sind ausschließlich auf die sieben Kisten mit Einmachgläsern konzentriert, die sie in Königsberg auf dem Schlitten zum Bahnhof gezogen und dort aufgegeben hat. Jeden Tag öffnet sie den Briefkasten in der Hoffnung, endlich die Benachrichtigung darin vorzufinden, dass die Kisten angekommen sind und abgeholt werden können.

Die Rückreise aus der bereits zuschnappenden Mausefalle Königsberg war umständlich, immer wieder mussten sie aussteigen und auf einen Anschlusszug warten, zu Anfang ging es auch öfter mal ein gutes Stück zurück, womöglich um an anderer Stelle durchzukommen – wer weiß, ob der Feind wirklich schon so weit war? Dann wieder blieb der Zug auf freier Strecke stehen. Ella und Lina blickten schweigend über die verschneite Landschaft vor dem Fenster, beteten, dass es bald weitergehen möge, bangten, ob nicht der Feind schon vor ihnen sei und ihnen den Weg abgeschnitten habe oder ob er sie vielleicht jetzt gerade einhole, da die Fahrt nicht weiterging.

Eine Mutter schickte ihren Sprössling während dieser Fahrtpausen des Öfteren hinaus, damit er mit einer – am Rand vergoldeten – Meissener Porzellanschüssel Schnee holte, um ihn zu Trinkwasser zu schmelzen. Einmal ruckte der Zug unvermittelt an, als der Junge noch draußen war. Kurz gab es große Aufregung, doch ein älterer Herr holte den Zurückbleibenden im letzten Moment herein. Der Junge brach noch Stunden später gelegentlich in Weinkrämpfe aus, offenbar weil ihm dann wieder vor Augen kam, er hätte tatsächlich allein in Eis und Schnee zurückbleiben können.

Eine wunderliche Frau, die ganz allein war, wollte immer ins Gepäcknetz klettern. Sie hatte Schaumblasen vorm Mund. Als sie endlich auf ihrem Platz zur Ruhe gebracht war, sang sie in einem fort mit starr aus dem Fenster gerichtetem Blick das Ostpreußenlied: »Land der dunklen Wälder und kristall'nen Seen, über weite Felder lichte Wunder gehen.« Es war kaum zu ertragen. Wenigstens lief die Heizung.

Zwischendurch wurde eine neue Lokomotive angekoppelt, keiner wusste, warum. In Cottbus – da waren sie gottlob schon in Sicherheit – stand man drei Stunden bei Nacht und ohne Heizung auf einem Nebengleis vor der Einfahrt in den Bahnhof. Von dort aus ging es aus unerfindlichen Gründen weiter nach Süden statt nach Norden, bis sie endlich in Dresden einen Zug nach Berlin bekamen.

Bei dieser Odyssee traf Ella zu ihrer beider Überraschung auch auf Tante Dora. Sie hatte es sich kurzfristig anders überlegt und war doch gereist. Frauen aus den östlichen Kreisen waren in die Klinik gekommen und hatten von den russischen Soldaten erzählt, die sie auf der Flucht eingeholt hatten; von dem »Komm, Frau!«, mit dem sie sie in einen Winkel holten, wo eine Matratze am Fußboden lag; von Rotarmisten, die Arme voller Uhren, die immer noch mehr Wertgegenstände von den Flüchtenden einforderten; davon, wie kleinste Konflikte dazu führten, dass sie mal eben einen von ihnen niederknallten.

Da hatte Dora endlich begriffen, was hier bevorstand, dass ihre Hilfe für die Kranken nur von kurzer Dauer sein würde und deshalb ihr Opfer nicht lohnte, und hatte überstürzt die Sachen gepackt. Sie trennten sich in Dresden, denn Dora wollte zu ihrer Tochter Anneliese, die im letzten Jahr nach Aachen geheiratet hatte. Lina kam mit nach Potsdam, wo sie zweimal übernachtete, bevor sie ins Ruhrgebiet weiterfuhr, dort hatte sie Verwandte.

Von der Mutter hörte Ella am Telefon, dass ihr Zug wohl einer der letzten war, die aus Königsberg rausgekommen waren. Schon am nächsten Tag mussten Züge wieder umkehren, weil die Russen ihnen bei Elbing den Weg versperrt hatten. Eine knappe Woche nach ihrer Rückkehr rief die Mutter zum letzten Mal an:

»Ella, stell dir vor! Die Russen sind mit Panzern durchgebrochen und rollen auf Königsberg zu! Im Radio kam die Durchsage, wir sollen umgehend nach Pillau laufen, um dort vielleicht ein Schiff ins Reich zu bekommen.«

Sie war völlig aufgelöst und hilflos.

»Und worauf wartest du noch?«, fragte Ella.

»Aber Kind, ich kann doch nicht so schnell weg, ich habe doch noch Kleider beim Schneider!«

Ella war fassungslos.

»Wenn die Russen erst mal da sind, wirst du die

Kleider kaum noch brauchen! Abgesehen davon, dass dein Schneider sich sicher auch schon in Sicherheit gebracht hat.«

Ella redete ihr gut zu und besprach die Lage. Sie wundert sich immer, wie gefasst sie sein kann, wenn man eigentlich die Nerven verlieren müsste. Als sie hörte, dass Alices Vetter August von der Samlandküste geflohen und zu ihr in die Jordanstraße gekommen war, riet sie ihr, doch gemeinsam mit ihm nach Pillau zu laufen.

»In männlicher Begleitung bist du sicherer.«

Die Mutter war außer sich:

»Aber wie sollen wir denn da durchkommen bei Eis und Schnee? Weißt du, wie kalt es hier ist! Mein Thermometer hat bei minus 21 Grad aufgehört zu messen! Und es hat noch einmal tüchtig geschneit!«

Ella erzählte ihr von dem Schlitten im Keller, auf den sie das Wichtigste packen könnten. So seien die 20 Kilometer sicher zu schaffen. Dann war die Verbindung weg. Seither keine Nachricht von ihr. Dafür Meldungen, dass mehrere Passagierschiffe mit deutschen Flüchtlingen in der Ostsee versenkt wurden, darunter die Wilhelm Gustloff. Die Rede ist von Tausenden Toten.

Dessen ungeachtet haben Ellas Gedanken Scheuklappen bekommen. Seit ihrer Rückkehr aus Königsberg kreisen sie pausenlos um das »Schwein«. Den ganzen Tag hat sie es vor Augen. Sie denkt nicht an die eingemachten Blaubeeren, die ebenfalls in den Kisten sind, denkt nicht an den Holundersaft, der um die Jahreszeit gut wäre gegen Erkältungen und Grippe, nicht an das vitaminreiche Sauerkraut, Mirabellenkompott, Quittengelee oder an die sauren Gurken. Und noch weniger denkt sie an die Wäsche, mit der sie die Einmachgläser in den Kisten gegeneinander abgepolstert hat. All die Schätze haben sich in ihrem Kopf auf eines reduziert: den eingemachten Schweinebraten! Wenn das Schwein nur käme, will ihr scheinen, dann wäre alles gut und alle Sorgen könnten sich in Luft auflösen.

Sie malt sich aus, wie das geronnene Fett innen am Glas klebt, wie es duften wird, wenn sie nur den Deckel abhebt. Und dann erst, wenn der Braten knusprig aus dem Ofen kommt! Sie hat die glibberige, dunkle Sauce vor Augen und freut sich auf die Kartoffelkeilchen, die sie dazu machen wird. Es wird ein Festmahl, sie werden sich die Lippen lecken und die miserablen Lebensbedingungen vergessen. Und vor allem werden Viki und Hinrich zugeben müssen, dass ihre tollkühne Reise richtig war. Bei den kulinarischen Fantasien läuft Ella das Wasser im Mund zusammen, und sie bekommt Bauchschmerzen.

Die Türklingel hört endlich auf zu schellen. Es kam ihnen ewig vor. In Wirklichkeit waren es aber wohl nur ein paar Sekunden. Viki und Ella sitzen kerzengerade in ihren Sesseln und sehen einander immer noch an. Schnell hüllt die bedrückende Stille wieder alles ein, wie sich über einem versinkenden Schiff die Meeresoberfläche schließt. Für einen Moment fragt sich Ella, ob sie auch richtig gehört hat. Aber der wache, besorgte und hoffnungsvolle Gesichtsausdruck ihrer Schwester bestätigt ihre Wahrnehmung, dass es tatsächlich geklingelt hat.

Ella ist ihrer Schwester gehörig auf die Nerven gefallen mit ihrem Fantasieren von Braten und Soße: »Wenn nur erst das Schwein da ist ...!«, war ihre ständige Rede. So versucht sie ihrer sinkenden Zuversicht immer wieder Leben einzuhauchen. Als hätte sie alle Sorgen auf ein Schiff gesetzt und bliese tüchtig in die Segel, vertreiben die kulinarischen Fantastereien jeden Gedanken an Tod, Zerstörung und die von den Russen überschwemmte Heimat.

Viki bekam bald genug davon:

»Hör endlich auf, von deinem Schwein zu fabulieren!«, riss ihr irgendwann der Geduldsfaden. »Deine Tagträumereien rauben mir noch den letzten Nerv! Wir müssen froh sein, wenn wir das Kriegsende erleben! Die Männer sind an der Front, Hunderttausende sind auf der Flucht, und wir können jeden Tag im Bombenhagel umkommen. Aber du denkst an Schweinebraten!«

Die ansonsten so beherrschte Schwester redete sich in Rage:

»Glaubst du allen Ernstes, die Kisten haben auch nur die geringste Chance durchzukommen? Gesetz und Ordnung sind in Königsberg sowieso zum Teufel, seit sich dort alles auflöst. Sogar der Gauleiter soll sich abgesetzt haben, nachdem er Königsberg zur Festung erklärt, die Ostpreußen zum Durchhalten verdonnert und jede Flucht in den Westen verboten hat. Was wird schon mit den Kisten geschehen sein? Irgendwelche Zurückgebliebenen werden sie sich unter den Nagel gerissen haben und sich gütlich tun an deinem Schwein! Und das ist ihnen ja nun wirklich zu gönnen. Du klammerst dich doch nur an die Fressalien, weil du im Grunde weißt, dass deine Königsberger Hamsterfahrt eine Schnapsidee war!«

Bei Viki liegen die Nerven blank in diesen Wochen, denn sie hat seit Weihnachten nichts von ihrem Mann Friedel gehört. Zuletzt stand er in Posen, und dort sind die Einheiten dem Vernehmen nach von der Roten Armee eingeschlossen. Seit Wochen. Sie hat keine Ahnung, ob er noch dort ist oder vorher abkommandiert wurde. Warum schreibt er nicht? Ist er tatsächlich dort mit eingekesselt? Hat die Feldpost einen Brief verbummelt? Haben die allgemeine Auflösung und der Ernst der Lage den Transport von persönlichen Briefen zur verzichtbaren Nebensache werden lassen? Ist das Chaos an der Front schon so groß? Ist Friedel am Ende gar nicht mehr am Leben?

Trotz der Propaganda vom Endsieg weiß Viki, dass die Russen die Wehrmacht vor sich hertreiben. Hinrich hat Ella am Telefon von aufgeriebenen Divisionen erzählt, deren Reste ziellos durch Ostpreußen und durchs Generalgouvernement vagabundieren. Sie darf gar nicht daran denken, was ihrem Mann Friedel alles zugestoßen sein könnte. Was soll aus ihr werden, wenn er fällt? Wie soll sie sich und die beiden Kinder ernähren – noch dazu mit dem dritten im Bauch?

Ella hat Vikis Zurechtweisung nichts entgegensetzen können. Sie weiß, dass die große Schwester recht hat. Aber drangeben will sie ihre schweinernen Sehnsüchte dennoch nicht. Allerdings behält sie sie nun für sich.

So hat sich zwischen den hoffenden Schwestern ein Schweigen ausgebreitet, und wenn sie wie jetzt beisammensitzen und Strümpfe stopfen, denkt die eine an den Mann und Vater ihrer bald drei Kinder, die andere an Einmachgläser und Kochrezepte. Immer wenn die Türglocke oder das Telefon klingelt, dann geraten beide in höchste Aufregung: Ist es der Postbote? Bringt er Nachricht von Friedel? Kommt gar jemand, um sie zu benachrichtigen, dass er gefallen ist? Oder sind die Königsberger Kisten am Ende doch noch angekommen?

So auch dieses Mal. Nach den ersten starren Sekunden sind sie beide aufgesprungen. Doch Ella sitzt näher an der Tür:

»Ich geh mal nachsehen«, sagt sie erregt.

Ihre Tonlage ist eine Terz höher als sonst. Flugs hat sich ihr Schrecken in freudige Erregung gewandelt. Mit ausgestreckten Armen schwebt sie zur Tür.

Während Ella im Flur an der offenen Wohnungstür auf den Ankömmling wartet, mahnt Viki sich zu Geduld und Disziplin. Natürlich wäre sie am liebsten mit zur Tür gesprungen, aber sie ist dazu erzogen worden, ihre Wünsche im Zaum zu halten und ihre Gefühle nicht die Oberhand gewinnen zu lassen.

Wie unsicher alles geworden ist in nur wenigen Jahren! Nach ihrer Heirat hat sich doch zuerst alles hoffnungsvoll gestaltet, und sie hat in Potsdam ein neues und eigenständiges Leben beginnen können und eine Familie gegründet – in ihrem Rücken immer Königsberg: die vertraute Heimat, das Zuhause. Wenngleich durch Vaters Tod und den Verkauf der Villa deutlich geschrumpft und verändert, gab es ihr doch den nötigen Rückhalt, die Vergewisserung, dass dort eine geordnete und verlässliche Welt war, der sie entstammte.

Doch jetzt geht die Heimat zuschanden, der Krieg ist seit langem verloren, die deutschen Städte liegen in

Trümmern, und viele müssen bangen ums nackte Überleben, ihr eigenes und das ihrer Männer, Väter und Söhne. Abertausende Existenzen sind vernichtet, im Osten rollt die Fluchtlawine und allenthalben herrscht Armut. Wie schnell ist das alles gegangen!

Auch wenn sie es sich nur schwer eingestehen kann, dämmert ihr, dass sie diesen Hitler damals nicht hätte wählen dürfen. Aber so war eben die Stimmung – vor allem in Ostpreußen: Man hoffte, dass dieser Mann die Exklave wieder mit dem Reich vereinen und den beschämenden und wirtschaftlich lähmenden polnischen Korridor von der Landkarte radieren würde. Man hoffte, dass Deutschland unter diesem Mann wieder zu seiner verdienten Größe und Bedeutung anwachsen würde. Und eine ganze Weile hat es ja auch danach ausgesehen: Die Menschen hatten wieder Arbeit, die Wirtschaft rappelte sich auf, und Ostpreußen war nicht mehr die bedrohte Insel im Meer fremder Völker. Wer hätte also dieses Desaster ahnen sollen, diesen wahnsinnigen, selbstzerstörerischen Krieg gegen den Rest der Welt, der Deutschland gerade in Stücke reißt?

Nein. So stimmt das nicht, denkt Viki. Man hätte es ahnen können. Man hätte sich nur diesen belfernden Mann mit wachen Augen ansehen und seine Botschaften nüchtern deuten müssen. Hass war seine Rede. Schon damals hat er sich als der rücksichtslose Menschenfeind gezeigt, dessen Lebensmotto Kampf war und nicht Miteinander. Im Nachhinein muss sie sich eingestehen: Man konnte es wissen. Im Nachhinein ist die vernichtete Gegenwart eine nachvollziehbare Konsequenz aus den Anfängen. Aber damals war sie jung und ohne politischen Instinkt. Es wäre ja auch so schön gewesen, wenn eingetreten wäre, was der Belferer versprach!

Sie denkt an Mutter Alice. Ob sie es wohl geschafft hat zu entkommen? Wenn es doch nur bald Nachricht von Friedel gäbe! Manchmal ist Viki ganz krank vor Angst und liegt nachts stundenlang wach. Zum Glück ist wenigstens der Junge mit seinen 13 Jahren noch zu klein für den Krieg. Doch wie lange noch? Ende Oktober sind in Potsdam alle Männer zwischen 16 und 60 für den Volkssturm erfasst und dann im November im Lustgarten vereidigt worden.

Draußen hört sie die Treppe knarzen. Hört eine Männerstimme im Flur und Ella antworten. Versteht nicht, was gesprochen wird. Dann im Gemurmel die Worte »Auf Wiedersehen!« und die sich schließende Wohnungstür. Ihre Nerven sind wie ein durchgekneteter Teigballen, der auf der Küchenplatte immer weiter ausgewalzt wird und jeden Moment aufreißen kann. Viki ist hellwach, umfasst krampfhaft die vorderen Enden der Sessellehnen und blickt mit großen Augen auf die Zimmertür, hinter der Ella gleich mit den Neuigkeiten erscheinen wird. Die Sekunden dehnen sich ebenfalls wie stetig dünner gewalzter Kuchenteig. Die Sekunden werden eins mit ihren Nerven, und das Jetzt bekommt ein fast unerträgliches Gleißen.

Dann geht die Tür auf, und Ellas Gesicht erscheint. Mit einem Leuchten! Freude steht in ihren Augen! Glück! Sie wedelt strahlend mit einem querformatigen Zettel – ein Telegramm oder eine Benachrichtigung, vielleicht auch eine Quittung. Viki erhebt sich ein Stück aus dem Sessel.

Ihre Hände umfassen die Lehnen noch fester. Jetzt wird sich ihr Schicksal entscheiden.

»Vom Friedel?«, fragt sie.

Ella blickt Viki ernst und ein wenig ratlos an, in ihren blauen Augen steht Schuldbewusstsein. Jetzt versteht Viki die Welt überhaupt nicht mehr:

»Nu sag schon!«, wird sie ärgerlich.

Der hauchdünne Teig steht kurz davor, endgültig zu reißen.

Ella ist tatsächlich von Schuldgefühlen gepackt. Mit einem Mal wird ihr die Not der Schwester bewusst, und sie begreift, dass ihr eigenes Hochgefühl in keinem Verhältnis zu Vikis Hoffnungen steht. Sie kann ihr die ersehnte Antwort nicht geben und schämt sich, ihr die Nachricht und damit den Grund für ihre Freude zu offenbaren. Aus ihrem Arm, mit dem sie eben noch durch die Luft wedelte, entweicht alle Kraft, und er fällt hinunter wie ein Fallschwert.

»Vom Friedel?«, fragt Viki ein zweites Mal.

Diesmal energisch, drängend, fast zornig. Diesmal ist es eigentlich gar keine Frage mehr, sondern eine Beschwörung. Sie will eine Tatsache schaffen, und Ella soll gar nicht anders können, als Ja zu sagen.

»Nein«, antwortet Ella matt. »Das Schwein.«

Ein fassungsloses Schweigen fällt in das Potsdamer Wohnzimmer. Viki sinkt in den Sessel zurück und sucht mit den Augen die Wand nach einer Erleichterung für ihren Kummer ab. Sie steht kurz vor einem Tränenausbruch. Es ist einfach zu viel. Wie soll das einer aushalten! Ella pult verlegen an der Kante des Sofas herum, hinter dem sie steht. Das Hochgefühl von gerade eben ist zerstoben.

Doch langsam steigt Ella zu Bewusstsein, wie grotesk und komisch die Situation im Grunde ist. Es ist ja nur natürlich, dass Menschen – auch wenn sie einander noch so nah sind – unterschiedliche Welten in ihren Köpfen tragen und eben auch unterschiedliche Hoffnungen. Dass ihr Hoffen auf das Schwein im Licht von Vikis Hoffnungen und Not banal ist, ändert nichts an seiner Berechtigung. Zugegeben: Mit ihrer Freude ist sie wohl etwas taktlos herausgeplatzt.

Ella presst die Lippen aufeinander und wendet sich ab. Doch lang kann sie es nicht mehr halten und prustet mit vorgehaltener Hand los. Lacht schallend auf. Tränen steigen ihr in die Augen, sie hat wie Schaumweinperlen im Blut, kann gar nicht mehr aufhören zu lachen. Klopft sich die Schenkel, wischt sich die Augen und lässt sich mit zurückgelegtem Kopf in ihren Sessel plumpsen.

Viki sieht sie entgeistert an. Was ist in sie gefahren? Was fällt ihr ein? Macht sie sich lustig über sie? Dann aber kitzelt es auch sie in der Nase. Sie weiß gar nicht, wie ihr geschieht. Ihre Fassungslosigkeit wird fortgeweht, schon ist es um ihre Verzweiflung geschehen, und sie stimmt in Ellas Lachanfall mit ein.

Gemeinsam giggeln und juchzen sie. Lachen Tränen. Schütten sich aus vor Lachen. Als platzte eine monatedicke Kruste aus Not, Angst und Entbehrung von ihnen ab, und darunter käme das blühende Glück hervor.

Nach einer Weile ebben die Wellen ab. Sie japsen und wischen sich die Augen. Sehen sich an und sind einander verbunden wie seit Wochen nicht. Seufzen und genießen die Befreiung. Dann krampft Vikis Bauch sich wieder zusammen, und sie sagt:

»Schwein her ...« Ihre Stimme jault vor Vergnügen eine Oktave höher:

»Schwein her ... oder Leben!«

Die drei Kleinen am Boden trauen ihren Augen nicht. Entgeistert sehen sie ihre kriegsgeplagten Mütter an und dann keckern auch sie los, angesteckt von der ungewohnten Fröhlichkeit. Sie hängen sich an die Beine der Frauen und wollen hinauf zu ihnen. Die nehmen sie auf den Arm, und nun schwebt in der Mitte des Wohnzimmers ein Kreis von fünf glücklichen Gesichtern, die einander ansehen. Über ihnen an der Decke die Landkarte der sepiabraunen Wasserflecken.

»Jetzt brauche ich erst mal einen Schnaps«, sagt Viki und geht zum Schrank. Die beiden stoßen an.

»Auf unser Schwein!«, schmunzelt die große Schwester versöhnlich, und beinahe erfasst sie eine neue Welle von Übermut.

»Jetzt erzähl! Was steht auf dem Zettel?«

Ella hat die Benachrichtigung die ganze Zeit nicht aus der Hand gelassen.

»Nun ja«, sagt sie und besieht sich noch einmal das Formular. »Eine oder mehrere der sieben Kisten sind wohl angekommen, ich kann sie am Montag ab acht an der Frachtstelle abholen.«

»Und abends feiern wir dann ein Fest!«, strahlt Viki. »Mit Schweinebraten, Kompott und was sonst so an Schätzen gekommen ist.«

»Au jaaah!«, krakeelen die Kinder und hüpfen durchs Zimmer.

»Kam sonst noch was mit der Post?«, fragt Viki.

»Ach, das habe ich ja ganz vergessen«, antwortet Ella, steht auf und zieht aus der Tasche ihres Kittels einen Brief und eine Postkarte. Auf der Karte erkennt sie Alices Schrift.

»Von Mutti!«, ruft sie. »Warte, ich lese es dir vor.«

Sie setzt sich wieder hin und entziffert die eng beschriebene Karte:

»Liebe Kinder! Bin wohlbehalten in Dänemark angekommen. Bin mit August nach Pillau gelaufen und habe dort nach vielen Aufregungen einen Platz auf einem der Schiffe bekommen. Ihr könnt Euch das Gedränge nicht vorstellen. August wurde leider beim Besteigen des Schiffes zum Volkssturm eingezogen. Obwohl er über sechzig ist! Ich bin bei einer freundlichen Familie untergekommen, aber ich weiß nicht, wann ich zu Euch kann. Ich umarme Euch und hoffe sehr, wir sehen uns bald wieder. Eure Mutter.«

Die Schwestern fallen sich noch einmal in die Arme und haben feuchte Augen. Eine Sorge weniger. Die Mutter hat es geschafft. Darauf trinken sie einen weiteren Schnaps.

»Vielleicht gar nicht so schlecht, wenn sie noch eine Weile nicht wegkommt aus Dänemark«, meint Viki. »Dort ist sie wahrscheinlich sicherer als hier. Bei uns wird bestimmt auch bald die Flucht beginnen. Wo die Russen ja schon fast in unseren Vorgärten zelten.«

Spätabends ist wieder Fliegeralarm. Wie fast jeden Tag. Es gehört zu ihrem Leben. Wie das Schlangestehen beim Bäcker oder am Tante-Emma-Laden. Wie die ständig weiter gekürzten Lebensmittelrationen und die mageren Kohlebestände. Eine Stunde lang sitzen die Schwestern in Wintermänteln mit den anderen Hausbewohnern im stockdunklen Keller. Alle hubbern vor Kälte. Sie haben die übermüdeten und quengelnden Kinder auf dem Schoß. Hören das Herandröhnen der Bomber. Schlimm, hier zu hocken mit der Angst im Bauch. Gefangen wie Mäuse, vor deren Loch gierig die Katze wartet. Nichts tun zu können. Die deutsche Flugabwehr ist nicht mehr der Rede wert. Die britischen Bomberverbände können schon lange unbesorgt am helllichten Tag fliegen, was sie meist auch tun.

Normalerweise halten die Biester auf Berlin zu und werfen ihre böse Fracht dort ab. Lange konnte man sich hier draußen einigermaßen sicher fühlen. Schäden hat es bisher vergleichsweise selten gegeben: Nur die Babelsberger Post und einige Privathäuser sind zerstört, ein Lazarett hat Schäden abbekommen. Diesmal jedoch ziehen die Flugzeuge nicht vorbei. Das Brummen wird lauter und lauter. Dann das grässliche Pfeifen der Bomben, gefolgt von einigen Explosionen. Druckwellen wummern durch ihre Körper. Der Boden unter ihnen vibriert. Putz platzt von der Decke. Staub dampft hinterher. Wer kann, hält sich ein Taschentuch vor die Nase. Sie drücken die Kinder an sich, wissen nicht mehr, ob sie die Kleinen beruhigen oder umgekehrt. Lauschen voller Todesangst hinaus in die Nacht über ihrem Haus.

Eine Schande, dass es keine Luftschutzbunker gibt in Potsdam, und auch die Keller sind nicht nach Vorschrift abgestützt. In all seiner erbarmungslosen Gründlichkeit ist dem Staatsapparat das offenbar entgangen. Wer sich aber gegen Führer und Partei äußert oder Feindsender abhört, ja, der ist zuverlässig ins Zuchthaus gewandert oder gleich nach Sachsenhausen. Den Eisenwarenhändler Hans Hübner haben sie sogar vor vier Wochen noch hingerichtet. Wo das Ende doch eh absehbar ist. Aber die Bürger beschützen? Dafür hat es nicht gereicht, denkt Ella wütend. Und dann die lächerlichen Feuerpatschen, die im Hausflur stehen. Was sollen die schon gegen die Brandbomben ausrichten? Die haben uns alle für dumm verkauft! Die Müllabfuhr funktioniert auch nicht mehr. Tagelang türmt der Müll sich stinkend in den Straßen.

Sie hat die grausigen Bilder vor Augen, die sich ihr nach den beiden Angriffen auf Königsberg geboten haben – die verstaubten und verkokelten Leichen, die zertrümmerten Stadtteile. Blüht ihnen jetzt dasselbe aus der englischen Saat? Was sind das für Menschen da oben in den Cockpits? Haben die Gewissensbisse? Weiden die sich an ihrer Todesangst? Genießen sie ihre Macht? Oder folgen sie einfach nur kalt und dumpf den Befehlen? Können sie sich überhaupt vorstellen, was sie hier unten anrichten? Die Bilder und Fragen machen Ella hilflos. Sie scheucht sie weg und träumt sich stattdessen zu den wogenden Kornfeldern im Samland, zu den Wellen und Dünen der See, zum Schwänefüttern am Oberteich. Erinnert sich, wie sie einmal Anfang September in einer der samländischen Alleen mit dem Rad fuhr und über sich die Stare hörte, die sich zum Flug nach Afrika sammelten. Ein aufgeregtes Lärmen aus tausend Vogelkehlen. Das hat sie schon immer gekonnt: Wenn es unerfreulich wird, schüttelt sie die Lasten ab und erschafft sich eine unbeschwerte Welt. Die anderen nennen das ihren unverbrüchlichen Optimismus.

Dann holt sie der nächste Einschlag zurück. Bedrohlich nah diesmal. Die Druckwelle bebt durch jede einzelne Zelle ihres Körpers. Die Dunkelheit hier im Keller macht ihr Angst. Sie kämpft eine Panikwelle nieder. Ella beugt sich schützend über den kleinen Philipp. Presst ihn an sich und hält ihm und sich angefeuchtete Tücher vor Mund und Nase. Er wehrt sich. Die Dreijährige sitzt bei einer Nachbarin auf dem Schoß und brüllt wie am Spieß. Ella spürt ihre eigene Erstarrung, merkt, wie ihre Muskeln am ganzen Körper hart sind. Trotz der Kälte schwitzt sie. Versucht krampfhaft, an die Stare zu denken, an das Grün der Alleebäume über ihr. Der Zauber versagt.

Stattdessen stürzen andere Bilder auf sie ein: Ein Angriff auf Berlin, der Hinrich und sie vor zwei Jahren in der U-Bahn überrascht hat. Sie war gerade bei Titi zu Besuch, und Hinrich kam auf Urlaub von der Île de Ré, wo er mit seiner Marine-Flak-Batterie stationiert war. Sie wollten zusammen für zwei Wochen nach Königsberg fahren und dort den Frühling erleben. Ella war mit Philipp im vierten Monat.

Mit einem Mal blieb die U-Bahn zwischen zwei Stationen stehen, und das Licht ging aus. Die Wageninsassen machten sich zunächst noch keine Gedanken, man hatte ja schon viel erlebt in der letzten Zeit. Offenbar Fliegeralarm. Dann kam doch Unruhe auf. Schließlich fielen die ersten Bomben. Es krachte und dröhnte unaufhörlich, der Lärm drang dumpf, aber deutlich zu ihnen unter die Erde herab. Die Menschen in ihrem Waggon schrien, stöhnten, wimmerten und kreischten, man sah die Hand vor Augen nicht. Hinrich drückte sie und die kleine Elke an sich und krallte sich dabei schmerzhaft in Ellas Oberarm. Er merkte es wohl nicht.

Keiner wusste, ob man hier unten vergleichsweise sicher war oder ob man sich lieber wünschen sollte, dass der Zug endlich zur nächsten Haltestelle weiterfahren möge. Was würde passieren, wenn die Tunneldecke über ihnen einstürzte? Wie sollten sie sich, falls sie unversehrt blieben, aus dem Zug befreien bei der Finsternis? Hatte überhaupt irgendjemand eine Taschenlampe bei sich? Ella versuchte die Schreie der Menschen auszublenden. Es gelang nicht. Kopf und Körper waren in aufreibender Todesangst, wollten vor dem unsichtbaren Feind fliehen oder ihn bekämpfen, doch Ella war wie alle anderen zu unerträglicher Untätigkeit verdammt. Sie waren gefangen. Saßen in der Falle. Konnten nichts tun, als in Angst und Panik ausharren.

Nach einer quälend langen Stunde kam endlich die Entwarnung, und das Licht ging wieder an. Als wenn nichts gewesen wäre, fuhr der Zug zur nächsten Haltestelle. Alle mussten aussteigen. Oben erwartete sie ein Inferno. Ein überall brennendes, rauchendes und rot glühendes Berlin. Es gab natürlich keine Verkehrsmittel, und so stolperten sie – abwechselnd die heulende

Elke und das Gepäck tragend – betäubt an den brennenden Häusern vorbei. Unter den Schuhen knirschte zersplittertes Glas. Sie mussten über herabgefallene Trümmer steigen und ständig Umwege machen, weil in vielen Straßen kein Durchkommen mehr war. Endlich erreichten sie Titis Wohnung. Das Haus stand noch, aber alle Fensterscheiben waren entzwei. Abends erschrak Hinrich, als er die blauen Flecken an Ellas Oberarm sah.

Diese Todesangst hat sich tief in ihre Seele eingegraben. Sie hatte wie ein Großfeuer den blühenden Garten ihrer Gefühlswelt kahl gesengt und eine bleierne Leere hinterlassen. Nicht nur die kleine Elke wachte nachts noch lange schweißgebadet, schreiend und wild um sich schlagend auf, auch in Ellas Träume hatte sich die stockdunkle und dröhnende U-Bahn geschlichen und war zuverlässig alle paar Wochen wiedergekehrt. Der Tag danach war jedes Mal von Erschöpfung und tiefer Niedergeschlagenheit gezeichnet.

Gerade ist Pause. Ella erholt sich etwas. Ihre Zunge klebt am trockenen Gaumen, weil sie den Mund die ganze Zeit offen gehalten hat, damit das Trommelfell nicht reißt. Sie muss dringend aufs Klo. Merkt, wie sie zittert. Was ist das für ein Krieg, wo nicht mehr Armeen gegeneinander kämpfen, sondern in dem Zivilisten zu Abertausenden hingemetzelt werden ohne jeden militärischen Sinn? Wo mit Lust die Kulturdenkmäler und Altstädte ihres Landes weggeballert werden? Ella denkt an den Abholschein für das Schwein. Sie hat ihn mit dem Nötigsten in der Handtasche bei sich.

»Wann machen die da oben denn endlich Schluss mit dem Wahnsinn?«, schimpft die dicke Frau Diehm.

Es ist nicht ganz klar, ob sie die Flugzeuge meint oder die deutschen Politiker. Dann setzt sie aufgebracht hinzu:

»De Wehrmacht is doch klitzeklein jeraspelt, im Osten wie im Westen! Wat soll det alles denn noch!«

Die Bomben haben offenbar auch ihre Mauern von Führertreue und Furcht umgeworfen. Im Keller herrscht ein peinliches und ängstliches Schweigen. Jetzt bekommt die Hausmeisterin doch Bammel vor ihrer eigenen Courage. Leicht könnte sie einer verpfeifen und sich so Vorteile oder Anerkennung verschaffen bei den Braunen. Weil es jetzt aber eh zu spät ist, macht sie weiter, um die anderen noch mit ins Boot zu holen:

»Is doch wahr! Der Kriech is nich mehr zu jewinnen, det weeß doch jedet Kind, wa? Warum dann nich retten, wat zu retten is? Wat jetzt noch in dem Kriech jeschieht, det is doch so wat von sinnlos! An de Front wie hier inne Städte! Kapitulation wäre det einzig Richtije! Weiße Fahne raus und Schluss!«

Dann, empört nach einer kurzen Pause:

»De Leidtragnden sind am Ende doch wir Frauen, oder etwa nich?«

Die anderen ziehen die Köpfe ein und warten ab. Dröhnende Stille. Jeder weiß, dass die Hausmeisterin recht hat, aber keiner traut sich, ihr als Erster beizupflichten. Dann die weiche Stimme vom alten Herrn Grambach aus dem Dunkel:

»Sie haben ganz recht, Frau Diehm. Der Krieg ist von

einer Tragödie zur Farce geworden. An die Durchhalteparolen in der Potsdamer Zeitung glaubt doch keiner mehr: *Am Ende steht der Sieg des Reiches.* Man könnte lachen, wenn es nicht zum Heulen wäre. Die braune Mischpoke ist zu feige zuzugeben, dass der Krieg entschieden ist. Aber die Propaganda macht weiter – wie die Kapelle auf einem sinkenden Schiff.«

Da löst sich die furchtsame Anspannung. Auch die anderen wagen sich aus der Deckung. Wenn man sich schon hier im Keller wie eine Maus verkriechen und um sein Leben bangen muss, dann will man wenigstens mal aussprechen, was man denkt. Sich Luft machen.

»Jetzt sollen sich auch noch Mädchen und Frauen zum Volkssturm melden!«, sagt eine zornig. »Frauenbataillone soll es geben! Hat man so was schon gehört!«

Eine andere: »In Berlin habe ich von einem Lichtspielhaus gehört, da zeigen sie alte Wochenschauen, in denen Goebbels von kurz bevorstehenden Siegen spricht, und die Leute lachen sich kaputt darüber.«

Und ein kriegserfahrener junger Mann mit nur noch einem Bein erzählt den neusten Witz:

»Der Führer hat sein Hauptquartier ja nach Berlin verlegt. Is doch sehr praktisch, da kann er bald mit der S-Bahn von der Westfront an die Ostfront fahren.«

Galgenhumor. Aber immerhin: Die Stimmung heitert sich auf, und der Landesverrat verteilt sich auf mehrere Schultern: Wer nicht lästert, hat zumindest mitgelacht. Die Last der schweren Zeiten fällt für ein paar Minuten von ihnen ab. Fast vergessen sie, dass sie gerade noch um ihr Leben gezittert haben und jetzt auf die Entwarnung hoffen. Ein Witz jagt den nächsten, als wollten sie nun alle auf einmal heraus.

»Manche gehen eben zum Lachen in den Keller!«, sagt eine und erntet eine weitere Salve.

Ella platzt heraus: »Napoleon hatte in der Schlacht immer ein rote Weste an, damit seine Soldaten im Falle einer Verwundung das Blut nicht sehen. Und Hitler? – Der hat braune Hosen!«

Wieder schallendes Gelächter.

»Wir sollten nicht so tun, als ob das alles nichts mit uns zu tun hätte«, mahnt Herr Grambach. »Die Bolschewisten stehen an der Oder, und sie werden keinen Unterschied machen zwischen den Nazigrößen und uns. Auch wir werden dafür büßen müssen, was mit den Juden und Polen geschehen ist. Oder für den hohen Blutzoll, den die Wehrmacht in Russland eingefordert hat.«

»Meinen Sie, es wird Straßenkämpfe geben?«, fragt die Hausmeisterin aus dem Dunkel. »Oh Gott, was werden sie uns antun?«

Ella erzählt von den Gräueltaten, die ihr aus Ostpreußen immer wieder zu Ohren gekommen sind. Erzählt, dass besonders die Frauen unter den Russen zu leiden haben. Erzählt von dem allgegenwärtigen »Komm, Frau«.

»Und wenn dann erst der Hunger kommt! Gott, hoffentlich wird es nicht so schlimm wie beim letzten Krieg«, lamentiert eine Nachbarin.

»Vielleicht sollte man doch seine Koffer packen und Richtung Westfront aufbrechen, wie es viele gemacht haben«, glaubt der einbeinige Soldat. »Die Amerikaner und

Engländer sind sicher humaner als das Bolschewiken-pack.«

Irgendwann fällt ihnen auf, dass der Himmel still ist. Die Flugzeuge haben abgedreht. Da kommt die Vorent-warnung: Dreimal stößt die Sirene einen hohen Dauer-ton aus. Die akute Luftgefahr ist vorüber. Sie atmen auf, machen das Licht an und kriechen die Kellertreppe hoch. Erst mal nach draußen und frische Luft schnappen, um den Kopf wieder freizubekommen. Potsdam ist wohl noch einmal glimpflich davongekommen, sie sehen je-denfalls keinen Feuerschein. Richtung Berlin aber ist der Himmel blutrot, darüber die Schwärze der Nacht.

Am nächsten Morgen laufen Ella und Viki mit den Kin-dern durch die Stadt, um sich ein Bild von den Schäden zu machen. Hie und da haben die Bomben Trichter in Gärten und Parkanlagen geschlagen oder Pflastersteine auf die andere Straßenseite spritzen lassen. In der Vikto-riastraße jedoch hat der Angriff Schlimmeres angerich-tet. Ein Haus ist von einer Luftmine getroffen worden, es stehen nur noch Teile der Außenmauern. Man sieht, dass der Schutt bis in den Keller gerutscht ist. Passan-ten berichten von zehn Toten. Rauch liegt in der Luft und mit ihm ein brenzliger Geruch, der Ella in die Nase steigt. Zu Hause wird sie erst mal einen Schnaps trin-ken. Ansonsten jedoch gibt es in Potsdam viel weniger Opfer zu beklagen, als das Gedonner der Nacht befürch-ten ließ.

Vor ihrer Haustür sitzt eine aufgeplusterte Ratte und glotzt sie unverfroren an. Schiebt ihr Schnäuzchen hin und her, die Schnurrhaare wie Tentakel. Sie weicht nicht von der Stelle.

»Es ist nicht zu glauben!«, schimpft Viki. »Nicht mal die Rattenplage bekommt der Führer in den Griff!« Als die Worte in ihrem Kopf nachhallen, erschrickt sie und sieht sich um, ob sie auch niemand gehört hat.

Der Müll auf den Straßen zieht die Ratten an, genauso wie ihre ohnehin schon kargen Nahrungsvorräte. Viki rudert mit den Armen, um die Ratte zu vertreiben, damit sie ins Haus können, aber sie bleibt einfach sitzen. Sie sieht böse aus, denkt Ella und greift seitlich in den vom Hausmeister aufgeworfenen Schneehügel. Kaum hat sie einen Schneeball geformt, da ist das Tier verschwunden.

Abends ruft Alice aus Dänemark an. Viki hält den Hörer zwischen ihre und Ellas Ohren, damit sie beide hören können. Alice ist bei einer Familie in einem Kopenhagener Vorort untergekommen, die sie liebenswürdigerweise auch gleich telefonieren lässt, damit sie Nachricht geben kann. Ein Wunder, dass sie überhaupt eine Leitung bekommen hat.

Sie redet wie ein Wasserfall. Steckt voller Erlebnisse, die sie unbedingt mitteilen möchte. Erzählt von ihrem Marsch nach Pillau. Wie die zwanzig Kilometer lange Landstraße vollgestopft war mit Menschen, die wie sie ein Schiff bekommen wollten, nur um das nackte Leben zu retten. Wie sie und Vetter August vom hochbepackten Schlitten immer wieder Sachen an den Straßenrand warfen, weil das Gehen mit dem Schlitten durch Eis und Schnee so beschwerlich war. Sie habe kaum etwas retten können. Nur von einem kleinen Koffer mit ein paar Kleidungsstücken und ihrem Silber habe sie sich nicht trennen wollen. Den trage sie immer bei sich. In Pillau standen halb Königsberg und das halbe Samland am Hafen. Tausende hofften inständig, auf eines der Schiffe zu gelangen. Alle hatten große Angst vor dem Russen.

»Nicht dran zu denken, dass alle diese Menschen auf den paar Kuttern, Kriegsschiffen und Lastkähnen Platz finden sollten. Der Menschenstrom von der Landstraße riss nicht ab«, erzählt Alice. »Ihr macht euch keine Vorstellung! Es herrschte Panik, ein Streichholz hätte genügt, und es hätte geknallt! Die Menschen bekamen sich wegen irgendwelcher Kleinigkeiten in die Haare und schlugen blind aufeinander ein. Wie die Tiere.«

»Und wie hast du es dann geschafft?«, wollte Viki wissen.

»Einen Tag und eine Nacht mussten wir da in der Kälte stehen und durften uns nur hin und wieder in einer Halle aufwärmen. Dann am nächsten Nachmittag kam ein Dampfer und machte zufällig in unserer Nähe fest. August musste ich zurücklassen, das habe ich euch ja schon geschrieben. Aber ich habe es wie durch ein Wunder an Bord geschafft. Der Dampfer war ruckzuck rappelvoll und wollte schon ablegen. Unten am Kai Hunderte oder Tausende verzweifelte Gesichter. Und dann, stellt euch vor: Wollte eine Mutter ihr Baby zu uns hinaufwerfen, wir sollten es auffangen. Doch es ist zwischen die Eisschollen ins Wasser gefallen. Es war furchtbar!«

Bei der Überfahrt kamen sie vor der Pommerschen Küste an einem sinkenden KdF-Dampfer vorbei, den wohl ein russisches U-Boot getroffen hatte. Menschen schrien und winkten ihnen zu. Völlig unmöglich, Schiffbrüchige aufzunehmen. Ihr Schiff war ohnehin schon weit mehr mit Menschen beladen als zulässig.

In Dänemark angekommen, hörte Alice von anderen Flüchtlingen, die es übers Eis des Frischen Haffs versuchen mussten, weil ihnen die Russen bei Elbing den Weg abgeschnitten hatten. Hörte, wie Tiefflieger die armen Menschen beschossen und bombardiert hatten, wie ganze Fuhrwerke im berstenden Eis versunken, wie Kinder in der sibirischen Kälte auf dem Kutschbock erfroren waren.

Ella will das Grauen gar nicht hören. Man hat schon genug mit den eigenen Schrecken und Sorgen.

»Geht's dir denn gut, Mutti?«, fragt sie. »Hast du genug zu essen? Habt ihr Heizung?«

Jaja, sagt Alice. Sie müsse wohl bis Kriegsende hier bleiben, aber es gehe ihr so weit gut. Die Töchter hören an ihrer matten Stimme, wie am Boden zerstört sie im Grunde ist.

»Ich muss Schluss machen, Kinder. Ich will die Großzügigkeit der Leute hier nicht überstrapazieren.«

»Wir treffen uns in Hamburg bei Lore, wenn alles gut geht!«, sagt Viki noch, bevor sie auflegt.

Montagmorgen steht Ella um Punkt acht am Frachtschalter. An der Hand einen Schlitten, denn sie hofft auf eine Kiste, vielleicht sind sogar mehrere gekommen. In der Handtasche der Benachrichtigungsschein. Sie ist aufgeregt. Hat Sehnsucht nach einem Hoffnungsschimmer.

Es wäre zu schön, wenn endlich auch einmal etwas gut ginge; wenn ihre Fahrt nach Königsberg sich als ein Erfolg erwiese.

Die Frau am Schalter verschwindet mit ihrem Zettel nach hinten und kommt mit einem Rollwagen zurück. Darauf: eine der Königsberger Kisten! Ella erkennt sie sofort, und die kleine Elke an ihrer Hand wird ganz hibbelig.

»Mutti, Mutti, sind wir jetzt reich?«

»Nein, mein Dummchen! Aber heute Abend gibt's was Schönes zu essen!«

»Weinebraten?«

Ella hält einen Moment inne. In Elkes ernstem Gesicht erkennt sie, welche Bedeutung das Schwein für sie gewonnen hat. Wenn sogar ihre noch nicht vierjährige Tochter darum weiß.

»Ja, vielleicht Schweinebraten. Mal sehen, was in der Kiste drin ist.«

Sie fragt die Schalterbeamtin: »Sind Sie sicher, dass es nur die eine Kiste ist?«

Die bejaht. Nur die eine.

»Die anderen kommen ja vielleicht noch, junge Frau«, beschwichtigt sie.

Gemeinsam wuchten sie die Kiste auf den Schlitten. Auf knirschenden Kufen zerrt Ella ihn über den Boden der Schalterhalle nach draußen. Dort atmet sie kräftig ein, die Winterluft ist schneidend. Die kleine Elke ist glücklich, dass sie auf der Kiste fahren darf. Und auch Ella fühlt sich wie eine Königin mit dem Schlitten im Schlepptau, zieht ihre Fracht wie einen Hermelin hinter sich her. Sie schreitet über den festgetretenen Schnee wie über roten Teppich, beschwingt vom Hochgefühl des Erfolgs: Ihr Königsberger Husarenstück ist gelungen! Sie hat der in Trümmer stürzenden Welt etwas abgetrotzt. Hat Hilflosigkeit und Einerlei überwunden. Hat Farbe in den grauen Krieg gebracht.

Mit erhobenem Kinn schweift ihr Blick die grauen Häuserzeilen entlang. Plötzlich meint sie einen neuen Sinn in ihnen zu erkennen: Es lohnt doch, sich nicht unterkriegen zu lassen. Auf die innere Stimme zu hören. Auf die eigene Kraft zu vertrauen und auf ihren Schutzengel. Sie will schließlich etwas haben vom Leben und sich nicht nur fügen.

Zu Hause stellt sie fest, dass es kein vernünftiges Werkzeug gibt, um den zugenagelten Deckel abzuheben. Ein Messer bricht ab. Der Korkenzieher bohrt zwar ein bröselndes Loch zwischen Deckel und Kiste, kann aber darüber hinaus nichts ausrichten. Am Ende müssen die Schwestern Vikis stählerne Schneiderschere in den sich nur langsam öffnenden Spalt treiben. Als Hammerersatz fungieren abwechselnd ein Band mit Schillers Balladen, die halbleere Schnapsflasche und eine silberne Schöpfkelle. Um nichts zu beschädigen, dämpfen sie die Schläge mit einem Geschirrtuch. Eine Viertelstunde dauert es, bis die Nägel endlich knarrend nachgeben.

Dann ist er da, der große Augenblick. Ella kostet ihren Triumph weidlich aus. Lässt sich beim Auspacken der Schätze von der großen Schwester bestaunen, die wieder und wieder ausruft:

»Nein, ist es denn die Möglichkeit! Ist es denn die Möglichkeit!«

Auf dem Wohnzimmertisch reihen sie sechs Gläser Schweinebraten auf, zwei mit Apfelkompott, drei mit eingemachten Kirschen, einige Gläser Apfelgelee, zwei dicke, harte Würste, ein Stück Speck, Rote Bete, ein Glas Honig und mehrere Portionen Rotkohl. An einer Schmalseite der Kiste steckt ein Fotoalbum. Am Fußboden liegen Unterwäsche und ein paar Blusen verstreut, mit denen Ella die Gläser eingewickelt hatte.

Sie strahlt. Da steht die schöne, heile Königsberger Vorkriegszeit vor ihnen. Eingemacht und mit Gummis abgedichtet. Und Viki erkennt ihre Großtat neidlos an. Sie wirkt nicht einmal so, als würde sie sich eine Bemerkung verkneifen. Auch sie freut sich auf die Köstlichkeiten. Auch sie lässt die Kiste ihre Sorgen vergessen. Sogar ihre Angst um Friedel ist in den Hintergrund gerückt.

»Was gibt es zu dem Schweinebraten heute Abend?«, fragt Ella.

»Ich mache frische Kartoffelklöße«, meint Viki.

»Prima, das hat mir Emmi nicht beigebracht. Zeigst du es mir?«

Die Schwestern schwelgen in den bevorstehenden Festmahlen. Können sich nur mühsam zurückhalten, eines der Gläser sofort zu öffnen. Haben Bauchschmerzen vor lauter Vorfreude.

Um sie toben die aufgekratzten Mädchen. Sie penzen, wollen unbedingt etwas von dem Kompott probieren, aber die Mütter vertrösten sie auf den Abend. Der kleine Philipp sitzt am Boden, lutscht versonnen an einem Bauklotz und beobachtet mit leerem Blick das Treiben um ihn. Wie soll der Kleine auch begreifen, was die Familie gerade so in Entzücken versetzt?

Dann verräumen sie die Schätze in den Küchenschränken. Sie werden sie für ganz besondere Gelegenheiten aufbewahren und sie bedächtig über die nächsten Wochen verteilen. Ein Glas Schweinebraten muss auf jeden Fall für Hinrichs nächsten Besuch reserviert bleiben, denn auch er soll Zeuge ihres Triumphes werden, denkt Ella.

Zu Mittag gibt es Zwiebelsuppe mit einem Stück Brot für jeden. In Gedanken sind Viki und Ella aber schon beim Schweinebraten am Abend, die Suppe schmeckt noch langweiliger als sonst. Ella steht in ihrer Fantasie wieder an der Steilküste des Samlands und blickt über die Ostsee, sieht rabenschwarze Trakehner wie Halbgötter glänzend auf den Koppeln stehen, lacht mit Emmi in der Küche und bereitet Köstlichkeiten zu. Je ferner die Heimat ist, desto schöner will sie ihr scheinen.

Als es dunkel ist, öffnet Ella den Küchenschrank und teilt ihnen die heutige Festration zu. Ein Glas Schweinebraten muss genügen, dazu Rotkohl. Zum Nachtisch Pflaumenkompott. Sie wird Vanillepudding dazu machen. Viki ist bereits dabei, die Kartoffeln zu reiben.

»Komm, wir machen schon mal die Flasche Wein auf!«, meint Ella. »Da macht das Kochen mehr Spaß.«

Viki ist zuerst nicht dafür. Ellas Hang zu Ausschweifungen ist ihr wie immer suspekt. Dann nimmt sie das Glas aber doch. Sie stoßen an.

»Auf diesen Abend!«, ruft Ella fröhlich.

»Auf diesen Abend«, lächelt Viki nachsichtig.

Ella schiebt das Schwein zum Wärmen in den Ofen und kippt das Rotkraut in einen Topf. Viki schlägt die geriebenen Kartoffeln in ein Geschirrtuch, um sie über einer Schüssel auszuwringen.

»Je fester du sie auspresst, desto besser halten die Klöße am Ende zusammen.«

Während Ella am Herd den Pudding anrührt, kocht Viki aus Mehl und Milch einen Brei, den sie mit den ausgepressten Kartoffeln vermengt. Es ist zu eng für zwei Köchinnen, aber sie genießen die schwesterliche Vertrautheit. Und die körperliche Nähe.

»So, und jetzt das ausgepresste Wasser vorsichtig abgießen und die abgesetzte Stärke noch mit in den Teig kippen«, erklärt Viki.

In der Villa hatte diese Aufgaben noch das Personal für sie erledigt. Ohne dass sie das bemerkt hätten. Sie haben sich nicht einmal Gedanken darüber gemacht. Das Essen stand einfach auf dem Tisch und dampfte selbstverständlich vor sich hin. Die Bettwäsche war gemangelt und knisterte herrlich, wenn man das erste Mal hineinstieg. Und immer blinkten die Böden.

Viki formt die Klöße. Als hätte sie ihre Gedanken gelesen, sagt sie:

»Weißt du, Ella, manchmal denke ich mit Wehmut an unser Leben in der Wallenrodtstraße zurück. Vor allem am Anfang ist es mir sehr schwer gefallen. Aber es hat auch was Befreiendes, sich selbst zu versorgen. Die Hände mittenmang im Teig und sie sich hinterher wieder abspülen. So stehen wir für uns gerade und mit beiden Beinen auf der Erde.«

Sie fährt mit dem Zeigefinger die Ränder der leeren Teigschüssel entlang, um die Reste in einen Knödel zu kneten.

»Bei aller Maßhaltung war es schon ein verwöhntes Leben, zu dem unsere Eltern uns erzogen haben«, fügt sie nach einer Pause hinzu und lässt den ersten Kloß ins kochende Salzwasser gleiten. »Hier als junge Familienmutter ist mir klar geworden: Es kommt auf andere Dinge an. Schon gar seit Friedel im Krieg ist.«

So hat Ella noch nie darüber nachgedacht. Bisher hat sie den Abschied vom Leben in der Villa immer als etwas Schmerzliches erlebt. Hat der verlorenen Zeit nachgetrauert. Hat keinen Gewinn im Verlust entdecken können. Sie beobachtet, wie die Klöße erst auf den Grund des schäumenden Topfes sinken und nach einer Weile langsam aufsteigen.

Da klingelt es an der Tür. Die Frauen sehen einander erschrocken an. Für Stunden hat es keine Außenwelt gegeben. Sie waren eingelullt von der Heimeligkeit der Wohnung, ihren Gedanken an früher, den lukullischen Fantasien.

»Wer kommt denn noch um diese Zeit?«, fragt Ella. »Draußen ist es ja schon seit Stunden dunkel.«

Viki zuckt die Schultern, wischt die Hände ab und geht zur Tür. Ella rührt weiter im Vanillepudding, damit er nur ja nicht anbrennt. Ihr Blick verliert sich in den Schlieren, die der Schneebesen in dem langsam dick werdenden Pudding hinterlässt. Sie sinnt über die Wechselfälle ihres Lebens nach. Hätte sie etwas tun können, um ihr Leben in andere Bahnen zu lenken? Gab es einen

Scheideweg, an dem sie eine andere Richtung hätte einschlagen sollen? Sie weiß keine Antwort.

Wenn du erst Kinder hast, dann wird dein Leben ausgefüllt sein, dann spürst du das Mutterglück, dann brauchst du nichts weiter. So hat es immer geheißen. So stand es auch in ihren Mädchenromanen. Ein gemeiner Betrug, denkt Ella und schämt sich. Die Kinder sind ihr oft lästig. Ständig wollen sie etwas. Immer lärmen oder quengeln sie. Sind Klötze an ihren Beinen. Sie versteht Mutter Alice jetzt besser, die auch immer ungeduldig gewesen ist, wenn sie als Kind etwas von ihr brauchte. Hat das Leben nicht mehr zu bieten?

Dann wieder denkt sie über Vikis Worte von eben nach. Könnte sie mehr aus ihrem Leben machen, wenn sie die Gegebenheiten hinnähme? Wenn sie wie Viki versuchen würde, das Positive in ihnen zu sehen?

Ein Schrei holt sie aus ihren Überlegungen. Sie nimmt den Pudding vom Herd und stürzt zu Viki ins Treppenhaus. Die sieht entgeistert zwischen den Windungen des Geländers nach unten. Eine Männerhand mit Uniformärmel rutscht Stück für Stück den Handlauf nach oben.

»Mein Gott!«, ruft Viki außer sich. »Friedel!«

Er beugt sich vor und sieht zu ihnen nach oben. Friedel sieht mitgenommen aus, aber glücklich. Die Uniform ist staubig und mit Flecken übersät. Spuren von Ruß und Erde in seinem Gesicht. Er lässt sein Gepäck vom Rücken gleiten und auf den Treppenabsatz plumpsen. Viki und Friedel fallen sich in die Arme. Viki weint leise, und auch er hat Tränen in den Augen. Ob auch Ella so berührt wäre, wenn Hinrich aus ähnlicher Gefahr nach Hause käme?

Wohl eher nicht. Er mag geistreich sein und auch charmant, wenn er es will, aber im Grunde seines Herzens ist er kühl, ein Prinzipienreiter. Sogar die Kinder fürchten ihn, wenn er denn mal zu Hause ist. Manchmal spürt sie bis in die Knochen eine tiefe Sehnsucht, dass ihr die Glieder ganz schwach werden. Dann würde sie sich am liebsten dem nächsten gutaussehenden Mann an den Hals werfen und mit ihm durchbrennen. Alles stehen und liegen lassen. Die alte Haut abwerfen wie ein Schmetterling die Puppe.

Jetzt nimmt der Schwager auch sie in den Arm, und die drei gehen hinein. Vikis großer Sohn Werner steht im Flur, er hat aus Klingeln, ihrem Schrei und der Unruhe im Treppenhaus den richtigen Schluss gezogen. Mannhaft und in dem Bemühen um ein kantiges Gesicht streckt der Dreizehnjährige dem Vater die Hand entgegen. Friedel nimmt sie und wuschelt seinem Sohn mit der Linken etwas zu grob über den Kopf. Der Junge windet sich weg.

»Ooch, hier duftet es aber!«, sagt Friedel begeistert. »Was gibt's denn Leckeres?«

»Schweinebraten mit Rotkraut und Klößen!«, verkündet Ella strahlend.

»Wo habt ihr den denn her? Ist bei euch der Reichtum ausgebrochen?«, staunt Friedel. Ella setzt an, ihr Königsberger Husarenstück zu erzählen. Doch er bemerkt es nicht und fährt dazwischen:

»Großartig! Genau das, was ich jetzt brauche! Gibt's auch was zu trinken?«

Sie gehen zu der offenen Flasche Wein in die Küche und stoßen auf seine glückliche Heimkehr an. Ella sieht sich ihren Schwager an. Blass sieht er aus. Hinter Freude und Glück steht ihm eine tiefe innere Zerrüttung ins Gesicht geschrieben. Er ist dem großen Sterben entronnen. Er lässt sich schwer auf einen Küchenstuhl fallen und blickt einige Momente leer auf den Linolboden.

Viki schnuppert im Spaß in seine Richtung:

»Ich glaube, du gehst dich vor dem Essen lieber noch waschen und umziehen, sonst fällt hier noch einer in Ohnmacht.«

»Ja, ich bin diesmal leider an keinem Grand Hotel vorbeigekommen. Das hat die Reiseleitung wohl versäumt«, lacht er, steht auf und nimmt seine Frau in den Arm. »Ich werde mich beschweren und einen Teil der Reisekosten zurückfordern.«

Viki wendet mit gespieltem Ekel den Kopf ab, macht sich lachend los und schubst ihn hinaus in den Flur.

Die Schwestern gehen mit den drei Kleinen zum Essen ins Wohnzimmer, damit Friedel sich in der Küche waschen und rasieren kann. Sie schieben ihnen mundgerechte Butterbrot-Quadrate in den Mund, geben ihnen noch je ein Schälchen vom Nachtisch und stecken sie ins Bett. Den Jungen schickt Viki nach einer zweiten Flasche in den Keller.

Dann zieht Ella den Braten aus dem Rohr, schneidet ihn auf und trägt die Platte mit leuchtenden Augen an den gedeckten Tisch. Das ist der Moment, auf den sie gewartet hat die letzten Wochen!

»Nu sag' schon!«, schmunzelt Friedel mit gespielter Ungeduld und in den Fäusten aufgestelltem Besteck. »Wo habt ihr den Braten aufgetrieben?«

Ella erzählt von der Reise in das dem Untergang geweihte Königsberg. Erzählt von den Kisten und Weckgläsern, von den eingemachten Birnenhälften, die sie mit dem alten Herrn Schramm im Keller aus dem Glas gefischt hat. Von den Menschenmassen in der Straßenbahn, am Bahnhof und auf den Ausfallstraßen nach Pillau, von Koffern, Paketen und Pungeln, von den durchziehenden Trecks der Flüchtlinge aus den östlicheren Landkreisen und von dem russischen Aufklärer am Himmel. Sie erzählt, wie sie schon das Dröhnen der russischen Artillerie hörten, wie Menschen verlassene Häuser plünderten und wie sie es am Ende mit knapper Not in einen der letzten Züge geschafft hat.

Natürlich kommt sie nur in Bruchstücken zu Wort, weil auch Friedel von seinen – ja noch viel aufregenderen und gefährlicheren – Erlebnissen berichten will. Er war fast vier Wochen lang mit seiner Einheit von den Russen in Posen eingekesselt. Dort war er per Zufall gelandet, bevor die Russen den Ring um die Stadt geschlossen hatten.

»Zuerst war ich mit meiner Infanteriedivision südlich von Warschau stationiert, aber als der Russe Mitte Januar über die Grenze brach, da hat er uns vor sich hergetrieben wie die Hasen«, erzählt er. »Dass es schwer werden würde gegen ihn, damit haben wir gerechnet, aber dass die Übermacht so gewaltig sein würde, hatte sich keiner von uns vorgestellt. Die russische Armee hat uns mit einem Trommelfeuer aus Granatwerfern und Stalinorgeln regelrecht zerschossen. Dann kamen die Bomber und Tiefflieger, anschließend die Panzerkolonnen, und am Ende stürmte eine Flut von Rotarmisten auf unsere zerstückelten Verbände los. Nur hin und wieder gelang es uns, Feindpanzer abzuschießen. Doch in kürzester Zeit waren von unserer Abwehrlinie nur noch vereinzelte Stützpunkte übrig.«

Viki, Ella und Werner hören gebannt zu. Doch auch Ellas mutiger Reise zollt Friedel Respekt. Er hebt das Glas:

»Ein Hoch auf die mutige Jägerin und ihre Beute!«

Sie stoßen an und freuen sich des magenfüllenden und herzerwärmenden kleinen Festes. Nie haben sie einen köstlicheren Schweinebraten gegessen. Ella spürt durch alle Glieder die Genugtuung strömen.

Dann wieder fährt Friedel fort in der Aufzählung der katastrophalen militärischen Rückschläge, berichtet von Benzinmangel, schlechter Ausrüstung und der feindlichen Überzahl. Für kurze Momente blitzt in Ella das tausendfache Sterben der Soldaten auf. Friedel erwähnt nur den Verlust von Panzern, Sturmgeschützen oder Einheiten. Vom Tod seiner Kameraden spricht er nicht. Er schildert, wie der russische Angriff seine Division fast zur Gänze aufgerieben hat, und sie führungslos versuchen mussten, sich zu anderen Einheiten durchzuschlagen und eine neue Verteidigungslinie zu bilden. Zerstobene Truppenteile irrten durch das Kampfgebiet und waren den Angriffen der Roten Armee ausgeliefert. In hartgefrorenen Stiefeln, mit kaum noch Munition und vollkommen demoralisiert marschierten sie nachts in langen Etappen durch zum Teil sumpfiges Gelände nach Westen, um tags darauf wieder von der Roten

Armee eingeholt und von Neuem beschossen zu werden. Nach einer guten Woche hatte Friedel nur noch ein kleines Häuflein Infanteristen unter sich, und es gelang ihnen endlich, sich hinter die Mauern der inzwischen zur Festung erklärten Stadt Posen zu retten.

Dort kam dann kurz darauf der Einschluss durch die Rote Armee. Die Männer wussten, dass die Lage aussichtslos war. Nie würden sie der roten Lawine dauerhaft die Stirn bieten können. Hofften, dass Himmler sein Versprechen wahr machen und sie mit zusammengezogenen Streitkräften heraushauen würde. Doch die sowjetische Luftwaffe bombardierte Posen von oben, und ihre Infanterie fraß sich Haus um Haus und Stadtteil um Stadtteil immer weiter vor. Ständig Explosionen, ständig brennende Häuser, ständig verlorene Kameraden. Die Schlinge um ihren Hals wurde jeden Tag enger.

»Wir waren einer Einheit zugeteilt, die den Südwesten der Stadt halten sollte. Aber die Lage wurde immer verzweifelter. Nach fast einer Woche hatten die Russen eine Bresche zwischen uns und den Rest der Stadt geschlagen. Und dann habe ich eines Nachmittags am Himmel eine riesige Wolke gesehen. Die war turmhoch und sah aus wie eine mächtige Pranke. Sie schien schon halb zuzupacken, um uns unbedeutendes Gewürm zu zermalmen. Die Wolken drohten dunkelgrau herab, andere waren grell von der Sonne angeleuchtet. Nichts hat mir je einen solch tiefen Schrecken eingejagt wie dieses Gespinst am Himmel. Wie noch nie zuvor in meinem Leben habe ich da begriffen, dass ich tatsächlich sterblich bin und dass mein Ende dicht bevorsteht.«

Friedel schweigt einen Moment, atmet tief ein und blickt auf seinen fast leeren Teller. Wie um sich zu vergewissern, dass er noch am Leben ist, greift er fahrig zu seinem Weinglas und trinkt einen Schluck.

»Wir hofften nur noch, dass endlich der Befehl zum Ausbruch käme. Es hatte ja keinen Sinn, auf den Tod zu warten. Die Übermacht war zu offensichtlich. In einer eisigen, sternklaren Nacht war es endlich so weit: Ohne zu wissen, wo der günstigste Fluchtweg war, sollten wir uns in kleinen Gruppen durch die feindlichen Linien schlagen. Ohne Landkarten, ohne Funkgeräte und nur mit wenig Verpflegung. Man hatte uns gesagt, dass wir in kürzester Zeit auf die deutsche Hauptkampflinie stoßen würden. Wir hatten keine Ahnung, dass die Rote Armee schon längst bis an die Oder vorgedrungen war – also etwa 150 Kilometer weiter.«

Ella sieht, wie Werner gebannt an den Lippen seines Vaters hängt. Für den Jungen ist er ein Held, er macht sich gar nicht klar, welches Leid und welche Strapazen Friedel hinter sich hat. Er sieht ihn nur hier sitzen und denkt sich deshalb wohl, dass die Sache ja gut ausgehen musste. Gefahr ist in seinen jungen Augen dazu da, um überstanden zu werden. Nur die anderen fallen.

Kein Wunder: Der Junge kennt nichts anderes. In der HJ und in den Wochenschauen hat er ständig von Heldenmut gehört, von der Überlegenheit der arischen Rasse und dem ehrenvollen Einsatz fürs Vaterland bis in den Tod. Auch die nächste Generation sollte zu Kriegern und Soldaten erzogen werden.

»Und hast du Angst gehabt, Vati?« Provokation und

Ehrfurcht liegen gleichermaßen in der Stimme des Jungen. Er will den starken Vater, aber andererseits sehnt er sich danach, sich mit ihm zu messen.

»Aber natürlich hatten wir Angst. Was glaubst du denn?«

»Aber ein Soldat darf doch keine Angst haben«, stichelt Werner weiter.

»Ein Soldat darf nicht vor Angst den Kopf verlieren, mein Junge. Er darf sich nicht unterkriegen lassen, muss möglichst nüchtern bleiben. Aber gar keine Angst? Nein, das kann keiner von ihm verlangen.«

Der Dreizehnjährige scheint nicht zu wissen, ob er enttäuscht sein soll, triumphierend oder erleichtert. Zufrieden mit der Antwort wirkt er jedenfalls nicht. Friedel fährt fort in seinem Bericht.

»Zu unserem großen Erstaunen reagierte der Feind überhaupt nicht auf uns! Einige russische Feldposten bemerkten uns zwar, waren aber wohl zu überrascht von unserem Erscheinen. Ob ihr es glaubt oder nicht: Es fiel kein einziger Schuss! Auf dem freien Feld sprengten zwar noch einige Kosaken auf Pferden hinter uns heran, aber als wir den Waldrand erreicht hatten, gaben sie die Verfolgung auf. Wahrscheinlich war ihnen klar, dass sie auf der schneebedeckten Wiese keine Deckung hatten, wir im Wald dagegen schon.«

Friedel befand sich in einer Gruppe von etwa 30 Soldaten. So hofften sie, weniger Aufmerksamkeit zu erregen. Nachts wurde marschiert, tagsüber versteckte man sich notdürftig getarnt im Unterholz, weil die Kosaken die Wälder durchkämmten. Kein Gedanke an ein wärmendes, aber verräterisches Feuer in der schneebedeckten Winterlandschaft. Immer wieder Schusswechsel mit russischen Vorposten.

»Weil wir nichts zu beißen hatten, mussten wir unterwegs in allein stehenden Häusern oder Höfen von den Bewohnern Nahrungsmittel erzwingen. Kurz darauf hatten wir die Russen wieder auf den Fersen. Manche Häuser fanden wir verlassen vor. Die Russen hatten darin gewütet. Am Boden lagen die Leichen der Bewohner, die Frauen offensichtlich vergewaltigt, alles war verwüstet: Schränke und Truhen waren aufgebrochen, und der Inhalt über den Boden verstreut. Dazwischen leere Wein- und Schnapsflaschen. Daunenbetten und Polstermöbel waren aufgeschlitzt. Einige Höfe hatten sie auch angesteckt.«

Friedel greift zum Weinglas und hält es eine Weile gedankenverloren in der Hand.

»Je näher wir an die Oder herankamen, desto häufiger stießen wir nachts im Wald auf Frauen, die sich vor den Russen versteckten. Und einmal gab es dann doch noch Feindkontakt: Ein russischer Posten entdeckte uns. Er rief *Stoi!* und gab sofort einige Salven aus seiner Maschinenpistole auf uns ab. Einige von uns sind dabei gefallen. Wir rannten los, rannten um unser Leben. Leider hatte einer der getöteten Kameraden unseren einzigen Kompass. Also konnten wir uns nur noch nach den Sternen richten.«

In Friedels Soldatengruppe wurde die Stimmung zunehmend gereizter. Es gab große Meinungsverschiedenheiten über die einzuschlagende Richtung, und so spalteten sich immer wieder kleine Gruppen ab. Irgendwann waren sie nur noch zu acht. Dann kamen auch noch Tauwetter und Schlamm. Ihre vormals weißen Tarnuniformen machten sie jetzt zu Zielscheiben für die Russen. Also wendeten sie die Außenseite nach innen.

Wochenlang haben sie sich so durch die Wälder geschlagen. Schafften in manchen Nächten nur wenige Kilometer. Mussten immer wieder in ihren Verstecken bleiben, weil zu viele Russen in der Gegend waren.

»Zum Schluss ging alles sehr schnell: Eines Nachts standen wir unvermittelt an der Oder. Keiner wusste, wo genau. Nirgendwo Soldaten. Weder Feind noch Freund. Wir waren wohl unbemerkt zwischen beiden Linien hindurchgeschlüpft. Die Hauptkampflinie mussten wir da schon hinter uns gelassen haben.«

Hektisch quetscht Friedel das letzte Stück Kloß mit der Gabel in die Soße, um sie aufzusaugen. Er wirkt, als würde er den Marsch und den Krieg noch einmal durchleben.

»Nur noch zwei Tagesmärsche waren es nach Berlin, und die größte Gefahr schien überstanden. Ich war von Stunde zu Stunde aufgeregter«, sagt er und greift nach Vikis Hand. »Ich hatte die Schnauze voll vom Kämpfen und von der Todesangst, wollte nur noch raus aus der Gefahr, aus dem Dreck, aus der Kälte. Wollte einfach nach Hause.« Friedel wischt sich mit einer Hand die Augen und presst mit der anderen Vikis Hand. Er merkt gar nicht, wie viel Kraft er anwendet. Ihre Knöchel treten weiß hervor. Erst als sie vor Schmerz das Gesicht verzieht, gibt er ihre Hand wieder frei.

»Entschuldige bitte«, sagt er unbeholfen. »Ich war für einen Moment nicht bei mir.«

Schweigend löffeln sie den Vanillepudding mit den eingekochten Pflaumen aus Königsberg. Sie stammen noch vom vorletzten Jahr. Im vergangenen Herbst hat Ella die Reife wegen der Bombennächte und ihrer Abreise mit den Kindern gar nicht mehr erlebt. Und der vorletzte Herbst liegt schon so weit zurück. Er kommt ihr vor, als gehörte er in ein anderes Jahrhundert – so wie früher die Großtanten von längst verflossenen Jahrzehnten sprachen. Sie müssen das alles hier glücklicherweise nicht mehr miterleben. Sie hätten es nicht fassen und wohl auch nicht durchstehen können, denkt Ella.

Und sie selbst? Steht sie es durch? Sie schiebt den Gedanken beiseite und denkt an die Gläser aus der Kiste. Zumindest wird es in den nächsten Wochen das ein oder andere Festmahl geben.

»Und wie geht es jetzt weiter, Friedel? Bleibst du hier bei uns?«, fragt Viki vorsichtig. Jetzt, wo der Mann des Hauses wieder da ist, gibt sie die Verantwortung ab, denkt Ella.

»Ich muss mich gleich morgen bei irgendeinem Wehrmachtskommando melden, sonst gilt das als Fahnenflucht. Und ihr packt am besten auch die Sachen.«

Viki sieht ihn fragend an: »Das ist nicht dein Ernst?«

»Doch, oder möchtest du hier auf die Russen warten?«, er klingt gereizt. »Von der Oder bis hierher sind es nur ein paar Dutzend Kilometer. Die können in zwei Tagen da sein!«

»Aber wo sollen wir denn hin?« Viki ist fassungslos.

Nach einigem Hin und Her ist ein Beschluss gefasst: Die Frauen werden mit den Kindern am nächsten Tag versuchen, nach Hamburg zu Hinrichs Eltern zu gelangen. Deren Wohnung ist von den Bomben bisher verschont geblieben. In Hamburg werden sie dann Alice treffen, sobald sie aus Dänemark rauskommt. Nur: Wie werden sie auf dem engen Raum wohnen? Vier Erwachsene und bald fünf Kinder?

Später im Bett hört Ella Liebesgeräusche von nebenan. Sie ist peinlich berührt. Und spürt eine fein bohrende Sehnsucht. Victor, denkt sie. So nah ist sie ihm nie gewesen. Wie gerne hätte sie ein Kind von ihm! Der Gedanke schießt durch ihr Bewusstsein wie eine Taube auf der Flucht. Der Gedanke ist neu. Und er tut weh. Sie wälzt sich auf die andere Seite, ummantelt ihre Ohren mit dem Kissen und versucht einzuschlafen. Wenn sie morgen hier ihre Zelte abbrechen, überlegt sie zuletzt, was wird dann aus dem restlichen Schwein?

8

Königsberg, Dezember 1939

Kinder, seid bloß vorsichtig mit den Gläsern!« Alices Stimme hat einen zittrigen und psalmodierenden Klang. Der Klang der zweifach Heimgesuchten, ein mütterlicher Befehlston und der Anspruch auf die Weisheit des fortgeschrittenen Alters. Sie duldet keinen Widerspruch, schließlich hat der Lauf der Ereignisse ihr auf schlimme Weise recht gegeben.

Die Anwesenden der kleinen Festgesellschaft zucken zusammen. Ihre Heiterkeit gefriert, und ein betretenes Schweigen verdüstert für einen Moment die Stimmung dieses Tages, der eigentlich ein Freudentag sein soll: Denn Ella heiratet!

Da steht sie und drückt tapfer die Knie durch. Es ist schließlich ein Schritt fürs Leben. Sie sieht hinüber zu Hinrich neben ihr. Weiß sie wirklich, was sie hier tut? Alle Hoffnungen und guten Wünsche der Gäste begleiten sie. Gerade wollten sie zu den auf einem Silbertablett bereitstehenden Kristallgläsern greifen, einander und vor allem dem Brautpaar zuprosten und voller Hoffnung auf die Zukunft sein. Denn in einer Hochzeit sehen die Festgäste nur zu gerne das Versprechen auf einen Neuanfang des Lebens, für den Götter und Schicksal ein Füllhorn des Glücks über das junge Paar ausschütten: Die Braut ist blühend jung. Sie wird Kinder bekommen! Das Rad des Lebens wird sich ein Stück weiterdrehen.

Zugegeben, bei den älteren Verwandten hat der Glaube an ewiges Glück unter dem heiligen Band der Ehe einige Einbußen erlitten. An diesem Tag sind sie aber bereit, ihre Lebenseinsichten in den Wind zu schlagen. Der Traum von immerwährender Seligkeit ist zu verführerisch und wärmt auch die alten Herzen. Kein anderes Fest verpflichtet die Gäste in solchem Maße zu heiterer Laune.

»Kinder, die Gläser! Passt auf!«

Alice kann es auch an diesem Tag nicht lassen, an die Bedrohungen durch das Schicksal zu erinnern. Ihre Furcht vor zerbrochenem Glas ist stärker als die guten Wünsche für ihre Tochter. Oder eigentlich gehört beides zusammen: Denn auch die Sorge um Ellas Zukunft lässt sie zur Vorsicht mahnen.

Keiner erhebt Einspruch, denn alle wissen: Man muss sie gewähren lassen. Alle denken an den einen, der es zuletzt versucht hat, an Silvester vor sechs Jahren.

Ellas großem Bruder Hans war der mütterliche Aberglaube gehörig auf den Wecker gefallen. Seit dem Tod des Vaters, dem der Sturz der Vitrine vorausgegangen war, musste Alice ihnen die Fröhlichkeit jeder familiären Festivität vergällen. Kein Geburtstag, kein Weihnachten verging, ohne dass Alice die zerbrochenen Gläser erwähnte. Der Zwanzigjährige begehrte nicht nur gegen ihre Bevormundung und Strenge auf, sondern er wehrte sich auch dagegen, dass Alice ihnen immer wieder die Macht des

Todes in Erinnerung rief. Er wollte nicht mehr an den Verlust des Vaters denken. Schlimm genug, dass es passiert war. Schlimm genug die Folgen für die Familie. Er selbst war jung und blickte hoffnungsvoll in die Zukunft, er hatte das Leben vor sich. Und er wollte Flieger werden!

Auf der Kurischen Nehrung hatte er das Segelfliegen erlernt. Die Lüfte zu meistern war für ihn wie ein Triumph über die Niederungen des Lebens und des Todes. Da oben lag ihm die Welt zu Füßen. Es versetzte ihn in ein bislang ungekanntes Hochgefühl, aufzusteigen, der Sonne näher zu sein und unter sich die Vögel zu sehen. Über ihm der weite Himmel. Das war Freiheit! Er schwärmte Ella gelegentlich davon vor.

Er hatte gehört, dass die Wehrmacht – unbemerkt von den Siegermächten des letzten Krieges – wieder eine Luftwaffe aufbauen wollte und Piloten suchte. Also hatte er sich für die Ausbildung in Bayern beworben und war auch angenommen worden.

»Kannst du nicht *endlich* einmal aufhören mit deinen Unkereien!«, fuhr er Alice an jenem Silvester unvermittelt an, als sie gerade auf das neue Jahr anstoßen wollten und sie wieder einmal vor dem Glasbruch warnte.

»Ja, Vater ist tot! So etwas kommt vor im Leben. Es war schrecklich für uns alle. Aber es hat doch mit dem lächerlichen Glas nichts zu tun. Die Welt wird nicht von bösen Mächten regiert, sondern von uns Menschen und manchmal eben vom Zufall. In Vaters Kopf war ein Blutgerinnsel. *Daran* ist er gestorben. Vielleicht war der viele Wein dran schuld, den er mit seinen Kunden getrunken hat. Eine Berufskrankheit vielleicht, aber doch kein zerbrochenes Glas! Seine Uhr war schlicht und ergreifend abgelaufen.«

Hansens Augen waren zu kleinen schwarzen Punkten geworden und seine Stimme nicht wirklich laut, aber scharf. Es war das erste Mal, dass der sonst so sanftmütige Junge gegen seine Mutter aufbegehrte.

»Ich verbitte mir diesen Ton, Hans!« Erschrocken sah Alice ihrem Sohn ins Gesicht. »Du vergisst wohl, mit wem du sprichst, mein Lieber! Abgesehen davon, dass du von diesen Dingen noch nichts verstehst, dafür bist du viel zu jung.« Alice sagte *junk*. Sie war aufgebracht über Hansens Respektlosigkeit und noch mehr darüber, dass er ihre Überzeugungen anzweifelte, dass er *sie* anzweifelte. »Seit Generationen macht unsere Familie immer wieder die schlimmsten Erfahrungen mit zerbrochenem Glas«, begann sie zu lamentieren. »Schon mein Urgroßonkel Gottfried ...«

Die umstehenden Familienmitglieder waren elektrisiert von der Szene. Endlich einmal wagte einer den Widerspruch und versuchte, mit der drückenden Vergangenheit abzuschließen. Gespannt warteten sie auf den Ausgang des Wortgefechtes.

»Ach Mutti, das ist doch alles Aberglaube!«, unterbrach Hans das sattsam bekannte Klagelied. »Wie oft geht Glas kaputt in einem Haushalt! Wenn einer stirbt, wird es immer irgendein Glas geben, das zuvor runtergefallen oder im Spülbecken zu Bruch gegangen ist. Ich bin es leid, dass du uns ständig damit kirre machst!«

Hans redete sich damals in Rage, als wollte er jetzt – wo er schon einmal ungezogen war – gleich ganz reinen

Tisch machen. Er machte einen großen Schritt auf den Tisch zu, auf dem schon die Gläser mit dem perlenden Schaumwein glänzten, denn gleich würde es vom Turm der Neuen Tragheimer Kirche Mitternacht schlagen. Dann nahm er eines von ihnen in seine leicht zitternde Hand.

»Hier und heute muss endlich Schluss sein mit dem vermeintlichen Fluch über unserer Familie!«, rief er zornig. Dann schleuderte er das volle Sektglas von sich wie ein Diskuswerfer. Wie eine Silvesterrakete flog es im flachen Bogen auf die mit einer floralen Textiltapete bezogene Wand zu, zog den herauskippenden Sekt wie einen Schweif hinter sich her und zerbarst an der Wand in Stücke und Splitter, die hinabklirrten aufs Parkett.

Hans war erhitzt und sichtlich auch ein wenig erschrocken über die eigene Courage, denn gänzlich frei von Alices Aberglauben war auch er nicht. Schließlich hatte er ihn gewissermaßen mit der Muttermilch aufgenommen. Er atmete einmal tief durch und sah die Mutter ruhig und funkelnd an.

»Du wirst sehen: Wegen dieses Glases wird kein Unglück über uns kommen. Und nächstes Silvester können wir dann unbeschwert und ohne Furcht miteinander auf das neue Jahr anstoßen.«

Von der Kirche kamen jetzt die Glockenschläge. Hans gewann seine gewohnte Heiterkeit wieder, holte ein weiteres Glas aus der zwischenzeitlich instand gesetzten Vitrine, befüllte es und hob es in die Höhe:

»Auf das Jahr 1934! Es soll uns Glück bringen, Freude und natürlich einen Haufen Geld!« Dabei lächelte er verschmitzt wie früher der Vater und zwinkerte seinen Geschwistern zu, die sich jetzt ebenfalls den Gläsern zuwandten. Unbeschreiblich dagegen das Entsetzen der Mutter. Käseweiß stand Alice vor dem Tisch und dachte nicht daran, nach einem der Gläser zu greifen.

»Darauf kann ich unter keinen Umständen anstoßen! Was tust du mir an, Hans! Wo ich doch ohnehin schon vom Schicksal geschlagen bin, musst du es noch ein weiteres Mal herausfordern!«

Noch bevor die anderen ihre Tränen sehen konnten, machte sie auf dem Absatz kehrt:

»Ich gehe ins Bett! Prosit Neujahr!«

Und ihre Schuhe klackerten übers Parkett zur Tür.

Jeder der Gäste von Ellas Hochzeit denkt an diese schlimmen Geschichten. Das peinliche Schweigen hält an. Eigentlich wollen sie heute fröhlich sein und die junge Ella an ihrem Hochzeitstag unter guten Vorzeichen in ein neues Leben begleiten. Doch nach Alices Mahnung ziehen vor dem inneren Auge der erstarrten Gäste die schmerzhaften Bilder der familiären Vergangenheit vorbei: die umgestürzte Vitrine mit Tausenden Scherben – der tödliche Schlaganfall des Vaters wenige Wochen darauf – Hansens rebellischer Glaswurf zu Silvester – und schließlich, kaum vier Monate später, die schreckliche Nachricht von seinem Tod: abgestürzt bei einem Übungsflug in Schleißheim bei München.

Deshalb steht Alice auch jetzt bei Ellas Hochzeit mit furchtgeweiteten Augen da, schirmt mit den Armen die gefüllten Gläser ab, damit niemand unachtsam eines mit Ärmel oder Handgelenk streifen und umwerfen kann.

Sie ist in dieser Familie die Mahnerin und Hüterin des Lebens, und wird dennoch von den anderen abgetan als eine Kassandra.

Wer soll jetzt die Stimmung retten? Der Vater hätte es gekonnt: »Ach, Alieschen!«, hätte er liebevoll und nachsichtig gesagt. »Du hast eben deine eigenen, ganz besonderen Einsichten ins Leben. Bedauerlicherweise können dir da nur die wenigsten folgen. Lass es dich nicht verdrießen!«

Er hätte seiner Frau tröstend die Hand zwischen die Schulterblätter gelegt und einen Toast auf die Dame des Hauses ausgebracht. Sie hätte gerührt und besänftigt gelächelt, und das Gespräch wäre in eine andere Richtung davongeplätschert.

Als die Pause gar zu lange dauert, wagt der Bräutigam einen Versuch:

»Nun, liebe Schwiegermutter, ohne dir und deinen Kenntnissen zu nahe treten zu wollen. Weiß denn nicht der Volksmund: *Aller guten Dinge sind drei.* Wohlgemerkt aller *guten,* nicht aller schlechten. Ich denke, wir können gewiss sein: Zweimal Unglück ist übergenug für ein irdisches Leben. Die Vorsehung wird ein Einsehen haben und dir nicht noch ein drittes auf die Schultern laden. Wollen wir also die Kelche erheben und anstoßen auf *fortune* und eine glückliche Zukunft – in diesem Hause und demnächst auch in meinem.«

Erleichtert und mit der gebotenen Vorsicht greift die kleine Festgemeinde endlich nach den Gläsern. Man stößt an und trinkt den ersten Schluck auf die Ehe der jungen Leute. Die Klippe ist gerade so umrundet, die

Laune noch einmal gerettet. Auch Ellas kleiner Zweifel ist wieder verflogen.

Die arme Alice hat der neue Schwiegersohn jedoch nur halb beschwichtigt. Hinrich ist zwar als promovierter Historiker belesen und gebildet, er hat Charme und Witz, aber sie kann sich des Eindrucks nicht erwehren, dass sich der junge Mann in seiner gestelzten Ausdrucksweise über sie lustig macht. Der Hamburger s-tolpert übern s-pitzen S-tein, und diese Eigenheit scheint sich mit seinem umständlichen Satzbau zu einer kaum wahrnehmbaren Überheblichkeit zu verbinden. *Ans-toßen* hat er gesagt!

Dennoch ist sie zufrieden, dass sie nun auch ihre Jüngste unter der Haube hat. Der 28-jährige Schwiegersohn hat am Staatswissenschaftlichen Seminar bei Professor von Grünberg zwar erst eine Assistentenstelle, aber sein Einkommen ist gesichert, und er kann auf eine Laufbahn als Historiker hoffen, wenn der Krieg demnächst vorbei ist. Wahrscheinlich bekommt er früher oder später selbst eine Professur. Außerdem stammt er aus gutem Hause: Die Jenschs sind seit Generationen hanseatische Kaufleute.

Es ist eine kleine Hochzeit. Nur die engste Familie ist eingeladen. Keine Freunde und schon gar keine Gesellschaft. Ihren älteren Töchtern hat Alice noch rauschende Feste ausgerichtet. Darauf hat sie großen Wert gelegt. Gern denkt sie auch an ihren eigenen Hochzeitstag mit Max zurück. Anschließend dann die Hochzeitsreise mit dem Dampfer bis nach Amerika. Sogar die Niagarafälle haben sie gesehen! Drüben haben sie Fotografien machen lassen und nach Hause geschickt – mit der Aufschrift: *Das sind wir – Grüß Gott!* Herrje, das waren Zeiten!

Heute jedoch hat sie für solche Feste nicht mehr die Mittel. Außerdem ist ihr die Lust vergangen an großen Festivitäten. Sie ist müde geworden über die Jahre. Die Trauungen ihrer großen Töchter fanden selbstverständlich im Dom auf dem Kneiphof statt. Dann ging es mit geschmückten Kutschen und Automobilen zur Villa in der Wallenrodtstraße, wo schon die Musikkapelle an der Tür wartete. Diesmal war es nur die unbedeutende Neue Tragheimer Kirche gleich um die Ecke, und der Pastor hat eine mittelmäßige Predigt gehalten. Jetzt der Umtrunk in kleiner Runde mit Häppchen hier zu Hause, für später sind Tische reserviert in einem nicht zu teuren Speiselokal in der Stadt.

Hinrich – das Glas in der Linken – hat seiner jungen Frau inzwischen den Arm um die Schulter gelegt und sieht zufrieden in die Runde. In seiner Brille glitzert doppelt der kleine Kronleuchter. Er hat nur drei Tage Urlaub bekommen, dann soll er wieder zurück nach Cuxhaven, wo er seit Kriegsbeginn eine Marine-Flak-Batterie kommandiert. Seine Studien am Seminar muss er für die Dauer des Krieges erst mal auf Eis legen. Na ja, es ist ja schnell gegangen mit dem Siegen. Bald wird man zur Tagesordnung übergehen können.

Hinrich ist stolz auf sich: Er hat eine Frau gefunden! Das lebenslustige, frische Mädchen hat es ihm gleich angetan, als Ella vor gut einem Jahr als Schreibkraft an den Lehrstuhl kam. Viele Monate hat er gekämpft um sie und den lästigen Nebenbuhler endlich doch aus dem Feld geschlagen. Jetzt gehört sie ihm. Es war ohnehin an der Zeit, sich endlich zu verheiraten. Nun werden auch die diesbezüglichen leidigen Andeutungen seiner Mutter *passé* sein.

»Wollen wir nach dem Essen in den Tiergarten gehen und Franz besuchen?«, fragt Ella unvermittelt mit einem kindlichen Strahlen in den Augen. Der Vorschlag sorgt für Heiterkeit in der Runde. Ein Besuch im Tiergarten! Auf einer Hochzeit! Nun ja, in diesen Zeiten ist sowieso vieles anders, als man es gewohnt ist. Warum also nicht? Das kann Frische und Lebhaftigkeit bringen in diesen Tag. Hinrich küsst seine junge Frau wohlwollend auf den Haaransatz an der Schläfe.

»Was du auch für Ideen hast!«, sagt er halb gerührt, halb kopfschüttelnd.

Franz, das Nilpferd, ist im Tiergarten von jeher der unumstrittene Liebling der Aschmoneit-Kinder gewesen. Irgendwann waren die Eltern glücklicherweise auf den Gedanken gekommen, den an sich verhassten sonntäglichen Spaziergang zumindest gelegentlich in den Tiergarten zu verlegen. Die Kinder stürmten von einem Gehege zum nächsten, und der Spaziergang erledigte sich wie von selbst.

Bei Franz blieben sie immer besonders gerne stehen. Er sah bei aller Mächtigkeit so tapsig aus! Seine Bewegungen wirkten behäbig, und sein kleines Reich war im aufgeregten Getriebe der Stadt eine Insel der Gemächlichkeit. Der Höhepunkt ihrer Sensationslust war es, wenn Franz im Wasser sein großes Geschäft erledigte:

Laut hörbar donnerte er seine breiigen Hinterlassenschaften über die Wasseroberfläche und verteilte sie mit propellerartigen Bewegungen seines Schwänzchens in alle Richtungen. Die Kinder verschluckten sich schier vor Vergnügen! Mutter Alice war weniger erbaut und mahnte zum Weitergehen.

Emmi trägt die Gläser ab, und die Gesellschaft geht durch leichten Schneefall zur Haltestelle der »Acht« in der Cranzer Allee, Ecke Sudermannstraße. Die Scheiben der Straßenbahn sind vollkommen beschlagen. Die Lungen und warmen Körper unter den mit geschmolzenem Schnee bedeckten Mänteln dünsten Feuchte aus. Der Fahrer wischt die Frontscheibe immer wieder mit einem Lederlappen frei. Sie sitzen in der sich immer mehr füllenden Bahn und können nicht nach draußen sehen, müssen auf den Schaffner hören, wenn er die Haltestellen verkündet.

Als er »Roßgärter Markt« ruft, steigen sie aus und gehen das mit festgetretenem Schnee bedeckte Trottoir der Königstraße hinunter. Auf dem Weg zu dem kleinen Restaurant mit ostpreußischer Küche muss Ella an den Herrenschneider Heinrich Katz denken. Hier irgendwo liegt doch sein Geschäft? Vor gut zwei Jahren haben sie und Victor zufällig miterlebt, wie die HJ ihn drangsaliert und gequält hat. Ella findet den Laden erst nicht wieder. Dann erkennt sie ihn doch, allerdings mit geändertem Firmenschild: »Jetzt arisch! Herrenschneiderei Wilhelm Tomuschat, vorm. Heinrich Katz«.

Was mag aus dem Schneider geworden sein? Ist er vielleicht ebenso ausgewandert wie die Familie ihrer Schulfreundin Sara? Immer wieder hört man, dass jüdische Menschen ihr Leben hier in Deutschland aufgeben und fortgehen. Am Ende sicher besser für sie, bei all den schlimmen Geschichten, die zu hören sind.

Was wird der alte Schneider in der Fremde anfangen? Wird er sich ein neues Geschäft aufbauen können? Muss er eine neue Sprache erlernen? Wie wird er leben in einer unvertrauten Umgebung – womöglich ohne Familie und Freunde? Wie mit der erlittenen Verletzung umgehen? Sicher wird er seine Heimat vermissen.

Im Lokal wartet eine festlich gedeckte Tafel. An der Spitze die Tischkarten für das Brautpaar, davor ein weißes Blumengebinde. Man nimmt Platz. Eine Rote-Bete-Cremesuppe wird aufgetragen. Dennoch will keine rechte Feststimmung aufkommen. Zum einen hat die Familie einiges mitgemacht in den letzten Jahren. Zum anderen steckt dieser Krieg den Ostpreußen noch in den Knochen. Der Aufmarsch deutscher Soldaten in Ostpreußen ruft sorgenvolle Erinnerungen an den letzten Krieg wach. Denn damals kam die Rettung bei der Schlacht von *Tannenberg* erst im letzten Moment, als Hindenburg die Russen um Haaresbreite besiegte und damit das Schlimmste gerade noch abwendete.

Auch diesmal waren viele ostpreußische Regimenter dabei, und viele Familien haben ihre Söhne, Männer und Väter verloren. Ist denn dieser neue Krieg nun auch wirklich zu Ende? Wird es nicht noch ein Nachspiel geben? Eine Vergeltung der Russen ist schließlich immer noch möglich, und als Erstes würde es die Menschen hier in Ostpreußen treffen.

Eigentlich wäre jetzt der Moment für die Rede des Brautvaters. Wieder einmal wird Ella die Lücke bewusst, die der Vater hinterlassen hat. Bei den Schwestern hat er diese Rolle noch in seiner warmherzigen Art ausgefüllt und humorvoll Anekdoten aus der Familiengeschichte zum Besten gegeben, um dem jungen Paar einiges mit auf den Weg zu geben und dem Fest eine heitere Atmosphäre zu verleihen.

Alice hat seinen älteren Bruder Theodor gebeten, diese Aufgabe zu übernehmen. Der ehemalige Offizier geht auf die 70 zu und sieht mit seinem altmodischen Backenbart und dem Zwicker noch älter aus. An seiner Brust hängen mehrere Orden. Umständlich schiebt er seinen Stuhl zurück, erhebt sich und klopft mit der Gabel ans Weinglas.

»Liebe Hochzeitsgäste«, beginnt er mit quarrender Stimme. »Es ist mir eine Freude und eine Ehre, Euch heute hier willkommen zu heißen an diesem wunderschönen Tage, einem der wichtigsten für diese beiden jungen Menschen hier.«

Mit gerührtem Blick lässt er seine Rechte in Ellas und Hinrichs Richtung gleiten. Er spricht salbungsvoll und altväterlich. Man merkt, dass ihn der Militärdienst geprägt hat: Die Ehe vergleicht er mit einem Schlachtfeld und das Miteinander der Eheleute mit einem Kampf. Er spricht von Fronten, von Entbehrungen und Verlusten, vom Durchhalten und von der Tapferkeit vor dem Feind.

»Gelobt sei, was hart macht!«, raunzt Onkel Theodor immer lebhafter, und sein Zeigefinger schießt in die Luft: »Aber am Ende, meine liebe Ella, mein verehrter Hinrich, da winkt euch der gemeinsame Sieg. Wenn ihr euch nicht unterkriegen lasst und zueinander steht in unverbrüchlicher Treue wie die Soldaten im Felde zu unserem Vaterland, dann werdet ihr bekränzt mit Lorbeer und dem Dank der Heimat.«

Der verwitterte Haudegen hat nun Haltung angenommen und bemüht sich, die etwas schlottrig gewordene Uniformjacke mit seiner eingefallenen Brust auszufüllen. Er blickt mit feierlicher Miene in die Ferne und schiebt die Lippen vor, als wären sie ein Bollwerk gegen einen imaginären Feind.

Seine Wangen schlackern, wenn er erregt mit dem Kopf zur Seite zuckt, seine mittlerweile markige Stimme schwillt mehr und mehr an, als hätte er eine Rede vor Tausenden zu halten. Allerdings verliert Onkel Theodor zusehends den roten Faden seiner Hochzeitsansprache.

»Ihr sollt tüchtige und stramme Jungens in diese Welt schicken, auf dass sie den Ruhm der Heimat mehren und für Deutschland den Raum erobern, den die arische Rasse braucht und verdient! Auch wenn eure Söhne fallen sollten an Deutschlands Fronten, was Gott verhüten möge, wird dieser Verlust wettgemacht werden durch das Wissen, dass sie etwas Ewiges geleistet haben fürs Vaterland!«

Der alte Herr hat sich nun vollends in seine politischen Vorstellungen hineingesteigert und offensichtlich vergessen, wo er sich gerade befindet und was der Anlass seiner Rede ist. In die erschrockenen Gesichter der Tafelrunde hinein brüllt er:

»Fallen sollen Eure Söhne! Fallen für Deutschland! Fallen für die arische Rasse! Fallen, fallen, fallen, fallen …«

Es folgt ein Hustenanfall. Einer von Ellas Vettern steht auf, klopft dem Onkel kräftig den Rücken und drückt ihn sanft an der Schulter auf seinen Stuhl zurück.

Alice ist enerviert. So hat sie sich die Ansprache für ihre Tochter selbstverständlich nicht vorgestellt. Max hätte gewusst, was dem Anlass entsprechend zu sagen gewesen wäre. Er wäre souverän und taktvoll gewesen. Theo ist eben doch schon etwas senil. Sie hätte es wissen müssen.

Zum Glück hat der Oberkellner die Situation schnell erfasst und lässt den Hauptgang servieren: Kasseler mit Schmand, Rosenkohl und Kartoffeln. Als frühere Kunden von Vater haben die Wirtsleute Geschmack an den Rotweinen von der Loire gefunden und bringen sie – wie es sich gehört – kühl auf den Tisch. Schnell wendet man sich dem Essen zu und sucht nach unverfänglichen Themen: die bevorstehenden Weihnachtstage, der offenbar streng werdende Winter, die Dicke der Eisschollen im Hafen oder die Frage, wie sich die Geschäfte wohl entwickeln werden, wenn jetzt durch die polnischen Gebietsgewinne der Zugang zum Reich wieder frei ist. Und es wird auch schon das Für und Wider der Orte für die Sommerfrische diskutiert: Die einen sind seit Jahren treue Anhänger der im Norden liegenden, nahen Samlandküste, andere schwören – schon allein wegen der Sonnenuntergänge – auf die Bernsteinküste im Westen.

Ella hört nur mit halbem Ohr zu. Immer wieder muss sie sich vergegenwärtigen, dass heute tatsächlich ihr Hochzeitstag ist, dass das lange zweifelnde Abwägen jetzt ein Ende hat, dass sie von heute an eine verheiratete Frau ist und dass damit auch Victor ein abgeschlossenes Kapitel ihres Lebens geworden ist. Wer hätte das gedacht?

Die quälenden Unsicherheiten der letzten Monate sind vorbei. Sie sitzt nicht mehr zwischen den Stühlen. Klarheit ist in ihr Leben getreten, und das erleichtert sie. Mit dem heutigen Tag hat sie auch den Namen *Aschmoneit* gegen *Jensch* eingetauscht. Zusammen mit Kasseler und Rosenkohl schmeckt sie den Klang dieses Namens ab: *Ella Jensch.* Mit dem neuen Namen hat sie der alten Kaufmannsfamilie Aschmoneit ein Stück den Rücken gekehrt. Doch was ist von den Aschmoneits denn noch übrig? Ihr Familienzweig ist arg zusammengestutzt worden durch den Lauf der Ereignisse, und sie haben ihr Familienhaus in der Wallenrodtstraße verloren. In der Jordanstraße ist Ella nie wirklich heimisch geworden. Wenigstens gibt es noch ihre fünf großen Schwestern, doch auch sie haben ihre Namen geändert und sich anderen Familien zugewandt. Wie wohl *Ella Jacoby* geklungen hätte?

Hinrich sitzt neben ihr. Er ist nun ihr Mann. Und sie seine Frau. *Bis dass der Tod euch scheidet,* hat der Pastor vorhin gesagt. Hinrich strahlt Festigkeit und Selbstsicherheit aus. Er steht mit beiden Beinen im Leben, hat einen Beruf, selbst wenn er da noch am Anfang ist. Er weiß, was er will. Und er wollte *sie.* Er hat nicht locker gelassen. Das gefiel ihr: einer, der zupackte und nach ihr verlangte. Einer, der ihr schmeichelte und sie umwarb. Mit seiner Hartnäckigkeit hat er sie verführt. Nach Victor war das Balsam für ihre geschundene Seele.

War doch die selige Umarmung am Rennplatz vor zwei Jahren beileibe nicht der Wendepunkt, den sie sich so sehr erhofft hatte: Victor war beschwingt von seinem Sieg im Springreiten, der Erfolg hatte ihn beglückt und herausgehoben aus dem glanzlosen Dasein des Offiziersdienstes. Und Ella war eben zufällig die Erste, die ihm dazu gratuliert hatte. Dass seine Freude bei ihrem Anblick möglicherweise doch nicht ihrer Beziehung geschuldet war, dieser Zweifel drängte sich in den folgenden Wochen mehr und mehr in den Vordergrund.

Ja, sie verbrachten damals noch einen wunderbaren Nachmittag miteinander, an dem sie Victor so gelöst erlebte wie noch nie. Und ja, tatsächlich war er in der nächsten Zeit ein wenig anhänglicher und offener im Kontakt mit ihr. Aber zu bald schon begann wieder das alte, schmerzlich vertraute Spiel: Kaum entstand Nähe zwischen ihnen, schon war er wieder auf dem Rückzug. Nachts alleine in ihrem Bett lag Ella oft stundenlang wach, ihre Beine kämpften mit der zerknüllten Bettdecke, und sie dachte an Victor, dachte an seine gertenschlanken Glieder, dachte an seine wenigen leidenschaftlichen Küsse, und am Ende weinte sie dann verzweifelt in ihr Laken, bis sie endlich einschlafen konnte.

Bis zum Schluss hat sie es nicht begreifen können, warum er so zögerlich war: Sie waren einander doch freundschaftlich verbunden, gingen gemeinsam in Konzerte, waren beide begeisterte Tänzer und leidenschaftliche Reiter und hatten sich viel zu erzählen. Warum also floh er sie? Warum konnte er sich nicht entschließen, sich ganz hinzugeben, wie sie es tat? Es war ein unlösbares Rätsel. Doch jetzt endlich ist es ihr gelungen, einen Strich unter die ganze Geschichte zu machen. Ein für alle Mal.

Ella blickt geistesabwesend über die vor ihr liegende Tafel. Die Verwandtschaft ist mittlerweile in lebhaftem Gespräch, einige haben schon gerötete Wangen, in den Gläsern schimmert bläulich der Wein, die meisten Teller sind leer. Am Fenster steht ein verfrühter Weihnachtsbaum mit roten Kugeln und noch nicht angebrannten Kerzen. Dieses Fest kommt ihr mit einem Mal so unwirklich vor.

Die Kellner tragen das Geschirr ab. Ella hat ihr Kasseler eher abwesend gegessen, nur der leicht bittere Geschmack des Rosenkohls liegt ihr noch auf der Zunge. Die Soße war etwas mehlig. An das Fleisch hat sie keine Erinnerung.

Jetzt steht Hinrich auf, wischt sich mit der gestärkten Serviette die Mundwinkel und legt sie vor sich auf den Tisch. Er trinkt einen Schluck Wasser und schlägt dann mit dem Dessertlöffel an sein Glas. Die Gespräche verstummen, und alle Augen richten sich auf den Bräutigam. Der junge Mann im schwarzen Anzug hält sich gerade, die Haare hat er mit Pomade nach hinten gekämmt. Jovial lächelt er in die Runde, um einen guten Eindruck bei der noch fremden Familie zu machen. Es ist das Lächeln eines Mannes, der unbeirrbar seine Ziele verfolgt. Der dafür auch die nötige Härte hat. Der dahinter aber auch eine seltsame Traurigkeit verbirgt. Am Hals stehen Hinrich vor Aufregung ein paar rote Flecken.

»Liebe Hochzeitsgäste, liebe Verwandte der Familie Aschmoneit, meine liebe Ella…« – nur kurz sieht er zu ihr herüber, rückt seine Fliege zurecht und wendet sich dann an ihre Mutter – »…verehrte, liebe Schwiegermutter! Seit heute darf ich *Alice* und *du* zu dir sagen, seit heute sind unsere Familien hier in Königsberg und dort in Hamburg miteinander vereint, und dieser eheliche Bund ist gewissermaßen auch eine Allianz von Hanse und Deutschem Orden.«

Hier kommt bereits kurzer Beifall. Denn die Königsberger sind dankbar, dass der Bräutigam ihre Heimat zum Reich dazurechnet, indem er Königsberg und Hamburg als Schwesterstädte darstellt. Ihnen allen sitzt das jahrelange ostpreußische Inseldasein noch in den Knochen.

»Eure Stadt und die meine verdanken Rang und Wohlstand dem nahen Meer und dem Handel«, fährt Hinrich fort. »Kaufleute und Seefahrer aber wissen um die Fährnisse des Lebens, sie wissen, dass Schiff und Fracht gekapert werden oder untergehen können. Darum haben sie einen Pakt mit dem Leben gemacht, der auch Verlust und Unglück mit einschließt. Sie lassen sich nicht unterkriegen, sie haben gelernt, mit der Einbuße zurechtzukommen und den Kopf über Wasser zu halten. Sie nehmen sich ein Beispiel an Seefahrern der Antike wie Odysseus oder Äneas: Diese beiden Helden durften Zuversicht und Ausdauer zu ihren Charaktereigenschaften zählen, sie waren überzeugt davon, dass auch nach noch so langen Durststrecken am Ende Glück und Erfolg winken.«

Hinrich nestelt wieder an seiner Fliege und hüstelt etwas, um die Stimme frei zu bekommen. Doch das genügt nicht, und er räuspert sich leise bellend, wie es seine Angewohnheit ist. Als hätte er ständig einen Pfropf im Hals, den er nicht loswird. Sein Gesicht bekommt für diesen

Moment etwas Ungehaltenes. Auf seiner Oberlippe sieht Ella winzige Schweißtröpfchen glänzen. Tatsächlich ist der Raum etwas überheizt.

»Eure Familie hat in den letzten Jahren manchen bedauerlichen Tiefschlag hinnehmen müssen, und auch die meine ist vom Schicksal nicht verschont geblieben. Und genau darum, liebe Alice, liebe Familie Aschmoneit, sind wir in Hamburg und Königsberg für diese Zeit der Unwägbarkeiten gerüstet.«

Ella wundert sich etwas, dass Hinrich vornehmlich ihre Mutter anspricht. Offenbar geht er strategisch vor: Erst hat er um sie selbst geworben, jetzt ist ihre Familie an der Reihe. Aber die Bilder, in denen er spricht, gefallen ihr. Sie hat Windjammer auf hoher See vor Augen und stellt sich die Küsten des antiken Mittelmeers vor, an denen Odysseus und Äneas ein ums andere Mal irrtümlich anlanden.

Hinrich macht in seiner Rede nun einen Spaziergang durch die Geschichte und zieht immer wieder Parallelen zu ihrer Familiensituation und zur heutigen Zeit. Ella ist beeindruckt von seiner Bildung und seinem intellektuellen Denken. Er ist ja auch schon Doktor.

Als sie im Herbst letzten Jahres als Schreibkraft ans Staatswissenschaftliche Seminar kam und ihn kennenlernte, da ging plötzlich ein Tor für sie auf: Sie bekam wieder Zugang zur Welt des Geistes und des Wissens. Vieles, was ihr mit dem abrupten Ende ihrer Schullaufbahn am humanistischen Gymnasium verloren gegangen war, kehrte nun zurück. Natürlich hatte Ella in erster Linie an der Schreibmaschine zu sitzen, aber sie durfte, wenn es die Zeit erlaubte, die Vorlesungen des Professors hören oder auch in Hinrichs Lehrveranstaltungen gehen.

Wie hat sie den jungen Mann vorne am Katheder bewundert! Die Studenten mussten ihm zuhören und sich sein Wissen aneignen. Was ihnen offensichtlich nicht schwerfiel, denn er hatte die Gabe, ein Auditorium in seinen Bann zu ziehen: Seine Sprache war anschaulich, seine Gedankenführung brillant, und er setzte den Studenten nicht einfach nur historische Fakten, Daten und Verträge vor, sondern verstand es, das pralle Leben vergangener Zeiten für sie ganz gegenwärtig wieder auferstehen zu lassen. Historische und politische Zusammenhänge waren plötzlich so nachvollziehbar, als würden sie gerade erst vor einem ablaufen. So hören ihm jetzt sogar die alten Tanten aufmerksam zu, die sonst nur von ihren Zipperlein sprechen und andere am liebsten gar nicht zu Wort kommen lassen.

Die Welt der Bildung ist für Ella herausgehoben aus der des Alltags: Sie steht über der banalen Eintönigkeit, in der sie für den Professor Briefe und Gutachten zu tippen hatte. Diese Welt erlaubt es ihr, die Zwänge und Eigenmächtigkeiten des Schicksals zu überwinden.

Hinrich ist Teil dieser Welt. Er hat über die griechische Polis promoviert und ist dafür sogar nach Griechenland gereist, war in Bibliotheken und hat die antiken Stätten besucht, um eine Vorstellung vom Leben in den Städten damals zu gewinnen. Er hat den blauen Himmel überm Löwentor von Mykene gesehen, das sie nur von Schwarz-Weiß-Fotos kennt. Er hat vom hohen Felsen hinab auf die Ruinen von Korinth geblickt.

Mit Hinrich ist für Ella die Gedankenwelt des Vaters wieder lebendig geworden. Auch er hat sich von der Antike begeistern und beflügeln lassen: Keine neue Publikation über das alte Griechenland, die er sich nicht sofort kommen ließ und seiner Bibliothek einverleibte. Ihr war, als würde mit Hinrichs Gegenwart etwas vom Vater wieder für sie lebendig und als könnte ihre Sonne, die sich durch seinen Tod verdunkelt hatte, nun mit Hinrichs Erscheinen wieder heller werden. Ihr Leben war durch den Verlust eines Mannes aus dem Gleichgewicht geraten: Kann jetzt ein anderer es wieder ins Lot bringen? Natürlich war das keine bewusste Überlegung und schon gar kein Kalkül, es war vielmehr eine Hoffnung, die im Dunkel ihrer Seele heranwuchs, ohne dass sie dessen recht gewahr wurde. Aber jetzt, wo sie hier neben ihm sitzt, seiner Rede mit halbem Ohr zuhört und mit der Dessertgabel gedankenverloren kleine Furchen ins Tischtuch zieht, steht ihr diese Erkenntnis mit einem Mal in hellem Tageslicht vor Augen.

Ella ist ein wenig stolz darauf, dass sie der Verwandtschaft einen gebildeten Ehemann präsentieren kann. Wenn schon das Vermögen dahin ist und damit auch die Hoffnungen auf eine gute Partie in der besseren Gesellschaft, dann kann ihr Mann immerhin einen akademischen Grad vorweisen und eine zu erwartende universitäre Laufbahn. Auch das verschafft Ansehen und Status. Selbstverständlich würde sie das niemals laut sagen.

Da steht er mit selbstbewusstem Gestus. Die hektischen Flecken am Hals sind verschwunden. Gelegentlich muss er seine Brille nach oben schieben, der schweren

Gläser wegen. Sein Mund ist markant mit vollen Lippen. Er sieht in die Ferne und holt aus dem Brunnen der Vergangenheit flüssiges, frisches Leben herauf. Inzwischen ist er bei der Gegenwart angekommen.

»Wir wissen nicht, was uns dieser Krieg noch alles bringen wird. Aber wir Königsberger und Hamburger, wir vom Schicksal Geprüfte sind in der Lage auszuharren, bis Sieg und Glück sich endlich doch einstellen. Wir können uns die Zuversicht bewahren, auch wenn es Anzeichen für scheinbar unüberwindliche Schwierigkeiten gibt. Auch wir, meine Ella ...«, hier wendet er sich ihr für einen Moment zu, um dann wieder für das Auditorium zu sprechen, »... du und ich, wir wollen es in unserer Ehe ebenso halten: Auch wenn Stürme unser Eheschiff bedrohen, auch wenn manche Fracht unserer Flotte möglicherweise gleich Schillers Becher ins Bodenlose fällt, wollen wir zusammenstehen und aneinander glauben. Ist doch, wenn die Nacht am dunkelsten und kältesten ist, die Sonne näher denn je. Liebe Ella, dein Wesen ist bisweilen noch etwas sprunghaft, doch das wird sich im Hafen der Ehe geben. Denn du bist eine wunderbare junge Frau mit guten Anlagen. Ich bin glücklich, dass es mir gelungen ist, dein Herz zu erobern!«

Er beugt sich hinunter zu ihr, gibt ihr, während die anderen klatschen, einen Kuss neben den Mundwinkel, setzt sich wieder neben sie und nimmt die Serviette vom Tisch zu sich auf den Schoß. Ausgeschlossen, dass der stille Victor eine derartige Rede hätte halten können, die von der Familie so gut aufgenommen worden wäre. Manchmal unterläuft Hinrich zwar eine spitze Bemerkung wie eben, dann zuckt Ella kurz zusammen. Dafür ist er gesellig, hat Witz und Umgangsformen und kann mit leichter Hand Konversation betreiben. Und er ist schon so erwachsen. Hat die Übersicht. Sie selbst möchte auch erwachsen sein. Möchte raus aus Kindheit und Unruhe. Einen sicheren Ort finden. Einen Punkt der Ruhe.

Sie nimmt Hinrichs Hand, die neben der ihren auf dem Tischtuch liegt, und schenkt ihm einen zugewandten Blick. Sie wird nach der Hochzeit ein paar Tage mit zu ihm nach Cuxhaven fahren und Weihnachten in Hamburg mit ihm bei seiner Familie verbringen. Eine andere Zeit hat begonnen.

Mit der Entscheidung, ihm ihr Jawort zu geben, hat Ella lange gezögert. Hat hin und her überlegt und Für und Wider gegeneinander abgewogen. Als dann aber der Krieg ausbrach, ging alles sehr schnell. Ihre Patentante Henriette hatte noch versucht, sie zu bremsen. Offenbar spürte sie, dass diese Heirat aus einer Reihe von Erwägungen heraus erwuchs, die nicht zu Ellas Gefühlen für diesen Mann gehörten.

»Warum so eilig, Kind?«, sagte sie im September. Und um ihre Mundwinkel stand wie so oft dieses spöttische Lächeln, das Wohlwollen und Fürsorge der Patentante nur schwer verbergen konnte. »Du bist so jung, und es wird sich noch mancher junge Mann für dich begeistern. Für Torschlusspanik ist es nun wirklich zu früh.«

Doch genau das war Ellas Gefühl in der Sache: Torschlusspanik. Die Männer wurden reihenweise einberufen, und Ellas Umgebung in Königsberg war fast nur noch von Frauen, alten Männern und Kindern bevölkert. Ihr war, als würde sie zur Ader gelassen, als würde ihrem Leben das Eigentliche entzogen: Ohne Männer war die Welt schal und ohne Reiz. Wenn sie sich nicht beeilte, würde am Ende keiner mehr für sie übrig bleiben. Sie wusste, es war töricht, denn wen sie jetzt wählte, der konnte sie im Krieg zur Witwe machen. Aber es ging nicht anders. Es war wie ein Sog.

Die jungen Männer waren ebenfalls willig, auch sie wollten wohl nicht unverheiratet ins Feld gehen. Der Krieg hatte alle jungen Menschen der Stadt in diesen Sog gezogen. Hatte das Lebensrad noch einmal mit kräftigem Arm in Schwung versetzt: sich noch schnell ein Quantum destilliertes Leben abzapfen, bevor die drohende Vernichtung kam. Das hatte Ella nun geschafft. Sie kann aufatmen.

Die Zitronenspeise genießt sie Löffel um Löffel ganz bewusst. Drückt den milden Brei mit der Zunge sachte an den Gaumen und lässt ihn durch den Mund gleiten. Lässt den feinen, säuerlichen Geschmack bis hinten in die Kieferwinkel ziehen und nimmt wahr, wie wach und heiter sie dabei wird. Sauer macht lustig.

Mit einem Mal merkt sie, wie viel mehr die Zitrone sie reizt und erfreut als ihr Brautkleid und der Tag ihrer Hochzeit. Hinrichs Gegenwart neben ihr beglückt sie nicht. Sie fühlt sich heiter, aber kühl. Was wäre wohl, wenn Victor hier neben ihr säße? Sie würde bebend hier sitzen. Bebend vor Glück, bebend vor Aufregung, bebend vor Lebendigkeit.

Ihr fällt ein, wie Victor sich in den letzten Augustwochen auf einmal deutlich mehr geöffnet hat: Er hatte mehr Zeit für sie und war herzlicher denn je. Ganz offensichtlich spürte er, dass der Rivale plötzlich im Vorteil war. In dieser Konkurrenz wurde Ella wieder interessant für ihn. Also suchte er wieder häufiger Kontakt zu ihr, was sie sich gerne gefallen ließ.

Bei einer der Verabredungen hat er ihr eine Fotografie von sich gegeben. Sie waren im Tiergarten gewesen und hatten dabei auch eine Weile am Gehege von Franz gestanden, um dem drolligen Dickhäuter zuzusehen. Victor hatte sogar den Arm um sie gelegt. Seine Hand glühte auf ihrer Schulter, am Rücken sein Unterarm. Anschließend saßen sie unter freiem Himmel, über den dunkle Wolken hinwegsausten, im Volksrestaurant des Tiergartens und tranken heiße Schokolade. Es war kaum auszuhalten, so schön war es – und doch fruchtlos. Sie wusste es.

Am Ende überreichte er ihr das Foto. Es zeigte ihn am Schreibtisch und in Uniform. *Für meine Ella* hatte er auf die Rückseite geschrieben. Ein liebenswerter und doch hilfloser Versuch. Sie war gerührt, aber auch etwas irritiert: Wie konnte er glauben, dass es einer Fotografie bedurfte, um sie an ihn zu erinnern! Er war ihr jeden Tag präsent, jede Stunde, jede Nacht.

Es waren Wochen, in denen sie sich für Momente der Illusion hingab, es könnte doch noch etwas werden mit ihnen beiden; ein letztes Aufbäumen dieser Liebe. Wenn er sich jetzt noch entschlossen hätte, um ihre Hand anzuhalten: Sie hätte ohne zu zögern Ja gesagt – trotz allem. Das war nun vorbei. Diese Tür hat Ella für immer geschlossen. Wie hätte er auch eine Familie ernähren sollen?

Ella ist zufrieden mit sich: Sie fühlt sich erwachsen, denkt pragmatisch. Das Leben spielt sich eben doch anders ab, als man sich das als Backfisch so vorstellt. Und niemals wieder wird sie als Tippse arbeiten müssen. Spätestens wenn Kinder da sind, wird sie in dieser neuen und wunderbaren Aufgabe aufgehen.

Als sich nach dem Essen Aufbruchstimmung breitmacht, verabschiedet sich ein Teil der Gesellschaft, die anderen kommen noch zu Kaffee und Kuchen in die Jordanstraße. Den angedachten Ausflug in den Tiergarten erwähnt Ella nicht mehr. Bloß keine törichten Gedanken mehr.

9

Marburg/Aachen, Sommer 1948

Eines Tages war die Nachricht da – auf der Rückseite des Briefumschlags der Absender von Tante Dora in Aachen. Sie wolle ihren fünfzigsten Geburtstag feiern, und Ella sei mit den Ihren herzlich eingeladen. Es war wie ein Blitz, der über Ellas Himmel zuckte, ihre düstere Lebenslandschaft für den Bruchteil einer Sekunde gleißend erhellte und sie mit einem Blick erfassen ließ, wie es um sie her aussah. Wie anstrengend und freudlos ihr Leben geworden war. Da war die Einladung von Tante Dora ein Hoffnungsschimmer.

Also hat Ella eine Bahnfahrkarte dritter Klasse besorgt und in Marburg den Zug nach Gießen bestiegen. Von dort aus soll sie Anschluss Richtung Köln und Aachen haben. Es kommt ihr so vor, als führe sie der Heimat entgegen. Auch wenn es nach Westen geht statt nach Osten; auch wenn es nur ein Abklatsch ihrer Heimat ist.

Schon jetzt am Morgen sticht die Julisonne vom Himmel. Deshalb sind in Ellas Waggon einige Fenster heruntergeschoben, und die Vorhänge flattern im Fahrtwind. Draußen sieht sie Weizen- und Haferfelder an sich vorüberziehen. Zwischendurch schlängeln sich von Hecken gesäumte Bachläufe und Feldwege. Man könnte meinen, es habe den Krieg nicht gegeben. Dort drüben rückt ein Laubwald heran. Es muss erfrischend sein, jetzt in seinem kühlen Schatten zu spazieren. Wie lange ist sie nicht mehr unbeschwert durch einen Wald gelaufen?

Die Jahre seit dem Krieg sind niederdrückend gewesen. Nicht nur der Wohlstand ist weg wie nach dem Tod des Vaters: Jetzt ist Ella bettelarm. Diese Armut geht ihr bis ins Mark. Sie fühlt sich nackt, entblößt vor der Welt. Ein Trost immerhin, dass es den Menschen um sie her nicht anders geht. Armut ist relativ, denkt Ella. Wenn sie damals in Maraunenhof so hätten leben müssen wie jetzt, es wäre noch um einiges demütigender und auszehrender gewesen.

Nach der Flucht aus Potsdam war sie mit den Kindern bei Hinrichs Eltern in Hamburg untergekommen, dann hat er zwei möblierte Zimmer in Flensburg für sie angemietet. Nach Kriegsende dann der gemeinsame Umzug nach Frankfurt.

Schäbigste Möbel haben sie sich zusammengesucht, um wenigstens für die bald drei Kinder Bett und Stuhl zu haben. Von Behaglichkeit keine Spur, von Geschmack und Stil, wie sie es aus dem Elternhaus gewohnt war, ohnehin nicht. Das Schlimmste aber war: Oft mussten die Kinder hungrig ins Bett. Die Eltern sowieso. Wie sehnt sie sich manchmal die geborgenen Einmachgläser herbei! Ein Jammer, dass die übrigen sechs Kisten verloren gegangen sind.

Monatelang hat Hinrich an einem englisch-deutschen Wörterbuch gearbeitet, das den Deutschen die Verständigung mit den Besatzern erleichtern sollte. Zum Glück haben die Briten und Amerikaner die Arbeit finanziell unterstützt. Als das Wörterbuch ein Jahr nach Kriegsende herauskam, war es eher ein Heftchen. Immerhin fand es Absatz und brachte etwas Geld ein.

Dann der Umzug nach Marburg, wo Hinrich eine Anstellung bei der *Staatsbibliothek im Exil* bekam. Ella hatte ihn dazu drängen müssen. Denn er wollte sich nicht »wegwerfen« an die staubige Fleißaufgabe, wollte stattdessen zurück in die Wissenschaft und Professor werden. Nicht *Bibliothekar.* Die Aussichten waren aber nun mal nicht danach. Mehrmals hat sie ihm eine Szene gemacht: Ob er denn überhaupt im Auge habe, dass er eine Familie zu ernähren habe? Dass es hier endlich eine der raren Verdienstmöglichkeiten für ihn gebe, die noch dazu alles andere als unehrenhaft sei. Die er ergreifen müsse, damit sie überlebten.

Er fügte sich, war aber am Boden zerstört, sah alle seine Felle als Historiker davonschwimmen und mit ihnen Anerkennung und Ansehen. Jeden Morgen nahm er widerwillig seine Aktentasche, um in die Universitätsbibliothek hinüberzugehen.

Nach einer Weile erkannte er die Schönheit dieser Aufgabe und schwärmte Ella am Mittagstisch davon vor: Diese über eine Million Bücher waren lebendige Reste des alten und guten Deutschland. Die Nazis hatten sie während des Krieges in ein Kalibergwerk in Hessen ausgelagert, um sie vor den Luftangriffen zu schützen. In diesen Büchern wehte der Geist des freien Denkens. Sie waren ein Grundstock für ein neues Deutschland, in dessen Boden eine Diktatur keine Wurzeln mehr würde schlagen können. Diese Bücher galt es zu retten. Die Bestände mussten erfasst, sortiert, aufgestockt und der Öffentlichkeit wieder zugänglich gemacht werden. Die Menschen sollten sie nutzen und sich zu Freiheit, Toleranz und Weltoffenheit erziehen.

Er freundete sich also mit der Aufgabe an. Immerhin war er wieder im universitären Umfeld untergekommen. Und vielleicht fühlte er sogar insgeheim, dass er mit dieser Arbeit etwas von seiner eigenen Schuld gutmachen und sein Gewissen reinigen konnte. Denn auch er war ja ein Rädchen gewesen. Wie sie alle. In jedem Fall hatte die Familie zu essen und ein Dach über dem Kopf. Und seit vor wenigen Wochen die Währungsreform in Kraft getreten ist, weht durch Marburgs Straßen ein milder Wind der Hoffnung, dass es bald wieder aufwärtsgehen könnte mit dem Leben. Auch wenn das Geld noch knapp ist, gibt es jetzt wieder vieles zu kaufen, woran in den letzten Jahren gar nicht zu denken war.

Dem Schienenstrang, auf dem Ella nach Gießen fährt, nähert sich von rechts immer wieder die Lahn. Die Enten müssen sich nicht anstrengen, um gegen den trägen Fluss zu schwimmen. Am Ufer lagern Ausflügler in Badeanzügen auf mitgebrachten Decken. Kinder plantschen im Wasser. Ein Stück weiter geht ein junges Paar am Uferweg. Die beiden haben die Arme umeinander gelegt.

Ella denkt an Hinrich, und es schmerzt sie, dass das ohnehin nicht kräftige Flämmchen ihrer Ehe erloschen ist. Sie sind nur noch durch die Aufgabe verbunden, die Kinder großzuziehen, und vor allem durch die Notwendigkeit des Überlebens: Ella muss bei ihm bleiben, denn einen Beruf, der sie ernährt, hat sie nicht. Wieder einmal denkt sie an die abgebrochene Schule. Auch mit ihrer Ausbildung als Schwesternhelferin, die sie gegen Ende des Krieges noch gemacht hat, könnte sie nicht auf eigenen Beinen stehen und ihre Kinder satt kriegen.

Der Wendepunkt in ihrer Ehe war Ellas Hamsterfahrt nach Königsberg gewesen. An ihr hatte sich der Dissens erst richtig entzündet. Auf die zweite Flucht – diesmal aus Potsdam – hatte sie ein Glas mit Schweinebraten als Belegexemplar für Hinrich mitgenommen, den Rest aus der Kiste hatte sie zurücklassen müssen. Als sie sich wiedersahen in Hamburg bei seinen Eltern, hat sie das Glas für ihn aufgemacht und gewärmt, hat Kartoffeln dazu gekocht und Grünkohl. Mit unbewegter Miene aß er den Braten, hüllte sich in eisiges Schweigen, brachte es nicht über sich, das Essen zu loben und damit auch ihre tollkühne Fahrt in die Höhle des Löwen. Konnte nicht großzügig sein und zugeben, dass sie recht behalten oder zumindest das Glück der Tüchtigen gehabt hatte. Bestand also weiterhin darauf, dass ihr Handeln verantwortungslos und eigenmächtig gewesen war.

Ella wiederum nahm ihm das übel, bauschte die Bedeutung der Hamsterfahrt und des Zerwürfnisses für sich mehr auf als vielleicht angemessen, hielt daran fest, dass er sie missverstand und missachtete. Halsstarrig hielten beide an ihrer Sicht der Dinge fest, nahmen dem anderen übel, dass er nicht auf die eigene Linie einschwenkte, und entzweiten sich weiter. Ihr Liebesleben war bis auf wenige Male zum Erliegen gekommen, was den Riss zwischen ihnen weiter vertiefte. Jeder gab im

Stillen dem anderen die Schuld daran. Über all das war Ella sich in manchen Momenten klar. Und konnte doch nichts daran ändern.

An Victor dachte Ella kaum noch, das gestattete sie sich nicht. Sie hatte nur gehört, dass er noch lebte und in Italien in amerikanische Gefangenschaft geraten war. Zwischen den Zeilen ihres Denkens und Fühlens aber war er immer präsent. Als Ahnung von einem Leben, das sie so gerne geführt hätte. Als Verbindung zur Heimat. Als Erinnerung an ihre Jugend. Als ersehnte Rückkehr zu einem Ursprung, den sie verloren hatte.

Dann die Einladung von Tante Dora. Und darin die Nachricht, dass Victor vor einigen Monaten aus der Gefangenschaft entlassen worden war und bei ihnen lebte. Er war wieder da! Zurück aus Amerika! Atmete ihre Luft! War offensichtlich wohlbehalten!

Keine Frage: Ella wollte ohne »die Ihren« nach Aachen fahren. Wollte sich dort eine Portion ihres verflossenen Lebens abholen, eine Portion Heimat. Hinrich wäre da ebenso im Weg gewesen wie die Kinder. Sie wollte für die paar Tage vergessen, dass sie Mutter war, wollte wieder jung und ungebunden sein. Sie wusste, es war töricht, aber es war nun mal so. Sie musste hin. Und das alleine. Hinrich hatte eh zu arbeiten und tat so, als merke er nicht, dass der Besuch nicht nur Tante Doras Fünfzigstem galt, sondern auch dem ehemaligen Nebenbuhler. Für die Kinder hat sie Alice zum Hüten bestellt, die dafür eigens aus Hamburg angereist war.

Ella nimmt sich vor, dass es ihre letzte Eskapade ist. Sie hungert nach Doras mütterlicher Zuwendung. Möchte noch einmal ein junges Mädchen sein. Ohne Verantwortung. Einigermaßen unbeschwert. Voller Hoffnung. Frei. Mit Mann und Kindern ist ihr Schicksal so unauflöslich festgefügt.

Sie denkt an die Radtour über die Nehrung. An die kleine Liebelei mit Paul in den Dünen bei Nidden. Damals konnte sie sich noch vom Leben holen, wonach ihr war. Damals gab es keine Einschränkungen. Damals war das Leben noch köstlich und frisch.

Die Schmetterlinge ihrer Jugend fallen ihr ein und die Kommode mit den breiten Schubladen, in denen sie sie nach Gattungen und Farben sortiert aufbewahrte. Nach Vaters Tod war der Kauf dieses kostspieligen, extra vom Tischler angefertigten Möbelstücks eigentlich nicht mehr in Frage gekommen. Aber Ella lag der Mutter so lange und erbost immer und immer wieder damit in den Ohren, dass die Kommode nun mal zu der entomologischen Erstausstattung gehöre, die der Vater ihr zum Geburtstag versprochen hatte, bis Alice nachgab.

Wie schön war es, eine Schublade nach der anderen langsam herauszuziehen und durch die spiegelnde Verglasung auf die kunstgerecht ausgebreitete Pracht zu schauen. Jeden einzelnen Schmetterling hatte sie aufmerksam im Flug beobachtet und dann das Netz nach ihm durch die Luft fliegen lassen. Hatte ihn getrocknet und präpariert. Auch lange nach ihrem Tod waren die herrlichen Farben und Musterungen der Tiere doch wie bei ihrem letzten Ausflug erhalten und glänzten wie Edelsteine. Als könnten sie sich gleich erheben und davonflattern. Keiner der Schmetterlinge konnte ihr mehr entwischen. Ihr Glanz war konserviert. Ella freute sich oft an ihrem Schimmer, verlor sich in den vom Schein der Deckenlampe hervorgerufenen Reflexen, und wenn sie einmal aufgewühlt war, traurig oder mutlos, dann konnten die zarten Flügel der Lepidoptera ihre Nerven besänftigen wie sonst nur das Klavierspiel der Schwester. Auch nach ihrer Heirat noch nahm sie sich manchmal eine Viertelstunde, versank im Anblick ihrer Sammlung und dachte an ihre Jugendjahre.

Seit der Abreise im Sommer 44 waren diese Freuden vorbei. Denn natürlich hatte die Kommode in der Wohnung auf den Hufen zurückbleiben müssen. Sie war zu sperrig, zu schwer und am Ende auch zu empfindlich, als dass man sie in der gebotenen Eile hätte in den Westen mitnehmen oder schicken können. Eine Weile hoffte Ella noch, bald zurückkehren und ihre Augensterne wieder in Besitz nehmen zu können. Doch inzwischen hat sie sich damit abgefunden, dass sie ihre Heimat und damit auch die Schmetterlinge wohl nie wiedersehen wird.

Das gleichmäßige Klappern des Zuges auf den Schienen durchbebt ihren Körper und lullt sie ein. Sie ist in Gießen nach längerer Wartezeit in den Zug Richtung Betzdorf umgestiegen. Der Blick aus dem Fenster beruhigt sie. Es tut gut, dass sich da draußen ständig etwas verändert. Ihre innerliche Starre löst sich, und sie spürt wieder mehr die Kraft der Lebendigkeit. In dem Tal, durch das der Zug fährt, haben sich große Dörfer breit gemacht. Offenbar hat ihnen der Krieg nicht viel angehabt. Dazwischen liegen fette Wiesen am Ufer eines Flüsschens.

Ella kommt es vor, als sei die Landschaft eine gigantische Kulisse, die extra für sie hier aufgebaut ist und wieder verräumt wird, kaum dass ihr Zug sie passiert hat. Wie damals auf ihrer letzten Fahrt nach Königsberg fühlt sie sich wie die Hauptfigur eines Kinofilmes, sieht sich selbst, wie sie durch die mit Regentropfen bedeckte und beschlagene Scheibe nach draußen blickt. Ihr ist, als könnten die Zuschauer gemeinsam mit ihr in ihr Inneres sehen. Als bekämen ihre Gedanken, Erinnerungen und Gefühle damit endlich einmal die Beachtung und Bedeutung, die sie verdienten, würden nicht gleichgültig vom Lauf des Lebens fortgespült.

Dann wird ihr klar: Es gibt keine Zuschauer. Sie sitzt in diesem Zug hier allein. Trotz der Mitreisenden. Sie kann mit dem einen oder anderen ein Schwätzchen halten, vielleicht sogar einen innigen Moment erleben, aber früher oder später werden alle aussteigen, auch sie selbst.

Jeder hat sein Leben und ist in erster Linie damit beschäftigt. Sie begreift, dass sie von niemandem erwarten kann, ihr Zuschauer zu sein. Ist es nicht genau das gewesen, wofür sie die Bewunderung der Jungen und Männer immer gebraucht hat: dass jemand sie sah? Dass sie sich in diesen kostbaren Momenten sicher sein konnte, dass sie nicht allein war und ihr Leben eine Bedeutung hatte? Bei Licht besehen töricht, denkt sie. Wie es wohl wäre, niemand anderen dafür zu brauchen? Ihr Leben könnte auch Bedeutung gewinnen, wenn *sie* es ist, die in ihr Inneres schaut und die sich immer wieder darüber klar wird, wer sie ist. Wenn *sie* es ist, die ihrem Leben einen Wert gibt. Sie spürt, dass da ein großer Schritt vor ihr liegt. Doch wie weit hinab reicht der Blick in ihr Inneres?

Noch heute Morgen ist etwas Schlimmes passiert. Es war, als sie den improvisierten Geschirrschrank öffnete. Hinrich hat ihn vom Trödelhändler in Frankfurt, und er ist schon etwas wacklig. Sie haben ihn sich nur leisten können, weil die Einlegeböden fehlten. Also mussten sie sich die Bretter dafür zusammensuchen, um in dem Schrank Gläser und Geschirr aufbewahren zu können. Allerdings waren die Bretter in Breite und Tiefe entweder zu lang oder zu kurz. Eines von ihnen musste Hinrich zurechtsägen, und weil er nun mal zwei linke Hände hat, ist es ein Stück zu kurz geraten. Damit es dennoch hielt, hat er links zwei Nägel in die Innenwand des Schrankes geschlagen, auf denen es ruhte. Die Ritze haben sie mit zerknülltem Zeitungspapier ausgestopft, damit das Brett rechts nicht den Halt verliert.

Als sie heute Morgen die Schranktür öffnete, um Milchgläser für die Kinder herauszuholen, ist es passiert: Das zu kurze Brett ist rechts von der Halteschiene gerutscht und erst auf dieser Seite nach unten gekracht, dann auf der anderen. Der Lärm von splitterndem Glas fuhr Ella in die Wirbelsäule. In ihren Ohren hallte er um ein Vielfaches verstärkt wider, echote, als würde jemand hämisch kichern. Erstarrt blieb sie stehen und sah sich das Unglück an: Die unteren Bretter haben gehalten, aber der Schaden war dennoch beträchtlich. Mehrere Tassen und Teller sind zu Bruch gegangen und auch eine ganze Reihe Gläser.

Ella bekam einen Riesenschrecken. Natürlich wird es eine Herausforderung sein, die kaputten Teile zu ersetzen. Aber die Hauptsache ist der alte Familienfluch vom Glasbruch. Abergläubisch ist Ella bestimmt nicht, trotzdem fürchtet sie sich jetzt. Sie kann sich nicht dagegen wehren, die Vorstellung sitzt zu tief. Nicht in jener Region ihres Gehirnes, wo Vernunft und Überlegung ihren Platz haben, sondern in dem dunklen und tief hinabreichenden Schacht ihrer Gefühle. Dort unten krabbelt lichtscheues Gewürm, es wuselt und scharrt, wimmert und kratzt. Ganz leise, aber die winzigen Geräusche und Erschütterungen dringen herauf zu ihr, werden durch den Schacht wie durch eine Flüstertüte verstärkt und machen sich mit beträchtlicher Macht in ihrem Leben breit. Dem hat Ella nichts entgegenzusetzen. Sie kann die Furcht, dass jetzt ein großes Unglück geschehen wird, nicht einfach abschütteln. Es waren unsinnige Gedanken, die ihr kamen: Durfte sie wirklich nach Aachen fahren? Musste sie nicht lieber zu Hause bleiben, damit nicht in ihrer Abwesenheit etwas Schlimmes geschah? Musste sie nicht ihre Kinder beschützen? Brächte sie am Ende Unglück über Doras Familie, wenn sie hinführe? Es hat sie große Überwindung gekostet, sich über die mütterliche Paranoia hinwegzusetzen und die Reise doch anzutreten.

Sie blickt durch das Zugfenster hinauf in den Himmel. Inzwischen hängen fahle Wolken dicht über der Landschaft. Dem Himmel hier im Westen fehlt die Weite, denkt sie. Er ist kein leuchtender Spiegel der See wie im Samland. Ihm fehlt das Lichte. Die erhebende Bläue. Selbst die Wolken wirken banal.

Ostpreußen gibt es nicht mehr. Die Kulturlandschaft ist zerschlagen in einen sowjetischen Teil im Norden und einen südlicheren polnischen. Ihrer Heimatstadt haben die Russen vor zwei Jahren auch noch den Namen geraubt: Kaliningrad, wie sich das anhört! Und im letzten Herbst hat Stalin dann auch noch entschieden, alle verbliebenen Deutschen aus dem nördlichen Ostpreußen abzusiedeln. Schwungweise kommen sie nun in Zügen im Westen an. Sie berichten abscheuliche Dinge von der russischen Herrschaft. Alices Vetter August war bisher nicht unter den Ankömmlingen: Nachdem er bei der Flucht aus Pillau zum Volkssturm eingezogen worden war, gab es keine Nachricht mehr von ihm. Er wird umgekommen sein. Im Krieg oder dann unter den Russen. Auch vom alten Lateinlehrer Schramm und seiner Frau hat Ella nichts mehr gehört.

An eine Rückkehr in die Heimat ist also nicht mehr zu denken. Ella wird sich damit abfinden müssen. Und sich hier einrichten. Das fällt ihr schwer. Das Leben ist so trist. Sie weiß auch gar nicht, wo sie anfangen soll, sich heimisch zu fühlen. Erst Hamburg, dann Flensburg und Frankfurt, nun Marburg. Wer weiß, für wie lange? Es ist so gleichgültig geworden, wo man lebt.

Was soll man sich anstrengen, sich wieder ein Leben zu schaffen, wenn es nichts gibt, wofür es sich lohnt? Alles ist doch verloren! Auch die Menschen. Keine vertrauten und selbstverständlichen Begegnungen mehr mit Nachbarn, Freunden, Bekannten. Die Menschen hier im Westen geben einem bei jeder Gelegenheit zu verstehen, dass man unerwünscht ist, dass man nicht dazugehört und immer fremd bleiben wird. Sie scheinen zu glauben, dass man ihnen in der Knappheit etwas wegnimmt. Wer am wenigsten verloren hat, erhebt sich über die, die nichts mehr haben. Was haben wir verbrochen?, fragt sich Ella. Sind wir mehr schuld an diesem verlorenen Krieg als die Leute hier? Was können die Menschen hier schon dafür, dass ihre Heimat zufällig weiter im Westen liegt als Ellas? Es ist kein Verdienst, kein Flüchtling zu sein. Es ist der pure Zufall, der die Menschen zum Spielball der Geschicke macht. Was bilden die sich eigentlich ein! Sie glauben, sie hätten ihr Glück verdient und wir unser Pech! Das legen die sich doch nur so zurecht, damit sie nichts abgeben müssen. Natürlich hat sie es im Vergleich zu vielen anderen Flüchtlingen dieses Krieges noch gut: Sie ist Deutsche, muss keine neue Sprache erlernen, und an ihr klebt nicht einmal ein hier fremd klingender Dialekt. Denn in ihrem Elternhaus wurde Hochdeutsch gesprochen. Wie muss es also erst den Flüchtlingen aus Polen oder Russland gehen? Oder gar den Überlebenden der Konzentrationslager?

In Betzdorf hat sie eine halbe Stunde Aufenthalt. Sie lässt ihren Koffer in der Obhut einer anderen Reisenden, die auch auf den Anschluss wartet, und geht ein paar Schritte einen Hügel hinauf. Dabei isst sie die Scheibe Brot, die sie sich morgens eingepackt hat. Schön wäre es, wenn sie etwas Wurst oder Käse dazu hätte, aber so sind die Zeiten eben. In einem der Vorgärten sind die Beete bepflanzt, und Ella saugt die prächtigen Farben gierig in sich ein.

In ihr ist während dieser trostlosen Jahre seit Kriegsende ein unersättliches Verlangen nach Blumen herangewachsen. Wenn nicht mindestens ein Strauß auf dem Küchentisch steht, wird sie ungehalten. Dann fängt es in ihrem Bauch zu kribbeln an, ihr Herz schlägt schneller und wuchtiger, die Finger werden unruhig. Eine kaum bezähmbare Wut steigt in ihr auf, ein brennender Schmerz und auch die Angst, dass ihr Leben ihr jeden Moment entgleiten und ein Unglück sie heimsuchen könnte.

Im Januar und Februar schneidet sie Weidenkätzchen und Zaubernusszweige, und Ende Februar stoßen die Schneeglöckchen ihre Köpfe aus der Erde. Sie bindet sie zu kleinen Sträußchen und verteilt sie in der Wohnung. Aber erst wenn sie die ersten Tulpen auf den Wohnzimmertisch stellen kann, die sie hin und wieder von Freunden aus deren Schrebergarten ergattert, sind Schmerz und Leere einigermaßen zu betäuben. Sie versenkt sich in die wunderbaren Farben, und es ist Balsam für ihr Gemüt zu sehen, wie in den Blütenkelchen das Rot nach unten hin in ein weißliches Gelb übergeht.

Sobald jedoch das Wasser in der Vase schmierig wird, und schon gar wenn die Blumen erste Anzeichen von Hinfälligkeit zeigen, wächst in Ella wieder die Unruhe: Schon überlegt sie, wo sie wieder Nachschub bekommen kann, neue Blüten, an denen sie sich sattsehen kann und die ihre Nerven beruhigen.

Im Frühsommer wird es leichter, da kann sie mit den Kindern lange Spaziergänge durch die Wiesen am Stadtrand machen, um pralle Sträuße aus zartbunten Wildblumen zu pflücken: Zwischen Margeriten, Schafgarbe,

Lavendel oder Butterblumen steckt sie Gräser oder frische Buchenblätter. Doch die ewigen Wiesensträuße werden ihr mit der Zeit langweilig. Sie braucht leuchtendere Blumen mit größeren Blüten. Die Blumengeschäfte haben aber noch nicht viel Auswahl, weil im Luftkrieg auch die meisten Gewächshäuser zu Bruch gegangen sind. Von einem ihrer Blumenbinder hat sie erfahren, dass jetzt mit der Währung vielleicht auch der Blumenhandel Aufschwung nimmt durch Importe aus Holland, Italien oder Spanien. Dann kann Ella wieder auf Nelken und Gladiolen hoffen, auf Narzissen, Anemonen oder Freesien.

Der blütenlose Winter ist für Ella schwer zu ertragen. Sie behilft sich mit Adventsgestecken oder schneidet Anfang Dezember Zweige von Apfel- oder Kirschbäumen, die sie mit warmem Wasser abspült und in die Vase stellt, damit ihre Knospen zu Weihnachten aufspringen und wenigstens kurze Zeit blühen. Doch die Blütenfreuden sind dünn gesät in diesen Monaten.

Deshalb sind im Winter oft schon Kleinigkeiten Anlass genug, dass Ella der Geduldsfaden reißt. Dann staucht sie ihre Kinder wegen nichts und wieder nichts zusammen, als hätten sie etwas Schweres verbrochen: Erschrocken und ängstlich sehen die Kleinen ihre Mutter an. Ella ist entsetzt über sich selbst, kann aber nicht anders. Ihr wird alles zu viel. Sie muss viel auf dem Sofa liegen und die Füße hochlegen. Den Ellbogen hinter den Kopf klemmen und an die Decke starren. Nichts hören, nichts sehen. Die Kinder haben gelernt, dass es besser ist, wenn sie dann auf Zehenspitzen durch die Wohnung gehen.

Ella reißt sich von den Beeten los und geht wieder hinunter zum Bahnhof. Noch einmal drei Stunden Fahrt bis Köln. Sie döst die meiste Zeit vor sich hin und lässt sich vom Klappern des Zuges einlullen. Endlich fahren sie über die vor kurzem aus dem Rhein heraufgeholte und notdürftig instand gesetzte Hohenzollernbrücke. In einer Rechtskurve taucht unvermittelt der augenscheinlich unversehrte Kölner Dom in Ellas Fenster auf. Dahinter sieht sie kurz eine Ruinenlandschaft aus zerbombten Häusern. Ein gespenstischer Anblick. Kaum zu glauben, dass die Bomben ausgerechnet den Dom verschont haben.

Dann rollen sie auch schon in den Hauptbahnhof ein. Die Gleishalle ist eher Gerüst als Gebäude. Ihre Stahlkonstruktion steht noch, aber die Verglasung dazwischen ist herausgebrochen. Aus dem Zug am Bahnsteig gegenüber steigen traurige Gestalten aus, die einmal deutsche Soldaten gewesen sind – Russlandheimkehrer wahrscheinlich. In ihren alten Wehrmachtsuniformen scheinen sie schon drei Jahre nach Kriegsende aus der Zeit gefallen.

Wieder muss sie eine Stunde warten. Sie kann sich nicht überwinden, durch die zerschossenen Straßen zu gehen. Denn sie hat die schlimmen Bilder aus Königsberg vor Augen. Also setzt sie sich auf eine Bank und stiert vor sich hin. – Auf der Weiterfahrt das gleiche trostlose Bild: Vor Ellas Fenster ziehen teilweise eingestürzte Hausruinen vorbei, aus Haufen von Mauerbrocken und Ziegelsteinen ragen abgeknickte Leitungsrohre und Drahtgestrüpp hervor. Verschüttete Straßen. An einigen Stellen sind die Trümmer schon abtransportiert und haben seltsame Weiten hinterlassen. Doch Ella sieht auch Kräne, Baugerüste und Maurer.

Wie ihre Ankunft in Aachen wohl verlaufen wird? Kommt jemand von den Jacobys sie abholen? Wenn ja, wer wird es sein? Bestimmt wird Tante Dora es sich nicht nehmen lassen, sie abzuholen. Ella weiß, wie sehr sie an ihr hängt. Möglicherweise aber hat sie vor ihrem Geburtstag zu viel zu tun. Wahrscheinlich sogar. Deshalb schickt sie wohl eher ihre Tochter Anneliese, mit der Ella aus Königsberger Zeiten befreundet ist. Lange haben sie sich nicht gesehen, seit Anneliese nach Aachen geheiratet hat. Aber nein, Anneliese bleibt bestimmt auch keine Zeit, sie abzuholen. Sie hat ja ein kleines Kind, um das sie sich kümmern muss. Und die Männer der beiden Frauen sind sicher noch bei der Arbeit.

Natürlich entgeht Ella nicht, dass sie alle Möglichkeiten als unwahrscheinlich vor sich darstellt, damit am Ende nur noch einer übrig bleibt: Victor. *Er* soll sie begrüßen. *Ihn* will sie als Ersten sehen. Ein wenig überrascht ist sie jedoch, dass sie gar kein schlechtes Gewissen für ihr außereheliches Begehren hat: Der Zug hat sie offenbar schon weit genug von ihrem Leben zu Hause als Ehefrau und Mutter weggebracht. Die Reise in ihre Jugend scheint also zu glücken.

Als der Zug am Abend im Bahnhof von Aachen einfährt, hat sich ihre Erregung trotz der Müdigkeit am Ende dieser anstrengenden Reise noch verstärkt. Eine fremde Stadt wartet auf sie, ein Moment, in dem alles möglich ist: Man kann neue Menschen kennenlernen, in neue Welten eintauchen, vielleicht sogar ein neues Leben anfangen. Ella nimmt ihr Köfferchen und tritt, die Hand an der senkrechten Griffstange, auf den Bahnsteig. Sieht hinauf in das kartenhausähnliche Dach. Es hat einige Schäden abbekommen bei den Luftangriffen. Ella denkt kurz an die Gleishalle von Königsberg und an die aufregende Abreise dort nach ihrer Hamsterfahrt vor gut drei Jahren. Beschwingt geht sie den Abgang hinunter, unterquert die Gleise, steigt wieder hinauf und kommt in die Schalterhalle. Viele Reisende sind nicht unterwegs, offenbar haben die Menschen anderes zu tun, als durch die Weltgeschichte zu fahren. Immer wieder sieht Ella sich um, ob sie nicht ein vertrautes Gesicht erkennt. Ist am Ende gar niemand gekommen? Doch als sie die Schwingtüren der Halle nach draußen öffnet und mit einem Blick den Bahnhofsvorplatz umfasst, dann auf die kleine Treppe vor sich schaut, sieht sie *ihn*, den rechten Fuß auf die unterste Stufe gestellt, den linken auf der Herrenstange seines Fahrrads: Victor.

Er schaut bereits hoch zu ihr, den linken Arm auf das hochgestellte Knie gelegt, das Kinn auf dem Handrücken. Ihre Blicke treffen sich, seiner offenbar ohne größere Gemütsbewegung, noch ein wenig weiter in sich zurückgezogen als damals vielleicht, aber unverwandt und wach.

Fast neun Jahre hat sie ihn nicht gesehen. Und doch stellt sich die Verbindung zu ihm mit einem Schlag wieder ein. Sie weiß: Auch wenn er noch so melancholisch wirkt, auch wenn er noch so fremd ist in dieser Welt und den Menschen gegenüber abweisend, auch wenn er sich ihr gegenüber noch so verschlossen zeigt: Er wird immer diese einmalige und unerklärliche Anziehungskraft für sie behalten. Er wird immer ein Fixstern in ihrem Universum sein.

Er macht keine Anstalten, vom Rad zu steigen und sie zu begrüßen, sieht sie nur an. Ein schmales Lächeln, seine Augen beginnen, ein winziges bisschen zu glimmen. Ella steigt die Stufen hinab, geht um sein Fahrrad herum und stellt den Koffer auf den Boden.

»Da bist du also«, sagt er lakonisch. Immerhin: Sein Lächeln ist eine Idee offener geworden, und ein Abglanz der alten Heiterkeit schimmert ihm aus den Augen. Jetzt aus der Nähe sieht er abgeschlagen aus, tief erschöpft und grau.

»Willst du mich denn gar nicht begrüßen?«, fragt sie.

»Na, ich bin doch da, dich abzuholen«, antwortet er trocken.

Also beugt sie sich vor, legt ihm die Hand um den Nacken und küsst ihn auf die Wange. Sein herrlicher Körpergeruch benimmt ihr die Sinne. Auch wenn eine neue, leicht beißende Note dazugekommen ist. Er küsst sie artig zurück, ebenfalls auf die Wange. An seinem Kinn spürt sie die feinen Bartstoppeln des späten Nachmittags. Damals, als sie ihm zuletzt so nah war, waren seine Wangen noch glatt.

Nun stehen sie voreinander. Victor wirkt wie eingefroren oder festgewurzelt.

»Wie geht es jetzt weiter?«, fragt sie.

Pause.

»Na, wir gehen nach Hause. Oder willst du fahren?« Er klopft mit der Hand kurz an den Lenker und hat einen Hauch Provokation im Blick.

»Auf dem Rad?«, fragt sie. »Zu zweit? Mit Koffer?« Der Gedanke ist verführerisch. Sich von Victor fahren zu lassen, durch die Straßen zu schweben, ganz nah an seinem Rücken.

»Den nehme ich.«

Er greift nach dem Koffer und platziert ihn zwischen seine Oberschenkel auf Herrenstange und Lenker. Dann deutet er auf den Gepäckträger, wohin Ella sich jetzt setzt und die Beine zur Seite herabhängen lässt. Sie fasst an den Gepäckträger und von unten ins Gestänge des Sattels.

»Achtung! Es geht los!«, sagt er.

Die Familie hat mit dem Abendbrot auf Ella gewartet. Sie essen draußen im Garten. Tante Dora plaudert vergnügt, nur vom Zwitschern der gelbschnabeligen Amsel am Dachfirst unterbrochen. Sie ist offensichtlich froh, in Ella ein Stück ihres früheren Lebens wiedergefunden zu haben. Bei der Begrüßung hat sie sie so herzlich geküsst und immer wieder an sich gedrückt, als wollte sie gar nicht loslassen. »Ach, mein Ellalein, dass du da bist! Dass du wirklich da bist! Lass dich ansehen! Tatsächlich, du bist eine Frau geworden. Wie schön, dich hier bei uns zu haben!«

Mit am Tisch sitzen ihr Mann Erich und ihre Tochter Anneliese mit ihrem kleinen Jungen und dessen Vater Johannes. Ella und Dora dominieren das Gespräch, berichten einander, was sie und ihre Familien in den drei Jahren erlebt haben und wie mühsam der Neuanfang ist. Ella sonnt sich in Doras mütterlichen Blicken, sie fühlt sich plötzlich wieder so leicht und jung, ohne Sorgen und ohne Verantwortung.

Ella beneidet die Jacoby-Geschwister um Dora – den fröhlichen Magneten, der alles zusammenhält. Die mit ihrer Liebe für alle einen heimeligen Raum schafft, der es ihnen erleichtert, die neue Heimat als solche anzunehmen.

Auch der Geburtstagsbesuch wirkt belebend auf die exilierte Familie. Man tauscht Erinnerungen an die Heimat aus – »Weißt Du noch…?« – und versichert sich so der eigenen wie der gemeinsamen Vergangenheit.

Nur die beiden jungen Männer beteiligen sich wenig am Tischgespräch: Bei Johannes kann Ella es verstehen, weil er Königsberg kaum kennt und deshalb nicht mitreden kann, aber warum ist Victor so still? Nicht einmal in seiner Familie lebt er auf. Minutenlang starrt er wie aus Glasaugen ein Loch in die Tischdecke, bis ihn jemand anspricht oder ihn die Erinnerung zu ereilen scheint, wo er sich gerade befindet. Dann zuckt er zusammen, blickt einen kurzen Moment wie ein geängstigtes Tier um sich, um die Lage zu sondieren, und setzt gleich wieder sein unbeteiligtes Gesicht auf. Wenn er nach dem Brotkorb greift, zittern seine Hände.

Sie möchte ihn fragen, was er erlebt hat in den Jahren von Krieg und Gefangenschaft. Was hat ihn so verändert? Es müssen schlimme Dinge gewesen sein. Doch die Frage kann sie nicht stellen, zumindest nicht in der großen Runde.

Der nächste Tag ist von Vorbereitungen geprägt. Tische werden gerückt, Stühle gestellt, Tischdecken gebügelt, Servietten gefaltet, im Garten selbstgebastelte Lampions aufgehängt. Die drei Frauen schmieren am laufenden Band Schnittchen. Zum Belegen gibt es nicht allzu viel. Sie verfeinern die Butter mit Kräutern, Tomatenmark oder einfach mit Salz. Und Erich hat ein Stück Schinken organisiert, von dem er hauchdünne Scheiben herunterraspelt. Zu trinken soll hauptsächlich Tee gereicht werden, nur zum Anstoßen gibt es ein paar Flaschen Sekt.

Doch auch ohne größere Mengen Alkohol entwickelt sich schnell eine überbordende Stimmung. Dora hat mehrere ihrer Königsberger Freundinnen eingeladen, die nun über ganz Deutschland verteilt leben und glücklich sind, sich hier nach drei Jahren wiederzutreffen. Es gibt viel zu erzählen. In diesen kurzen Stunden ist es, als sei Königsberg nie zerstört worden, als hätte es keine Flucht gegeben, als sei man immer noch dort.

Ella lässt sich von der Welle mit nach oben treiben und ist endlich wieder einmal in ihrem Element. In Gesellschaft hat sie sich schon immer wohlgefühlt. Sie strahlt alle an und erntet überall Zuneigung. Und das obwohl ihr die meisten Gäste nur von ungefähr oder sogar nur dem Namen nach bekannt sind. Rasch lassen sich gemeinsame Bekannte finden, über die man sprechen kann und Kontakt zueinander findet. Und vor allem verbindet sie die gemeinsame Herkunft. Die wenigen Aachener Gäste fallen gar nicht auf in dem Trubel.

Nach einer Weile bemerkt Ella, dass Victor fehlt. Sie kann ihn im Haus nicht finden. Auch im Garten ist er nicht. Sie geht hinaus auf die Straße. Da steht er an ein Mäuerchen gelehnt und zieht an einer Zigarette.

»Schön, dass du mir Gesellschaft leistest«, sagt er. »Mir sind es drin zu viele Leute.« Er lächelt sie an mit seinen grün-goldenen Augen. Ella kennt das von früher: Mal ist er nah, mal wieder fern. Sie setzt sich neben ihn. Aber sie ist auf der Hut.

»Du rauchst?«, fragt sie.

»Im Krieg fangen alle an zu rauchen. Ich bin es noch nicht wieder losgeworden.«

»Was war denn schlimmer«, tastet sie sich vorsichtig heran. »Der Krieg oder die Gefangenschaft?«

»Ach, die Gefangenschaft war ganz in Ordnung. Nach allem, was wir zuvor erlebt hatten, war das fast wie Urlaub: Wir waren gut untergebracht, hatten genauso viel zu essen wie die amerikanischen Soldaten, und wir Offiziere mussten meist auch keine schwere Arbeit leisten. Ich war die längste Zeit damit beschäftigt, Dokumente zu übersetzen oder zu dolmetschen.«

Na, du bist ja richtig gesprächig, denkt Ella, behält es aber für sich.

»Und hattet ihr Heimweh? Es muss schlimm gewesen sein, so weit weg von zu Hause.«

»Ach, weißt du, viele von uns haben sich ganz und gar nicht nach Deutschland gesehnt. Wir wussten ja, dass hier alles kaputt war. Außerdem fürchteten wir uns geradezu vor der Rückkehr: Wir waren in diesem Krieg gescheitert. Wir konnten also nicht gerade als Helden zurückkommen. Viele, die zu Hause keine Frau hatten, wollten sogar in Amerika bleiben. Das Lebensgefühl dort war so viel unbeschwerter.«

»Aber dann bist du doch wiedergekommen.«

»Tja, wir mussten. Die Amerikaner wollten uns irgendwann loshaben. Manche von uns sind abgehauen, um in den Staaten unterzutauchen, aber die Amis haben fast alle wieder eingefangen. Jedenfalls die, die ich kannte.«

Ella wartet einen Moment. Dann sagt sie forschend:

»Also, die Gefangenschaft war erträglich, sagst du.« Sie betont das Wort »Gefangenschaft«, damit er ihr von davor erzählt. Von all den Jahren, die ihr fehlen.

»Mmh.«

Mehr sagt er nicht. Sie lässt ihm die Pause, sieht ihn aber aufmerksam an. Er soll merken, dass sie wartet. Er schaut hinauf in den Himmel, als könnte er dort oben eine Antwort pflücken wie einen reifen Apfel. Dann fällt sein Blick hinab auf seine Schuhspitzen.

»Man kann das nicht erzählen, Ella«, sagt er tonlos. »Es ist zu viel. Der Krieg ist einfach unvorstellbar. Es tut weh, darüber zu sprechen.«

Vielleicht weil sie ihn unverändert ansieht, kommen dann doch noch einige Brocken aus ihm heraus. Es ist, als würde er allem, was er sagt, hinterherhorchen, aber keine Verbindung dazu bekommen. Als wenn die Worte in einem anderen Teil seines Gehirns aufbewahrt würden als die zu ihnen gehörenden Erlebnisse, Bilder, Gerüche und Töne. Zwischendurch macht er immer wieder lange Pausen:

»Ich war zuerst in Polen, dann der Westfeldzug, am Ende Russland, Ukraine und Italien. – War mehrfach verwundet. – Der Schlamm. – Die Kälte. – Unzählige Male dem Tod entronnen. – Die Angst. – So viel Tod.

Überall. Immer. Auch der, den wir den anderen gebracht haben.« Er atmet flach und blickt kurz zu ihr hinüber: »Der Krieg schreibt böse Geschichten, Ella. Nicht auszuhalten. Es ist einfach zu viel. Und so sinnlos.«

Er spürt wohl, dass sie ihn noch immer unverwandt ansieht. Dass sie nicht lockerlässt. Da kommt eine Idee mehr Lebendigkeit in seine Stimme. Sein Körper aber bleibt unbewegt.

»Was wir gesehen haben, das kann man nicht einfach so erzählen. Schon gar nicht denen, die nicht dabei waren. Es bleibt besser im Dunkeln. – Ich will es vergessen. Und an ein neues Leben denken.«

Ella fühlt sich wie vor einer unüberwindlichen Mauer. Die Antwort auf all ihre Fragen ist nur wenige Zentimeter von ihr entfernt, sie steckt in diesem Kopf da. Victor muss nur den Mund aufmachen. Kann das so schwer sein? Aber es ist ihm offensichtlich sehr ernst mit dem, was er eben gesagt hat: Er will nicht mehr sagen. Zwischen sie und sich selbst hat er eine unsichtbare Linie auf den Boden gemalt, von der er nicht möchte, dass sie sie überschreitet. Aber wenn sie jetzt aufgibt, ist es vielleicht für immer.

»Kannst du nicht versuchen, wenigstens ein bisschen zu erzählen? Ich möchte so gerne verstehen. Du bist so anders geworden.«

Victor wirft seinen Zigarettenstummel auf die Straße und bläst langsam den Rauch des letzten Zuges vor sich hin. Dann dreht er seinen Kopf zu Ella. Sieht sie an. Lange. Keiner von beiden sagt etwas. Sie wartet, aber er schweigt und schaut. Als wollte er ihr die Dinge mit seinen Blicken erzählen, um sie nicht aussprechen zu müssen.

Sie sieht von einem Auge zum anderen, sucht in ihnen nach dem Victor von früher. Sucht nach einer Brücke über die Kluft dieser Jahre. Liest in diesen Augen einen stummen Schrei. Einen tiefen Schmerz. Ihr läuft ein leichtes Frösteln über Nacken und Schultern. Doch sie glaubt, in diesen Augen noch etwas anderes zu erkennen. Eine tief verschüttete, aber mächtige Gier nach Leben.

Nach einer Weile wendet Victor den Kopf nach vorn, sieht hinauf in den noch hellen Himmel. Er atmet einmal durch, dann lächelt er Ella leise an. Es ist ein versöhnliches Lächeln.

»Vielleicht ein andermal. – Wollen wir einen Spaziergang machen?«

Sie ist enttäuscht. Aber natürlich will sie. Sie gehen durch die Straßen des kleinen Vorortes. Der Tag ist vorbei. Es dämmert. Ein lauer Sommerabend.

Victor spricht von den gemeinsamen Zeiten. Er hat offensichtlich das Bedürfnis, von Friedlichem zu sprechen, also schlagen sie gemeinsam einen langsamen Salto rückwärts in die Jahre vor Victors Krieg und Ellas Heirat. Drehen für eine Stunde die Zeit zurück. Plaudern von jenem Strandsommer an der Samlandküste, als sie sich kennenlernten. Erinnern einander an Konzertbesuche, Ausflüge, Reitnachmittage. Sprechen von Tanztees, Kinofilmen und gemeinsamen Bekannten. Es ist, als könnten sie ihre ganze Jugend wieder auferstehen lassen. Schöner noch, als sie war.

Auf wundersame Weise schließt sich die Kluft der bösen Jahre – ganz anders als von Ella erhofft. Denn durch die gemeinsame Erinnerung bekommt sie nicht nur eine

Verbindung zu dem Victor, den sie gekannt, sondern sogar zu dem, den sie geliebt hat. Auf einmal ist er jetzt aufgeschlossen und frei mit ihr. Fängt alle Bälle auf, die sie ihm zuspielt. Wirft ihr von sich aus andere zu. Lächelt sie an! Sehnt er sich ebenso nach der Jugend wie sie? Will er mit dem Abstand der Jahre nachholen, was ihm damals nicht möglich war?

In dieser Sommerabendstunde wird aus ihrer schmerzhaften Jugendliebe wie durch einen Zauber eine glückliche. Beide glauben sie daran. Seine Augen sind wieder die von früher.

Dieses kleine, späte Glück kann an diesem Abend vielleicht nur wachsen, weil sie sich von früher kennen, weil sie beide etwas zu vergessen haben und weil aus diesem Glück nichts werden kann. Sie lachen zusammen. Gehen Arm in Arm. Dann sogar Hand in Hand. Langsam breitet sich die Nacht über sie. Wenn Ella zu Victor hinübersieht, erkennt sie nur noch seinen Schattenriss.

In ihr steigt eine paradiesische Illusion auf: Könnte es nicht doch noch etwas werden mit ihnen beiden? Könnten sie nicht ihre alten Leben hinter sich lassen und gemeinsam ein neues beginnen? Ohne zu zögern, würde sie sich von Hinrich trennen und zu Victor ziehen.

»Du hast gesagt, du willst vergessen und an ein neues Leben denken. Weißt du denn, wie es jetzt weitergeht?«, fragt sie.

»Ich fange noch einmal von vorne an. Ich habe ja keine Berufsausbildung.«

»Aber du hast doch Karriere als Offizier gemacht. Warst sogar im Generalstab.«

»Das ist ja nun nichts mehr wert. In den nächsten Wochen reite ich zum Vergnügen noch ein paar Rennen. Vielleicht springt auch etwas Preisgeld dabei heraus. Dann im September beginne ich bei einer Textilfirma hier in Aachen eine Lehre. Die Stelle hat mir ein Vetter besorgt.«

»Du ein Lehrjunge?« Ella ist entsetzt.

»Ich habe ja nichts gelernt, was ich gebrauchen könnte. Ich werde ein paar Jahre kleine Brötchen backen müssen. Wie viele Menschen dieser Tage.«

Es durchzuckt Ella wie ein Blitz: Er wird auf Jahre hinaus kein Geld verdienen! Kann also auch keine fünfköpfige Familie ernähren. Wie konnte sie nur so naiv sein! Ein gerade erst wieder geträumter, lange gehegter Traum zerplatzt ein weiteres Mal. Ella fängt an zu weinen. Ganz plötzlich rollt es über sie hinweg wie eine frische Ostseewelle. Dabei ist es gar nicht so schlimm. Es ist auszuhalten, ja auch ein wenig erleichternd, dass es nun so klar und selbstverständlich aus ihr herausfließt. Sie denkt den Schmerz nicht. Weint einfach nur und weint. Denkt nicht an die verunglückte Liebe ihrer Jugend. Nicht an den Vater. Nicht an die Villa. Nicht an Königsberg. Nicht an die abgebrochene Schule. Nicht an ihre töricht vernünftige Heirat. Nicht an den Niedergang dieses Landes. Obwohl sie all das vage spürt, ist es fast ein inhaltsloses Weinen, das sie hier durchspült.

Dieses Weinen ist anders als früher. Diesmal ist es nicht nur ein augenblickliches Unglück, das vielleicht noch mit einem einzelnen früheren Unglück verbunden ist. Diesmal ist es ein allumfassendes Weinen. Als sollten alle jemals erlebte Traurigkeit und jeder Schmerz ihres Lebens in diesem Weinen aus dem Dunkel ihres Empfindens heraus ans Tageslicht.

Dass sie Victor ganz offensichtlich nun ein weiteres Mal und nun für immer verlieren wird, ist nur der Auslöser. An ihr ziehen all die Verluste und Verletzungen ihrer Kindheit und Jugend vorüber, wie formlose Gestalten, Farben oder Gerüche, die nur ungefähr konkreten Erlebnissen zuzuordnen sind. Aber tief in ihrem Inneren erkennt Ella diese wabernden und sich vermengenden Gestalten. Sie lässt die Tränen rollen und den Schmerz strömen. Diesen Schmerz ihres Lebens, der sich jetzt einmal lösen kann und einen Weg findet in diese warme Nacht hinein. Victor legt ihr den Arm um die Schulter.

»Aber Ella, das ist doch nicht so schlimm!«, sagt er. »Ich werde mir schon noch ein Leben schaffen können. Mein Vetter hat gesagt, wenn ich mich gut anstelle, dann kann ich mich schnell hocharbeiten in der Firma.«

Ganz offensichtlich versteht er nicht, warum Ella weint. Wie soll er auch. Sie ist allein mit ihrem Schmerz. Wie damals am Schlossteich beginnt er, ihre Tränen wegzuküssen. Ganz sanft. Eine nach der anderen. Nicht wie ein Liebhaber, sondern eher wie ein tröstender Vater. Es ist gleichgültig, dass er ihre Trauer nicht begreift. Sie spürt, dass er es ernst meint mit seinem Trost, sie spürt, dass er einfach nur bei ihr sein will. Und langsam, ganz langsam schwebt ihr Schmerz davon.

Sie umarmt ihn. Fest. Will ihn nicht mehr loslassen. Jetzt gerade hat sie ihn. Ihren Victor. Es fühlt sich an, als sei es für immer. Kräftig und zart liegt er in ihrem Arm.

Sie riecht ihn. Kostet diesen Moment des Glücks. Und weiß doch, dass sie ihn nicht halten kann.

Vor dem Einschlafen kämpft sie wieder einmal mit ihrer Bettdecke. Es ist noch schlimmer als in ihrer Jugend, denn damals gab es nur unbestimmte Sehnsüchte. Inzwischen aber ist sie erwachsen und weiß nur zu genau, was sie sich von Victor wünscht. Ach was: wünscht! Ihr Begehren fühlt sich an wie ein Fieberschub!

Sie kann so nicht nach Hause fahren morgen – nur mit dem Verzicht im Gepäck. Einem Verzicht auf immer. Wenn sie den Mann ihres Lebens schon nicht haben kann, möchte sie ihm wenigstens ein Mal so nah gewesen sein, wie Liebende es nur sein können. Möchte das, was mit Hinrich nur der Abglanz von Erfüllung war, nur ein einziges Mal voll auskosten. Den Gipfel der Lust, wie sie ihn sich vorstellt.

Und sie möchte etwas von Victor haben. Etwas, das sie über den Verlust hinwegtröstet und für immer mit ihm verbindet. Auf einmal sieht sie völlig klar: Sie möchte Victor als Vater eines Kindes in ihr. Dieser Gedanke ist schon während des letzten Kriegswinters gekeimt – sie weiß nicht mehr, warum oder was der Auslöser dafür war –, aber erst heute beginnt sie diesen Wunsch in seiner ganzen Tragweite zu verstehen.

Ella hält inne. Sie dreht sich auf den Rücken und sieht mit offenen Augen in das Dunkel hinauf. Eine Veränderung geht in ihr vor. Etwas löst sich. Ein verworrener Knoten aus schweren Tauen, den sie seit Jahren, vielleicht schon immer in ihrem Inneren herumgetragen hat. Ihr

Bauch fühlt sich freier an. Jetzt erst spürt sie, wie angespannt er wohl schon lange gewesen ist. Kommt die Veränderung durch das große Weinen vorhin? Sie denkt an Victor und an seinen Trost.

Wie sie so daliegt und in die Dunkelheit blickt, fühlt sie sich bereit für den Verzicht, der hier von ihr verlangt wird: Sie kann sich vorstellen, ein Leben ohne ihn zu führen und wieder in ihre halb geliebte Existenz zurückzukehren. Fühlt sich bereit, bei Hinrich zu bleiben und mit ihm die Kinder großzuziehen. Vielleicht, so denkt sie, gibt es das Glück eben nur in kleinen Portionen. Im Herbst wird Ella 30 Jahre alt. Sie weiß, dass sie sich ganz bewusst für dieses Leben mit Hinrich entschieden hat. Diese Ehe ist nicht das Glück, das sie sich als junges Mädchen erträumt hat, gut. Aber kann sie es anders erwarten? Noch dazu in diesen Zeiten?

Bei anderen Frauen sieht sie es ja auch: Es geht doch vor allem darum, den Alltag und die Hakenschläge des Schicksals mit Rückgrat zu bestehen. In dem Gefühl, das Richtige zu tun, und mit Respekt für die Menschen, die ihr Leben teilen. Hat ihre Mutter es nicht ebenso getan? Auch Victor scheint so zu denken: Er fängt als Lehrling noch einmal ganz unten an. Bei allem, was er geleistet, erreicht und erlitten hat! Er ist bereit, den Lebensweg zu gehen, der nun vor ihm liegt. Ohne zu murren oder auszuweichen. Sie will es ihm gleichtun. Und ihm so vielleicht auch ein wenig nahe sein.

Ella weiß nicht, ob diese neue Haltung Bestand haben wird, ob sie sich nicht bald wieder irgendeine Eskapade in den Kopf setzen wird. Vielleicht werden die Vorsätze nicht lange vorhalten. Jetzt jedoch, in dieser Nacht, fühlt sie sich dazu in der Lage. Um aber die Kraft dafür zu finden, das ist der Handel, den sie mit sich selbst gerade abschließt, will sie wenigstens ein einziges Mal das volle Glück erleben.

Also schlägt sie die Bettdecke zurück, setzt sich auf, atmet einmal tief durch, geht zur Zimmertür und öffnet sie. Tritt hinaus auf den Flur, tapst barfuß und im Nachthemd den Gang entlang bis zu seiner Tür, legt die leicht zitternde Hand auf die Klinke. Dann drückt sie die Klinke herunter und schiebt sich seitlich in das von Dunkelheit erfüllte Zimmer.

Epilog

München, Sommer 2009

Wenn du stirbst, wird der Sommerflieder blühen, und du hast nie wieder heimatlichen Boden betreten. Bist nie in Kaliningrad gewesen.

»Ich will das alles so in Erinnerung behalten, wie ich es gekannt habe,« sagst du immer. Meist gehst du leicht darüber hinweg. Sich nur nicht die Laune verderben! Manchmal schaust du auch still auf die Kuhle, die der Rock zwischen deinen Oberschenkeln bildet. Dann hebst du den Kopf, und in deinen Augen steht mit einem Mal so eine Dringlichkeit: »Was soll ich dort? Kaum ein Stein steht mehr auf dem anderen. Die Stadt, die ich gekannt habe, ist ausradiert. Unsere 700-jährige Kultur untergegangen.«

Du siehst mich an, als hofftest du, ich würde dich vielleicht doch noch vom Gegenteil überzeugen. Deine Augen leuchten hellblau aus deinem pergamentenen Gesicht. Altersflecken tupfen deine Haut wie Atolle eine Seekarte. Ein langes Leben liegt zwischen diesem Münchner Altersheim, wo du wieder mal aller Liebling bist, und deiner Jugend in Ostpreußen.

Mit deinen alten Geschichten bist du allein. Es lebt kaum noch einer, mit dem du dir die Bälle zuwerfen könntest. Alle Schwestern sind gestorben, die meisten Schulfreundinnen auch. Und deine Kinder – das vierte ist im April 1949 noch auf die Welt gekommen – deine Kinder mochten die ollen Kamellen noch nie hören. Sie sind im Westen großgeworden und wollten hier eine Heimat haben und nach vorne schauen. Was interessierte da ein untergegangenes Land? Es war eine abgestorbene Gliedmaße.

Der Enkel kann sich dem ausgebreiteten Glanz nicht entziehen, wenn du von den goldenen Zeiten erzählst. Du brauchst nur auf das Aquarell zu zeigen, das in blaugelben Tönen die Steilküste des Samlandes zeigt: Schon strafen die leuchtenden Augen den blassen Teint der Greisin lügen, schon kommt Leben in den knochigen Körper. Deine Stimme gewinnt an Höhe wie eine Lerche im Sommer, du gestikulierst und blickst verklärt zur Zimmerecke hinauf, wo du über die Zeiten hinweg deutlich ins Früher schauen kannst. Du liebst es, ins Damals einzutauchen, doch im jungen Zuhörer wachsen mitunter leise Zweifel: War der Himmel wirklich so licht, der Pregel so weich, die Menschen so grundanständig?

Ich begreife, dein Schwelgen hat dich in diesen heimatlosen Jahrzehnten aufrechterhalten. Das Foto von Victor war eine deiner wenigen nicht gekappten Wurzeln. Du hast dieses Foto aufgeladen: Ganz eigentlich war doch er der Mann an deiner Seite!

Vielleicht hat Victors früher Tod dafür die Voraussetzungen geschaffen: Kurz nach deinem Besuch in Aachen ist er verunglückt. Ist in Hannover bei einem Rennen, für das man ihn engagiert hatte, vom Pferd gestürzt. Nachdem er diesen ganzen langen Krieg überlebt hatte. Sein Tod muss dich schwer getroffen haben, aber gesprochen hast du von diesem Schmerz nie. Hast die Geschichte immer erzählt wie etwas, das eben 60 Jahre her ist. Mit leichter Hand. Die Gefühle dazu waren lange verwelkt.

Im alten Glanz schimmert Königsberg nur noch in deiner Fantasie. In der ehemaligen Altstadt am Nordufer des Pregel verkommen heute sowjetische Plattenbauten. Vereinzelt ragen stehen gebliebene Fassaden zerbombter Häuser mit verrußten deutschen Schriftzügen. Ein paar Gebäude von damals sind heil geblieben. Unter ihnen deine Schule. Die Schlossruine ist längst abgerissen. Und vom Kneiphof, dem einstigen Auge der Stadt, gibt es nur noch die Pupille – den wieder aufgebauten Dom. Seine Iris aus jahrhundertealten Häusern haben die Engländer 44 zerbombt. Der Schutt ist lange abtransportiert, auch der von deinem Geburtshaus. An Stelle der Kneiphöfschen Langgasse setzt heute auf Betonstelzen eine nach Lenin benannte Stadtautobahn über die inzwischen begrünte Flussinsel. Über die Geschichte ist Gras gewachsen.

Als deine Ältesten Elke und Philipp – selbst schon im Ruhestand – eine Reise in die Stadt planen, in der sie geboren sind, nimmst du dennoch regen Anteil. Monatelang vorher wirst du trotz deiner 90 Jahre jedes Mal mädchenhaft frisch, wenn von der Fahrt in die Vergangenheit die Rede ist. Dann bekommst du Reisefieber und glänzende Augen. Beschriftest ihnen einen historischen Stadtplan mit den Familienorten. Aber mitfahren möchtest du nicht: »Ach Kinderchen, nu lasst mich mal! Dafür bin ich nu zu alt!« Aber *sie* sollen es sehen! Sollen den Bogen schließen und Anschluss finden an die Stadt ihrer Geburt. Und dir davon erzählen.

Während ihrer Abwesenheit besuche ich dich einmal: Du bist hibbelig wie ein Kind vor Weihnachten. Erwartest unruhig ihre Rückkehr und den Bericht ihrer Erlebnisse. Wird ihr Bild von der Heimat zu deinem passen? Es ist eine freudige Erregung, die aus deinen Augen leuchtet. Und natürlich auch die Frage: Kommen sie heil zurück? Denn längst nicht alle hat die Heimat herausgegeben damals. Onkel August ist nie wieder aufgetaucht.

Dann sitzt Elke bei dir in dem Altenheimappartement hoch über München. Am Telefon hat sie dir schon vor einer Woche berichtet: Von der sandigen Landschaft, von der Ostsee, von einer abenteuerlichen Fahrt mit einem russischen Taxifahrer zu deiner alten Schule, von hässlichen Plattenbauten und Schneisen schlagenden Autolawinen. Und von der tatsächlich noch stehenden Villa in Maraunenhof, die aber unbewohnt vor sich hinrottet und zugewuchert wird vom Garten. Heiter erregt bist du, als Elke alles noch einmal erzählt und dir dazu die Fotos reicht.

Doch unter deiner Fröhlichkeit und deinem Glück, damals entronnen zu sein und heute ein Stück des Eingebüßten wiederzufinden, da steckt er, kaum spürbar: der alte Schmerz. Frisst sich hinauf aus dem Dunkel an die Oberfläche. Du sitzt bleich in deinem Sessel. Die großgeblümte Bluse aus jüngeren Jahren hängt schlaff an abgemagerten Armen. Deine Augenlider schimmern violett aus tiefen Höhlen hervor. Eine Greisin wird von der Geschichte angeweht. Von *ihrer* Geschichte. Die ganze Woche schon seit dem Telefonat hast du dich elend gefühlt. Das Herz mal wieder. Mehrere Infarkte hat es schon hinter sich. Dazu die Julihitze.

Dann greift Elke zu ihrer Handtasche, verabschiedet sich und fährt nach Hause in ihre Wohnung am Stadtrand. Als sie die Wohnungstür aufschließt, erwartet sie das klingelnde Telefon: »Kommen Sie schnell ...!«

Zwei Stunden später stehen wir in deinem engen Wohnzimmer. Drei deiner Kinder und die Münchner Enkel. Du liegst auf deinem Sofa und hast ein letztes Mal »die Füße hochgelegt«. Mit deinem spitzen, blassen Gesicht siehst du aus wie Franz Liszt am Totenbett, gar nicht wie meine Großmutter. Ich stelle mir vor, wie du beim Stocken deines Herzens vor Schreck und Schmerz die Augen aufgerissen, nach den Armlehnen gegriffen und an die Wand gestiert hast. Jetzt ist er da, der Moment, auf den du lange gewartet, den du herbeigesehnt hast! Vielleicht nimmst du noch einmal das luftige Aquarell von der Samlandküste wahr. Du drückst den roten Knopf auf dem Telefon, die Pflegeschwester ruft den Rettungsdienst.

Wir versenken deine Asche an einem eisigen Dezembertag in der Kieler Bucht, wie du es dir gewünscht hast: »Ich komme von der Ostsee, und dorthin will ich auch wieder zurück!«, hast du in den letzten Jahren immer wieder gesagt. Der Kapitän seilt deine aus Salzkristallen gepresste Urne mit hölzernen Worten und ein paar auswendig gelernten Seefahrermetaphern in die Tiefe. Nur noch ein Kranz aus Erika schwimmt an der Stelle, wo du versunken bist. Deine Töchter liegen sich in den Armen. Auf ihren Wangen glitzern Tränenbahnen in der Wintersonne. Der kleine Kutter dreht noch eine Ehrenrunde um den schaukelnden Kranz, dann gibt er Gas, und wir verlieren die Erika aus den Augen. Eine halbe Stunde später werden sich die Salzkristalle der Urne aufgelöst haben und deine Asche freigeben in die Ostsee. Mit deinem Tod ist die Heimat unserer Altvorderen endgültig für uns versunken.

Dein Sekretär steht heute in meiner Wohnung. In den Schublädchen sind noch deine Schreibutensilien verstaut, Schlüsselanhänger und ausgediente Türschilder mit deinem Namen. Auf der ausgeklappten Schreibplatte steht wie eh und je das Foto des jungen Soldaten Victor Jacoby.

Dank

Es gab eine Reihe von Fachleuten, Publikationen und Archiven, deren Konsultation für die Recherche sehr hilfreich war, zum Beispiel wenn es um Schmetterlinge, Pferde oder die Technik von Straßenbahnen ging, um die Buchhandlung Gräfe und Unzer, das Segelfliegen an der Kurischen Nehrung, Leben und Kriegsgeschehen in Ostpreußen, die Belagerung Posens oder um Victors Militärlaufbahn; um das Rudern, die Blumenbinderei, den Wiederaufbau Kölns oder die Zugverbindungen im Nachkriegsdeutschland. All diesen Menschen und Quellen meinen herzlichen Dank! Eine schier unerschöpfliche und inspirierende Fundgrube war das Bildarchiv Ostpreußen (www.bildarchiv-ostpreussen.de).

Ostpreußen 1920

Ostsee

Neukuhren ●   C:

Palmnicken ●   **Saml**

Tenkitten ●   ● Fischhau

Pillau ●

Danziger Bucht

Halbinsel Hela

Putziger Wiek

Putzig ●   ● Hela

Frische Nehrung

Neustadt ●

Gdingen ●

Neukrug ●   ● Heiligenbe

Zoppot ●   Kahlberg ●   ● Braunsberg

Stutthof ●   Frauenburg ●   **Ermlan**

Danzig ●   **D A N Z I G**

Mühlhausen ●

Tiegenhof ●

Elbing ●   Wormditt ●

Westpreußen
(1919/1920 polnisch)

Pr. Holland ●

Dirschau ●   Liebsta

Mohrun ●

Marienburg ●

Pr. Stargard ●

Stuhm ●   Saalfeld ●

Goserichsee

P O L E N

Marienwerder ●   Riesenburg ●   ● Oste

Dt. Eylau ●   **Oberl**

Freystadt ●

Tannenber

Graudenz ●

Neumark ●

0   10   20   30 km

Kulm   **Kulmerland**

Weichsel · *Mottlau* · *Nogat* · *Ossa* · *Passarge* · *Drewenz*